Manchmal brauchen wir in unserem Leben jemanden, der uns eine neue Richtung zeigt.
Als die 30-jährige New Yorkerin Emilia in ihren Briefkasten schaut, fällt ihr ein Brief ihrer verrückten Großtante Poppy entgegen. Als sie den Umschlag öffnet, muss sie lächeln: In violetter Tinten geschrieben und mit kleinen Zeichnungen versehen (eine Sternschnuppe, ein Strauß Gänseblümchen und eine Karte von Italien) passt er genau zu der lebensfrohen Frau, die sie immer so mochte, zu der sie aber seit Jahren keinen Kontakt mehr hatte. Doch dann hält sie inne: Der Brief ist eine Einladung, nein, eine Aufforderung: Emilia soll ihre Großtante auf eine Reise nach Italien begleiten, denn dort möchte Poppy ihren 80. Geburtstag mit ihr feiern. Wie soll das gehen? Emilia hat Verpflichtungen – die Arbeit im Geschäft ihrer Großfamilie, ihre Nichten und … ihren Kater?! Aber am meisten wurmt Emilia Poppys Versprechen, in Italien würde sich Emilias Leben von Grund auf ändern. Als ob sie das nötig hätte. Nur zögernd springt Emilia über ihren eigenen Schatten und sagt zu – die richtige Entscheidung?

Lori Nelson Spielman gehört zu den erfolgreichsten Romanautorinnen weltweit. Der internationale Durchbruch gelang ihr mit ihrem ersten Roman, ›Morgen kommt ein neuer Himmel‹, der in über 30 Ländern erschienen ist und in Deutschland der Jahresbestseller Belletristik 2014 war. Auch ihre beiden folgenden Romane, ›Nur einen Horizont entfernt‹ sowie ›Und nebenan warten die Sterne‹, wurden sofort zu Nummer-1-Bestsellern.

Weitere Informationen finden Sie unter www.fischerverlage.de

Lori Nelson Spielman

Heute schon für morgen träumen

Roman

Aus dem Amerikanischen von
Andrea Fischer

FISCHER Taschenbuch

Aus Verantwortung für die Umwelt hat sich der S. Fischer Verlag zu einer nachhaltigen Buchproduktion verpflichtet. Der bewusste Umgang mit unseren Ressourcen, der Schutz unseres Klimas und der Natur gehören zu unseren obersten Unternehmenszielen.

Gemeinsam mit unseren Partnern und Lieferanten setzen wir uns für eine klimaneutrale Buchproduktion ein, die den Erwerb von Klimazertifikaten zur Kompensation des CO_2-Ausstoßes einschließt.

Weitere Informationen finden Sie unter: www.klimaneutralerverlag.de

MIX
Papier aus verantwortungsvollen Quellen
FSC® C083411
FSC www.fsc.org

Erschienen bei FISCHER Taschenbuch
Frankfurt am Main, August 2020

Dieses Werk wurde vermittelt durch die Literarische Agentur
Thomas Schlück GmbH, 30161 Hannover.

Satz: Pinkuin Satz und Datentechnik, Berlin
Druck und Bindung: CPI books GmbH, Leck
Printed in Germany
ISBN 978-3-596-70374-6

Für Dieto und Johanna

1

Emilia, heute

Blinzelnd öffne ich die Augen und bin sofort hellwach, als hätte ich den Tag im Schlaf schon erahnt. Die Sonne fällt durch die Schlitze in den Fensterläden, und irgendwo auf den Feldern der Toskana brummt ein Traktor. Ich stütze mich auf die Ellenbogen und schaue zum Schreibtisch hinüber, wo sie mir von einem Foto entgegenlächelt.

In einem knallgelben Regenmantel und violettem Schal steht meine Großtante zwischen mir und meiner Cousine Lucy auf den Stufen der Kathedrale von Ravello. Wir haben die Arme umeinandergelegt; mühelos stützen Lucy und ich die zierliche Gestalt in unserer Mitte. Drei bunte Armreifen lugen unter Tante Poppys Ärmel hervor – grün, blau und violett – wie winzige Hula-Hoops an ihrem zarten Handgelenk. Zu stolz und, ja, auch zu eitel, um auf dem Foto eine Kapuze zu tragen, hängen Regentropfen in ihren silbrigen Locken.

Ich gehe zum Schreibtisch und nehme den Rahmen in die Hand. An die aufgeladene Atmosphäre während des Gewitters erinnere ich mich noch gut, fast kann ich die Kirchenglocken läuten hören. Ich muss schlucken.

»Herzlichen Glückwunsch, Tante Poppy«, sage ich und drücke einen Kuss auf das Glas.

Schnell putze ich mir die Zähne und tappe dann über den Flur der *Casa di Fontana*, des alten Steinhauses in der Toskana, wo meine Großtante Poppy und meine Großmutter Rosa zusammen mit ihren Brüdern aufwuchsen, in Richtung Küche. Der glänzende Holzfußboden unter meinen nackten Füßen fühlt sich kühl an.

Ich gehe am Zimmer der Kinder vorbei, aus dem hohe Stimmen dringen, gefolgt von einem dumpfen Geräusch und verhaltenem Gekicher.

In der Küche gieße ich dampfend heißen Kaffee und frische Sahne in einen Becher. Draußen steigt Gabriele aus seinem Lieferwagen. Als er mich durch das Fenster erblickt, grinst er herüber und schickt mir einen Luftkuss. Ich lächele, und zum zweiten Mal an diesem Morgen schnürt sich mir die Kehle zu.

Den Kaffee rührend, schlurfe ich durchs Wohnzimmer und versuche, mein Herz von dem Gewicht zu befreien, das sich darauf gelegt hat – heute soll ein Freudentag sein. Auf dem Couchtisch liegen Bücher, Zeitungen und eine Sonnenbrille. Ich steige über einen halben Dinosaurier aus Legosteinen hinweg und gehe zur Verandatür, die auf die Terrasse führt.

Eine warme Brise streicht mir über die Haut, als ich hinaustrete. Vor einer Gartenlaube, die mit rosafarbener Bougainvillea und Ranken überwuchert ist, sitzen meine Cousine Lucy und ihre Freundin Sofia an einem kleinen Eisentisch und trinken Kaffee. Was für ein schöner Anblick: Sofia steckt die Nase in einen Roman, während Lucy die nackten Füße auf den Stuhl vor sich gelegt hat und zu einem Persimonenbaum mit seiner herbstlichen Tracht aus orangefarbenen Früchten emporschaut.

Über den Weg aus Steinplatten gehe ich zu ihnen. Als Lucy mich sieht, grinst sie mir entgegen. Ihre Haut ist von der toskanischen Sonne gebräunt, ihr kurzes dunkles Haar noch ungekämmt.

»Na endlich«, sagt sie und steht auf, um mir einen Kuss auf die Wange zu drücken. »Jemand zum Reden.« Sie weist mit dem Daumen auf Sofia. »Die legt das Buch ja keine Minute zur Seite.«

»Stör mich nicht!« Sofia hebt die Hand, ohne aufzusehen.

Lächelnd setze ich mich zu Lucy und schlage die Beine unter. Als ich den dicken türkisfarbenen Umschlag erblicke, der an einer Vase mit blauen Blumen lehnt, bekomme ich Herzklopfen.

»Perfektes Wetter für Tante Poppys Geburtstag«, bemerkt Lucy.

Wir blicken auf die sanft wogenden Hügel, die von den ersten Strahlen der Morgensonne in goldenes Licht getaucht werden. Ein roter Traktor kriecht durch einen Hain von Olivenbäumen und holt die Ernte ein. Ein Mann in einem Overall schwenkt die Arme und gibt lautstark Anweisungen. Vor der riesigen Maschine wirkt er klein, aber nicht im Geringsten eingeschüchtert. Genau wie Poppy.

Jemand legt mir eine Hand in den Nacken. Ich fahre zusammen und schnelle in der Hoffnung herum, das lachende Gesicht meiner Tante zu sehen, mit feuerrot oder vielleicht in einem satten Korallton geschminkten Lippen. Stattdessen blicke ich in Gabrieles zwinkernde Augen.

»Buongiorno, bellezza«, sagt er, beugt sich vor und küsst ebenfalls meine Wange.

»Guten Morgen!«, erwidere ich fröhlich und versuche, meine Enttäuschung zu verbergen.

Hinter uns ertönt eine Kinderstimme aus dem Haus: »Lucy?«

»Komme!«, ruft meine Cousine zurück und fragt mich: »Bist du so weit? Kann die Party losgehen?«

Ich nehme das Päckchen in die Hand und stoße einen Seufzer aus. »Besser wird's nicht.«

2

Emilia, vierzehn Monate früher

Zweiundsiebzig Cannoli-Röllchen liegen zum Abkühlen auf dem Gitter vor mir. Ich drücke den Saft aus den kleingehackten Maraschinokirschen und hebe sie vorsichtig unter die Mischung aus Sahne, Ricotta und Puderzucker. Durch ein längliches verspiegeltes Fenster kann ich von der Küche in den Laden sehen. Heute ist es ruhig in unserem Familienbetrieb Delikatessen Lucchesi in Brooklyn, so wie fast immer dienstags. Meine Großmutter, Nonna Rosa, steht hinter der Feinkosttheke, rückt die Schalen mit den Oliven zurecht und schichtet die eingelegten Paprika und den Schafskäse in den Edelstahlbehältern um. Mit einem Tablett geschnittenem Prosciutto in den Händen stößt mein Vater die Schwingtüren mit dem Ellenbogen auf. Dann stapelt er den Schinken mit einer Zange zwischen den Pancetta und den Coppa in die gekühlte Fleischvitrine.

Vorne im Laden, an der Kasse, sitzt meine ältere Schwester Daria auf einem hohen Hocker, mit dem Rücken an die Süßwarentheke gelehnt, und tippt mit den Daumen eine Nachricht in ihr Handy. Wahrscheinlich beklagt sie sich bei einer Freundin über ihren Mann Donnie oder ihre beiden Töchter. Aus dem Lautsprecher schallt Dean Martins »That's Amore«, was mich an meinen verstorbenen Großvater, Nonno Alberto, erinnert, der überzeugt war, dass italienische Musik seiner New Yorker Feinkosthandlung eine authentische Atmosphäre verleihe – auch wenn dies ein amerikanisches Lied von einem amerikanischen Sänger ist. Ich habe nichts gegen den Musikgeschmack meines Großvaters, nur besteht unser gesamtes Repertoire aus dreiunddreißig Italien-Songs.

Die ich Wort für Wort im Schlaf singen kann – was ich manchmal sogar tue.

Ich mache mit den Cannoli weiter, spritze die Creme in die sechs Dutzend Röhrchen. Es dauert nicht lange, da vergesse ich die Musik und den Duft des Gebäcks und bin ganz weit weg, im englischen Somerset, wo die Geschichte spielt, an der ich gerade schreibe. Es ist so wunderschön dort …

Neben mir an der Wand ertönt die Türglocke. Ich schrecke aus meinem Tagtraum und spähe durch das verspiegelte Fenster in den Laden.

Mrs Fortino ist da. Sie hat einen Strauß gelber und orangefarbener Gerbera in der Hand. Ihre silbernen Haare sind zu einem adretten Knoten gebunden, eine beige Hose betont ihre schlanke Figur. Hinter der Fleischtheke richtet sich mein Vater zu seinen vollen ein Meter fünfundsiebzig auf und zieht den Bauch unter der Schürze ein. Mit verkniffenem Gesicht beobachtet Nonna Rosa das Geschehen. Sie sieht aus, als hätte sie einen Schluck Essig getrunken.

»*Buongiorno*, Rosa«, zwitschert Mrs Fortino, als sie an der Feinkosttheke vorbeigeht.

Nonna wendet sich ab und brummt *»Sgualdrina«* vor sich hin, das italienische Wort für Flittchen.

Wie immer stellt sich Mrs Fortino zuerst vor das verspiegelte Fenster zwischen Laden und Küche und überprüft ihr Aussehen, ehe sie sich an die Fleischtheke begibt. Ich weiche zurück, obwohl sie mich natürlich nicht sehen kann. Aus Respekt vor ihrer Privatsphäre wende ich mich ab. Man glaubt nicht, was die Leute alles vor dem Spiegel tun, wenn sie sich unbeobachtet fühlen. Sie stochern in den Zähnen, popeln in der Nase, drücken Pickel aus. Junge Mädchen machen einen Kussmund wie die Kardashians bei einem Selfie. Einmal habe ich gesehen, wie Mr Panici sich ein fünf Zentimeter langes Haar aus dem Ohr gerissen hat.

Mrs Fortino tut nichts dergleichen. Sie ist eine Frau mit Anstand und Würde. Sie begutachtet lediglich ihren Mund, der im Rosaton ihrer Bluse geschminkt ist, und betastet ihre Haare. Dann dreht sie sich zu meinem Vater hinter der Fleischtheke um.

»Für dich, Leo!« Lächelnd hält sie ihm die Blumen hin.

Meine Großmutter schnaubt verächtlich. Wie eine besitzergreifende Gans, die jeden anzischt, der ihrem Küken auch nur einen kurzen Blick zuwirft. Obwohl es sich bei dem Küken in diesem Fall um den sechsundsechzigjährigen Schwiegersohn handelt, der seit fast dreißig Jahren Witwer ist.

Mit knallrotem Gesicht nimmt mein kahlköpfiger Vater den Strauß entgegen. Wie jede Woche bedankt er sich höflich bei Mrs Fortino und wirft Nonna einen vorsichtigen Blick zu. Sie rührt die eingelegten Champignons um und tut so, als würde sie nichts bemerken.

»Einen schönen Tag noch, Leo«, sagt Mrs Fortino und winkt meinem Vater freundlich zu.

»Dir auch, Virginia.« Er holt eine Vase unter der Theke hervor. Sein Blick folgt ihrer ansehnlichen Gestalt durch den Gang. Es tut mir im Herzen weh, den beiden zuzusehen.

Wieder ertönt die Glocke. Ein großer Mann, der eher aussieht, als wohne er in Beverly Hills und nicht in Brooklyn, kommt hereingeschlendert. Schon letzte Woche hat er ein Dutzend meiner Cannoli gekauft. Er unterhält sich mit meinem Vater und Nonna. Ich stelle mich an die Tür, wo ich das Gespräch bruchstückweise mithören kann.

»Keine Frage, das sind die besten Cannoli in ganz New York«, sagt der Kunde.

Erfreut über das Lob, rücke ich noch näher an die Tür.

»Letzte Woche habe ich ein Dutzend für eine Besprechung mitgenommen. Mein Team hat sie regelrecht verschlungen. Seitdem bin ich der beliebteste Account Manager bei Morgan Stanley.«

»Das hören wir gerne«, erwidert mein Vater. »Delikatessen Lucchesi gibt es schon seit 1959. Hier wird alles selbstgemacht.«

»Wirklich?« Der Mann sieht sich um. »Darf ich mich vielleicht persönlich bei dem Bäcker oder der Bäckerin bedanken?«

Ich schlage die Hand vor den Mund. Das Herz hämmert mir in der Brust.

»Rosa«, sagt mein Vater zu meiner Großmutter. »Könntest du bitte Emilia holen?«

»O Gott!«, flüstere ich panisch und reiße mir das Haarnetz vom Kopf. Der dicke braune Pferdeschwanz fällt mir auf den Rücken. Sofort bereue ich, mir heute nicht die Haare gewaschen zu haben. Mit zitternden Händen löse ich die Schürze und rücke meine Brille zurecht. Automatisch betaste ich meine Unterlippe.

Nach fast zwanzig Jahren ist die Narbe so dünn wie ein Strich und zu einem zarten Blau verblasst. Aber sie ist da, direkt unter meiner Lippe. Und ich weiß es.

Die Doppeltür aus Edelstahl wird aufgedrückt, und die untersetzte Gestalt von Nonna Rosa erscheint im Rahmen, geschäftstüchtig und einschüchternd. »Eine Schachtel Cannoli!«, ruft sie mit zusammengekniffenen Lippen. *»Presto!«*

Mein Herz rast. »*Sì*, Nonna. Gute Idee.« Ich packe drei frisch gefüllte Teigrollen in eine Schachtel und will sie ihr geben, doch sie reißt sie mir aus den Händen.

»Mach weiter!«, brummt sie mich an.

»Aber Nonna, er …«

»Er ist ein vielbeschäftigter Mann«, unterbricht sie mich. »Warum sollen wir seine Zeit verschwenden?« Schnell verlässt sie die Küche.

Die Türen schwingen hin und her, ich höre noch, wie sie verkündet: »Es tut mir leid, aber die Bäckerin ist schon gegangen.«

Ich balle die Faust, meine Nägel graben sich in die Handfläche. Es ging mir nicht um den Mann. So dumm bin ich nicht. Ich habe mich nur gefreut, weil er meine Cannoli gelobt hat. Wieso gönnt Nonna mir so was nicht?

Durch das Fenster sehe ich, wie der gutaussehende Kunde eine Flasche italienischer Bravazzi-Limonade bei Daria bezahlt und sich dabei mit ihr unterhält. Er stopft seinen Geldbeutel zurück in die Gesäßtasche, klemmt sich die Flasche unter den Arm und hält die kleine weiße Schachtel hoch, die er von mir – beziehungsweise von Nonna – bekommen hat. Er klopft mit dem Finger darauf. Es sieht aus, als würde er meine Cannoli nochmals rühmen.

Jetzt reicht es. Ich gehe raus. Ist mir egal, was Nonna meint (oder ob es eingebildet wirkt). Ich will wissen, was der Typ mir zu sagen hat.

Als ich die Schürze abnehme, huscht der Blick meiner Schwester zur Fensterscheibe. Sie kann mich nicht sehen, aber sie wird wissen, dass ich zuschaue.

Langsam, kaum wahrnehmbar, schüttelt sie den Kopf.

Ich pralle zurück. Gegen die Wand gelehnt, schließe ich die Augen. Ich kann Daria keinen Vorwurf machen. Sie versucht nur, mich vor Nonna zu schützen. Und Nonna kann ich es auch nicht vorwerfen. Schließlich bin ich die Zweitgeborene. Warum sollte sie die Zeit dieses gutaussehenden Cannoli-Kunden auf mich verschwenden, eine Frau, die niemals einen Ehemann finden wird? Denn davon ist meine Familie fest überzeugt.

3

Emilia

Vom Laden auf der 20th Avenue zu meinem winzigen Apartment auf der 72nd Street sind es vier Häuserblocks. Wie immer habe ich zwei Tüten voll Gebäck dabei. Die späte Augustsonne ist schwächer geworden, das Ende des Sommers naht. Leicht streicht mir die Luft über die Arme.

Bensonhurst am südlichen Rand von Brooklyn ist das Stiefkind des Stadtteils – ein bescheidenes Eckchen zwischen den luxussanierten Gemeinden Coney Island und Bay Ridge. Als Jugendliche träumte ich davon, an einem schickeren, gepflegteren und moderneren Ort als in diesem gemächlichen, italienisch geprägten Viertel zu leben. Doch Bensonhurst ist meine Heimat. Hier ließen sich meine Großeltern wie Tausende anderer Italiener Mitte des zwanzigsten Jahrhunderts nieder. Früher nannte man es das Little Italy von Brooklyn. Der Film *Saturday Night Fever* wurde auf unseren Straßen gedreht. Inzwischen hat sich viel verändert. Italienische Geschäfte und Trattorien sind russischen Bäckereien, jüdischen Delis und chinesischen Restaurants gewichen. Zugezogene, die meine Großmutter *invadente* findet – aufdringlich.

Vor mir hüpft ein kleines Mädchen in einem dunkelblauen Rock und einer weißen Bluse – dieselbe Uniform, die ich damals an meiner Schule St. Athanasius trug – neben einem gutaussehenden Mann mit Sonnenbrille. Im Vorbeigehen pflücke ich ein tief hängendes Blatt von einer Eiche, bewundere seine gelben Ränder und höre den beiden heimlich zu.

»Können wir zu Carvel gehen, Daddy?«

»Heute nicht.«

»Aber ich habe Hunger!«

»Hast du nicht in der Schule gegessen?«

»Doch. Aber ich hab Hunger! Können wir ein Eis holen, biiitte!« Das Mädchen sieht seinen Vater mit blassem Gesicht und Pausbäckchen an, voller Hoffnung. Mein Herz wird groß vor Rührung.

»Ich hab nein gesagt!«, fährt er seine Tochter an. »Willst du immer so ein Moppel bleiben?«

Mein Blutdruck steigt.

Er hört nicht auf: »Hm? Willst du, dass sich die anderen den Rest deines Lebens über dich lustig machen?«

»Nein«, antwortet sie leise und blickt auf den Bürgersteig vor sich.

Ich beschleunige, mein Herz rast.

»So geht es nämlich Mädchen, die sich nicht zusammenreißen können. Dünne Mädchen haben so ein Problem nicht.«

»Entschuldigung!« Ich habe die beiden eingeholt. Mein Puls dröhnt mir in den Schläfen. Ich lächele das Mädchen an. »Magst du Cucidati?«

Die Kleine nickt. Ich hocke mich neben sie und gebe ihr eine von meinen Gebäcktüten.

»Ich bin Bäckerin und hab mir vorgenommen, diese Feigenplätzchen dem hübschesten Mädchen in Brooklyn zu schenken. Und das bist du!«

Sie nimmt die Tüte und sieht mich mit großen Augen an. »Wirklich?«

»Aber sicher! Und ich wette, du bist auch das netteste!«

Ein Lächeln voller Zahnlücken zieht sich über ihr Gesicht. »Ja.« Es wird schwächer, als sie zu ihrem Vater hochschaut. »Darf ich die haben, Daddy?«

Wenn Blicke töten könnten, läge ich jetzt leblos auf dem Bürgersteig. »Geh schon mal vor, Gillie«, sagt er und nimmt ihr die Tüte ab. »Ich komme nach.«

Kurz zögert seine Tochter, dann flitzt sie los.

»Du bist super, Gillie«, rufe ich ihr nach und richte mich auf. »Glaub mir!«

Er schnellt zu mir herum. »Was glauben Sie eigentlich, wer Sie sind?«

Ich ignoriere den Impuls, so schnell wie möglich zu verschwinden, stattdessen funkele ich ihn böse an. »Ein Mensch, der es nicht hinnimmt, wenn ein Vater seine Tochter runtermacht.«

»Hören Sie, ich versuche nur, sie zu schützen. Die Leute können verdammt gemein sein.«

Ich bin sprachlos. Fast. »Das weiß ich. Bringen Sie ihr also lieber bei, für sich einzustehen, statt einem falschen Schönheitsideal hinterherzujagen!«

Mit diesen Worten biege ich links in die 72nd Street ab und laufe prompt gegen ein Parkschild. »Scheiße!«, fluche ich und reibe mir über die Stirn.

Ich höre den Mann noch hinter mir lachen, als ich an unserem Brownstone-Haus vorbeigehe, in dem mein Großvater damals ein Zimmer mietete, als er aus Italien kam. Später kaufte er das gesamte Haus. Ich wohne im zweiten Stock in einer Dachgeschosswohnung, die ich »Emville« nenne. Wie meistens gehe ich zuerst nach nebenan, zu einem Haus aus gelbem Backstein, in dessen Erdgeschoss sich der Friseursalon meines Onkels Dolphie befindet.

Hinter der Glastür singt Patricia Chiti eine Arie aus der Oper *La Traviata.* Grinsend spähe ich hinein. Onkel Dolphie schläft tief und fest in einem seiner Friseurstühle, trotz der dröhnenden Musik aus seinem fast dreißig Jahre alten CD-Spieler – das neueste Gerät in seinem Salon. Seltsamerweise schreckt ihn das Geklimper der Türglocke jedes Mal auf. Ich öffne die Tür, und wie erwartet regt er sich, wischt sich den Speichel aus den Mundwinkeln und rückt seine Brille zurecht.

»Emilia!«, ruft er mit einer Begeisterung, als hätte er mich seit Wochen nicht gesehen.

Mein Onkel ist eher knuffig als schön. Er hat einen vollen

Schopf weicher weißer Locken. Seine Backen sind so dick, dass man meint, ihm seien gerade sämtliche Weisheitszähne gezogen worden. Wie immer trägt er seinen Friseurkittel aus schwarzem Stoff, an dessen Kragen rechts drei asymmetrische Druckknöpfe angebracht sind und auf dessen Brust in roten Buchstaben »Dolphie« gestickt ist.

»Hallo, Onkel Dolphie!«, übertöne ich die Musik. Genau genommen ist der jüngere Bruder von Nonna Rosa mein Großonkel. Aber solche Feinheiten sind bei den Fontanas unwichtig. Ich zeige ihm die Tüte. »Pistazien-Biscotti und ein Stück Panforte.«

»Und wo ist die Tüte für dich?«

»Hab keinen Hunger.«

Er steht auf und greift schwankend nach dem Gebäck. Ich widerstehe dem Impuls, ihn zu stützen. Mit achtundsiebzig ist er immer noch ein stolzer Mann.

Onkel Dolphie geht zum CD-Spieler, der wacklig auf der Ablage eines Spiegels steht. Mit seiner von Altersflecken übersäten Hand dreht er die Lautstärke herunter. Von einem in die Jahre gekommenen Metallwägelchen, unter dem sich Zeitschriften und Werbezettel stapeln, nehme ich eine Kanne herunter und gieße mir einen Kaffee mit Sahne ein. Im Hinterzimmer holt Onkel Dolphie einen Teller aus dem Regal.

»Soll ich ein Messer mitbringen, zum Teilen?«, ruft er.

»Nein, danke!« Ich gönne ihm jeden Bissen seiner täglichen Ration von Herzen.

Nebeneinander setzen wir uns in zwei leere Friseurstühle. Seine rechteckige Brille mit dem Drahtgestell hat die gleiche Machart wie meine, ist aber doppelt so groß. Ständig rutscht sie ihm beim Essen die breite Nase hinunter.

»Viel los heute?«, frage ich.

»*Sì*«, erwidert er, obwohl der kleine Salon leer ist. »Sehr viel. Deine Cousine Luciana hat sich angemeldet. Hab sie dazwischenschieben können.« Er wirft einen kurzen Blick auf die Uhr. »Kommt zu spät, wie immer.«

In meiner Kindheit warteten normalerweise mindestens drei Männer auf einen Haarschnitt und einer auf eine Rasur, zwei weitere saßen im Hinterzimmer, tranken Grappa und spielten Karten. Dolphie's Barbershop war der Treffpunkt des Viertels. Hier konnte man Opern, lautstarke Debatten und Tratsch hören. Jetzt ist der Laden so leer wie eine Telefonzelle. Man kann wohl niemandem verübeln, dass er sich nicht traut, sich von einem zittrigen alten Mann mit einer Rasierklinge über den Hals fahren zu lassen.

»Wie geht es Tante Ethel?«

Onkel Dolphie hebt die Augenbrauen. »Letzte Nacht hat sie ihre Schwester gesehen. Dann ist sie immer glücklich.« Schmunzelnd betupft er seine Mundwinkel mit einer Serviette. »Wenn ich Adriana doch überzeugen könnte, öfter zu erscheinen.« Er zwinkert mir zu.

Tante Ethel und Onkel Dolphie wohnen über dem Friseursalon in einer Dreizimmerwohnung, in der es nach Auskunft meiner Tante schon immer gespukt hat. Die gute Ethel behauptet, die Geister ihrer Verwandten aus der alten Heimat zu sehen. Das muss einer der Gründe sein, warum mein Onkel noch den leeren Salon betreibt. Jeder Mensch braucht eine Flucht aus dem Alltag. Früher habe ich meine Tante öfter gefragt, ob sie auch schon mal meine Mutter gesehen habe. Aber sie verneinte immer. Irgendwann hörte ich auf zu fragen.

Onkel Dolphie schiebt sich das letzte Gebäckstück in den Mund und wischt sich die Krümel von den Händen. *»Delizioso«*, sagt er, schlurft zu seinem Rasiersessel und gibt mir die ausgedruckten Blätter, die ich ihm am Tag zuvor mitgebracht habe.

»Die Geschichte gefällt mir, *mia nipote di talento.*« Meine begabte Nichte.

Mein Herz schwillt an. *»Grazie.«*

»Zwischen der Hauptfigur und dem Exmann braut sich was zusammen. Man merkt, dass es bald Ärger gibt.«

»Stimmt«, sage ich und muss daran denken, wie ich die Handlung heute bei der Arbeit weitergesponnen habe. Ich ziehe eine

Mappe aus der Tasche, suche die Blätter heraus, die ich in der vergangenen Nacht geschrieben habe, und reiche sie ihm. »Die nächste Folge kommt aber erst Donnerstag.«

Er zieht die Augenbrauen zusammen. »Nicht morgen?«

Ich muss lächeln. Das Schreiben, mein kleines Hobby, ist unser Geheimnis. »Man soll die eigenen Träume nicht unterschätzen«, sagt Onkel Dolphie gerne. Er hat mir mal erzählt, dass er in jungen Jahren versucht hat, eine Oper zu komponieren, doch er weigert sich bis heute, mir die Noten zu zeigen oder von der Handlung zu erzählen. Wenn ich ihn darauf anspreche, nennt er das »Flausen im Kopf« und wird knallrot. Ich finde es toll, dass er einen Traum hatte. Hätte er ihn doch nicht unterschätzt.

»Tut mir leid«, sage ich. »Ich hab keine Zeit zum Schreiben. Darias Lesekreis findet heute Abend bei ihr statt. Sie hat mich eingeladen.« Ich erzähle es beiläufig, als sei es völlig normal, dass meine Schwester mich dabeihaben will, wenn ihre Freundinnen kommen. »Ich soll einen Kuchen mitbringen.« Ich schaue auf die Uhr. Halb vier. »Muss mich beeilen.«

Als ich aufstehe, rutscht mir die Mappe vom Schoß, und die Blätter verteilen sich auf dem Boden. Das Gute an dem leeren Salon ist, dass keine Haare auf den Fliesen liegen. Ich hocke mich hin, um die Seiten aufzusammeln. Plötzlich rutscht ein Umschlag zwischen den Blättern hervor. Mist!

»Was ist das?«, fragt Onkel Dolphie und stellt seinen Gesundheitsschuh auf den Brief. Er beugt sich vor und hebt die Brille hoch, um besser lesen zu können. *»Bis an ihr Lebensende?«*, fragt er. »Was soll das sein?«

»Nichts«, stammele ich und versuche, das Kuvert unter ihm wegzuziehen.

»Ein Liebesroman-Wettbewerb?«, liest er.

Mir steigt Hitze in die Wangen. »Hab mal überlegt, da mitzumachen.«

»Das finde ich gut, Emilia! Du musst deine Geschichten veröffentlichen. Sonst kann sie ja keiner lesen.«

Endlich gelingt es mir, den Umschlag unter seinem Absatz hervorzuziehen. Sofort reiße ich ihn entzwei.

»Was soll das?«, ruft Dolphie.

»Der war dreckig.« Ich weiche seinem Blick aus und werfe das Kuvert in den Mülleimer unter dem Waschbecken. »Daria meint, die Hauptbeschäftigung ihres Lesekreises sei Essen, gefolgt von Trinken und Reden. Wenn dann noch Zeit bleibt, wird ein Buch besprochen.« Ich spüle meine Tasse aus.

Dolphies dunkle Augen funkeln. »Ist doch schön, dass deine Schwester dich eingeladen hat. Ich kann mich noch gut daran erinnern, wie unzertrennlich ihr früher wart.«

Unerwartet schießen mir Tränen in die Augen. Ich öffne den Schrank und tue so, als würde ich nach einem Handtuch suchen. Als ich auf dem College war, ging meine Schwester plötzlich auf Distanz, und manchmal frage ich mich, ob ich je darüber hinwegkommen werde, dass dieses enge Band zwischen uns zerrissen ist.

»Also, noch bin ich kein festes Mitglied«, gebe ich zu bedenken und kneife die Augen zusammen. »Aber wenn ihre Freundinnen mich mögen – oder wenigstens meine Pizza di crema –, fragen sie mich vielleicht, ob ich mitmachen will.«

»Du machst eine Pizza di crema?« Onkel Dolphie wirft mir einen Seitenblick zu. »Pass auf, lass dich nicht ausnutzen.«

»Das Rezept ist ganz einfach. Außerdem helfe ich ihr gern.«

Skeptisch hebt er die Augenbrauen, ich wechsele das Thema. »Ich habe das Buch von heute zweimal gelesen, damit ich etwas dazu sagen kann. Ich meine, falls sie darüber diskutieren.«

Er hebt mahnend den Finger. »Aber rede nicht zu viel. Hin und wieder eine Bemerkung, das reicht.«

»Ja.« Ich nicke. Mein Onkel kennt mich gut.

Er schaut auf die Uhr und macht ein finsteres Gesicht. »Luciana wollte um zwei hier sein zum Nachschneiden. Ich habe nichts von ihr gehört. Keinen Mucks. Trägt den Kopf ganz schön hoch.«

»Luciana ist doch noch ein Kind«, werfe ich ein. »Die kommt schon noch.«

Er räuspert sich. »Ein Kind? Seit wann ist man mit einundzwanzig ein Kind?«

Die Türglocke bimmelt. Wir schauen hinüber. Dolphies Gesicht beginnt zu strahlen. »Wenn man von der Sonne spricht, geht sie auf!« Er beugt sich zu mir herüber und flüstert: »Besser spät als nie.«

Wie ein frischer Wind fegt meine Cousine Lucy – Cousine zweiten Grades, um genau zu sein – in den Salon. Ihre langen Haare sind jedes Mal in einem anderen Ton gefärbt. Heute in einem leuchtenden Weiß. Sie zieht ihre Sonnenbrille ab, und zum Vorschein kommt ein wunderschönes dunkles Augenpaar, das man unter dem dicken schwarzen Eyeliner allerdings fast nicht wahrnimmt.

»Hallöchen, Opa!«, ruft Lucy, tätschelt seine Wange und flitzt als Erstes zum Kaffeewagen. Sie sieht sexy und lustig aus mit ihren Plateau-Sandalen und dem kurzen T-Shirt, das den Blick auf ihren gebräunten Bauch freigibt. Ihre kurvige Figur ist in eine derart enge Jeans gequetscht, dass ihr Großvater recht haben könnte: Sie trägt den Kopf wirklich ganz schön hoch.

»Wie geht's dir, Lucy?«, frage ich.

»Hi, Em.« Sie dreht sich um und betastet ihre Haare. »Wie findest du das?«, fragt sie. »Platinblond à la Marilyn.«

»Schön.« Ich hoffe, dass mich nicht der Blitz trifft, weil ich gelogen habe. Mir ist unbegreiflich, warum sie ihre natürliche Haarfarbe, ein kräftiges Dunkelbraun, unter ständig neuen Tönen versteckt.

Lucy trinkt einen Schluck Kaffee und stellt sich zu uns. »Mein Freund findet es mega.«

»Tante Carol hat mir erzählt, dass du einen neuen Freund hast. Freut mich für dich. Er heißt Mack, oder?«

»Nein, Jack. Er sieht hammer aus – kannst du jeden fragen. Selbst meine Mutter ist heiß auf ihn.«

»Luciana!«, rügt ihr Großvater. *»Rispetta la tua mamma!«*

Sie schlägt die Hand vor den Mund. »'tschuldigung, Nonno.«

An mich gewandt fährt sie fort: »Jack ist Barkeeper in dem Laden, wo ich arbeite, das ist praktisch.« Sie stößt ein kurzes Lachen aus. »Manchmal versuchen die Gäste nämlich, mich anzuschnorren. Du glaubst ja nicht, wie viel ich an einem guten Abend verdiene. Ich hab doch erzählt, dass ich einen neuen Job habe, oder?«

»Ja. Noch mal Glückwunsch! Macht es Spaß?«

»Ob es Spaß macht? Rulli's ist der angesagteste Laden der Stadt! Schau mal vorbei, dann bekommst du einen Drink von mir.«

»Rulli's?«, fragt Onkel Dolphie mit gerunzelter Stirn. »Und was ist mit dem Homestretch?«

Mein Großonkel ist sehr konservativ. Er kam ein Jahr nach meiner Großmutter und Tante Poppy aus Italien. Damals war er einundzwanzig, und das Homestretch hatte da bereits zwanzig Jahre auf dem Buckel. Siebenundfünfzig Jahre später hält Dolphie dem Pub noch immer die Treue.

»Onkel Dolphie«, sage ich. »Das Alte ist nicht immer automatisch besser.«

Er reckt das Kinn vor. »Das Junge und Neue denn? Junger Käse? Nein, danke! Junger Wein? Igitt! Jugendstil? Pah!« Er legt mir die Hände auf die Wangen. »*Dolce nipotina mia*, neu ist nicht automatisch besser. Alt ist gut. Gerade du solltest das wissen.« Er hebt meinen dicken Pferdeschwanz an. »Wie lange trägst du deine Haare jetzt schon so? Seit zwanzig Jahren?«

Lucy prustet los. »Ohne Scheiß? Du gehst auf die dreißig zu, Em. Wird mal Zeit, was Neues auszuprobieren.«

Ich lache. »Was soll ich denn mit diesen doofen Locken machen?«

»Du hast recht, *cara mia*«, sagt mein Onkel. »Warum die Reifen wechseln, wenn sie noch rollen, *sì*?«

Ich gehe zu dem alten Brownstone-Reihenhaus – in einem anderen habe ich nie gewohnt. Während meine Eltern in den Achtzigern in die Flitterwochen an die Niagarafälle fuhren, räumten Nonna Rosa und Nonno Alberto ihre Habseligkeiten ins Erdgeschoss, so dass meine Eltern die Wohnung im ersten Stock übernehmen konnten. Seitdem lebt mein Vater dort. Manchmal frage ich mich, was er von der pragmatischen Lösung seiner Schwiegereltern hielt. Schließlich war er über zehn Jahre älter als meine Mutter. Oder hatte er keine Wahl? War meine Mutter genauso dickköpfig wie ihre Mutter, meine Nonna Rosa?

Ich habe nur schwache Erinnerungen an Josephina Lucchesi. Wie sie lächelnd am Herd steht und mir Geschichten erzählt, während sie in blubbernden Töpfen rührt, die nach Apfel und Zimt duften. Daria meint, die Szene würde ich mir einbilden – wahrscheinlich hat sie recht. Schließlich war sie vier und ich erst zwei, als unsere Mutter an akuter myeloischer Leukämie starb – die tödlichste Form dieser Krankheit, wie ich inzwischen weiß. Bestimmt ist die Frau aus meiner Erinnerung meine Großmutter. Auch wenn das Lächeln und Geschichtenerzählen nicht zu meiner sauertöpfischen Nonna Rosa passen, die schon immer von mir genervt zu sein schien. Wer kann es ihr verübeln? Die Krankheit ihrer Tochter brach aus, als sie mit mir schwanger wurde.

Auf der Verandatreppe merke ich, dass Nonna im Erkerfenster hinter ihrem schweren Damastvorhang hervorspäht. Sie hat zwar kleine Augen, rühmt sich aber einer hervorragenden Sehkraft, und – davon bin ich überzeugt – kann sogar um die Ecke gucken. Ich winke ihr zu. Auf ihre typische Art dreht sie sich tadelnd ab. Auch wenn es nicht nett ist, wünsche ich mir oft, dass sie an meiner Stelle in den beengten Zimmern unterm Dach hocken würde. Oder in der Wohnung meines Vaters im ersten Stock. Dann würde sie es nicht jedes Mal hören, wenn ich über die Veranda gehe, könnte nicht immer durch das Fenster linsen, um mich zu kontrollieren. Immerhin werde ich bald dreißig. Obwohl, meine Großmutter würde bestimmt überall eine Möglichkeit zum Spionieren finden.

Ich schließe die Haustür mit dem Bleiglaseinsatz auf und trete ins Treppenhaus. Eine Hitzewelle kommt mir entgegen, der einzige Luxus, den Nonna sich gönnt. Sie hat sich nie an den kalten New Yorker Winter gewöhnen können. Dabei ist es noch Sommer! Ich ziehe an meinem Ausschnitt. Heute machen mir die Hitze und die dunkle Walnussverkleidung im Flur Beklemmungen.

Über den Terrazzoboden gehe ich zum Briefkasten hinter der Tür und hole meine Post heraus. Auf dem Weg nach oben blättere ich die Kreditkartenabrechnungen und Supermarktcoupons durch. Als ich auf dem Absatz im ersten Stock stehe, entdecke in einen handbeschriebenen Umschlag mit einem Poststempel aus Philadelphia, Pennsylvania. Wie niedlich: ein klassischer, altmodischer Brief.

In schwungvollen Buchstaben stehen Name und Adresse des Absenders oben links in der Ecke: Paolina Fontana. Die Schwester von Nonna Rosa und Onkel Dolphie, mit der seit Jahren niemand etwas zu tun hat. Die Großtante, die mich immer fasziniert hat. Die seltsame Frau, die nach Ansicht von Nonna *un problema* bedeutet – Ärger.

4

Emilia

Ich nehme immer zwei Stufen auf einmal und stoße die unverschlossene Tür zu meinem Apartment auf. Die Nachmittagssonne fällt in die winzige Küche – nicht mehr als drei Schränke und ein kleiner Kühlschrank, beklebt mit Fotos meiner Nichten. Ich lege die Post auf die schmale Arbeitsfläche und suche den Brief meiner Tante heraus. Eigentlich heißt sie Paolina, aber ich kenne sie nur als Poppy, obwohl ich nicht weiß, wie sie zu diesem Namen kam. Ich mustere den Umschlag und überlege, aus welchem Anlass sie mir wohl schreibt. Ich habe nicht Geburtstag. Weihnachten ist erst in vier Monaten. Meine Großtante – die ich nur einmal gesehen habe, aber die keinen Feiertag vergisst – wird wohl langsam alt und hat sich vertan.

Claws, mein schwarzweißer Langhaarkater, schleicht um die Ecke. Ich nehme ihn hoch und drücke einen Kuss auf sein süßes Brummbärgesicht. »Wie war dein Tag, mein Hübscher? Hast du was Aufregendes erlebt?« Ich lege ihn mir über die Schulter und schiebe einen Finger in das Kuvert, um es aufzureißen. Ein dickes Blatt Papier in der Farbe von Zitroneneis kommt zum Vorschein. Ich muss lächeln, als ich die violette Tinte von Tante Poppy und die drolligen Zeichnungen am Rand sehe – ein kleines Mädchen unter einer Sternschnuppe, ein Strauß Gänseblümchen, eine Karte von Italien.

Liebste Emilia!
Mit diesem Brief möchte ich Dich um einen Gefallen bitten. Nein, das ist falsch ausgedrückt. Genau genommen tue ich Dir

einen Gefallen. Du wirst sehen: Was ich Dir vorschlage, wird Dein Leben verändern.

Ich gehe mit dem Brief an den Küchentisch, setze mich und kraule Claws beim Weiterlesen hinter den Ohren.

Zur Feier meines achtzigsten Geburtstags möchte ich in meine Heimat Italien zurückkehren und wünsche mir, dass Du mich begleitest.

Ich halte die Luft an. Nach Italien? Mit mir? Ich kenne meine Großtante doch kaum! Dennoch erscheinen Bilder von Weinbergen und Sonnenblumenfeldern vor meinem inneren Auge.

Was werden wir für einen Spaß haben! Du freust Dich doch, oder? Ich könnte mir vorstellen, dass Du ein bisschen Abwechslung gebrauchen kannst. Schließlich arbeitest Du mit meiner Schwester und Deinem Vater in diesem furchtbaren Laden. Spaß hat man da wohl kaum.

Ich schnaube verächtlich. Was erlaubt sich diese Frau eigentlich? Mein Leben gefällt mir. Es macht mir Spaß. Ich kann mit meinen Verwandten zusammenarbeiten und fühle mich wohl in Bensonhurst. Hier bin ich aufgewachsen. Obwohl Manhattan nur eine Zugstunde entfernt ist, hat diese Gegend Kleinstadtatmosphäre. Wir hängen unsere Wäsche noch auf die Leine, wir kennen unsere Nachbarn. Ich habe Matt, meinen besten Freund, den ich fast jeden Tag sehe. Wie viele Menschen können das von sich behaupten? Paolina Fontana bestimmt nicht.

Wir werden Mitte Oktober aufbrechen – in weniger als sechs Wochen. Ich nehme an, dass Du noch einen Pass hast. Wir fliegen nach Venedig, fahren mit dem Zug quer durchs Land nach Florenz und beenden unsere Reise an der Amalfiküste, wo ich an meinem achtzigsten Geburtstag auf der Treppe der Kathedrale von Ravello stehen muss.

An der Kathedrale von Ravello? Was will sie denn da?

Bitte ruf mich an, damit wir uns absprechen können. Bis dahin wünsche ich Dir einen ganzen Strauß vierblättriger Kleeblätter und viele Doppelregenbögen.

Voller Liebe,
Tante Poppy

Mein Magen flattert vor Aufregung, dann reiße ich mich zusammen. Ich kann mir keine Reise nach Italien leisten. Nicht mit meinem mageren Gehalt. Selbst wenn ich es könnte, würde Nonna es verbieten. Tante Poppy wird sich eine andere Reisebegleitung suchen müssen, vielleicht einen meiner Verwandten.

Aber sie hat ja mit niemandem aus unserer Familie Kontakt.

Dann soll sie halt mit Freunden fahren. Freunde hat sie bestimmt zu Genüge.

Etwa nicht?

Unerwartet habe ich Mitleid mit meiner Großtante, obwohl ich sie kaum kenne. Wie einsam sie mir jetzt erscheint, die alte Frau, die mir unbeirrt jedes Jahr zum Geburtstag gratuliert und sich an jedem erdenklichen Feiertag meldet.

Es gab eine Zeit – damals war ich vielleicht neun oder zehn –, in der wir uns regelmäßig schrieben. Ich fand es aufregend, den Briefkasten zu öffnen und Post von meiner Großtante darin zu finden. Sie wollte wissen, welche Freundinnen mich am lautesten zum Lachen brachten, ob ich lieber Schnürsenkel oder Klettverschlüsse, sauer Eingelegtes oder Süßes mochte und welche Jahreszeit mir die liebste war. Noch nie hatte sich ein Erwachsener so für mich interessiert. Bis Nonna mich eines Samstags dabei ertappte, wie ich im Flur ungeduldig auf und ab lief.

»Was machst du da? Herumtrödeln, während du dein Zimmer aufräumen könntest?«

»Ich warte auf die Post«, erklärte ich voller Vorfreude. »Ich habe eine Brieffreundin.« Tante Poppy hatte den Ausdruck in einem ihrer Briefe benutzt, und ich fand ihn toll.

Nonna runzelte die Stirn. »Eine Brieffreundin? Wer soll das sein?«

Ich grinste. »Ich schreibe mir Briefe mit deiner Schwester, Großtante Poppy!«

Ohne ein Wort zu sagen, verschwand meine Großmutter in ihrer Wohnung. Als zehn Minuten später Mr Copetti mit seinem Leinensack voll Post kam, tauchte sie wieder auf und hielt ihm auffordernd die Hand hin.

»Bitte sehr!«, sagte er zu ihr, überreichte die Post und zwinkerte mir zu. »Sieht aus, als wäre auch was für dich dabei.«

Lächelnd spähte ich über Nonnas Schulter. Als sich Mr Copetti zum Gehen wandte, hob sie die Hand. »Moment!«, sagte sie und suchte schnell die Post durch, bis sie den violetten Umschlag fand.

»Der ist bestimmt für mich.« Ich griff danach.

Nonna warf mir einen strengen Blick zu und zog einen roten Stift hinter dem Ohr hervor, mit dem sie die Adresse durchstrich und darunter schrieb: *Zurück an Absender.*

»Nonna!«, rief ich. »Was soll das?«

Sie drückte Mr Copetti den Brief in die Hand. »Auf Wiedersehen!«, sagte sie.

Er sah mich an, als wisse er nicht, was er tun solle. Nonna machte einen Schritt auf ihn zu und wies zur Tür.

»Auf Wiedersehen. Aber dalli!«

Er floh praktisch aus unserem Haus.

Ich bekam eine Woche Hausarrest, und jeglicher »alberner« Austausch mit Tante Poppy wurde mir untersagt.

Ich wartete geschlagene zehn Tage, dann verfasste ich noch einen Brief an meine Großtante. Ich versteckte ihn in meinem Mathebuch, um ihn auf dem Schulweg in den Briefkasten zu werfen.

An jenem Morgen setzte ich mich mit klopfendem Herzen an Nonnas Frühstückstisch. Während ich mein Brot mit Marmelade verdrückte und den heißen Kakao trank, legte ich schützend die Hand auf das Buch.

Nonna beäugte mich argwöhnisch. Als sie sich neben mich stellte und das Buch betrachtete, wurde ich fast ohnmächtig. Die Hand fest auf den Einband gepresst, trank ich weiter meinen Kakao. Ehe ich mich versah, riss Nonna mir das eselsohrige Exemplar aus der Hand und hielt es hoch.

»Guck dir dieses verschmierte Buch an!«, sagte sie zu meinem Vater. »Warum zahlen wir so viel Schulgeld, wenn sie solche Bücher kriegen? Hier, es ist ganz ausgefranst, die Seiten sind zerrissen.« Sie blätterte es durch. Ich hielt die Luft an und betete zur heiligen Muttergottes, dass der Brief nicht hinausfiel. Es hatte den Anschein, als würde mein Gebet erhört. Doch gerade als Nonna es wieder weglegen wollte, segelte der Brief heraus wie ein Flugzeug vom Himmel und landete elegant in einer Schüssel Gelee. Selbstverständlich kannte Nonna keine Gnade. Abgesehen von der Standardkarte, die ich zu Weihnachten schickte, halbherzigen Dankesnoten und Geburtstagsgrüßen, habe ich mich nie wieder bei meiner Großtante gemeldet.

Beschämt lasse ich den Kopf sinken. Was muss Tante Poppy gedacht haben, als keine Post mehr von mir kam? Ob sie gekränkt war? Enttäuscht? War ihr klar, dass es an Nonna lag, nicht an mir? Und warum habe ich nicht versucht, Nonna – oder meinen Vater – zu überreden, die Freundschaft weiterführen zu dürfen?

Die Antwort liegt auf der Hand. Mein Vater hätte Nonna, seiner Schwiegermutter, niemals widersprochen. Dafür ist er viel zu harmoniebedürftig. Und die traurige Wahrheit ist: Wenn es um Nonna geht, bin ich genauso ein Feigling.

Mein Magen zieht sich zusammen, ich schlage die Hände vors Gesicht, aber kann die Frage, die sich in mein Bewusstsein drängt, nicht ignorieren: *Hast du jetzt, fast zwanzig Jahre später, den Mut, das wiedergutzumachen?*

5

Emilia

Ich ziehe eine Schürze an, entschlossen, mir die Gedanken an Italien und die arme Poppy aus dem Kopf zu schlagen. Mit dem alten Kochbuch meiner Mutter – mein wertvollster Besitz – aufgeschlagen auf der Arbeitsfläche mache ich mich in meiner winzigen Küche ans Werk.

In Italien, wo meine Großmutter mit ihrer Schwester Poppy und ihren beiden Brüdern Dolphie und Bruno aufwuchs, gibt es einen mit Creme gefüllten Kuchen, der sich Pizza di crema nennt, Sahnepizza. Am Resopaltresen vermische ich einen Teelöffel Backpulver mit Zucker und Mehl. Derweil streicht Claws um meine Beine herum. Meine große Schwester, die das Backen nie gelernt hat (warum sollte sie, wenn sie in einem Laden arbeitet, der das beste italienische Gebäck der Stadt verkauft?), hat keine Ahnung, wie lange es dauert, diesen Kuchen mit einer Füllung aus Vanillecreme, Zimt, Orangenzesten und Fabbri-Amarena-Kirschen zu machen. Länger, als wir heute Abend zusammensitzen werden.

Mein Handy klingelt. Im Display erscheint der Name meiner Schwester. »Hi, Daria«, sage ich und stelle sie auf Lautsprecher, damit ich beim Telefonieren weiterarbeiten kann. »Ich mache gerade die Pizza di crema.«

»Ah, gut! Hör mal, Emmie, ich hab gerade was bei Groupon gesehen: ein Zimmer im Tropicana in Atlantic City zum halben Preis! Das wäre ein schöner Wochenendtrip für Donnie und mich, dachte ich. Wenn ich das Angebot noch bekomme, würdest du dann an dem Wochenende auf die Mädchen aufpassen, irgendwann im Herbst?«

Ich gebe den Teig in die Backform, aber lasse einen Rest in der Rührschüssel. »Ähm, ja, klar.«

»Gut. Der Lesekreis fängt heute Abend um sieben an, aber könntest du vielleicht so schnell wie möglich kommen?« Sie stößt einen Seufzer aus. »Donnie musste natürlich ausgerechnet in der ersten Schulwoche einen neuen Job außerhalb der Stadt annehmen. Du kannst dir nicht vorstellen, wie viele Hausaufgaben Natalie machen muss. Und Mimi soll morgen Cupcakes mitbringen.« Sie hebt die Stimme. »Was mir bis eben keiner erzählt hat!«

Die arme Mimi. Sie ist ebenso schusselig wie ich mit sieben Jahren. »Ich schiebe den Kuchen gerade in den Ofen. Ich komme, sobald er fertig ist.«

»Okay, beeil dich, ja?«

Sie will auflegen, da fällt mir meine Neuigkeit ein: »Ich habe heute einen Brief bekommen. Von Großtante Poppy.«

»O Gott. Was will die denn?«

Ich kratze die Schüssel mit dem Teigspachtel aus und lecke ihn ab, dankbar, dass wir nicht über Facetime verbunden sind. »Sie will mit mir in Urlaub fahren.« Eine Welle unerwarteter Freude steigt in mir hoch, ich lecke noch mal am Teiglöffel. »Nach Italien.«

»Ah. Du kannst aber nicht mit. Das wird Nonna niemals erlauben.«

»Das ist aber nicht ihre Entscheidung«, murmele ich.

Daria geht nicht auf meinen Einwurf ein. »Nonna hasst Poppy, das weißt du.«

»Aber warum? Sie ist doch ihre Schwester.«

»Nonna hat ihre Gründe, das müssen wir akzeptieren.«

»Ich werde mit ihr reden.«

»Lass es, das macht keinen Sinn«, sagt Daria.

»Aber Poppy ist harmlos. Ich habe die Möglichkeit, nach Italien zu reisen. Ich werde das nicht einfach absagen, nur weil Nonna irgendwelche Befindlichkeiten hat.«

»Befindlichkeiten?« Meine Schwester ist verärgert. Ich weiß, was jetzt kommen wird, und wappne mich innerlich. »Nonna mag nicht perfekt sein, aber sie hat uns ihr ganzes Leben gewidmet, Em. Sie war wie eine Mutter für dich.«

Daria hat ihre Trumpfkarte gespielt. Damit konnte sie mich immer ausbremsen.

Eine Schwere legt sich auf mich, und ich beende das Gespräch. Mit dem Finger betaste ich die Narbe unter meiner Lippe und starre aus dem Fenster. Meine Schwester hat es gerade gesagt: Ich kann nicht nach Italien fliegen. Täte ich es, würde ich der Frau die Loyalität entziehen, die mich erzogen hat – was unverzeihlich wäre. Tante Poppy wird sich einen anderen Verwandten suchen müssen, der sie begleitet.

Aber das geht nicht. Meine Großtante hat keine anderen Verwandten. Hatte sie noch nie. Wird sie nie haben.

Denn wie ich ist sie allein … und eine Zweitgeborene.

Ich war sieben Jahre alt, als ich vom Fluch der Fontanas erfuhr. Im Sozialkundeunterricht sollten wir Stammbäume zeichnen, und ich hatte mich für die Seite meiner Mutter entschieden – die Fontanas. Nachdem meine Lehrerin, Ms Pettinaro, meine Abstammungslinie ganze drei Sekunden angesehen hatte, platzte sie mit etwas heraus, das mir entgangen war oder das ich vielleicht nicht hatte sehen wollen. »Schau mal, wie viele Frauen in deiner Familie nicht geheiratet haben.« Sie zog die Augenbrauen zusammen und sah sich meine Zeichnung genauer an. »Das ist ja seltsam. Alles zweitgeborene Töchter. Wirklich sonderbar.«

Ich schob meine Brille hoch und betrachtete die mit Filzstift gemalten Zweige und Blätter, auf die ich sorgfältig die Namen meiner Vorfahren geschrieben hatte. Mir war bekannt, dass Nonnas Tante Bianca alleinstehend war. Sie war der Grund, warum meine Urgroßeltern nicht nach Amerikà hatten kommen können. Und ich wusste, dass die Schwester meiner Nonna, Großtante Poppy, auch nicht verheiratet war. Doch als ich mit dem Finger über die Äste fuhr, erkannte ich, dass alle Cousinen von Nonna, Apollonia und Silvia, Evangelina, Martina und Livia, ebenfalls allein waren – und Zweitgeborene.

Mein Blick wanderte nach unten, wie ein fallendes Blatt. Und da war er, zeichnete sich deutlich gegen die weiße Pappe ab, auf die er gemalt war: mein Zweig im Stammbaum der Fontanas. Unter meiner Mutter, Josephina Lucchesi Antonelli, und meinem Vater Leonardo Phillip Antonelli, stand der Name meiner Schwester Daria. Ich legte den Finger darauf. Dann schob ich ihn nach rechts zu meinem Namen, Emilia Josephina Fontana Lucchesi Antonelli. Die Zweitgeborene.

6

Emilia

Die Schachtel mit der Pizza di crema in beiden Händen, trotte ich zur 67th Street. Mit jedem Schritt steigt meine Aufregung, und die melancholische Stimmung, in der ich mich kurz befunden habe, ist vergessen. Ich male mir aus, wie ich mit Daria in der Küche herumwusele und das Essen und die Getränke für den Lesekreis bereitstelle. Vorsichtig überquere ich die Straße und achte darauf, wo ich hintrete, damit ich nicht über die Bordsteinkante stolpere und der Inhalt der Schachtel verrutscht. Die Pizza di crema ist ein Meisterstück, wenn ich das sagen darf. Ich summe leise vor mich hin. Hoffentlich mag Daria den Kuchen.

Als ich auf die Bay Ridge Avenue trete, drückt jemand auf die Hupe. Erschrocken springe ich auf den Bürgersteig zurück, dann erkenne ich den glänzend schwarzen Lieferwagen mit der Aufschrift *Cusumano Electric.* Der Wagen wird langsamer, die Scheibe fährt hinunter. Matteo Cusumano hebt seine Pilotenbrille an.

»Hey, meine Schöne! Kann ich dich mitnehmen?«

Ich lächele meinen besten Freund an. Ich kenne ihn, solange ich denken kann. Mit dem Kuchen unter dem Arm beuge ich mich vor. »Du weißt wirklich, wie man ein Mädchen um den Finger wickelt – zwei Häuserblocks vor dem Ziel kommst du damit an?«

»Hey, so bin ich nun mal.« Matt lacht. »Steig ein! Gehen wir ein Bier trinken!«

»Musst du keine Strippen ziehen? Leitungen verlegen?«

Matt grinst. »Bin gerade mit dem letzten Einsatz für heute fertig – musste eine Birne in Mrs Fatas Küche wechseln. Sehr anstrengend.«

»Wow. Die Ausbildung zum Elektriker macht sich echt bezahlt.«

»Haha!«

Ich steige in den Lieferwagen und reiche die Schachtel mit dem Kuchen kurz an Matt, damit ich mich anschnallen kann. »Dir ist schon klar, dass Mrs Fata gerne mehr von dir will als eine neue Birne, oder?«

Das stimmt wahrscheinlich sogar. Matteo ist groß und schlank, hat wunderschöne dunkle Locken, eine markante Nase und strahlend weiße Zähne, die sich leicht übereinanderschieben, dazu ein Lachen, das einen vergessen lassen kann, was für einen schlechten Tag man hatte. Ich kann gut verstehen, warum die siebenundsechzigjährige Mrs Fata eine Schwäche für ihn hat. Aber das behalte ich für mich. Sonst steigt ihm das zu Kopf.

»Frauen über sechzig sind verrückt nach mir«, sagt er. »Probleme habe ich eher mit Neunundzwanzigjährigen.«

Ich weiche seinem Blick aus und schaue aus dem Fenster, wo eine junge Mutter einen Kinderwagen über den Bürgersteig schiebt. Matt ist zwar zehn Monate älter als ich, kam mir aber immer wie mein jüngerer Bruder vor. Er ging mit mir am ersten Tag in den Kindergarten St. Athanasius, er schlug Tony Falsetta eine blutige Nase, als der mich in der fünften Klasse »Hasenscharte« nannte, er ließ mich in der gesamten zehnten Klasse die Hausaufgaben in Chemie abschreiben, ging mit mir zum Abschlussball und später zu Darias Hochzeit sowie zu jedem anderen Fest, wo ich eine Begleitung brauchte. Matteo Silvano Cusumano ist mein treuester Freund. Einen besseren kann man sich nicht wünschen. Und genau so soll es auch bleiben.

»Kannst du mich bitte bei Daria absetzen?«

»Keine Zeit für ein Bier?«

»Heute Abend ist Lesekreis, schon vergessen?«

»Stimmt. Ein weiterer Grund, Alkohol zu trinken.«

Ich werfe ihm einen Seitenblick zu. Matt ist kein Fan meiner Schwester. Miststück hat er sie mal genannt. Ich hab es ihm verboten. So darf keiner über Daria reden.

Vor ihrem Haus wird der Lieferwagen langsamer. »Danke fürs Mitnehmen, MC.«

»Wann ist die Sause zu Ende? Ich kann dich abholen.«

»Schon gut.« Ich öffne die Tür. »Ich gehe zu Fuß.«

»Nein, im Ernst. Das wird der Höhepunkt dieses Abends.«

Sein Blick ist zärtlich wie der eines Geliebten. Ich verkneife mir ein Stöhnen. Furchtbar, diese unangenehmen Momente, die sich in letzter Zeit immer öfter in unsere Gespräche stehlen. Letztes Jahr im Mai, als Matt nach acht Monaten mit seiner Freundin Leah Schluss gemacht hatte, verschob sich etwas in unserer Beziehung. Es läuft einfach besser, wenn er eine Freundin hat. Als wir vor einem Monat auf der Hochzeit seines besten Freundes waren, gab es eine peinliche Situation. Wir gingen über den Parkplatz, alberten und redeten wie immer, da griff Matt plötzlich nach meiner Hand. Ich prustete los, schlug ihm auf den Arm und schob die Hand in die Jackentasche. Matt und ich nehmen uns manchmal in den Arm. Gelegentlich gebe ich ihm einen Kuss auf die Wange. Wir klatschen uns ab und stoßen die Fäuste gegeneinander. Aber wir halten nicht Händchen. Nie. Mein Rückzug verletzte ihn, und das tut mir leid. Ich kann mich aber nicht bei ihm entschuldigen, ohne auf den peinlichen Vorfall zu sprechen zu kommen oder, schlimmer noch, auf »uns«. Deshalb tue ich so, als sei nichts gewesen.

Ich steige aus. »Red nicht so einen Blödsinn, Cusumano. Aber danke. Ehrlich.«

Ich winke ihm zum Abschied zu und drehe mich zu dem Reihenhaus aus den Vierzigern um, das Donnie und Daria gekauft haben, nachdem Donnies Vater gestorben war. Donnie wollte das Haus komplett renovieren. Schließlich ist er Maurer und kennt sich angeblich bestens damit aus. Zwei Jahre später wirkt es, abgesehen von einem frischen Anstrich im Bad und neuem Teppichboden im Kinderzimmer, immer noch wie aus den Sechzigern. So was nenne man Retro-Chic, versichere ich Daria oft. Das Haus sei eine klassische Schönheit.

Hinter dem Haus erklingt Gelächter, ich gehe herum zum

Maschendrahtzaun vor dem handtuchgroßen Garten. Dahinter turnen meine Nichten Natalie und Mimi. Sie sind jetzt schon so verschieden, wie Geschwister nur sein können. Genau wie meine Ururgroßtante Fiorenza es vorhersagte, als sie den Fluch der Fontanas verhängte – auch wenn ich diesen Blödsinn nicht glaube.

Ich sehe zu, wie die neunjährige Natalie einen perfekten Handstand-Überschlag macht. Triumphierend reckt sie die Arme und schiebt sich die losen Strähnen ihrer glänzend braunen Haare aus dem engelsgleichen Gesicht. Meine Schwester hat ihr einen französischen Zopf gemacht und ein hübsches rotes Band hineingeflochten. In ihren türkisfarbenen Leggings erkennt man Natalies schlanke, sehnige Beine. Auf ihrem T-Shirt steht *Future President*, was tatsächlich stimmen könnte.

»*So* geht ein Handstand-Überschlag«, verkündet Natalie. Ja, das Mädchen ist jetzt schon so selbstsicher und rechthaberisch wie die junge Hillary Clinton.

Die sieben Jahre alte Mimi schaut ihrer großen Schwester staunend zu. Wie immer sieht sie ein wenig mitgenommen aus. Sie trägt ein knittriges Kleid ihrer großen Schwester, das für ihre zierliche Gestalt noch zu groß ist. Ihre dünnen Beine sind grün vom Gras, ihre Zehennägel unlackiert, anders als die violetten von Natalie. Mimis dunkle Haare sind kurz geschnitten. Meine Schwester hat neulich stolz verkündet, das spare ihnen jeden Morgen zwanzig Minuten Kampf.

Als Mimi hört, dass ich das Gartentor öffne, schaut sie auf. Ihr kleines Gesicht erstrahlt vor Freude.

»Tante Em!«, ruft sie und läuft mit ausgestreckten Armen auf mich zu. Schnell stelle ich die Kuchenschachtel ab und hocke mich hin, um sie in die Arme zu schließen.

»Hey, Zuckerschnute!« Ich schließe die Augen und atme ihren Geruch ein. »Wie geht's meinen Mädels?« Ich stehe auf und will Natalie ebenfalls umarmen. »Du kannst ja super Radschlagen, Maus.«

Sie drückt mich kurz. »Danke.«

»Flugzeug spielen!«, bettelt Mimi.

Lächelnd nehme ich ihre Hände. »Aber nur einmal. Ich muss eurer Mama helfen, alles für den Lesekreis vorzubereiten.«

Ich fange an, mich im Kreis zu drehen, erst langsam, dann immer schneller. Mimi kreischt vor Freude, während sie sich mitdreht. Ich lache ebenfalls. Die Hintertür geht auf.

»Em? Was machst du da?«

Schwindelnd komme ich zum Stehen. »Hi, Daria!« Ich lasse Mimis Hände los und versuche, mich zu orientieren. Der ganze Garten dreht sich. »Komme sofort.«

»Wo ist die Pizza di crema?«

Lachend taumele ich rückwärts. Als ich meine Brille hochschieben will, piekse ich mir mit dem Finger in die Wange. »Keine Sorge, die ist hier.«

»Tante Em!«, ruft Mimi. »Pass auf!«

Mein Absatz stößt gegen etwas Hartes. Ich versuche auszuweichen, aber verliere das Gleichgewicht und stolpere.

»Emmie!«, ruft Daria, als ich falle.

Mit der Hüfte treffe ich auf den Boden. Es tut weh. Die Hintertür fällt zu. Sofort ist Daria bei mir.

»Schon gut«, versichere ich ihr und reibe meine Hüfte.

»Mensch nochmal!«, schimpft sie und zieht die eingedrückte Schachtel unter meinem Fuß hervor. »Du hast sie kaputtgemacht!«

Sie stürmt zurück ins Haus. Mein Herz sackt mir in die Hose. Ich stütze mich auf die Ellenbogen.

»Entschuldigung!«, rufe ich ihr nach.

»Das gibt Ärger«, sagt Natalie.

»Ich weiß.« Ich richte mich auf und gebe beiden Mädchen einen Kuss auf die Wange. »Ich gucke mal besser, ob der Kuchen noch zu retten ist, sonst geht Nonna an die Decke.«

Erst als ich ihre fragenden Gesichter sehe, wird mir klar, dass ich mich versprochen habe.

Zwanzig Minuten später ist es mir gelungen, die Pizza di crema mit Hilfe von Zahnstochern und einer zweiten Schicht Zuckerguss wiederherzustellen. »Tada!«, rufe ich und halte sie Daria hin.

Mit dem Rücken zu mir steht sie in ihrer verblichenen gelben Küche auf einem Hocker und holt Weingläser aus dem obersten Schrankfach. Meine Schwester trägt ein süßes Sommerkleid mit Blumendruck, in dem ihre langen gebräunten Beine zur Geltung kommen. Ihre braunen Haare mit den goldenen Highlights sind perfekt geglättet und fallen ihr sanft auf die Schultern.

Ich stelle die Pizza di crema zu den verschiedenen anderen Snacks auf den Küchentisch. »Das merkt keiner«, sage ich und hole meinen Abdeckstift aus der Tasche, um die Narbe unter der Lippe zu betupfen.

Daria dreht sich um und beäugt den Kuchen. Mit angehaltenem Atem warte ich auf ihr Urteil.

»Na gut«, sagt sie. »Muss so gehen.«

Ich atme aus. »Super. Tut mir wirklich leid, Dari.«

Sie steigt vom Hocker, ich erhasche einen Hauch ihres blumigen Parfüms. »Du siehst übrigens toll aus.«

»Danke. Ähm, wo ist Natalie? Ich hab dir doch gesagt, dass sie Hilfe bei den Hausaufgaben braucht.«

»Oh.« Ich werfe einen Blick auf die Uhr. »Warte, ich hole sie.« Ich drehe mich zur Tür und halte inne. Es ist fast sieben. Mich verlässt der Mut. »Und die Cupcakes, die Mimi zur Schule mitbringen muss?«

Mit dem Kopf weist Daria zur Backmischung hinüber, die auf der Arbeitsfläche wartet. »Könntest du vielleicht …?«

Ich schaue aus dem regenbeschlagenen Küchenfenster meiner Schwester in den Garten, der jetzt im Dunkeln liegt, und lasse Wasser in die Spüle laufen. Im Wohnzimmer verabschiedet Daria gerade den letzten Gast.

»Sag deiner Schwester Tschüs von mir«, richtet eine Frau mir aus. »Und lad sie nächsten Monat mit ein, wenn wir uns bei mir treffen. Allerdings habe ich ein Sachbuch ausgesucht. Findet sie vielleicht zu schwer.«

Ich nehme die Hände aus dem Spülwasser. Meint diese Frau, dass ich nur oberflächliche Liebesromane lese? Ich greife nach dem Handtuch und will ins Wohnzimmer marschieren, da höre ich Darias Antwort.

»Emmie hat Englisch studiert, damit kommt sie bestimmt zurecht.« Deutlich erkenne ich den Zorn in Darias Stimme. »Glaub mir, meine Schwester hat mehr Ahnung als wir alle zusammen.«

Ich lächele. Auch wenn Daria es mir selbst nie sagen würde, ist sie doch stolz auf mich.

Zehn Minuten später stelle ich das letzte Weinglas in den Schrank und hänge das Geschirrtuch über den Griff vom Herd. Nach einem letzten Blick durch die aufgeräumte Küche nehme ich meine Kuchenplatte und mache das Licht aus.

»Ich bin weg!«, rufe ich in den Flur.

Daria kommt aus dem Schlafzimmer, sie trägt bereits ihr hellblaues Nachthemd. Erinnerungen stürmen auf mich ein. Meine große Schwester, wie sie im Schneidersitz auf dem Bett sitzt und meine Zehennägel lackiert. Wie wir beide, im gleichen Nachthemd, »Wannabe« von den Spice Girls in unsere Haarbürsten singen. Wie sie mir nach einem Albtraum den Rücken streichelt.

»Danke, Emmie«, sagt sie.

»Hey, ich hab gehört, was du zu deiner Freundin gesagt hast. Die, die gemeint hat, Sachbücher wären zu schwierig für mich.«

Daria zuckt mit den Schultern. »Ich würde alles sagen, damit Lauren den Mund hält. Sie kann manchmal echt fies sein.«

»Ah. Trotzdem danke.« Betretenes Schweigen kommt zwischen uns auf. »Mimis Cupcakes stehen auf dem Schrank.«

»Super.« Sie kommt auf mich zu und bleibt kurz vor mir stehen. »Tut mir leid, Emmie. Ich wusste nicht, dass Natalies Hausaufgaben so lange dauern würden.«

Was ist nur mit uns passiert?, möchte ich sie fragen. *Wir haben uns doch immer so gut verstanden. Warum hasst du mich jetzt?* Laut schlägt das Herz in meiner Brust. Ich nehme allen Mut zusammen und sage: »Was habe ich dir getan, Dari?«

Sie verschränkt die Arme und tritt von einem Fuß auf den anderen. Dann schnaubt sie verlegen. »Du hättest ihr erlauben sollen, den Taschenrechner zu nehmen. Ist egal, ob man das darf oder nicht. Es spart enorm viel Zeit.«

Sie weicht mir aus, wie immer. Wir wissen es beide. Ich lasse das Thema fallen.

»Wie war euer Abend? Hat sich angehört, als hättet ihr Spaß gehabt.«

Sie sieht beiseite. »Nett. Langweilig. Hast nichts verpasst.«

Ich blicke auf die Kuchenplatte in meiner Hand und warte, dass meine Schwester etwas sagt … irgendeine freundliche Bemerkung. Als nichts kommt, kann ich mir den Seitenhieb nicht verkneifen: »Du hast gar nicht erzählt, wie euch der Kuchen geschmeckt hat, den ich extra für euch gemacht habe.« Ich kann nicht verhindern, dass Gehässigkeit in meine Stimme kriecht. Ich bin zu stark gekränkt.

Sie schlägt sich vor die Stirn. »Ach, die Pizza di crema! Die kam super an. Niemand hat gemerkt, dass es ein Malheur damit gegeben hatte. Ehrlich, Emmie, du hättest Bäckerin werden sollen oder so.« Daria legt den Kopf in den Nacken und lacht. Ich sonne mich in ihrer Freude. Es gab Zeiten, da hielt ich sie für selbstverständlich.

»Was würde ich bloß ohne dich tun?«, sagt sie.

Und sofort habe ich ihr verziehen.

7

Emilia

Schon einen Häuserblock von Daria entfernt bin ich pitschnass. Es ist windig, und die Temperatur ist seit heute Nachmittag um gute zehn Grad gefallen. Bibbernd haste ich über die Straße und ärgere mich, dass ich keinen Regenmantel mitgenommen habe. In einiger Entfernung kommt mir ein bekannt aussehender Mann unter einem riesigen schwarzen Regenschirm entgegen. Dankbarkeit steigt in mir auf, ich fange an zu laufen.

»Hey«, sagt Matt und nimmt mich unter seinen Schirm. Er reicht mir seine Kapuzenjacke. »Ich weiß ja, dass du zu Fuß gehen wolltest, aber da es regnet …«

Ich schlängele mich in seine Jacke. »Danke, MC.«

Er zieht mir die Kapuze über den Kopf. »Die Jacke hat noch nie besser ausgesehen.«

Ich ignoriere sein Kompliment und gehe neben ihm weiter.

»Wie war der Lesekreis?«

»Nett.« Ich beobachte, wie der Regen von den Straßenlaternen angestrahlt wird.

»Ja?« Schweigen breitet sich zwischen uns aus – mein alter Freund wartet, denn er weiß, dass es nicht die Wahrheit ist.

»Was ich dir schon längst sagen wollte«, wechsele ich das Thema, »meine Großtante Poppy hat mich nach Italien eingeladen.«

»Echt? Das ist ja toll. Das ist die, über die keiner spricht, oder?«

»Ja. Aus irgendeinem Grund will sie mich als Reisebegleitung haben.«

»Kluge Frau. Wann geht's los?«

»Ähm, ich fahre nicht mit. Nonna würde einen Anfall bekommen. Sie hasst ihre Schwester.«

Matt zieht die Augenbrauen zusammen. »Was hat das mit dir und deiner Tante zu tun?«

»Glaub mir, eine Reise nach Italien ist Nonnas Zorn nicht wert.«

Regentropfen prasseln auf den Schirm. Schweigend gehen wir einen Häuserblock weiter, dann sagt Matt: »Warum lässt du dich von deiner Familie so behandeln?«

»Wie denn?«

»Dass du dir alles vorschreiben lässt.«

Ich stutze. »Tu ich doch gar nicht. Ist doch nur, weil …«

»Blödsinn!« Er hebt abwehrend die Hand, will mein Argument nicht hören. »Mensch, Em, du hast nie ein Problem damit, dich für andere einzusetzen. Das machst du andauernd.« Matt grinst mich schief an und senkt die Stimme. »Und das gefällt mir so an dir. Warum trittst du nicht auch für dich selbst ein?«

Ich wende den Blick ab. Matt hat nie verstanden, wie meine Familie funktioniert. Er und seine drei jüngeren Brüder sind die besten Freunde. In der Familie Cusumano wird kein Telefongespräch beendet, ohne dass man sich versichert, wie sehr man einander liebt.

»Meine Familie zeigt ihre Liebe auf eine andere Weise als deine«, sage ich. Schon jetzt bin ich die nun folgende Diskussion leid. Das Thema hatten wir schon zig Mal. »Das bedeutet aber nicht, dass wir uns egal wären. Kannst du dich erinnern, als mein Onkel Vinnie vor acht Jahren einen Herzinfarkt hatte?«

Matt verdreht gelangweilt die Augen. »Da war deine Familie zur Stelle.«

»Genau. Alle waren da, Matt, also guck mich nicht so an. Jeden Abend hat Nonna Tante Carol was zu essen gebracht. Carmela und Lucy haben einen ganzen Monat bei mir und meinem Vater gewohnt, damit Tante Carol bei ihm sein konnte. Meine Schwester hat Tante Carol jeden Morgen ins Krankenhaus gefahren, damit sie keine Parkgebühren zahlen musste. Und als Onkel Vinnie entlassen wurde und in die Reha musste, aber seine Versicherung nicht zahlen wollte, haben alle zusammengeschmissen. Und sie waren auch für mich da, als ich den Unfall hatte. Drei Tage lang haben sie den Laden zugemacht, um mich in Delaware zu besuchen«, schließe ich. »Das macht eine Familie aus. Also tu bitte nicht so, als wäre meine Familie herzlos.«

Als mein Haus in Sicht kommt, bleiben wir stehen. Matt sieht mich an. »Ich weiß, Em. Deine Familie hat ein gutes Herz. Eines Tages erkenne vielleicht sogar ich das.«

»Hör auf, Matt. Es sind anständige Menschen.«

»Zu allen, nur nicht zu dir und deiner Großtante Poppy.« Er beißt sich auf die Lippe und betrachtet mich. »Weißt du, gerade hatte ich eine Idee. Ich glaube, ich weiß jetzt, warum du dich von denen so behandeln lässt.«

Ich lege den Kopf schräg. »Ach ja? Und warum, Sherlock? Weil ich sie liebhabe, mit all ihren Fehlern, so wie es sein soll?«

»Nein. Du hast Angst.«

Ich lache. »Angst? Wie du meinst, Cusumano.« Ich trete unter seinem Schirm hervor. »Wir sprechen uns morgen. Danke für den Schirm und die Jacke.«

Er greift nach dem Ärmel meiner beziehungsweise seiner Jacke. »Komm, Em. Überleg doch mal! Du hast selbst miterlebt, was in deiner Familie mit Verwandten passiert, die sich nicht fügen.«

Regen fällt auf meine Brille und tropft von meiner Nase. »Ich weiß nicht, wovon du redest.«

»Ich spreche von Poppy.«

Mein Herz stolpert.

»Es ist nicht normal, wie deine Nonna alle Verbindungen zu ihrer Schwester abgebrochen hat. Fand ich immer schon seltsam. Und du … du gehst auf jeden Einzelnen ein, lässt dir alles gefallen, nur damit dich jeder mag. Denn du hast Angst, dass du sonst eines Tages so endest wie deine Großtante.«

Ich will widersprechen, aber habe Angst, dass meine Stimme bricht. Matt legt mir die Hand auf die nasse Wange.

»Fahr nach Italien!«, sagt er. Seine dunklen Augen sind so zärtlich, dass ich wegsehen muss. »Die Menschen, die dich wirklich lieben, werden da sein, wenn du zurückkommst.«

Es ist elf Uhr, als ich vorsichtig die Haustür aufschiebe. In meinem Kopf dreht sich alles. Ob Matt recht hat? Habe ich wirklich Angst? Nein. Das ist doch verrückt. Meine Familie würde nie die Bande zu mir kappen, so wie sie es mit meiner Großtante getan hat.

Ich schlüpfe ins Haus und schließe ganz vorsichtig die Tür hinter mir. In der Dunkelheit taste ich mich über den Terrazzoboden in Richtung Treppe. Fast habe ich die erste Stufe erreicht, da stolpere ich über ein Paar Schuhe.

»Scheiße!«, stoße ich aus und halte mir sofort den Mund zu. Zu spät. Das Licht im Flur geht an, und meine Nonna erscheint mit ihren stolzen ein Meter fünfzig in ihrer Wohnungstür.

»Silenzio!«, zischt sie und stemmt ihre Fingerknöchel in die breiten Hüften. »Du weckst noch deinen Vater!« Nonna hat einen starken Akzent. Sie spricht eine Mischung aus gebrochenem Englisch und ihrer italienischen Muttersprache. Obwohl sie seit achtundfünfzig Jahren in den Vereinigten Staaten lebt, beherrscht sie Englisch nur mäßig, was wohl daran liegt, dass sie vor allem mit anderen italienischen Einwanderern zu tun hat. Sie ist eine Frau, die sich absondert, statt sich zu integrieren, und sich dann beschwert, nicht akzeptiert zu werden.

Ich bücke mich. Auf dem Boden liegt ein Paar schwarzer orthopädischer Schuhe. »Das sind doch deine, Nonna.« Ich will sie ihr geben.

Sie entreißt sie mir, als sei sie sauer. Aber ich kenne meine Großmutter. Sie hat ihre Schuhe extra im Flur stehen lassen, damit sie mich hört, wenn ich nach Hause komme.

»Mi dispiace«, sage ich als Entschuldigung, obwohl ich mir fast das Genick gebrochen hätte.

Ich steige die ersten Stufen nach oben in der Hoffnung, schnell nach Emville flüchten zu können.

»Deine Schwester hat erzählt, du hast Post bekommen.«

Ich schließe die Augen. Gibt es nichts, was Daria Nonna verschweigt? »Ja, das stimmt. Von deiner Schwester Poppy.«

Sie verschränkt die Arme vor ihrem runden Bauch in dem verblassten grünen Morgenmantel. »Wie kommt sie auf die Idee, dass du mit ihr nach Italien fahren willst? Hast du mit ihr geschrieben, Emilia Josephina?«

»Nur Grüße zu den Feiertagen, Nonna. Sie schickt mir immer Karten. Ich habe sie seit zehn Jahren nicht gesehen, seit der Beerdigung von Onkel Bruno. Wir sind auf Facebook befreundet, aber sie postet so gut wie nichts.«

Nonna macht eine abfällige Handbewegung und schnaubt. »Facebook. Was glaubt sie, wer sie ist, mit diesem Facebook? Ich sage dir, Emilia, diese Frau ist *indecente.* Halt dich von ihr fern. *Capisci*? Geh ihr aus dem Weg!«

Ich starre in das runde, runzlige Gesicht meiner Großmutter, verschrumpelt wie eine Rosine. Sie funkelt mich böse an und wartet, dass ich nachgebe. Ich öffne den Mund, aber bekomme keinen Ton heraus.

Nonna legt den Kopf schrägt und kneift die kleinen dunklen Augen zu. »Morgen früh gibst du mir den Brief. *Ich* werde antworten. Ich werde meiner Schwester mitteilen, dass du nichts mit ihr und ihrem Unsinn zu tun haben willst.«

Ich beiße die Zähne zusammen und gehe die Treppe weiter nach oben, Matts Mahnung in den Ohren. *Du hast Angst. Warum trittst du nicht auch für dich selbst ein?* Fast habe ich den Absatz erreicht, da bleibe ich stehen und schaue nach unten, wo meine Großmutter zurück in ihre Wohnung schlurft, die Schuhe in der Hand. Mein Herz schlägt schneller.

»Nonna?«

Sie dreht sich um und schaut mit gerunzelter Stirn zu mir hoch.

»*Ich* antworte Poppy.«

Sie blinzelt mehrmals. »Du schreibst ihr, dass du nicht mit ihr nach Italien fliegen willst?«

Das wäre gelogen. Ich würde gerne mit meiner Großtante nach Italien reisen. *Indecente* hin oder her, ich möchte Paolina Fontana kennenlernen, diese rätselhafte Frau, die ihre Briefe mit kleinen Zeichnungen verziert und in ihrem Alter noch einmal die Welt bereisen will.

»Machst du das, Emilia?«, hakt Nonna mit zusammengekniffenen Augen nach.

Ich wende mich ab und gehe die Treppe hoch in dem Wissen, dass die brave Enkeltochter morgen dem Wunsch ihrer Großmutter nachkommen wird. Aber heute Abend triumphiere ich zumindest kurz, dass ich nicht eingeknickt bin.

Viele Mädchen träumen von einem Diamantring und einer Hochzeit in Weiß. Ich schätze, das habe ich auch getan, als ich jünger war. Aber darüber bin ich hinweg. Ich habe gelernt, das Leben als Single zu akzeptieren, nein, es sogar zu genießen. Anders als die meisten Frauen, die auf die dreißig zugehen, kann ich abends mit Matt und unseren Freunden Spaß haben, ohne mich die ganze Zeit zu fragen, ob ich »den Richtigen« kennenlerne. Abgesehen von meinem Concealer kaufe ich keine Schminke oder Hautpflege. Das spart mir ein Vermögen. Ich kann bequeme Schuhe und eine Brille tragen. Peinliche Dates und den unvermeidlich darauf folgenden Herzschmerz schenke ich mir. Ich mache mir nicht die Mühe, im Fitnessstudio zu trainieren, wo ich andere »aktive Singles« kennenlernen könnte. Ich gehe in schlabbrigen alten Klamotten vor die Tür und mache Online-Yoga im Wohnzimmer, manchmal sogar im Pyjama. Wenn ich hin und wieder jemanden treffe, der Interesse zeigt, flattern keine Schmetterlinge in meinem Bauch. Ich träume nicht von einer Schar Kinder mit meiner Nase und meinen Augen, muss niemandem beweisen, wie witzig und klug ich sein kann. Ich bin einfach ich selbst – was potentielle Verehrer offenbar erfolgreich abhält.

Es ist ein wunderbarer Montagnachmittag – mein freier Tag –, und ich jogge gerade durch den Petrosino Park, versunken in ein neues Lied von Lord Huron, als mein Handy eine Nachricht meldet. Ich verlangsame zu einem Trab und lese sie schnell.

Hey, Ems. Heute Abend Netflix?

Momentan gucken Matt und ich immer die Wiederholungen alter Serien, die perfekte Ausrede für stundenlanges Extreme-Couching und Massen von Popcorn.

Er benutzt meinen alten Spitznamen. Ich denke positiv und sehe es als Zeichen dafür, dass die seltsame Stimmung zwischen uns vorbei ist. Als Antwort tippe ich einen erhobenen Daumen. Sofort schickt er ein Herz zurück.

Ich stöhne. Ein Herz? Im Ernst? Ich stelle meine Playlist wieder an, stopfe das Handy zurück in die Tasche und erhöhe das Tempo. Eine Minute später klingelt das Handy. Ich tippe zweimal auf mein AirPod im Ohr.

»Was ist denn noch, Cusumano?«

»Oh, hallo, Emilia!«

Ich bleibe abrupt stehen und ziehe das Handy heraus. Auf dem Display lächelt mich eine hübsche Frau mit gebräunter Haut an. Ich stutze.

»Tante Poppy?«

Wer ruft denn einfach ohne Vorwarnung auf Facetime an?

8

Emilia

Ein kobaltblaues Tuch um Tante Poppys Kopf bändigt ihre silbern durchwobenen Locken. Ich wische mir mit dem Ärmel über die Stirn.

»Tante Poppy? Bist du das?«

»Ich glaub schon.« Sie lacht. In ihren dunklen Augen funkelt es lustig. »Was für ein hübsches Lächeln!«, sagt sie und kommt näher an die Kamera. »Endlich bist du groß genug für deinen schönen Mund!«

Ich muss ebenfalls lachen. »Kann sein«, sage ich und lege einen Finger auf die Narbe unter meiner Lippe.

»So, nun aber zu unserer Reise.« Sie klingt geschäftig.

Ich beuge mich vor und umfasse meine Oberschenkel, um Luft zu bekommen … und meine Gedanken zu sammeln. Es ist fast eine Woche her, dass die Einladung meiner Tante kam. Wie Nonna es verlangte, habe ich am nächsten Tag mit einer höflichen Absage geantwortet. Hat sie die nicht erhalten?

»Es tut mir leid, Tante Poppy. Ich kann nicht mitkommen nach Italien.«

Sie klopft sich mit ihrem lackierten Fingernagel aufs Kinn. »Bitte, mein liebes Kind, sag nicht so schnell zu allem nein. Du wirst bald feststellen, dass das Leben viel spannender ist, wenn du die Arme ausbreitest und rufst: Alles ist möglich.«

Ich will etwas erwidern – was, weiß ich selbst nicht so genau –, da höre ich ihre Türglocke.

»Du bekommst Besuch«, sage ich, dankbar für die Ausrede, das Gespräch zu beenden. »Wir können ein andermal telefonieren.«

»Blödsinn! Wir müssen unsere Reise planen.«

Tante Poppy bewegt sich durch ein lavendelblaues Wohnzimmer, das Display hüpft die ganze Zeit auf und ab. Ich registriere zahlreiche Dekogegenstände: eine alte Tankstellenuhr unter der Decke, Kissen in den verschiedensten Größen und Farben, ein Sessel mit Zebramuster auf einem violetten Zottelteppich. Ein Korbstuhl, der von der Decke hängt. An einer Lampe baumelt ein aus Holz geschnitzter Affe.

Plötzlich wird die Tür aufgestoßen, es wird hell auf dem Display.

»Brody!« Tante Poppy richtet die Kamera auf einen großen Mittfünfziger mit struppigem blonden Haar, der eine Jeans und ein Karohemd trägt. »Brody, das ist Emilia. Emilia, das ist Brody.«

Ich kichere verlegen. »Ah. Schön. Freut mich, Sie kennenzulernen, Brody.«

»Gleichfalls«, sagt der Mann mit einer tiefen Stimme, die zu seinem rustikalen Äußeren passt. »Ihre Tante hier ist schon ganz aufgeregt wegen der Reise.«

Ich wende den Blick ab und ziehe den Kopf ein. Erzählt sie allen Leuten, ich würde mit ihr nach Italien kommen?

Brody erklärt meiner Tante, er würde nun gehen. Das Bild wackelt, ich erkenne eine faltige Hand. »Viel Glück!« Tante Poppy drückt dem Mann einen glänzenden Penny in die Hand.

»Danke, Poppy. Bis morgen!«

»Auf Wiedersehen für heute, mein Lieber!« Ich sehe ihre Hand winken, als sie sich von Brody verabschiedet. »Hab einen großartigen Tag! Und zeig der Welt, wie schön sie sein kann!«

Auf dem Display sehe ich wieder ihr Gesicht, als Poppy zurück ins Haus geht. »Dieser Mann ist ein Geschenk Gottes«, sagt sie und schließt die Tür hinter sich. »Hat sein Bein in Vietnam verloren. Dafür ist er meine rechte Hand. Er kommt jeden Tag und unterstützt mich bei Higgins, meinem zwanzigjährigen Wallach.«

Ich verdaue immer noch die Information, dass meine Tante ein Pferd besitzt, da fügt sie hinzu: »Brodys Vater war mein Partner.«

»Dein Partner? Meinst du damit …?«

»Ja, Emilia. Mein Lover. Bis er dann leider verstorben ist.«

Wenn Nonna das alte Italien ist, schwer, dunkel und beladen, dann steht Poppy mit ihrer überdrehten, lockeren Art und der dazu passenden hellen, lebhaften Stimme für das kosmopolitische Amerika. Sie hat einen schwachen italienischen Akzent, der ihr eine leicht exotische Note verleiht.

Fast habe ich das Gefühl, als würde ich neben ihr durch das Wohnzimmer in die vollgestellte Küche laufen. Als sie verkündet, es sei »Tea Time«, rechne ich mit Earl Grey oder Oolong. Stattdessen holt sie grinsend eine Flasche Bombay Gin aus dem Schrank. »Trinkst du deinen Martini in einem geeisten Glas oder *on the rocks*?«

»Ich bevorzuge meinen Martini up und ein bisschen dirty«, spiele ich mit. Poppy bricht in Lachen aus.

»Ach, wie gerne würde ich jetzt mit dir anstoßen.«

Ich setze mich auf eine Parkbank, die Sonne wärmt meine Schultern, und sehe zu, wie meine Tante sich ihren Martini mixt. Sie hat das Handy gegen eine Weinflasche gelehnt, aber es steht ein bisschen schief, so dass ich nur ihre linke Seite sehe. Der Großteil des Bildes wird von einem Kühlschrank eingenommen, an dem zahllose Fotos von Babys, Kindern und den unterschiedlichsten Frauen hängen. Viele von ihnen tragen rosa Kappen und halten auf einer Kundgebung Plakate in die Höhe. Außerdem erkenne ich Poppy in Reitmontur auf einem wunderschönen schwarzen Pferd. Und Poppy bis zu den Knöcheln im Meer, Arm in Arm mit Freunden, die offenbar halb so alt sind wie sie.

Sie wirft einen kurzen Blick auf den Kühlschrank hinter sich, und ich habe das Gefühl, sie hätte mich beim Schnüffeln erwischt. Sie lächelt jedoch. »Das Leben lässt sich besser in Freundschaften messen als in Jahren, meinst du nicht?« Ohne meine Antwort abzuwarten, nimmt sie ihr Glas und den Martinishaker. Das Bild wird schwarz. Ich nehme an, dass sie das Handy gerade unter den

Arm geklemmt hat. Als Nächstes steht sie auf einer schattigen Terrasse.

»Mein kleines Stück vom Himmel«, erklärt sie und filmt einmal in die Runde. Büsche und Kletterpflanzen, rosa Hibiskus und orangerote Mohnblumen leuchten in Tontöpfen, zwischen denen Keramikfiguren stehen: Feen, bunte Zwerge und ein lebensgroßer Alligator. Ich sehe ein Peace-Zeichen aus Holz, einen Regenbogen aus Blech.

»Hier, mein neuestes Projekt«, sagt sie und hockt sich an einen Koi-Teich. »Komm her, Nemo!«, ruft sie und macht kleine Wellen im Wasser. »Zu mir, Dorie!«

Ich muss laut lachen. »Dein Haus ist beeindruckend.« Das meine ich ehrlich. Es wirkt auf mich schwindelerregend und gleichzeitig einladend, wie aus einem Fantasy-Roman, in dem die Hauptfigur vielleicht eine jung gebliebene, skurrile alte Frau ist, total …

»Durchgeknallt«, unterbricht Poppy meine Gedanken.

»Was?«

Sie steht auf. »Das hast du doch gedacht, oder?«

»Nein!« Ich schmunzele nervös. »Ich … ähm …«

Lachend setzt sie sich in einen Korbsessel, dessen Kissen nicht zueinander passen. »Schon gut, Emilia. Weißt du, mich haben immer die Menschen angezogen und inspiriert, die voller Elan sind, hungrig nach Leben. Die nach neuen Erfahrungen suchen, die gerne lachen, die kreativ sind. Die tanzen und dabei alles um sich herum vergessen. Die Chancen ergreifen und es lieben, überrascht zu werden. Menschen, die jeden Tag in vollen Zügen genießen, so, als könnte es ihr letzter sein. Ich denke, du gehörst zu diesen Menschen.«

»Hmm«, brumme ich und hoffe, dass meine Tante das als Ja versteht.

Sie stellt ihr Handy vor sich auf den Tisch. Diesmal ist sie gut zu erkennen, so dass ich zum ersten Mal die Möglichkeit habe, Poppy gründlich zu mustern. Sie ist schmal, hat eine gebräunte Haut und große volle Lippen, die grellrosa geschminkt sind. Sie trägt ein weißes Sommerkleid aus Leinen, dazu eine klobige orangefarbene Kette und einen rosa Gürtel. »Auf Emilia!« Sie hebt ihr Glas, und ein Dutzend bunter Armreifen klimpert an ihrem zierlichen Handgelenk. Hundert Meilen weiter tue ich auf meiner Parkbank so, als würde ich ihr zuprosten. Sie fügt hinzu: »Eine Zweitgeborene wie ich.«

Bei der Erinnerung an den Fluch verschlucke ich mich fast an meinem imaginären Martini.

Die Geschichte geht nämlich so: Vor vielen Jahren lebte im italienischen Trespiano eine einfache, verbitterte Frau namens Fiorenza Fontana, deren jüngere Schwester Maria mit besonderer Schönheit gesegnet war. Von dem Moment an, als Maria geboren wurde, war Fiorenza eifersüchtig auf sie. Das wurde schlimmer, als die beiden heranwuchsen. Fiorenzas Verlobter Ugo, ein junger Mann, der gerne den Frauen nachschaute, fand Gefallen an der jüngeren Maria. Obwohl sie versuchte, Ugos unerwünschte Annäherungsversuche abzuwehren, ließ er nicht locker. Fiorenza warnte Maria: »Wenn du mir meinen Ugo nimmst, werde ich dich und alle zweitgeborenen Töchter der Fontanas verfluchen.« Als die Familie kurze Zeit später ein Picknick am Fluss machte, ging Ugo zu Maria ans Ufer, wo er sich unbemerkt glaubte. Er packte die junge Frau und presste ihr einen Kuss auf die Lippen. Bevor Maria sich von ihm befreien konnte, tauchte Fiorenza auf. Sie sah den Kuss und tobte vor Wut. In ihrer Rage griff sie zu einem Stein und warf ihn nach ihrer Schwester. Er traf Maria am Auge. Sie erblindete auf dieser Seite, und das Lid hing hinab. Von da an war es mit ihrer Schönheit vorbei, und Maria verlor ihren Lebensmut. Kein Mann wollte sie mehr haben. Und seitdem hat auch keine andere zweitgeborene Fontana-Tochter jemals geheiratet.

»Prost!«, beeile ich mich zu sagen. Dann füge ich hinzu: »Aber ich glaube nicht an den Fluch.«

»Na, hoffentlich nicht!« Tante Poppy schüttelt den Kopf. »Ich habe mich schon immer über diese Geschichte aufgeregt!«

»Ich auch! Da wird eine Frau sexuell belästigt, und statt ihr zu helfen, wird sie mit einem Stein beworfen und mit einem lebenslangen Fluch belegt. Das muss man sich mal vorstellen.«

»Schlimm. Die Frauen hätten diesem Ugo in die Eier treten sollen.«

Ich muss lachen. »Amen!«

Tante Poppy nimmt einen Schluck von ihrem Martini und schlägt die Beine unter. Fuchsiafarbene Zehnägel leuchten an ihren nackten braunen Füßen. »Erzähl mir alles Schöne über dich, Emilia!«

Ich rutsche auf der Bank herum und bemühe mich, mein Leben mit Daria und Matt, meiner Katze, meiner Arbeit und meinen Nichten, selbst mein kleines Apartment spannend darzustellen.

»Das wär's im Großen und Ganzen«, schließe ich. »Mein Leben ist nicht so aufregend.«

Sie zuckt mit den Schultern. »Egal. Dein zugegebenermaßen recht übersichtliches Leben wird sich ohnehin bald ändern. Schließlich befindest du dich demnächst auf einer Gratisreise nach Italien!«

Gratis? Soweit ich weiß, ist Poppy eine Art Kunstlehrerin – für Kunstgeschichte, meine ich. Wie kann sie sich eine Reise nach Europa für zwei Personen leisten? Dazu das schöne Anwesen, ein Pferd und einen Angestellten?

»Apple-Aktien«, sagt sie.

»Wie bitte?«

»Damit habe ich das Geld verdient.«

»Oh«, bringe ich hervor und merke, dass ich heiße Wangen bekomme. Kann diese reitende, gärtnernde Kunstdozentin auch Gedanken lesen?

Tante Poppy schaut in die Kamera. Ihr Blick tanzt. »Ich habe 1980, als Apple an die Börse ging, zehntausend Dollar investiert. Damals hat noch keiner mit denen gerechnet. Zweiundzwanzig Dollar pro Aktie. Sie sind um fast neunundzwanzig*tausend Prozent* gestiegen. Kannst du dir das vorstellen? Und da ist die Dividende noch nicht mal mitgerechnet.« Sie legt den Kopf in den Nacken und lacht.

Ich stehe auf und schlendere zum Joggingpfad hinüber.

»Das ist toll«, erwidere ich im Gehen. »Aber es tut mir leid, ich … ich kann nicht weg … das Geschäft …«

»Ach, stimmt«, sagt sie. »Cannoli machen ist natürlich unersetzlich. Mit einer Reise nach Europa kaum zu vergleichen.«

Bevor ich etwas zu ihrer sarkastischen Bemerkung sagen kann, fährt sie fort: »Du bist eine junge Frau, Emilia. Wenn du nicht reisen und dir die Welt ansehen willst, kannst du dich auch gleich in die Kiste legen.«

Ich denke, sie meint einen Sarg. In ihren Augen bin ich so gut wie tot.

»Mein Vater braucht mich. Nonna auch, und meine Schwester.«

»Natürlich«, antwortet sie. »Aber was brauchst *du*?«

Ich öffne den Mund, um etwas zu sagen, da werde ich fast von einem Fahrradfahrer umgerissen. »Achtung!«, schreit er.

»Entschuldigung!«, rufe ich ihm nach und eile zurück zur Parkbank.

»Emilia, mein Mädchen«, sagt Tante Poppy. »Könntest du mir bitte einen Gefallen tun?«

»Natürlich.«

»Hör auf, dich zu entschuldigen, wenn es dir nicht leidtut.«

Ich ziehe die Augenbrauen zusammen. »Was?«

»Kommen wir zur Sache«, sagt sie. »Ich habe unsere Reiseroute schon komplett ausgearbeitet. Zuerst gucken wir uns ein paar schöne Sachen an, aber am 22. Oktober müssen wir in Ravello sein. Das ist eine wunderschöne Stadt an der Amalfiküste.« Sie lächelt in die Kamera. »Da werde ich achtzig.«

»Aber Tante Poppy …«

»In fünf Wochen geht es los. Ich dachte, du kommst mit dem Auto zu mir nach Devon und holst mich ab. Von mir sind es nur zwanzig Minuten bis zum Flughafen von Philadelphia.«

»Ich fahre kein Auto«, sage ich

»Ihr New Yorker«, sagt sie verächtlich. »Wenn das so ist, treffen wir uns bei euch am JFK. Was werden wir für einen Spaß haben, wir beide! Unser Urlaub beginnt in Venezia, dann …«

Geistesabwesend massiere ich meine Narbe. »Bitte, Tante Poppy! Ich kann wirklich nicht nach Italien fahren. Das ist unmög…«

»Alles ist möglich.« Sie sieht mich so eindringlich an, dass ich froh bin, ihr nicht gegenüberzusitzen. »Auch wenn du dich noch so wehrst, du möchtest unbedingt mit. Du hast deine Handynummer in den Brief geschrieben, damit ich dich anrufe.«

Ich fühle mich ertappt. »Kann sein. Nonna wollte dir schreiben, aber das habe ich nicht zugelassen. Irgendwie fand ich es wichtig, dass ich es selbst tue.«

Poppy grinst. »Na, wer sagt's denn? Du hast ja doch ein bisschen Mumm. Deine Mutter war so sanft wie ein Engelchen. Freut mich, dass du anders bist.«

Mein Herz schlägt schneller. Mein ganzes Leben schon bin ich auf der Suche nach Informationen über meine Mutter. Vor Jahren habe ich aufgehört, meinen Vater danach zu fragen, weil Nonna schimpfte, es würde ihn immer so traurig machen. Abgesehen von Äußerlichkeiten, die ich auf Fotos gesehen habe, hat mir mein Vater genau drei Dinge über meine Mutter verraten: Sie tanzte gerne. Ihre Lieblingsfarbe war blau. Und sie hatte Angst vor Spinnen. Es macht mich ganz traurig, wenn ich mir vorstelle, dass das vielleicht alles ist, was mein Vater über seine junge Frau wusste.

»Wie gut kanntest du meine Mutter?«

»Wir waren ein Herz und eine Seele.«

Das weiß ich besser. Tante Poppy kam nur zu Feiertagen zu Besuch und wusste wahrscheinlich gar nichts über sie.

Dennoch frage ich: »Wie war sie so? Hat sie gerne gelesen? War sie neugierig? Nett? Bitte, Tante Poppy, erzähl mir alles, was du über sie weißt!«

Mit traurigem Blick lächelt sie. »Setz dich auf die Bank, dann erzähle ich dir meine Geschichte.«

9

Poppy, 1959

In den fünfziger Jahren erlebte nahezu ganz Italien einen Aufschwung, besonders das sogenannte industrielle Dreieck: Mailand, Turin, Genua. Durch den Marshallplan flossen Milliarden von Dollar ins Land. Doch unser kleines toskanisches Dorf Trespiano vor den Toren von Florenz bekam davon so gut wie nichts mit. Der wirtschaftliche Aufschwung ging an meinem Vater, einem hart arbeitenden Bauern, vorbei.

Mein ältester Bruder Bruno arbeitete mit Alberto, dem feschen Verlobten von Rosa, neben Papà auf den Feldern. Einmal die Woche brachten sie die Ernte zum Markt, aber kehrten immer mit so wenig Geld zurück, dass es kaum für die Pacht und die laufenden Kosten reichte. Obwohl mein Vater das Land seit Jahren bewirtschaftete, hatte er es nur gepachtet. Der reiche Grundbesitzer war der Einzige, der daran verdiente.

Rosas Verlobter äußerte als einer der Ersten seinen Unmut darüber. Wie sollte der Hof in Zukunft vier Familien ernähren? Während er das Land beackerte und bestellte, reifte in ihm ein Entschluss heran. Zusammen mit meinem Bruder Bruno, sie waren damals beide vierundzwanzig, wollte er seine Heimat verlassen. Sie waren es leid, dass sie für ihre schwere Arbeit keine Anerkennung erfuhren, und in Amerika, so hieß es, würden Milch und Honig fließen. Dolphie, der noch zu jung war, würde ein paar Jahre später nachkommen.

Alberto hatte einen Onkel, der drei Jahre zuvor in die Vereinigten Staaten ausgewandert war. Dieser Onkel, Ignazio, schrieb Alberto Briefe und erzählte darin von New York, wo er wohnte, von dem Kühlschrank, in dem sich die Lebensmittel stapelten, und der Maschine, die seine Kleidung wusch. Er hatte ein kleines Geschäft in Bensonhurst eröffnet, einem Viertel von New York, wo sich viele italienische Immigranten niedergelassen hatten. Ignazio brauchte Hilfe an der Fleischtheke und in der Küche. Wenn Alberto und sein Freund Bruno nach Amerika kämen, würden sie dort in einem Monat mehr verdienen als in einem ganzen Jahr als Bauern.

Mein Bruder Bruno war begeistert. Die beiden begannen zu sparen. Alberto würde Rosa noch vor der Abfahrt heiraten. Wenn er in Amerika war, sollte sie nachkommen, um dort gemeinsam mit ihm ein neues Leben zu beginnen. »Ihr seid eingeladen«, sagte er zu meinen Eltern. »Paolina natürlich auch, Dolphie hat bereits zugesagt.«

Ich war von dem Gedanken an Amerika, dem modernen Leben dort, der Freiheit und dem attraktiven Präsidentschaftskandidaten, Senator John Fitzgerald Kennedy, absolut hingerissen. Nicht so meine liebe Schwester. Nachts erzählte sie mir in unserem kleinen Schlafzimmer unter dem Dach von ihren Ängsten. Sie war zwar zwei Jahre älter als ich und hatte ein größeres Mundwerk als viele Männer, aber gleichzeitig war sie ängstlich, manchmal sogar feige. Sie sehnte sich nach Sicherheit, Gewissheit, Geborgenheit. Am liebsten wäre sie für immer mit Alberto und einer Schar von Kindern in Trespiano bei unserer Familie geblieben.

Jeden Abend unterhielten sich Alberto und Bruno mit meinem Vater beim Essen über ihre Pläne. Die beiden würden als Erste aufbrechen. Sie hätten kein Problem, ein Visum zu bekommen. Onkel Ignazio würde bei der amerikanischen Regierung für sie bürgen und garantieren, dass sie Arbeit hatten.

Hinter Albertos Rücken höhnte Rosa über ihren Verlobten. Sie behauptete, er sei ein Träumer, sie würden Trespiano und die Eltern niemals verlassen. Doch ich wusste, dass ihr Schicksal besiegelt war. Bald würde sie Alberto heiraten. In unserer Familie hatten Frauen nichts zu sagen. Wenn ihr Mann erst mal in Amerika war, wurde von ihr erwartet nachzukommen. Alberto brauchte in seiner neuen Heimat eine starke, hart arbeitende Frau, die ihm viele Kinder schenkte. Wenn Rosa keine Lust hätte, in die USA zu gehen, gab es viele Mädchen im Dorf, die liebend gerne für sie eingesprungen wären.

Alberto Lucchesi war der begehrteste Junggeselle in Trespiano. Er konnte sehr gut tanzen und hatte ein ansteckendes Lachen. Er war über eins achtzig groß, hatte dichte schwarze Haare und ein Funkeln im Blick, das sein Gegenüber in den Bann zog. Mehr als einmal bekam ich mit, wie er meine Freundinnen bezirzte, auch wenn ich meiner Schwester nie davon erzählte. Sie zweifelte schon genug an sich. Und Papà machte es nicht gerade besser. Er gratulierte seiner älteren Tochter zu ihrem Verlobten und scherzte über ihr großes Glück. »Meine liebe Rosa«, sagte er eines Morgens beim Frühstück, »du bist nur ein Netz, in das sich zufällig der dickste Fisch im Meer verirrt hat.«

Jedes Mal, wenn Papà so etwas von sich gab, schien Rosa zu schrumpfen. Und wenn Alberto Bücher und Zeitungen las oder Wörter verwendete, die Rosa nicht aussprechen, geschweige denn erklären konnte, wuchsen ihre Selbstzweifel.

»Alberto wird sich bald mit mir langweilen«, sagte sie dann.

»Mit dem schönsten Mädchen aus ganz Italien?«, gab ich zurück. »Mit der besten Köchin von Trespiano? Die ihm eine perfekte Ehefrau sein wird? So ein Quatsch!«

»Und eine Mutter«, fügte sie hinzu. »Alberto wünscht sich viele Kinder.«

»Natürlich! Du wirst die beste Mutter von allen.«

Als Alberto begann, Geld für die Überfahrt nach Amerika zurückzulegen, ignorierte Rosa das. Sie wollte es noch immer nicht wahrhaben. Eine Schiffspassage über den Atlantik ohne Begleitung war für sie unvorstellbar. Oft erwachte sie aus Albträumen, klammerte sich an mich und erzählte mir ihre Visionen von rauschenden Wassermassen und einer engen Kabine, aus der sie nicht fliehen konnte.

Eines Tages verkündete Rosa beim Mittagessen, sie hätte eine gute Nachricht. Gleichgültig gegenüber den schlichten Einfällen seiner Tochter drehte mein Vater seine Spaghetti auf die Gabel. Ich hingegen setzte mich neugierig auf.

»Alberto hat seinem Onkel Ignazio geschrieben«, begann Rosa.

Mein Vater schaute hoch.

»Er hat sich einverstanden erklärt, Paolina zur Frau zu nehmen.«

Ich erstickte fast an meinem Brot.

»Sobald wir in Brooklyn ankommen, will er sie heiraten.«

Das Gesicht meines Vaters leuchtete auf. Er hob sein Chiantiglas. »Auf Ignazio und Paolina! Das hätte ich mir nicht träumen lassen.«

Für meine Familie stand es fest: Ich würde nach New York gehen und einen völlig unbekannten einundvierzigjährigen Kerl heiraten, der eine junge Frau für die Küche und seine dreckige Wäsche brauchte.

Ich erschauderte. »Niemals!«

»Bitte, Paolina«, sagte Rosa und faltete ihre Hände wie zum Gebet. »Du musst seinen Antrag annehmen. Wenn du mit einem Mann in Amerika verlobt bist, hast du keine Probleme mit der Einwanderungsbehörde. Und das Beste ist: Wir können zusammen fahren.«

Meine Gabel fiel auf den Teller. »Niemals heirate ich diesen Kerl. Er ist zu alt. Ich kenne ihn nicht mal.«

»Pst!«, machte meine Mutter. »Du bist die Zweitgeborene. Ist dir eigentlich klar, was für ein Glück du hast, dass dich jemand nehmen will? Denk an all deine Cousinen, die sich so eine Gelegenheit nicht entgehen lassen würden.«

Ich warf meine Serviette auf den Tisch. »Ich glaube nicht an den Fluch. Habe ich noch nie.«

Doch noch während ich das sagte, musste ich an meine Großtante Isabella, meine Tante Bianca, meine Cousinen Apollonia und Silvia, Evangelina, Martina und Livia denken. Alles zweitgeborene Fontanas. Alle alleinstehend.

»Und was ist mit Kindern?«, fragte meine Mutter. »Dann hättest du wenigstens eine Chance.«

»Entschuldigung«, sagte ich und stand so abrupt auf, dass mein Stuhl fast umfiel. »Mir ist der Appetit vergangen.«

Ich war auf halber Höhe der Treppe, als Rosa mir nachkam und mich am Arm festhielt. »Bitte verzeih mir, Paolina! Ich dachte, du würdest dich über die Sache mit Ignazio freuen. Jetzt können wir gemeinsam nach Amerika fahren!«

Ich fühlte mich in der Falle. Sicher wollte ich meiner Schwester helfen. Ich wollte auch gerne nach Amerika. Ich sehnte mich nach der Freiheit und den unbegrenzten Möglichkeiten dort. Vielleicht könnte ich sogar aufs College gehen. Aber niemals würde ich einen Mann heiraten, den ich nicht liebte.

»Ich brauche keinen Mann. Ich bin gerne allein.«

»Aber verstehst du denn nicht? Das ist der einfachste Weg, dich ins Land zu bringen.« Sie zog mich an sich und flüsterte mir ins Ohr: »Wer zwingt dich denn, ihn zu heiraten, wenn wir erst mal da sind?«

Sie sah mich verschmitzt an. Vielleicht hatte sie ja recht. Wir würden mindestens ein Jahr vor unseren Eltern in Amerika eintreffen. Es war das Land der Freiheit. Dort hatten Frauen etwas zu sagen. Sie durften wählen, rauchen und sogar Auto fahren. Ich konnte tun, was ich wollte. Die Vorstellung raubte mir den Atem … und machte mir Hoffnung. Ich umarmte Rosa.

»Ich hab dich lieb, mein schlaues Schwesterlein.«

Ende September heirateten Rosa und Alberto in einer schlichten und – zumindest in meinen Augen – völlig leidenschaftslosen Zeremonie. Aber Rosa war überglücklich. »Jetzt gehört er endlich mir«, sagte sie. »Keine kann ihn mir mehr nehmen, den Mann meiner Träume.«

Zwei Tage später beantragten wir Visa für Amerika: Rosa als Frau, deren Mann bald dort leben und arbeiten würde, ich als Verlobte eines Italo-Amerikaners, der bereits die Staatsbürgerschaft angenommen hatte. Man sagte uns, die Genehmigung könne Monate dauern, möglicherweise über ein Jahr. In der Zwischenzeit wollten wir arbeiten und Geld für das Schiff sparen – die Fahrkarte nach Amerika war teuer.

Ich war fast zwanzig Jahre alt und interessierte mich für vieles: Sprachen, Geschichte, Naturwissenschaft. Aber ich hatte keine Ausbildung und keine besonderen Fähigkeiten. An vier Tagen pro Woche fand ich Arbeit als Waschfrau, eine furchtbare Schufterei im Keller eines Hotels in der Nachbarstadt Fiesole. Wenn ich nicht dort war, half ich Mamma auch weiterhin bei den Arbeiten auf dem Hof. Sie hatte mir außerdem schon früh beigebracht, wie man Socken stopfte und Kleidung flickte, so dass ich ihr bei den Näharbeiten helfen konnte, mit denen sie sich ein Zubrot verdiente.

Aber Nähen war langweilig. Kochen lag mir auch nicht, und erst das Putzen! Wer wollte schon einen Tag nach dem anderen auf allen vieren verbringen, die halbe Zeit mit dem Kopf im Eimer? Ich war unruhig, verlor mich in Wunschvorstellungen. Ich träumte davon, in Amerika zur Universität zu gehen und Architektin zu werden. Am nächsten Tag wollte ich Ärztin sein. Am dritten eine Professorin. *La mia sognatrice* – meine Träumerin, sagte meine Mutter zu mir.

Rosa hatte als verheiratete Frau mehr Möglichkeiten. Ein Cousin von Alberto kannte jemanden, der in den Uffizien in Florenz arbeitete. Rosa brauchte nur eine Prüfung bestehen, dann könnte sie als Fremdenführerin in dem Museum angestellt werden.

Was war ich neidisch! Die Uffizien beherbergten eine der herausragendsten Sammlungen von Renaissancekunst in der ganzen Welt. Meine Schwester war so ein Glückspilz! Sie würde eine angesehene Stelle in der Stadt haben und dazu noch eine Arbeit, die interessant und aufregend war. Doch zuerst musste Rosa die Prüfung ablegen, was keine leichte Aufgabe war. Jedes Mal, wenn sie in dem sechzigseitigen Handbuch las, das der Kurator des Museums ihr überlassen hatte, bekam sie glasige Augen. Die arme Rosa war nicht wissbegierig und interessierte sich überhaupt nicht für Kunst.

Jeden Abend setzte ich mich nach meinem langen Arbeitstag mit ihr auf das kleine Bett, das wir uns unter dem Dach teilten. Später stellte Papà eine Trennwand auf, um einen abgeteilten Bereich für Rosa und Alberto zu schaffen. Dort hörte ich sie ab, fragte sie nach der *Verkündigung* von Leonardo da Vinci, nach dem *Tondo Doni* von Michelangelo, prüfte die Daten und Geschichten aller großen Kunstwerke im Museum. Rosa konnte nichts behalten. Sie war zu sehr mit ihren Sorgen beschäftigt. Sie quälte sich mit Albertos bevorstehendem Aufbruch, bombardierte mich mit Fragen, auf die ich keine Antwort hatte. Ob ihr Mann sie vergessen würde, wenn er Trespiano verließ? Was mit dem Schiff sei, das uns irgendwann nach Amerika bringen würde? Was, wenn es unterging? Was, wenn wir in New York ankämen, und Alberto wäre nicht da, um uns abholen?

Schließlich kam der Abend vor der Prüfung. Ich hatte einen Kloß im Magen. Meine Schwester wusste gar nichts. Sie brachte die Daten durcheinander, konnte Bildhauer nicht von Malern unterscheiden. Ich warf das Buch aufs Bett und packte Rosas Arme. »Verstehst du denn nicht, wie wichtig das ist? Du musst diese Stelle bekommen, Rosa, damit wir Geld für Amerika sparen können. Damit du bei Alberto sein kannst.«

»Mia sorella ostinata!« So nannte sie mich immer: meine sture Schwester. Sie ließ sich rückwärts aufs Bett fallen. »Ich kann das nicht, Paolina! Was würdest du denn sagen, wenn du diesen ganzen langweiligen Kram lernen müsstest?«

»Langweilig? Das ist doch spannend! Außerdem weiß ich alles, was in dem Handbuch steht.«

Sie setzte sich auf. Ich merkte, dass sie nachdachte.

»Weißt du was?« Sie zeigte mit dem Finger auf mich. »Du machst die Prüfung. Du arbeitest als Fremdenführerin. Ich übernehme die Arbeit als Waschfrau und helfe Mamma auf dem Hof.«

Ich konnte es nicht fassen. Sie würde lieber in einer heißen Waschküche stehen, als Gäste durch eine der berühmtesten Galerien der Welt zu führen? Warum?

»Ich bin gerne zu Hause«, beantwortete sie meine unausgesprochene Frage. »Hier bekomme ich mit, was im Dorf erzählt wird, und kann sehen, was Alberto macht.«

Was sagt man zu jemandem, der sich mit solchen Ängsten quält? Meine Schwester tat mir leid.

»Aber ich habe mich dort nicht beworben, Rosa. Die Uffizien rechnen mit dir.«

»Dann musst du dich für mich ausgeben«, sagte sie, als sei es das Einfachste der Welt.

Und so fing alles an. Ich erreichte in der Prüfung achtundneunzig Prozent – in Rosas Namen. Unsere Eltern hatten nichts dagegen. Meine Mutter wirkte sogar erleichtert, dass Rosa nun diejenige war, die sie auf dem Hof unterstützte. Jeden Morgen stand ich um fünf Uhr auf und ging zu Fuß die zwei Meilen nach Fiesole. Von dort brachte der Bus Nr. 7 die Pendler nach Florenz. Nach einer Stunde hielt er an der Piazza San Marco im Zentrum. Sobald ich ausstieg, heftete ich mir stolz mein Namensschild an die Uniform: Rosa Fontana Lucchesi.

10

Emilia

Im Display meines Handys schüttelt Tante Poppy den Kopf, als erwachte sie aus einer Trance. Ich hoffe, dass sie fortfährt. Doch sie greift zu ihrem Martini-Shaker.

»Das ist eine spannende Geschichte«, bemerke ich. »Wie nahe ihr euch standet, Nonna und du.«

»Wir waren die besten Freundinnen.«

»Ich wusste gar nicht, dass sie Nonno Alberto so geliebt hat. Aber sie war ja schon damals ein Kontrollfreak.«

»Meine Schwester verwechselte Liebe mit Besitz«, sagt Poppy und gießt die letzten Gintropfen aus dem Shaker. »Für mich ist die Liebe so wie Bücher in einer Bibliothek. Sie gehören uns nicht, und wir müssen sorgsam mit ihnen umgehen. Wenn wir das nicht tun, zahlen wir eine hohe Gebühr.«

Ich lächele. »Ein schöner Vergleich. Hat Rosa sich Albertos Liebe jemals sicher gefühlt?«

»In Amerika wurde es besser.«

Ich zögere, dann frage ich doch: »Hast du wirklich nicht an den Fluch geglaubt, Tante Poppy? Auch nicht als junges Mädchen?«

Sie lacht. »Nein, nie. Du?«

»Auch nicht«, erwidere ich und wechsele schnell das Thema. »Hey, du hast gar nichts von meiner Mutter erzählt.«

»Dazu komme ich noch, Liebes.« Sie nippt an ihrem Glas und lehnt sich im Sessel zurück. »Aber diese Woche werde ich zuerst einmal unsere Tickets buchen.«

Eine stille Sehnsucht regt sich in mir. Sie steigt auf wie Nebel von einem Fluss. Wie wird Nonna reagieren? Was wird Daria sagen? Mit pochenden Schläfen erinnere ich mich an Matts Worte: *Du gehst auf jeden Einzelnen ein, lässt dir alles gefallen, nur damit dich jeder mag. Denn du hast Angst, dass du sonst eines Tages so endest wie deine Großtante.*

Wenn es mir mal Angst gemacht haben sollte, ausgegrenzt zu werden – und ich sage nicht, dass es so war –, dann finde ich die Vorstellung jetzt nicht mehr so schrecklich. Gerade habe ich meine Tante Poppy kennengelernt, die Frau, die meine Familie entsorgt hat wie eine leere Dose. Ich habe Einblicke in ihr reiches, erfülltes Leben bekommen, Fotos von ihren Freunden gesehen und sogar den Sohn ihres Liebhabers kennengelernt. Die Vorstellung, das schwarze Schaf der Familie zu sein, erschreckt mich nicht mehr. Sie inspiriert mich.

»Du hast doch einen italienischen Reisepass, oder?«, fährt Poppy fort. »Darauf hätte deine Mutter auf jeden Fall bestanden.«

Dann habe ich die doppelte Staatsbürgerschaft also meiner Mutter zu verdanken. Offenbar war ihr das wichtig. Das wusste ich bisher nicht.

»Was kannst du mir noch über meine Mutter erzählen?«, frage ich.

»Sie hat diese Farm geliebt. In dem Sommer, als sie achtzehn wurde, war sie hier.«

Kurz frage ich mich, ob meine Tante lügt oder Wahnvorstellungen hat. »Nonna hätte das niemals erlaubt.«

Sie fährt fort: »Rosa war natürlich fuchsteufelswild. Sie hat Josie nach Hause beordert, und letztlich ist sie eingeknickt.«

»Das wusste ich nicht. Was sonst noch?«

Sie blickt in ihr Martiniglas. Schließlich schaut sie hoch, mir direkt in die Augen. »Komm mit mir nach Italien, dann erzähle ich dir alles, was ich über deine Mutter weiß. Versprochen.«

Ich bekomme Gänsehaut auf den Armen. Ich habe die einmalige Chance, hier wegzukommen, mit meiner freigeistigen Großtante nach Italien zu fliegen und Geschichten über meine Mutter zu hören. Das Herz klopft in meiner Brust. In diesem Moment – auf einer Bank im Petrosino Park – fälle ich meine Entscheidung.

»Tante Poppy?« Ich hole tief Luft. »Alles ist möglich.« Ich spüre, wie die Gefühle in mir aufwallen: Freiheitsdrang und Nervosität, Aufbegehren und Angst. »Ich komme mit dir nach Italien.«

Sie reckt das Gesicht und lacht. »Natürlich kommst du mit, mein Sonnenschein! Was werden wir es uns schön machen! Und wo du jetzt dabei bist, lade ich auch Luciana ein.«

Ich stutze. »Meine Cousine Lucy? Du meinst bestimmt ihre ältere Schwester Carmela. Die ruhigere.«

»Nein, ich meine Luciana. Die Einundzwanzigjährige.«

Mein Lächeln verschwindet. Ich habe das Gefühl, in ein Loch zu fallen und nicht mehr hinauszukommen. Als Zweitgeborene gibt es eine unausgesprochene Allianz zwischen Lucy und mir. Da wir inzwischen beide über zwanzig sind, sind wir uns noch nähergekommen. Aber ich kann mir keine unpassendere Reisebegleitung vorstellen.

»Ich wusste nicht, dass sie mit soll.«

»Sie hat auch noch keine Ahnung davon. Wollen wir sie sofort anrufen? Du kannst sie ja auf Lautsprecher stellen.«

»Nein«, entgegne ich schnell, denn ich kann mir nur zu gut ausmalen, welche Ausdrücke meine Cousine für unsere Großtante parat hat. »Lucy stellt man besser nicht laut.«

Sie faltet die Hände. »Ich mag sie schon jetzt.«

»Tante Poppy, Lucy hat gerade einen neuen Job gefunden. Und sie ist frisch verliebt. Sie will mit Sicherheit nicht weg.«

Poppy runzelt die Stirn. »Hat sie Angst, dass sie ihren neuen Freund verliert, wenn sie nicht da ist?«

»Genau.«

»Absolut furchtbar, jemandem so viel Macht über sein Leben zu geben.«

»Lucy ist eine Zweitgeborene«, erinnere ich sie. »So wie wir.«

»Das ist mir voll und ganz bewusst.« Sie wirft mir einen Seitenblick zu. »Du glaubst *doch* daran, stimmt's?«

»Ich? Nein, überhaupt nicht.«

Sie betrachtet mich eingehend. Mein Herz stockt, und ich muss an den Tag in Ms Pettinaros Klassenzimmer denken, als ich mit meinen sieben Jahren langsam begriff, dass die zweitgeborenen Töchter der Fontanas einst durch einen seltsamen Zufall verbunden waren. Dass sich dieser Fluch tatsächlich bis in die Gegenwart zieht, erfuhr ich drei Jahre später, als Nonna Rosa in das Zimmer marschierte, das ich mir mit Daria teilte, und uns verkündete, dass die zweiten Töchter der Fontanas verflucht seien – bis heute. Am selben Tag drückte sie mir einen alten Sport-BH in die Hand und erzählte uns die Geschichte von Fiorenza und Maria. Wie sollte ich als flachbrüstiges zehnjähriges Mädchen einen jahrhundertealten Fluch in Frage stellen?

Doch kaum hatte Nonna unser Zimmer verlassen, brach Daria, damals zwölf und mein größter Fan, in lautes Lachen aus. »So ein Schwachsinn, Emmie! Glaub ihr kein Wort! Du bist nicht verflucht. Das schwöre ich dir.« Sie nahm mir den BH aus der Hand. »Kann sein, dass du dieses alte Ding anziehen musst«, sie stopfte das zerschlissene, gräuliche Teil in meine Schublade, »aber du darfst niemals diese lächerliche Geschichte von Nonna glauben.«

An dem Tag – und, wenn ich ehrlich bin, noch vor zehn Jahren, bis zu jener schicksalshaften Silvesternacht – glaubte ich meiner Schwester. Welches Mädchen geht nicht davon aus, einmal ein normales Leben mit Mann und Kindern zu führen? Erst als ich älter wurde, begriff ich, dass Fiorenza und die anderen Zweitgeborenen mir ein Geschenk gemacht hatten. Ich hatte einen Freifahrtschein, die perfekte Ausrede, um mich nicht an diesen furchtbaren Dating-Szenarien zu beteiligen. Auch wenn ich den albernen Fluch nicht für voll nehme, bin ich ihm dankbar.

Ich sehe meine Großtante an. »Natürlich glaube ich nicht daran. Das ist ein Ammenmärchen, eine Legende aus der alten Heimat. Aber Lucy tut es. Sie will den Fluch unbedingt überwinden.«

»Bei allen Göttinnen! Aus genau diesem Grund muss sie mit uns nach Italien kommen! Sag Luciana, wenn sie uns begleitet, werden wir diesem dämlichen Fontana-Fluch den Garaus machen, ein für alle Mal.«

Ich reibe mir den Nacken. »Das kannst du nicht versprechen. Lucy nimmt das sehr ernst. Da ist ihre Enttäuschung ja vorprogrammiert.«

»Und ob ich das kann! Kommt mit mir nach Italien, dann werdet ihr befreit zurückkehren. Das schwöre ich bei meinem Leben!«

Die Härchen auf meinem Arm stellen sich auf. »Das ist unmög…«

»Alles ist möglich«, beendet sie den Satz für mich.

11

Emilia

Als ich Matt vor zehn Jahren von dem Fluch der Fontanas erzählte, verglich ich ihn mit der Pechsträhne einer Baseballmannschaft. Die Fans wüssten nicht, wann sie ein Ende hätte oder ob es überhaupt jemals besser würde. Doch die Treuesten unter ihnen würden trotzdem zu den Spielen kommen.

Mit dem Fluch ist es genauso: Manche in der Familie halten ihn für Humbug. Andere, wie Nonna, scheinen ihn zu akzeptieren. Und wieder andere, ich zum Beispiel, sehen darin puren Zufall. Doch eines haben alle gemein: Jeder beschäftigt sich irgendwie mit dem Fluch. Jede Generation fragt sich, ob sie diejenige sein wird, in der zum ersten Mal eine Zweitgeborene heiratet. Und wenn ja, wen das Glück erwählt. Es gab ein paar Beinahe-Treffer wie die entfernte Cousine von Nonna, deren Verlobter drei Tage vor der Hochzeit Windpocken bekam und daran starb. Oder Livia, die glücklose zweite Tochter, deren Verlobung aufgelöst wurde, nachdem bekannt wurde, dass ihr Liebster ein verheirateter Priester mit sechs Kindern war. Nun ist es an meiner Generation, den Fluch zu durchbrechen. Momentan ist Lucy der Publikumsfavorit.

Ich gehe am Friseursalon von Onkel Dolphie vorbei nach hinten und steige die vertrauten Stufen zur Veranda hinauf. Obwohl ich jeden Nachmittag im Salon vorbeischaue, ist es schon drei Wochen her, dass ich in der Wohnung nebenan war, wo sein Sohn Vinnie mit meiner Tante Carol und meinen Cousinen Carmela und Lucy wohnt. Ich klopfe an die Insektenschutztür aus Metall in der Hoffnung, dass mich jemand hört, obwohl drinnen eine Ballade von Ed Sheeran dröhnt.

»Lucy?«, rufe ich durch das Schutzgitter. »Tante Carol? Carmela?«

Ich warte, dann drücke ich auf die Klingel. Gerade will ich ein zweites Mal läuten, da kommt Lucy in den Flur und zupft ihren BH-Träger zurecht. Ihr marylinblondes Haar ist zu einer wilden Mähne geföhnt, sie hat ein schiefes Lächeln aufgesetzt, das wohl erotisch wirken soll. Als sie mich erblickt, macht sie ein langes Gesicht.

»Emmie? Was willst du denn hier?« Sie reckt den Kopf und schaut zur Straße hinüber. »Carmela ist nicht da. Meine Mutter liefert aus. Komm doch morgen wieder.«

Meine Tante Carol ist Avonberaterin und hält es für unprofessionell, Bestellungen einfach vor der Tür ihrer Kundinnen abzustellen. Egal, ob es sich um ein komplettes Gesichtspflegeprogramm oder um ein Fläschchen Nagellack handelt, meine Tante liefert alles persönlich ab, was unvermeidlich dazu führt, dass sie auf ein Stück Kuchen oder eine Tasse Kaffee hereingebeten wird. Seit sie bei Avon angefangen hat, hat sie fünfzehn Kilo zugenommen und kennt den Klatsch und Tratsch von Coney Island bis Bay Ridge.

»Ich wollte zu dir, Lucy. Hast du kurz Zeit?«

Sie schaut auf das Handy. »Ja, wenn's nicht lange dauert.« Sie öffnet mir die Tür. Als ich eintrete, blickt sie noch mal zur Straße hinüber, in beide Richtungen. »Es kommt jemand zum Abendessen.«

Ich verkneife mir ein Grinsen. In ihrem knallengen roten Jumpsuit und mit dem dicken schwarzen Eyeliner sieht meine Cousine tatsächlich aus, als würde sie jemand zum Essen vernaschen wollen. Oder vielmehr hoffen, dass jemand das mit ihr tut.

Das kleine Wohnzimmer, in dem alle Taufen, Erstkommunionen und Schulabschlussfeiern unserer Familie abgehalten werden, ist wie immer tipptopp gepflegt. Tante Carol sagt oft, das Einzige, was noch schlimmer sei als ein schmutziges Haus, sei eine Frau ohne Lippenstift.

Aus der Küche zieht der Duft eines Brathähnchens herüber. Mir läuft das Wasser im Mund zusammen. Im Esszimmer nebenan ist der Tisch für zwei Personen gedeckt. Eine Vase mit Hortensien steht zwischen zwei flackernden Kerzen. Meine Cousine hat ganz schön aufgefahren.

»Willst du nur gucken oder was, Emmie? Siehst du nicht, dass ich keine Zeit habe?«

Ich verschlucke die Antwort, die mir auf der Zunge liegt, und reiße mich zusammen. Meine scharfzüngige Cousine ist acht Jahre jünger als ich und schafft es trotzdem jedes Mal, mir das Gefühl zu geben, ich sei ein kleines Kind. »Ich bin weg, sobald dein Freund kommt, versprochen. Aber ich wollte dir einen Vorschlag machen.« Ich hole tief Luft. »Was hältst du von einer Reise nach Italien, und zwar umsonst?«

Lucy blinzelt. »Nach Italien? Mit dir?«

»Ja. Und Tante Poppy.«

Sie stößt ein ersticktes Lachen aus. »Das klingt nach richtig viel Spaß.«

»Mitte Oktober geht's los.« Schnell erzähle ich von unserer Tante und ihrer Vergangenheit in Trespiano.

Lucy macht Schnarchgeräusche. »Als ob ich mit einer langweiligen Frau nach Italien fahren würde, die mit einem Bein im Grab steht.«

Unerwartet meldet sich mein Beschützerinstinkt. »Langweilig ist das Letzte, was mir zu Tante Poppy einfällt.«

Lucy sieht mir in die Augen. »Die hab ich ja auch nicht gemeint.«

Ich schüttele den Kopf. »Haha. Komm, Lucy! Das wird eine tolle Sache! Und du wirst Poppy mögen. Sie ist … außergewöhnlich. Wirklich.«

»Außergewöhnlich bekloppt.« Wieder schaut sie auf ihr Handy. »Ist deine Nonna einverstanden?«

Mein Herz schlägt schneller. »Wird sie schon sein.« Ich hoffe, dass ich recht habe. »Lucy, ich rede von Europa! Wie cool ist das denn?«

Sie schnaubt verächtlich. »Jedenfalls nicht so cool wie Las Vegas.« Es wundert mich nicht, dass meine Cousine das Rouletterad der David-Statue Michelangelos vorzieht. Wieder guckt sie auf ihr Smartphone, dann lässt sie sich aufs Sofa fallen. »Setz dich. Erzähl weiter!«

Ich nehme auf dem braunen Sofa Platz, über das eine orangegelbe Häkeldecke von Tante Carol gebreitet ist, und berichte von meinem Telefonat mit Tante Poppy. »Sie will unbedingt, dass wir beide mitkommen und den achtzigsten Geburtstag mit ihr feiern. Sie hat ja sonst niemanden. Tante Poppy ist eine … eine Zweitgeborene.«

Lucy zuckt zusammen. Auch wenn der Fluch immer präsent ist, wird er bei den Fontanas nur selten angesprochen.

»Es ist ihre Schuld, dass wir den Fluch überwinden müssen – auch wenn du dabei keine Hilfe bist.« Mit düsterem Blick weist sie auf meine Strickjacke. »Wo hast du die her? Nein, sag nichts! Ausverkauf im Omaversandhandel? Oder hast du sie aus Nonnas Kleiderschrank stibitzt?«

Langsam geht sie mir auf die Nerven. »Schon gut. Ich hab's verstanden. Du magst die Jacke nicht.«

Ungefähr zum zwölften Mal guckt Lucy auf ihr Handy. »Nein, im Ernst. Sag dem Tantchen vielen Dank, aber es passt gerade nicht. Ich habe einen neuen Freund.«

»Ja, ich weiß. Ist doch toll.«

Mit gerunzelter Stirn tippt sie auf ihrem Display herum. Mein Blick wandert zum wunderschön gedeckten Esstisch hinüber. Wachs sammelt sich am Fuß der Kerzen, aus der Küche riecht es leicht verbrannt. Lucys Freund verspätet sich. Und zwar nicht nur ein paar Minuten. Sie tut mir leid. Ich stehe auf und lächele sie, wie ich hoffe, aufmunternd an.

»Wir können ja später noch mal reden. Ich verschwinde jetzt besser.«

Sie hält meinen Arm fest, ihre violetten Nägel graben sich in meine Haut. »Lass das, Em!«

»Was?«

»Guck mich nicht so mitleidig an!«

Ich setze mich wieder und weiß nicht, was ich tun oder sagen soll. »Entschuldigung.«

»Er hat gerade geschrieben. Er kommt später, aber er kommt. Siehst du gleich.«

»Glaube ich dir doch, Lucy. Aber vielleicht drehst du den Ofen ein bisschen runter.«

Sie macht sich eine Flasche Budweiser auf. Dann noch eine. Die Sonne geht unter, ich knipse eine Lampe an. »Er kommt gleich«, sagt sie erneut, als sie das dritte Bier öffnet.

»Klar.«

»Wir waren schon fünf Mal verabredet«, erzählt sie. »Also, eigentlich vier Mal. Beim ersten Mal war es nur Sex.« Sie wirft mir einen Blick zu. »Hast du ein Problem damit?«

»Nein«, antworte ich ehrlich. »Das ist mir egal.«

Sie knibbelt den Aufkleber von der Bierflasche. »Carmela meint, ich wär eine Schlampe, die jeden Idioten mit ins Bett nimmt.«

Entsetzt zucke ich zurück. »Das hat deine Schwester gesagt?«

Lucy zuckt mit den Schultern. »Nein, aber sie denkt es. Meine Mutter hält mich für unvermittelbar. Sie betet auf den Knien, wortwörtlich, dass ich einen netten Mann kennenlerne, heirate und Kinder kriege. Mein Vater ist nicht besser. Beide haben eine Riesenangst, dass ich für immer Single bleibe.«

Ich ziehe die Augenbrauen zusammen. »Was wäre denn daran so schlimm?«

Sie wirft mir einen vielsagenden Blick zu. »Keine Enkelkinder.«

»Ah.« Auf einmal verstehe ich, wie viel Druck auf meiner Cousine lastet. »Meine Familie ist genau das Gegenteil«, sage ich. »Die haben mich aufgegeben. Finde ich aber okay.«

»Tja«, meint Lucy, »du hast es gut.« Sie schaut in ihren Ausschnitt. »Wenn man aussieht wie ich, glauben alle, man hätte eine Chance.«

Ich erinnere mich an Lucy als Kind. Sie hatte große, neugierige

Augen und stämmige Beinchen voller Kratzer und blauer Flecke. Sie sah eher aus wie ein frecher Junge als wie ein süßes Mädchen. Arme Luce! Tante Carol, deren Gesicht ich bis heute nicht ungeschminkt gesehen habe, war nicht gerade begeistert von dem kleinen Wildfang. Sie meldete Lucy in der Ballettschule und bei jedem Schönheitswettbewerb in Brooklyn an. Aber Lucy hatte nichts fürs Tanzen übrig, und pummelige Mädchen werden nicht zur Schönheitskönigin gewählt.

Alles änderte sich, als sie in die Pubertät kam. Aus ihrem Babyspeck wurden üppige Kurven, ihre Selbstsicherheit schien mit ihrer Körbchengröße zu wachsen. Wenn ich sie jetzt ansehe, finde ich trotzdem, dass sie in ihrer weiten Shorts und dem eisverschmierten T-Shirt natürlicher und sympathischer aussah als jetzt in diesem lächerlichen Superhelden-Jumpsuit.

»Erzähl mal von ihm!«, fordere ich sie auf. »Von deinem neuen Freund. Hab den Namen vergessen.«

Sie stößt die Luft aus. »Jack. Er sieht super aus. Und er mag mich, Em. Er hat gesagt, so jemanden wie mich hätte er noch nie getroffen.« Wieder wirft sie einen Blick auf die Uhr.

»Lucy«, setze ich erneut an. Vielleicht kann ich ihren kleinen Schwips für mich nutzen. »Komm mit Tante Poppy und mir nach Italien! Mal ein paar Tage raus aus Bensonhurst.«

Sie knabbert an ihrem Daumennagel. »Geht nicht. Die Beziehung ist zu frisch. Jack wartet nicht auf mich.«

Offensichtlich ist der Typ ein Riesenarschloch. Und obwohl er sie gerade versetzt, ist sie ganz vernarrt in ihn. Ich muss schon sagen, sie ist eine wild entschlossene Zweitgeborene.

Während sie von Jack schwärmt, überlege ich. Ich könnte jetzt gehen, Tante Poppy noch heute Abend anrufen und sagen, dass Lucy das Angebot abgelehnt hat. Sie würde sich andere Reisebegleiter suchen, Lucy würde nicht enttäuscht werden, und Nonna müsste nie erfahren, dass ich je mit dem Gedanken gespielt habe, nach Italien zu reisen.

Lucy knallt ihr Handy auf den Tisch. Ich zucke zusammen.

»Guck in deine Nachrichten, du Idiot!« Mit einer dramatischen Geste legt sie sich lang aufs Sofa und starrt an die Decke. »Es geht wieder los. Wie jedes Mal. Jack hat keinen Bock mehr.«

Dieses verzweifelte, einsame Mädchen geht mir zu Herzen. »Ach, Luce, das tut mir so leid.«

»Wir waren seit einer Woche nicht mehr im Bett. Und jetzt lässt mich dieser Wichser einfach sitzen.«

»Das hast du nicht verdient.«

»Du deine Situation auch nicht. Aber trotzdem ist es eben so, nicht wahr?«

Sie meint den Fluch. Bin ich es Lucy schuldig, ihr von Tante Poppys Versprechen zu erzählen? Wenn sie so leichtgläubig ist, den Fluch für echt zu halten, vielleicht nimmt sie mir dann auch ab, dass Poppy ihn rückgängig machen kann. Das wäre natürlich hilfreich …

Die Worte meiner Tante kommen mir in den Sinn: *Alles ist möglich.*

Vorsichtig fange ich an: »Luce, ich muss dir noch was sagen.« Ich richte mich auf. »Unsere Tante hat die seltsame Vorstellung, wenn wir mit ihr nach Italien fliegen …« Ich unterbreche mich und hole tief Luft. Was, wenn Lucy unserer verrückten Tante wirklich glaubt? Wenn sie sich einverstanden erklärt, mitzukommen, weil sie davon ausgeht, dass sie anschließend von dem jahrhundertealten Fluch befreit ist? Wenn es nicht klappt, wird sie sich nie von der Enttäuschung erholen. Ich stelle mir Lucy als alte Frau vor, verbittert, böse und frustriert wie die anderen Zweitgeborenen auf den Familienfotos.

»Sie behauptet, das könnte den Fluch der Fontanas brechen.«

»Was?«

»Ja, ich weiß. Totaler Schwachsinn, nicht? Ich meine, zuerst mal gibt es ja gar keinen Fluch. Das steht schon mal fest. Und dann die Vorstellung, dass Tante Poppy ihn irgendwie auflösen könnte …« Ich verstumme und lache, als sei das die albernste Idee, die ich je gehört hätte.

Lucy starrt mich an, ihre Augen leuchten heller. »Wenn es ihr *so* wichtig ist, könnte ich schon mitkommen, denke ich.«

»O-kay«, sage ich langsam. »Aber, Luce, das ist nur eine Reise nach Italien. Mehr nicht. Rechne bitte nicht damit, dass ihr lächerliches Versprechen wahr wird ...«

»Ich weiß«, unterbricht sie mich. »Mein Gott, glaubst du, ich habe es so nötig?«

Um sie nicht zu verletzen, halte ich lieber den Mund. Das Herz rutscht mir in die Hose. Tante Poppy wird Lucy die größte Enttäuschung ihres Lebens bescheren.

Und ich bin ihre Komplizin.

12

Emilia

Jeden Sonntag nach der Messe in St. Athanasius trifft sich die Familie zum Mittagessen in Nonnas Wohnung. Dann sitzen wir dichtgedrängt an ihrem maßgefertigten, fünf Meter langen Esstisch, und die Armlehnen der unzähligen Stühle überschneiden sich wie unsere Gespräche. Auf dem Tisch liegen drei Decken mit alten Mustern, auf denen mehr Weinflecken prangen als auf der Schürze eines Winzers. Meistens sind alle da, nur manchmal muss Onkel Vinnie in den Docks arbeiten, oder Darias Mann Donnie hat mal wieder seine typische Sonntagsgrippe.

An diesem Tag sind wir vierzehn, inklusive Matt, einer meiner wenigen Verbündeten momentan. Ich gehe von einem Zimmer ins andere, höre in dieses und jenes Gespräch hinein, unruhig und befangen.

Daria und ihre Töchter kommen mit zwei Laiben Brot und einer Schüssel mit Oliven und Knoblauch. Donnie hat sie auch hergeschleppt.

»Hi«, grüße ich die vier. Die Mädchen fliegen in meine ausgebreiteten Arme, Daria schüttelt nur kurz den Kopf und erinnert mich daran, dass Nonna nicht die Einzige ist, die sauer sein wird, wenn ich nach Italien fliege. Die Neuigkeit, dass Poppy uns eingeladen hat, sie zu begleiten, hat sich in der Familie natürlich wie ein Lauffeuer verbreitet. Allerdings glaubt keiner so richtig daran, dass wir wirklich mitfliegen werden.

Ich gehe ins Wohnzimmer, wo die Männer vorm Fernseher sitzen und sich das Spiel der Yankees gegen die Mets ansehen. Matt sitzt mit Onkel Dolphie auf dem Sofa, der sich über den Neubau auf der 42nd Street beschwert. »Sechs Stockwerke! Das ist viel zu hoch. Passt doch gar nicht hier rein.«

Matt schmunzelt. »Eins muss man dir lassen, Onkel Dolphie: Du hast dich nicht verändert.« Als er mich sieht, steht er auf, das Gesicht voller Sorge.

»Daria redet immer noch nicht mit mir«, flüstere ich. »Ich muss es Nonna sagen. Dieses Schweigen macht mich fertig.«

Er überrascht mich, als er sich vorbeugt und mich auf die Wange küsst. Befangen wende ich mich ab.

»Ich wollte dir nur Glück wünschen«, sagt er mit Leidensmiene.

Ich möchte mich entschuldigen und ihm erklären, dass ich einfach nur nervös bin und nicht vor seiner Berührung zurückschrecken wollte. Aber das Einzige, was ich herausbringe, ist ein schwaches »Danke«. Ich drehe ab und gehe in die Küche. Ich bin furchtbar. Wen enttäusche ich gerade nicht?

Nonna steht in ihrer alten gelben Küche und schneidet Gemüse klein. Schweißperlen glitzern auf ihrer faltigen Stirn. Als sie mich hört, schaut sie auf und senkt den Blick sofort wieder.

»Kann ich dir helfen?«, frage ich. Schweigen breitet sich aus, so schwer, dass man Eis schmelzen hören könnte.

Als Tante Carol ihrer Tochter Carmela in der fünften Klasse erlaubte, sich Ohrlöcher stechen zu lassen, sprach Nonna fünf Tage lang nicht mit meiner Tante. Letztes Frühjahr hat sie Daria eine ganze Woche lang angeschwiegen, weil sie herausfand, dass meine verheiratete Schwester verhütet. Und als mein Vater vor sieben Jahren eine Esseneinladung von Mrs Fortino annahm, schnitt meine Großmutter ihn einen vollen Monat lang. Ich konnte den Zorn von Nonnas *silenzio* noch nie ertragen, weder damals noch jetzt.

»Es tut mir leid«, sage ich zum mindestens zwanzigsten Mal seit Dienstag, nehme mir ein Brett und fange an, Tomaten zu schneiden. »Sei bitte nicht böse, Nonna. Ich arbeite vor und lege einen Vorrat an. Und ich bin mir sicher, dass Carmela mich gerne ersetzt, solange ich nicht da bin. Du musst zugeben, dass sie die besten Zeppole macht. Danach willst du sie bestimmt gar nicht wieder hergeben.« Ich lege die Tomaten auf ein Backblech und verteile eine Kräutermischung darauf. »Wenn du mit mir reden würdest, Nonna«, sage ich und öffne die Ofentür, »würden wir bestimmt eine Lösung finden.«

Die Ofentür knallt zu. Ich zucke zusammen, das Blech mit den Tomaten kippt um. Nonna steht da, die Hände in die Hüften gestemmt, das Gesicht verkniffen.

»Du hast diesen Urlaub nicht mit mir abgesprochen. Die Entscheidung hast du ganz allein getroffen.«

Vielleicht weil ich neunundzwanzig Jahre alt bin und längst schon eigenständig hätte handeln müssen? Ich verschlucke die verbitterten Worte. »I…ich dachte, du würdest es nicht erlauben«, stottere ich wahrheitsgemäß.

»Stimmt. Ich hätte es nicht erlaubt. Weder jetzt noch irgendwann.« Sie wendet sich ab und schlägt die Hände vors Gesicht. Das ist ihre Art, Gefühle zu zeigen, ohne eine Träne zu vergießen.

»Ich tue das doch nicht, um dir weh zu tun, Nonna.« Ich lege ihr eine Hand auf die Schulter. Sie zuckt zusammen.

»Du hast mich verletzt, Emilia. Sehr, sehr stark.«

»Das tut mir leid. Aber ich verstehe es nicht.«

Sie sieht beiseite und tupft sich die Stirn mit einem Geschirrtuch ab. »Nein, das verstehst du nicht. Wie solltest du auch? Du kennst die Geschichte ja nicht.« Sie beugt sich so nah zu mir vor, dass ich den Espresso in ihrem Atem riechen kann. »Meine Schwester ist *il diavolo.*«

»Der Teufel? Nein, Nonna! Sie ist wirklich nett. Du müsstest sie mal anrufen, mit ihr sprechen.«

»Mein Gott, bist du dumm!« Die Ader an Nonnas Schläfe tritt hervor, und ich habe Angst, sie könne einen Schlaganfall bekommen und umkippen. »Paolina hat versucht, mein Kind zu entführen, meine Josephina. Sie hat sie mir fast aus den Armen gerissen.«

Mir wird eiskalt. »T…Tante Poppy hat versucht, meine Mutter zu entführen?«

»Sì.« Nonna nickt und betupft sich die Augen.

Ich schüttele den Kopf. »Wie denn? Warum?«

Sie klopft sich aufs Herz. »Darüber kann ich nicht sprechen.«

»Das ist Jahrzehnte her«, sage ich. »Du findest es sonst doch auch richtig, anderen eine zweite Chance zu geben. Und sie ist schließlich deine Schwester.«

Allerdings bin ich selbst nicht so richtig überzeugt davon. Nonnas Worte treffen mich, säen Zweifel. Wer genau ist diese Frau, mit der ich um die halbe Welt reisen will?

Ich versuche, mich mit Essen, Unterhaltungen und dem Aufräumen abzulenken, doch den ganzen Nachmittag drehen sich die Gedanken in meinem Kopf. Ich habe Mühe, Nonnas Worte richtig zu begreifen. Poppy soll also versucht haben, Nonna ihr Kind zu stehlen. Kein Wunder, dass meine Großmutter so verbittert ist.

Um fünf Uhr wirft die Sonne Schatten auf den vergilbten Rasen. Ich gehe zur vorderen Veranda, wo Onkel Dolphie eine Zigarre raucht und den vorbeifahrenden Autos nachschaut, so wie ich es erwartet hatte.

»Onkel Dolphie«, ich stelle mich neben ihn. »Ist deine Schwester böse?«

Er hält inne und klopft seine Zigarre ab, dann schüttelt er den Kopf. »Nee, nicht böse. Nur gemein.«

Ich lache. »Ich meinte nicht Rosa, sondern Poppy.«

»Paolina?« Er seufzt schwer. »Es hat mir das Herz gebrochen. In Italien war sie ein Sonnenschein, meine Lieblingsschwester. Sie hat mir gerne Streiche gespielt. Und immer fand sie Glücksmünzen. Was für eine Phantasie sie hatte!« Er breitet die Hände aus. »Unglaublich! Sie ging mit mir nach draußen in die Felder, und wir taten so, als seien wir Waisenkinder, die vor einem bösen Mann flüchteten. Ich glaube, sie stellte sich unseren Vater vor. Papà war nämlich ziemlich streng zu Paolina. Sie war ihm nie gut genug.«

»War er auch streng zu Nonna?«

»Nein. Er hat Rosa immer vorgezogen, seine ältere Tochter. Bevor sie nach Amerika ging, war sie ein hübsches Mädchen. Mit einem guten Herzen. Es ist, als hätte Amerika ihr alles Liebenswerte genommen.«

»Du hast gerade gesagt, die Sache mit Tante Poppy – Paolina, meine ich – hätte dir das Herz gebrochen. Warum?«

Er stöhnt, als hätte sich eine schwere Last auf ihn gelegt. »Als Paolina nach Amerika kam, verlor sie den Verstand. Ich war damals noch in Italien, bei Mamma und Papà in Trespiano. Rosa und Bruno schickten uns Briefe, in denen sie alles berichteten. Es war schwer für meine Eltern zu hören, dass ihre Tochter so krank war.«

»War das, als sie meine Mutter entführt hat?«

Sein Kopf schießt hoch. »Woher weißt du davon?«

»Nonna hat es mir erzählt. Warum sollte Tante Poppy so etwas Schlimmes tun?«

Er zieht an der Zigarre und blickt in die Ferne. »Sie war untröstlich, als ihr eigenes Kind starb.«

Ich erschrecke. »Tante Poppy hatte ein Kind?«

»Sie war schwanger, *sì.* Aber sie war ja die Zweitgeborene. Sie hätte wissen müssen, dass es übel endet. Rosa hatte Paolina in einer Stadt namens Ravello an der Amalfiküste aufgespürt, über fünfhundert Kilometer entfernt von unserer Heimat in Trespiano. Der Vater des Kindes, ein nichtsnutziger Deutscher, war abgehauen. Paolina hatte so viel abgenommen, dass sie kaum wiederzuerkennen war. Sie wäre letztendlich gestorben, wenn Rosa sie nicht unter ihre Fittiche genommen hätte, bis sie wieder gesund war.«

Ich reibe über die Gänsehaut auf meinen Armen. »Und das Baby?«

Dolphie schüttelt den Kopf. »Hat es nicht geschafft. Die arme Paolina … Danach war sie nicht mehr dieselbe. Als Rosa ihr eigenes Kind bekam, war es wohl zu viel für sie. Sie zerbrach wie ein Zweig. Rosa überredete ihre Schwester, mit ihr nach Amerika zu gehen, um dort neu zu beginnen. Sie dachte, das wäre gut für Paolina. Auf der langen Schiffsreise gewöhnte sie sich aber zu sehr an die kleine Josephina. Das war nicht normal. Sie wollte sie nicht mehr hergeben, auch nicht, als sie in Bensonhurst ankamen.

Alberto und Rosa nahmen Paolina in ihrer Wohnung auf. Rosa hätte alles für ihre trauernde Schwester getan. Als Alberto eines Morgens zur Arbeit aufgebrochen war und Rosa noch schlief, nahm Paolina das Geld, das Rosa in einem Schuhkarton aufbewahrte, und verließ die Wohnung mit dem Baby.«

»O Gott. Wo ist sie hingegangen?«

»So weit fort von Bensonhurst, wie sie mit dem Stadtbus kam. Nach Harlem. Ihr war nicht klar, wie gefährlich es dort damals für eine alleinstehende Frau war.

Rosa stand völlig neben sich. Sieben Tage und Nächte suchte sie mit Alberto die Straßen ab, ging zur Polizei und in Krankenhäuser. Niemand hatte Paolina und das Baby gesehen.«

Dolphie drückt die Zigarre aus und steckt den Rest in die Brusttasche seiner Sportjacke. »Genau eine Woche nachdem Paolina verschwunden war, klopfte es spätabends bei meinem Bruder Bruno an der Tür. Er erkannte seine schöne Schwester kaum. Paolinas Kleidung war dreckig, ihr Haar verfilzt, ihr Blick leblos, und sie hatte dunkle Ringe unter den Augen. Die kleine Josephina hatte sie auf dem Arm. Das arme Kind war in schmutzige Decken gewickelt und hatte so viel Schleim in Nase und Hals, dass es kaum atmen konnte. Es wäre vielleicht gestorben, wenn Paolina nicht zurückgekommen wäre.«

»Also hat sie erkannt, dass es ein Fehler war«, sage ich. »Sie hat das Kind ihrer Schwester zurückgegeben.«

Er nickt. »Zwei Tage später verließ sie Bensonhurst für immer. Es war das Beste so. In Josephinas Nähe zu sein, war zu schmerzhaft für sie und auch eine zu große Versuchung. Rosa vertraute ihr nicht mehr. Aber zu den Feiertagen kam Paolina immer her, bis zu dem Jahr, als deine Mutter starb.«

»Und das störte Nonna nicht?«

Er zuckt mit den Schultern. »Sie hat es hingenommen. Alberto konnte es kaum ertragen. Aber Josephina, die liebte ihre Tante Paolina.« Dolphie lächelt, als riefe er sich ein schönes Bild in Erinnerung.

»Also hat sie meine Mutter tatsächlich gekannt«, sage ich. »Und du hast ihr verziehen?«

»Ich habe ihr nie einen Vorwurf gemacht. Die Arme war außer sich vor Kummer, als sie mit Rosas Baby verschwunden ist. Aber Alberto und Rosa konnten ihr nicht vergeben. Deine Nonna hält Paolina immer noch für *pericolosa.*«

Das Leid meiner Großtante zerbricht mir das Herz. Hat sie sich je von diesem Verlust erholt? »Und was meinst du? Hältst du sie auch für gefährlich?«

Dolphie lächelt. »So gefährlich wie ein kleines Kätzchen. Paolina hat ein Herz aus Gold, das weiß ich genau.« Er legt mir eine Hand auf die Schulter. »Weißt du, vielleicht ist die Reise nach Italien doch was Gutes. Meine Schwestern werden alt. Ich sage nicht, dass es klappt, aber wenn du einen gewissen Einfluss auf Paolina bekommen würdest, könntest du sie ja vielleicht überreden, sich noch einmal bei Rosa zu entschuldigen, bevor es zu spät ist.«

Die ganze Zeit muss ich an meine Großtante, meine Großmutter und meine Mutter denken. Um zehn Uhr abends ziehe ich mir eine Jacke über, nehme mein Handy und verlasse Emville. Während ich durch die schwach beleuchteten Straßen der einzigen Gegend laufe, die ich kenne, rufe ich Matt an und erzähle ihm alles.

»Deshalb regt sich Nonna immer so auf«, sage ich und ziehe die Strickjacke vor der Brust zusammen. »Du kennst sie so gut wie ich. Sie wird ihrer Schwester nicht verzeihen, nur weil sie jetzt alt ist.«

»Dabei wäre es Zeit für einen erwachsenen Umgang mit der Sache«, sagt Matt.

Das mangelnde Mitgefühl in seinem Ton, das fast an Verärgerung grenzt, überrascht mich. Ist er immer noch sauer, weil ich seinen Kuss heute zurückgewiesen habe?

»Ich weiß«, sage ich und beschließe, sein Verhalten zu ignorieren. »Soll ich mit Poppy verreisen, auch wenn es sich wie ein Verrat an Nonna anfühlt? Oder gehorche ich Nonna und enttäusche Poppy?«

Ich schaue auf und stelle verwundert fest, dass ich schon wieder vor der Veranda unseres Hauses stehe. Ich halte inne, eine Hand auf der schmiedeeisernen Brüstung. Die Holztür oben sieht mir finster und bedrohlich entgegen, wie eine unheilverkündende Falle, die mich in eine Festung lockt. »Vielleicht kann ich diesem Ort nie entkommen«, sage ich zu mir selbst.

»Wie wär's denn, wenn du zur Abwechslung mal ja sagst?«, wirft Matt ein. »Wenn du aufhörst, dir den Kopf zu zerbrechen, sondern es einfach tust? Flieg nach Italien, wie du es vorhattest. Merkst du nicht, dass es für dich die Chance des Jahrhunderts ist? Du bist kurz davor, sie dir entgehen zu lassen. Du wirfst sie weg, weil du zu feige bist, den entscheidenden Schritt zu tun.« Er redet immer schneller. Fast sehe ich vor mir, wie die Ader an seiner Stirn hervortritt, wie immer, wenn er genervt ist. »Wir sind neunundzwanzig Jahre alt, Em. Wir sind keine Kinder mehr. Hör auf, so zu tun, als würdest du nicht sehen, was direkt vor deiner Nase ist. Dir bietet sich eine Gelegenheit. Pack sie am Schopf! Denn eines Tages wirst du es bereuen, das Beste verloren zu haben, was dir je passiert ist. Lass dir das gesagt sein!«

Mit plötzlich trockenem Mund umklammere ich das Handy. Mir ist sonnenklar, dass dieses Gespräch nichts mit Italien zu tun hat.

Matt stößt einen langen Seufzer aus. »Verstehst du, was ich meine?«

»Ja«, flüstere ich.

Dies ist ein entscheidender Moment. Er wartet darauf, dass ich etwas sage, etwas, das ihm Hoffnung gibt. Mein guter alter Freund, mein lebenslanger Gefährte, der Mann, für den ich mich vor den Zug werfen würde, will mehr von mir als Freundschaft. Ich schließe die Augen, betäubt von Angst, Rebellion und Schuldgefühlen.

»Ich fliege nach Italien.«

Ich lege auf. Gott helfe mir. Im Ausweichen bin ich inzwischen genauso gut wie meine Schwester.

13

Emilia

Es ist zweiunddreißig Tage her. Dank der Vorbereitungen für die Reise konnte ich eine weitere Aussprache mit Matt vermeiden. Als das Taxi mit Lucy und mir am Sonntagnachmittag an der Abflugebene des Flughafens hält, schreibe ich ihm noch schnell eine Nachricht. Ich möchte mich von ihm verabschieden und würde ihm am liebsten sagen, dass ich ihn gernhabe (und er mir fehlen wird). Aber zwischen uns ist alles kompliziert geworden. Früher wäre das eine ganz normale Nachricht ohne tiefergehende Bedeutung gewesen, jetzt fühlt es sich an, als würde ich ihn hinhalten. Das will ich nicht. Unsere Freundschaft ist etwas Besonderes. Und genau so soll es bleiben.

Wir sehen uns in neun Tagen, tippe ich. *Pass auf dich auf, MC*

Wie immer erscheint seine Antwort umgehend. *Ich bin stolz auf dich, Em. Wenn du was brauchst – ich bin da. Ach ja, weißt du, wo meine Kapuzenjacke ist?*

Die hatte er mir doch geliehen, als er mich von Darias Lesekreis nach Hause brachte. *Sorry, wahrscheinlich bei mir im Schrank. Während ich weg bin, wohnt Carmela bei mir. Klopf an, damit du sie nicht erschreckst ;-)*

Bevor ich das Handy ausschalten kann, antwortet er. *Können wir bitte reden, wenn du zurück bist?*

Mein Magen zieht sich zusammen. Ich hole tief Luft. *Klar.*

Wie versprochen, wartet Tante Poppy am Lufthansa-Schalter. Sie ist schwer zu übersehen in ihrer grellgrünen Hose und dem Patchwork-Blazer, der mal Elton John gehört haben könnte. Ihre beiden Rollkoffer sind mit grünen, roten und gelben Klecksen übersät, als hätte jemand – wahrscheinlich sie selbst – einen Pinsel in Farbe getaucht und die makellosen weißen Gepäckstücke damit betupft.

»Mein Sonnenschein!«, ruft sie, als sie mich erblickt. Ihre Fingernägel sind in Korallrot lackiert, passend zu ihren Lippen und Wangen. »In natura bist du ja noch hübscher!«

Ich wäre so gerne böse auf diese Frau, die versucht hat, meine Mutter zu entführen. Doch als sie mich in die Arme nimmt, spüre ich sofort, dass ich ruhiger werde. Verbrecherin hin oder her, bei meiner Tante fühle ich mich geliebt, und das gefällt mir immer besser. Ebenso schnell kommen Schuldgefühle auf. Mein ganzes Leben habe ich mit Nonna verbracht, und jetzt verrate ich sie für eine Tante, die ich kaum kenne.

»Mein Herz jubelt!«, ruft Poppy und drückt mir einen letzten Kuss auf die Wange, bevor sie sich an Lucy wendet. »Und sieh dich mal an!«

Ein bisschen schäme ich mich für meine arme Cousine. Aber was sollte ich tun, als Lucy in schwarzen, vorne offenen Ankle Boots und einem knallengen, kurzen, weißen Cocktailkleid die Verandatreppe hinuntereierte? Wer außer meiner Cousine kann Gefallen an Peeptoe-Stiefeletten finden? Aber das Taxameter lief, wir mussten zum Flughafen. Außerdem geht es mich ja auch nichts an – und Geschmäcker sind bekanntlich verschieden.

»Wie schön, dass du hier bist, Luciana!«, sagt Tante Poppy schließlich und nimmt Lucy in die Arme. »Auch wenn es mir lieb wäre, etwas weniger von dir zu sehen.«

Lucy zuckt zurück. »Was soll das denn heißen?«

Poppy tätschelt ihre Wange. »Dieser dumme alte Fluch macht uns alle ein bisschen gaga. Schau dich doch an, mein Mädchen!« Sie betrachtet Lucys kurzes Kleid. »Verzweifelt auf der Suche nach Liebe. Und sie hier« – Poppy zeigt auf mich – »läuft herum wie ein ausgelatschter Schuh.«

Ich schnappe nach Luft. »Was?«

Lucy kichert los. »Ich weiß. Aber du willst ihn doch brechen, oder? Den Fluch?«

Poppy lächelt sie an. »An meinem achtzigsten Geburtstag werde ich die Liebe meines Lebens auf der Treppe der Kathedrale von Ravello wiedersehen.«

Lucy fällt die Kinnlade hinunter. »So willst du den Fluch aufheben?«

Poppys Gesicht strahlt voll kindlicher Freude. Sie nickt. Lucy packt sie an den Schultern. »Nein. Nein! Nein! Nein! Das kann nicht dein Ernst sein! Wie kommst du auf die Idee, dass du mit achtzig die Liebe deines Lebens triffst, wenn ich sie nicht mal mit einundzwanzig finde?«

»Lucy hat recht«, sage ich, das Herz in der Hose. »Die Wahrscheinlichkeit, in deinem Alter noch jemanden …«

»Sag mal«, unterbricht sie mich. »Wann hast du eigentlich aufgehört, an Wunder zu glauben?«

Ihre Frage trifft mich unvorbereitet. Ich bin versucht, ihr die Wahrheit zu sagen, dass es irgendwann in der vierten Klasse war, als ich immer noch keine Mutter bekommen hatte, obwohl ich es mir seit Jahren wünschte und darum betete.

»Ich bin nur aus einem einzigen Grund hier«, sagt Lucy. »Und zwar weil du versprochen hast, den Fluch zu zerstören. Du hast hoffentlich einen Plan B.«

Poppy wendet sich ab und zieht an den Griffen ihrer Koffer. »Vergiss den Fluch, Luciana. Auf geht's nach Italien!«

Ich weiche Lucys Blick aus, denn ich spüre, dass sie mich am liebsten umbringen würde. Ich möchte ihr versichern, dass unsere Tante einen Fluch, sollte es ihn denn geben (was natürlich nicht stimmt), mit Sicherheit aufheben kann. Dass sie ihr Versprechen halten wird. Aber ich schaffe es nicht. Meine Großtante ist möglicherweise die größte Strippenzieherin seit der alten Lady Grantham in *Downton Abbey*.

Im Gegensatz zu meinem jungfräulichen Reisepass ist der von meiner Tante mit Stempeln aus aller Herren Länder gefüllt.

»In wie vielen Ländern bist du schon gewesen?«, frage ich, als wir durch die Sicherheitsschleuse gehen.

»Bis jetzt in vierunddreißig«, antwortet sie. »Aber Italien ist was Besonderes. Da fliege ich jedes Jahr hin.«

Jedes Jahr? Warum ist es ihr dann so wichtig, dass Lucy und ich dieses Mal mitkommen? »Du fliegst jedes Jahr nach Italien, weil du hoffst, dort deine wahre Liebe zu treffen?«

»Du lieber Himmel, nein! Das wird nur dieses Jahr passieren.«

Wir drei sitzen nebeneinander in Kunstledersesseln am Gate. Lucy hat uns den Rücken zugedreht und tippt wie eine Wilde in ihr Handy. Poppy scheint das nicht zu kümmern. Aufrecht thront sie auf ihrem Platz wie eine Königin. Sie lächelt und nickt den vorbeieilenden Reisenden zu.

»Flughäfen machen wirklich Spaß, findest du nicht, Luciana?«

»Werden nur noch von Intimhaarentfernung übertroffen«, knurrt sie, ohne von ihrem Handy aufzusehen.

Poppy legt den Kopf in den Nacken und wiehert vor Lachen. »Für jemanden, der mit Highheels über den Atlantik fliegt, bist du ganz schön clever.«

Lucy sieht über die Schulter zu uns. »Na immer noch besser als Emmies orthopädische Treter.«

»Was stimmt denn nicht mit denen? Die sind superbequem!«

Tante Poppy legt ihre Hand auf meine. »Sobald man anfängt, sich bequem anzuziehen, geht es bergab. Warst du schon mal in einem Pflegeheim? Nur Stretchklamotten und Klettverschlüsse.«

Autsch. Sie schafft es, kurz nacheinander sowohl Lucy als auch mir einen mitzugeben.

Während meine Cousine weitertippt, hole ich mein Notizbuch heraus und kaue an meinem Stift. Ich schreibe gerade an einer traurigen Szene, aber kann mich nicht richtig konzentrieren. Die ganze Zeit muss ich an die alte Frau neben mir denken, die bald den Atlantik in der Erwartung überquert, dass sie sich verliebt. Gerade spielt sie Kuckuck mit einem kleinen Mädchen auf der anderen Seite des Ganges. Sie nimmt die Hände vom Gesicht und zeigt ihr breites Lächeln. Die Kleine strahlt. Meine Tante wirkt so unschuldig, so kindlich. Kann Nonna trotzdem recht haben? Kann sich hinter diesem Lächeln ein Teufel verstecken?

»Gibt es etwas Schöneres als das Lächeln eines kleinen Kindes?«, sagt sie zu mir, während Lucy weiter auf ihrem Handy herumtippt. Dann erzählt mir Poppy von ihrer Liebe zu Pferden. »Ich habe mir Higgins zum sechzigsten Geburtstag gekauft.« Weiter geht es mit ihren Lieblingsbands. »Habe gerade eine total starke neue Indie-Band entdeckt. Telepathy heißt die. Schon mal gehört?« Sie berichtet von ihrem Yogakurs, der sie beweglich hält. »Wusstest du, dass siebzig Prozent der Erwachsenen nicht aufstehen können, ohne die Hände zu benutzen? Stell dir das mal vor!«

Während sie redet, betrachte ich sie. Wie gerne sie lächelt, wie sie die Stirn runzelt, sich zurücklehnt und vor Lachen johlt. Sie hat Falten, natürlich. Aber ihr Gesicht ist nicht verkniffen wie das von Nonna. Und dann ihre Augen! Sie haben dieselbe ovale Form wie Nonnas, dasselbe Schokoladenbraun. Doch wenn Poppy mich ansieht, spricht aus ihnen reine Freundlichkeit.

Ich erschrecke, als ich merke, dass sie aufgehört hat zu reden. »Entschuldige, erzähl weiter!«

Sie beugt sich vor. »Es kommt mir vor, als würdest du mich zum ersten Mal sehen, meine Liebe.«

Beschämt lächele ich. »Ich habe wohl noch nie gemerkt, wie schön du bist.«

»Oh, danke, aber ich war ein unauffälliges Mädchen. Da sieht man es mal: Am richtigen Ort erblühen wir. Das wirst du auch noch feststellen, wenn du deine Heimat gefunden hast.«

»Bensonhurst ist meine Heimat.«

»Ja?« Sie sieht mir tief in die Augen. »Was wäre denn, wenn du nach fast dreißig Jahren merkst, dass du am falschen Ort gepflanzt wurdest?«

Mein Handy kündigt eine Nachricht an. Sie ist von Daria. Ich zucke zusammen. Nonna muss den Brief gelesen haben, den ich aufs Geländer gelegt habe. Sie und Daria wissen jetzt, dass ich unterwegs nach Italien bin, und Daria darf den Vermittler machen.

»Entschuldige«, sage ich zu meiner Tante und tippe das Briefsymbol an.

Bitte sag mir, dass Dad Blödsinn erzählt. Du fliegst nicht wirklich nach Italien?! Dieses Wochenende wollten Donnie und ich nach Atlantic City. Du hast versprochen, auf die Mädchen aufzupassen. Und zu deiner Info: Nonna ist tierisch sauer.

Ich lehne den Kopf nach hinten und stöhne. Verdammt! Ich hatte den Groupon-Gutschein völlig vergessen, den Daria gekauft hat. Es stimmt: Ich hatte zugesagt, die Kinder zu hüten, aber das ist schon Wochen her. Warum hat sie mich nicht daran erinnert? Klar, weil ich ja immer da bin.

Ich gehe zum Fenster und rufe die Nummer meiner Schwester auf. Nach dem dritten Klingeln meldet sie sich.

Ich schließe die Augen. »Es tut mir total leid«, fange ich an.

»Wie konntest du nur?«, zischt sie. »Du weißt genau, wie sehr wir uns auf diesen Kurzurlaub gefreut haben!«

»Ich hab's einfach vergessen. Gott, wie furchtbar. Wie kann ich euch helfen? Ich rufe Carmela an. Vielleicht kann sie auf die Kinder aufpassen.«

»Das ganze Wochenende? Sie muss auch im Laden arbeiten!«

»Ich frage …«

»Schon gut, Em, in Ordnung. Offenbar ist dir Tante Poppy wichtiger als wir, obwohl sie unserer Nonna das Herz gebrochen hat.«

»Es tut mir leid, Dari. Wir fliegen gleich los. Ich kann sie jetzt nicht im Stich lassen.«

»Kannst du nicht … oder willst du nicht?«

Ich schließe die Augen. In acht Tagen kann meine Tante vielleicht endlich ihren Traum wahr machen – oder sie erlebt ihren schlimmsten Albtraum. Wie es auch ausgehen mag – ich kann sie nicht alleinlassen. Mit sanfter Stimme sage ich: »Versteh doch bitte …«

Das Klicken im Handy verrät mir, dass sie es nicht tut.

Ich verschwinde auf die Toilette. Vor dem Spiegel betupfe ich meine Augen mit einem Papiertuch. Daria ist sauer. Nonna ist wütend. Mein Vater ist am Ende. Gibt es jemanden, den ich nicht enttäuscht habe? Und wofür? Für die fixe Idee einer alten Frau, die ihre wahre Liebe finden will? Um einen Fluch aufzulösen, an den ich nicht mal glaube? Um Geschichten über meine Mutter zu hören, die vielleicht gar nicht wahr sind?

Poppy kommt um die Ecke und stutzt, als sie mich sieht. »Ojemine!« Sie nimmt mich in die Arme, ihr zitroniges Parfüm hüllt mich ein. »Was ist denn, mein Sonnenschein?«

»Nichts«, sage ich und putze mir mit dem groben Papiertuch die Nase. »Alles.«

Sie nimmt mich tröstend in die Arme. So nah bei mir wirkt ihr Körper ganz zart und zerbrechlich. Ich bilde mir ein, ihr Herz im Einklang mit meinem schlagen zu fühlen. Ich schließe die Augen.

»Daria ist stinksauer. Ich hätte dieses Wochenende eigentlich auf Natalie und Mimi aufpassen sollen.«

Poppy löst sich von mir. »Hast du das versprochen?«

Ich nicke. »Im August. Aber sie hat mir nie ein Datum genannt. Ich hatte es komplett vergessen.« Ich werfe das Papiertuch in den Müll. »Vielleicht sollte ich diese Reise einfach vergessen.«

Sie nimmt meine Arme und dreht mich um, so dass ich mit dem Rücken zu ihr stehe. Dann fängt sie an, über meinen Pulli zu wischen. Ich bin verwirrt.

»Was machst du da?«, frage ich über die Schulter nach hinten.

»Ich putze die Fußabdrücke ab.«

»Was für Fußabdrücke?«

»Die von deiner Schwester, wenn sie dich schikaniert.«

Sie sieht mir in die Augen und bricht in Lachen aus. Ungewollt falle ich ein.

Das ist es, wird mir klar. Das ist der Grund, warum ich nach Italien fliege.

Zurück am Gate müssen wir die Zeit bis zum Boarding totschlagen. Ich hole wieder mein Notizbuch heraus, brauche dringend etwas, das mich von den Gedanken an Daria ablenkt.

Poppy beugt sich zu mir herüber. »Du schreibst ja!«

Lachend klappe ich das Notizbuch zu. »Nein, nein. Überhaupt nicht. Das ist nur eine Freizeitbeschäftigung.«

»Wie schön! Und was schreibst du?«

»Liebesgeschichten.« Schnell füge ich hinzu: »Aber es ist noch nie etwas veröffentlicht worden.«

»Liebesgeschichten schreiben ist wunderbar.« Neckisch wackelt sie mit den Augenbrauen. »Du hast bestimmt viel Erfahrung, was?«

»Ähm, nein, eigentlich nicht. Am College hatte ich einen Freund, Liam. Aber das lief nur ein paar Monate.« Ich zucke mit den Achseln. »Zum Glück habe ich eine lebhafte Phantasie.«

»Ich glaube, da sind wir uns ähnlich. Wir sehen das Leben lieber so, wie es sein sollte, als wie es ist.« Aufmerksam betrachtet sie mich. »Und dieser Freund ... Liam? Was war mit dem? Warst du in ihn verliebt?«

Ihre direkten Fragen treffen mich unvorbereitet. Plötzlich habe ich einen Kloß im Hals. Obwohl es elf Jahre her ist, tut es noch weh. Ich muss schlucken und verziehe den Mund zu einem Lächeln. »Keine Ahnung. Eigentlich war es vorbei, bevor es richtig anfing. In den Semesterferien musste ich nach Hause, weil Onkel Bruno im Laden ausgefallen war. Es zog sich hin. Am Ende habe ich mich von Barnard ans Brooklyn College umgemeldet. Liam und ich ... wir ... haben uns auseinandergelebt.«

Meine Tante zieht die Augenbrauen zusammen. »Der kleine Drecksack.« Sie schlägt die Hand vor den Mund, als hätte der Ausdruck sogar sie erschreckt. »Entschuldigung«, sagt sie, »aber manchmal muss man einfach die Wahrheit sagen.«

Ungewollt muss ich lachen. »Liam war ein guter Kerl – und ist es mit Sicherheit noch«, sage ich in der Hoffnung, es dabei belassen zu können.

»Wenn wir nach Ravello kommen, muss ich dir Nico vorstellen. Erinnere mich daran! Er wäre perfekt für dich.«

Bevor ich ihr sagen kann, dass ich weder Interesse an ihrer Reise noch an ihren Männervorschlägen habe, wechselt sie das Thema. »Spielst du ein Instrument?«

»O Gott, nein.«

»Dein Großvater war Musiker.«

»Wirklich?« Ich habe Fotos von Nonno Alberto gesehen, ein kräftiger Mann mit Zigarrenstumpen im Mundwinkel, aber nie mit einem Instrument. Sie vertut sich bestimmt, aber ich spreche sie nicht darauf an.

»Malst du?«, fragt sie. »Oder zeichnest du?«

»Nein. Ich hab dir schon alles über mich erzählt. So aufregend ist mein Leben nicht.«

»Egal.« Sie winkt ab. »Das wird sich bald ändern.« Ihr Finger pocht auf ihr Kinn. »Ja, Nico. Der würde passen.«

»Was ist mit dir?«, frage ich schnell. »Du hast Bensonhurst 1961 verlassen. Was hast du dann gemacht?«

Ein Schatten huscht über ihr Gesicht, aber sie reißt sich schnell zusammen. »Ich bin nach Hershey in Pennsylvania gezogen und habe in einer Schokoladenfabrik gearbeitet.« Sie legt sich die Hände um den Hals und schielt. »Am Fließband. Sterbenslangweilig.«

Ich lache. »Und dann hast du Kunstgeschichte studiert?«

Sie nickt. »Ich habe ein Abendstudium am Franklin and Marshall College gemacht. Hat fünf Jahre gedauert, dann hatte ich meinen Abschluss. Anschließend hat mir die Universität von Pennsylvania eines ihrer seltenen Master-Stipendien angeboten. Da habe ich bei Hershey aufgehört und bin nach Philadelphia gezogen.« Sie erzählt mir von ihrer Arbeit als Dozentin an der Shipley School der Universität Bryn Mawr, wo sie Studenten in Kunstgeschichte unterrichtet. »Neunundvierzig Jahre und kein Ende in Sicht, aber in den letzten zehn Jahren mache ich das nur noch auf freiwilliger Basis.«

»Tante Poppy, es ist noch eine Stunde bis zum Abflug. Kannst du mir nicht etwas von meiner Mutter erzählen?«

Lucy schaut von ihrem Handy hoch. »Deine Mutter?« Kurz flackert Verständnis in ihren Augen auf, doch es erlischt schnell. »Emmie, Tante Josephina ist schon gute fünfundzwanzig Jahre tot. Meinst du nicht, es wäre Zeit, mal drüber wegzukommen?«

Ich blicke auf meine Hände und nicke. Dumm von mir zu glauben, dass Lucy verstehen könnte, wie es ist, jemanden so tief und innig zu vermissen, den man kaum gekannt hat.

»Ja«, sagt Poppy, und ich nehme an, dass sie Lucy recht gibt. Doch dann verschränkt sie ihre Finger mit meinen und stößt einen Seufzer aus, als stehe sie vor einer sehr schwierigen, beängstigenden Reise.

14

Poppy, 1959

Es war Dezember. Seit einem Monat arbeitete ich unter Rosas Namen in den berühmten Uffizien von Florenz. Ich liebte meine Arbeit, auch wenn ich das schlichte braune Kostüm verabscheute, das ich als Fremdenführerin tragen musste. Um von der trostlosen Uniform abzulenken, legte ich immer Modeschmuck an, den ich seit meiner Kindheit sammelte – mal eine Kette aus Plastikperlen, dann eine Brosche mit einem radschlagenden Pfau. Jeden Tag schlang ich mir ein buntes Tuch um den Hals. Wir Fremdenführer hielten immer einen Stock in die Höhe, damit wir in den Menschenmassen zu finden waren. Ich hatte ein orangerotes Band am Ende meines Steckens befestigt.

Es war ein kühler Morgen, ich stand zitternd vorm Eingang des Museums und wartete darauf, dass meine Gruppe sich einfand. Pärchenweise näherten sich Touristen aus ganz Italien. Weiter hinten stand ein einzelner Mann, ungefähr Mitte zwanzig. Er hatte hellblonde Haare, stechende blaue Augen und ein markantes Gesicht. Nach seinem großen, breitschultrigen Körperbau zu schließen, war er vielleicht Amerikaner oder Australier.

Ich stellte mich der Gruppe vor und lächelte freundlich. »Die Sammlung in diesem Museum ist gewaltig groß«, erklärte ich. »Ich hoffe, dass ich all Ihre Fragen beantworten kann.«

Eine Frau mittleren Alters hob die Hand.

»Sì?«, sagte ich voller Stolz, mein Wissen zur Schau stellen zu können.

»Dove sono i gabinetti?«

Sie erkundigte sich nach der Toilette. Der Mann mit den

blonden Haaren prustete los, ungewollt fiel ich in sein Lachen ein.

Anschließend führte ich die Gruppe durchs Museum. Der schneidige Blonde sagte nichts. Doch die ganze Zeit spürte ich seine Gegenwart, als würde er eine unsichtbare Energie ausstrahlen, die nur ich wahrnehmen konnte. Verstohlen betrachtete ich sein ausdrucksstarkes Gesicht, die langen Wimpern, die klaren blauen Augen. Mehr als einmal ertappte ich ihn dabei, dass auch er mich heimlich musterte, während wir vor einem Gemälde standen.

Als die Führung zwei Stunden später vorbei war und sich die Gruppe auflöste, nahm er ein Stück von meinem Herzen mit. Ich weiß, das klingt albern, aber so war es. Wir hatten kein Wort miteinander gewechselt, und doch war etwas zwischen uns geschehen. Ich fühlte es tief in meiner Seele, ich war wie verzaubert.

Am nächsten Tag stand ich wieder vor dem Museum … und der gutaussehende Fremde vom Vortag ebenfalls. Ich konnte mein Glück kaum fassen, als ich sah, dass er sich anstellte, um sich abermals von mir durchs Museum führen zu lassen. Am Vortag hatte er mich ein wenig durcheinandergebracht, ich war durch ihn doch ganz schön abgelenkt gewesen. An diesem Tag wollte ich es besser machen. Doch als er mich mit blitzenden blauen Augen und Grübchen in den Wangen anlächelte, konnte ich keinen klaren Gedanken mehr fassen.

Irgendwann war die Führung zum Glück vorbei, ich beantwortete die letzten Fragen und konnte es kaum erwarten, den schönen Fremden anzusprechen. Doch als ich endlich fertig war, war er jedoch wieder verschwunden. *Puff!* Wie schon am Vortag hatte er sich in Luft aufgelöst.

Ich haderte mit mir. Die Götter hatten mir eine zweite Chance gegeben, und ich hatte sie vertan. Wieder hatten wir kein Wort miteinander gewechselt.

Selbst abends, während der Busfahrt zurück nach Fiesole, schaute ich aus dem Fenster und hielt Ausschau nach dem blauäugigen Mann. Wenn ich ihn gesehen hätte, wäre ich wohl aus dem Bus gesprungen.

Als ich zwei Tage später meine Vormittagsführung beginnen wollte, wen erblickte ich da? Den Mann mit den blauen Augen. Mein Herz setzte fast aus! Er wartete wieder mit den anderen auf meine Tour. Diesmal würde ich meine Chance nutzen. Ich kämpfte mich zu ihm durch. Oh, wie mein Herz klopfte! Aus der Nähe konnte ich seine klaren Gesichtszüge und die gleichmäßigen weißen Zähne bewundern. Ein Mann, der so kräftig und gleichzeitig so empfindsam war! Für mich war er ein Kunstwerk wie die Statuen in den Uffizien.

»Hallo!«, begrüßte ich ihn. »Wollen Sie sich die Führung ein drittes Mal antun? Offenbar haben Sie eine selbstzerstörerische Ader.«

Fragend sah er mich an. »*Non capisco.* Es tut mir leid«, sagte er halb auf Italienisch, halb auf Deutsch.

»*You're German?*«, fragte ich ihn auf Englisch und lachte. »Kein Wunder, dass Sie nichts gesagt haben.« Ich wies auf die deutsche Fremdenführerin, eine große Kollegin mit einem hübschen Lächeln. »Dann müssen Sie zu Ingrid gehen.«

Er sah mich liebevoll an. Ich werde seinen Gesichtsausdruck nie vergessen. Er war voller Bewunderung. »*Grazie*«, antwortete er auf Italienisch. »Aber ich bin genau dort, wo ich sein will.«

»Sie sprechen ja doch Italienisch.«

»Ich kann so gerade nach der Toilette fragen«, sagte er mit Schalk in den Augen. »Mein Englisch ist auch nicht sehr gut. Ich kann nur Deutsch.«

»Aber Sie haben schon zweimal die Führung auf Italienisch mitgemacht – und dafür bezahlt. Haben Sie denn irgendwas verstanden?«

»Nicht viel«, gab er lächelnd zu. »Aber bei Ihnen zu sein, war sehr schön.«

Mir wurde heiß. Ich sah mich zu Ingrid um. »Da!« Ich zeigte zu ihr hinüber. »Die Führung auf Deutsch fängt jetzt an.«

»Ich bin genau dort, wo ich sein will«, wiederholte er in seinem gebrochenen Italienisch. »Ihre Stimme zu hören reicht mir. Ich muss nicht jedes Wort verstehen.«

Als meine Schicht vorbei war, wartete der blonde Deutsche mit einem Eisbecher auf der Piazza auf mich. Wie sollte ich einem Mann einen Korb geben, der zwei Mal – nein, drei Mal – Geld für eine Führung ausgegeben hatte, von der er kaum etwas verstand, nur um in meiner Nähe zu sein? Es war das Schönste, was mir jemals passiert war, mir, der Zweitgeborenen.

Wir unterhielten uns mit Händen und Füßen in einem Kauderwelsch aus Englisch, Deutsch und Italienisch. Ständig mussten wir über uns lachen. Er kam aus Radebeul, einer Stadt an der Elbe in Ostdeutschland, unweit von Dresden. Anderthalb Jahre zuvor hatte er seine Heimat und seine Familie verlassen, um der kommunistischen Regierung der DDR zu entkommen. Sein Name war Erich Krause.

»Erich?«, fragte ich und leckte das Eis vom Löffel. »Das heißt auf Italienisch bestimmt Rico. In Italien endet ein Männername immer auf einem Vokal.«

Die Haut um seine Augen legte sich in Fältchen. »Na gut. Dann heiße ich bei dir eben Rico.« Er lächelte. »Und wie nenne ich dich? Rosa?«

Ich hatte es fast vergessen. Auf meinem Namensschild stand »Rosa«, so hatte ich mich auch zu Beginn der Führung vorgestellt. Wenn ich ihm gestand, dass ich mich für meine Schwester ausgab, was würde er dann von mir denken? Würde er mich bei meinem Arbeitgeber melden?

»Rosa ist in Ordnung.«

Er musterte mich. »Die Rose ist viel zu dornig. Du bist eher ein wunderschöner Mohn, leuchtend und stolz.«

Er sprach das Wort »Mohn« wie das englische *»moon«* aus. Ich stutzte. »Ein Mond? Wer will denn bitte aussehen wie eine weiße Scheibe am Himmel?«

Er musste lachen, ein volltönendes Geräusch, in dem ich mich am liebsten verloren hätte. »Nicht Mond, sondern Mohn! Eine strahlend rote Mohnblume! Ich glaube, auf Englisch heißt sie *Poppy.*«

»Papaveri!«, rief ich. »Oh, ja, ich liebe *papaveri!* Aber das ist so ein langes Wort. Dann nimm doch das englische und nenn mich … Poppy.«

»Poppy«, wiederholte er. Nie hatte mein Name süßer geklungen. »Passt zu dir. So stolz und ausdrucksstark.« Er beugte sich vor und streichelte mir sacht über die Wange. »Und süchtig machend.«

Als sein Finger meine Haut berührte, wusste ich, dass es um mich geschehen war. Und ich irrte mich nicht. Fast sechzig Jahre später spüre ich noch immer die Berührung des einzigen Mannes, den ich jemals wahrhaft und von ganzem Herzen geliebt habe.

15

Emilia

Ein Knistern aus den Lautsprechern lässt mich zusammenfahren. »Wir beginnen nun mit dem Priority Boarding für den Direktflug 411 nach Venedig.«

Ich stöhne genervt, weil ich unbedingt mehr über meine Tante und ihren deutschen Freund hören will. »Dieser Mann«, frage ich, »hattest du eine Beziehung mit ihm?«

»Genau«, sagt Lucy und betupft ihre Lippen mit Gloss. »Wie ging es weiter? Wurde Herr Krause dein Lover?«

Poppys dunkle Augen sind weich und verträumt. »Ja.« Sie tätschelt unsere Wangen und erhebt sich. »Der Mann, den ich auf der Treppe der Kathedrale von Ravello treffen werde, ist Rico.«

Lucy horcht auf. »Also nicht irgendein Typ, sondern jemand, den du schon kennst?«

»Natürlich kenne ich ihn. So naiv bin ich nun auch nicht, Luciana.«

Ich lache erleichtert auf. »Du hast dich also in diesen Rico verliebt. Seid ihr denn die ganze Zeit in Kontakt geblieben?«

Mit zusammengezogenen Augenbrauen sieht Poppy mich an. »Nein, mein Schatz. Wir haben seit fast sechzig Jahren nicht mehr miteinander gesprochen.«

Hinter mir stöhnt Lucy. »Das muss doch ein Witz sein.«

Ich gehe hinter Poppy durch den Gang im Flugzeug und zucke jedes Mal zusammen, wenn sie anderen Passagieren »Hallo!«, »Gute Reise!« oder »Los geht's!« zuruft. Vorsichtig drehe ich mich zu Lucy um. Sie hat das Kinn vorgeschoben und schüttelt den Kopf.

»Was ist das für eine Scheiße, in die du mich da reingezogen hast?«, flüstert sie mir zu. »Die Frau ist doch bekloppt.«

Ich zucke mit den Schultern und artikuliere lautlos: »Zu spät.«

»Wir haben die Arschkarte gezogen«, flüstert Lucy. »Und das alte Tantchen wird sehen, was sie davon hat. Nie im Leben taucht der Typ da auf.«

Unsere Großtante sieht sich lächelnd zu uns um. »Oh, doch, er wird da sein. Keine Sorge!«

Sie sagt das mit einer Überzeugung, dass ich mich kurz für meinen Zynismus schäme. Steht es mir zu, so wenig Vertrauen in ihren Traum zu haben?

Alle lieben Tante Poppy – mit Ausnahme von Lucy. Wir machen es uns auf den Sitzen mit extra viel Beinfreiheit bequem, die wir dank Tante Poppys neuer besten Freundin am Abfertigungsschalter bekommen haben. Lucy will unbedingt den Platz am Gang. Unsere Tante nimmt den Sitz am Fenster, so dass für mich nur die Mitte bleibt, zwischen den beiden Kontrahentinnen.

Lucy verliert keine Zeit für ihren ersten Schlag. Sie beugt sich zu Poppy hinüber. »Diese Kleinigkeit hättest du uns ruhig erzählen können, bevor wir zugesagt haben.«

Poppy lächelt mild. »Welche Kleinigkeit?«

Lucy schnaubt. »Wie kommst du auf die Idee, dass ein Mann, den du seit Jahrzehnten nicht mehr gesprochen hast, plötzlich an der Kathedrale von Ravello auftaucht?«

Poppy reckt ihr Kinn. »Weil er es mir versprochen hat.«

Lucy schließt die Augen. »Na klar«, murmelt sie. »Das machen sie alle.«

Zwanzig Minuten später ist das Flugzeug startbereit. Poppy presst ihr Gesicht ans Fenster wie ein kleines Kind, das in eine Tierhandlung schaut. Ich beuge mich ebenfalls vor. Draußen lotsen die Einwinker den Flieger mittels Handsignalen über den Asphalt.

»Guck mal da!«, ruft Poppy. »Der winkt mir zu!« Als könnte der Mann sie sehen, wedelt sie wie wild zurück.

Ich weiß nicht, ob sie das ernst meint. Immerhin ist sie klug, belesen und weitgereist. Vielleicht ist sie wirklich verrückt. Ich schiele zu Lucy hinüber, doch die tippt Textnachrichten. Jacks Name steht oben drüber.

»Bist du immer noch mit dem zusammen?«, frage ich ungläubig. Hoffentlich schreibt sie ihm, dass sie es bereut, jemals was mit so einem armseligen Typen wie ihm angefangen zu haben.

Sie deckt ihr Smartphone mit der Hand ab. »Alles gut«, sagt sie, was auch immer das bedeuten soll.

Poppy beugt sich vor. »Verabschiede dich besser davon.« Sie entreißt Lucy das Handy, stellt es aus und stopft es in die Sitztasche.

Lucy fällt die Kinnlade hinunter. »Ich war noch nicht fertig!«

Tante Poppy lächelt. »Stell dir mal vor, wie er sich jetzt den Kopf zerbricht, weil er nicht weiß, was passiert ist.«

Lucy will ihr Handy herausholen, aber hält inne und denkt über die Bemerkung nach. Dann zieht sie die Hand zurück. Eins zu null für Tante Poppy.

Das Flugzeug schießt über die Startbahn und erhebt sich in die Luft. Mein Magen dreht sich. Poppy klatscht. »Ist Fliegen nicht herrlich?«

»Reg dich ab, Tantchen«, sagt Lucy. Zum Glück ist sie nicht mehr ganz so giftig wie zuvor. Vielleicht hat sie eingesehen, dass Poppys Wunschtraum sich gar nicht so stark von ihrem unterscheidet. Beide hoffen gegen jede Vernunft, dass sie eines Tages die große Liebe finden werden.

Nachdem wir unsere Flughöhe erreicht haben und das Essen serviert wurde, nimmt Lucy eine Tablette. Kurze Zeit später sackt sie leise schnarchend gegen mich. Es ist ein schönes Gefühl, wenn sie sich so an mich schmiegt. Als wäre sie wieder meine kleine Cousine, die zur großen Emilia aufschaut.

Meine Tante hat Kopfhörer aufgesetzt und lacht lauthals über den Film, der auf den Bildschirmen läuft. Ich freue mich, dass es ihr so gutgeht, und schlage mein Notizbuch auf. Noch immer bin ich etwas angesäuert, weil sie uns unter falschem Vorwand hergelockt hat. Aber in erster Linie tut sie mir leid. In acht Tagen wird sie am Boden zerstört sein. Wie soll sie diese Enttäuschung überwinden? Neunundfünfzig Jahre lang hat sie der einzigen Liebe die Treue gehalten, die ihre einsame Seele je gekannt hat. Dieser Deutsche hat doch längst eine andere gefunden. Ich kann nur staunen, dass ihr das nicht klar ist.

Ich bekomme eine Gänsehaut. Hat Onkel Dolphie nicht von einem Deutschen gesprochen? Einen Nichtsnutz nannte er ihn, glaube ich. Schwängerte Tante Poppy und verschwand dann. Ich sehe meine Tante genauer an. Diese Frau hat den Tod ihres Kindes nicht verkraftet. Sie hat versucht, das Baby meiner Großmutter zu stehlen. Ein Schauer läuft mir über den Rücken.

Ich knipse das Licht über mir aus und kuschele mich in meine Decke. Ich hatte meine Tante gebeten, mir von meiner Mutter zu erzählen. Stattdessen hat sie vierzig Minuten lang ihr Leben in Florenz geschildert. Über meine Mutter habe ich nichts erfahren. Abgesehen von der Woche auf Poppys Farm, haben meine Mutter und meine Tante lediglich Feiertage und Geburtstage miteinander verbracht. Wie gut kennt sie meine Mutter Josephina Lucchesi Antonelli wirklich? Oder war die Behauptung ein weiterer Trick, um mich zu dieser Italienreise zu überreden?

Flackernd erwacht die Kabinenbeleuchtung zum Leben. Die Sprechanlage knistert, der Kapitän verkündet, dass er nun mit dem Landeanflug auf Venedig beginne. Ich reibe mir die Augen und drehe mich zu meiner Tante um. Sie sitzt aufrecht neben mir, Lippen und Wangen frisch geschminkt, und duftet nach Chanel.

»Hast du geschlafen?«, frage ich.

Sie winkt ab. »Keine Minute. Bin viel zu aufgeregt.«

Das Flugzeug geht in Schräglage und bietet einen perfekten Blick auf die schwimmende Stadt. Strahlender Sonnenschein funkelt auf dem grünen Wasser der Adria. Und dort, mitten in der Lagune, schmiegen sich zwei Puzzleteile perfekt aneinander, getrennt vom elegant geschwungenen Canal Grande.

Ich bin so beeindruckt, dass ich kein Wort herausbekomme.

»Guckt mal!«, ruft Poppy und weist auf drei Kreuzfahrtschiffe. »Der neue Hafen von Venedig! Und da ist die Piazza San Marco!«

Neben mir wacht Lucy auf. Sie reckt sich, um aus dem Fenster zu schauen. Unsere Tante greift nach unseren Händen und legt sie mit glänzenden Augen auf ihre Wangen. »Danke!«, sagt sie.

Ihre Stimme bricht. Mit ihr bricht mein Herz. Jetzt gibt es kein Zurück mehr, jetzt helfen keine Ausreden mehr. Nichts kann die Enttäuschung abfangen. Wir sind in Italien, wo Poppy in nur wenigen Tagen entweder vor Freude jubilieren oder am Boden zerstört sein wird.

An diesem Montagmorgen herrscht viel Betrieb am Flughafen Marco Polo. Wir passieren den Zoll. Tante Poppy hat ein wenig von ihrem Schwung verloren, im Neonlicht wirkt ihre olivfarbene Haut leicht gräulich. Man merkt ihr die neunundsiebzig Jahre deutlich an. Sicher, sie hat gerade einen achtstündigen Interkontinentalflug hinter sich, ohne geschlafen zu haben. Man kann nicht erwarten, dass sie danach aussieht wie das blühende Leben.

Um elf Uhr morgens verlassen wir den Flughafen. Die Sonne scheint auf die Lagune von Venedig – diesen flachen Teil der Adria –, und sofort fühlen wir drei uns lebendiger.

»Hireath!«, ruft Poppy und klatscht in die Hände. »Kennt ihr das Wort? Es kommt aus dem Walisischen und steht für eine tiefe Sehnsucht nach der Heimat, ein Heimweh nach dem Ort, der unsere Seele ruft.«

»Eine schöne Vorstellung«, sage ich. »Auch wenn ich so was selbst noch nicht erlebt habe.«

»Das wundert mich nicht.« Tante Poppy legt den Kopf schräg. »Aber ich habe so ein Gefühl, dass das noch kommt.«

Wir steigen in ein Wassertaxi, ein kleines Holzboot, das Poppy bestellt hat. Es soll uns zu unserem Hotel am Canal Grande bringen. Taavi, der schmucke Fahrer, steht mit einer engen Jeans und einem Halstuch am Ruder. Ich setze mich auf die rote Kunstlederbank neben meine Tante und beobachte, wie Lucy mit Taavi flirtet.

Wasserfahrzeuge in allen Formen und Größen brummen durch die Lagune, bringen Passagiere zum Festland oder holen sie ab. »Früher«, erzählt uns Taavi, »konnte man Venedig nur mit dem Boot erreichen. Erst 1846 wurde die Ponte della Libertà gebaut – die Brücke der Freiheit.«

»Die Brücke der Freiheit«, wiederhole ich. »Das klingt schön.«

»Sie ist unsere Lebensader«, fährt er fort. »Die schnellste Verbindung in die Stadt.«

»Was ist mit Autos?«, fragt Lucy.

Taavi grinst. »Gibt es nicht in Venedig.«

Lucy erzählt von der New Yorker U-Bahn. Sie hat ihre Jacke geöffnet und drängt sich an Taavi heran. Er hört höflich zu, aber rückt immer wieder zur Seite und richtet den Blick aufs Wasser, statt in ihren Ausschnitt zu schielen. Lucy scheint das nicht zu stören.

Das Boot macht einen Schlenker, salziges Wasser spritzt hoch und läuft an uns hinab wie Weihwasser. Poppy streckt die Hände in die Höhe und jubelt. Ihr orangefarbenes Tuch weht im Wind. Taavi winkt den anderen Wassertaxifahrern im Vorbeifahren zu. »Oy, oy«, stößt er einen Warnruf aus.

Unsere Tante winkt ebenfalls und ahmt ihn nach: »Oy, oy.«

Vor uns erstreckt sich Venedig, eine Stadt, die aus mehr als hundert kleinen Inseln besteht, verbunden durch Brücken, Gässchen und Straßen entlang von Kanälen. Eine Kulisse aus alten Palazzi, Kathedralenkuppeln und schicken Hotels in Rosa, Gelb und Rot. Boote zischen vorbei, Wind schlägt mir ins Gesicht. Aus dem Bauch heraus fange ich an zu lachen. »Ich bin in Italien! *Wir* sind in Italien. Wir sind wirklich da!«

Lucy schüttelt den Kopf. Sie begreift nicht, dass dies das größte Abenteuer ist, das ich mit meinen neunundzwanzig Jahren erlebt habe.

Zwanzig Minuten später legt Taavi am Canal Grande an. Nacheinander hilft er uns auf einen betonierten Anleger. Lucy ist die Letzte.

»Hast du eine Visitenkarte?«, fragt sie Taavi. »Wir sind drei Tage hier. Vielleicht muss ich deine Dienste noch mal in Anspruch nehmen …«

Ich zucke innerlich zusammen.

»Ähm, *sì*.« Taavi holt eine Karte aus seiner Hemdtasche. Bevor er sie Lucy gibt, schreibt er etwas darauf.

Ihre Stimmung scheint sich beträchtlich zu heben. Sie winkt dem davonfahrenden Boot hinterher. *»Arrivederci!«*

Als wir zum Hotel gehen, wirft sie einen Blick auf die Visitenkarte und bleibt abrupt stehen. »Dieser kleiner Wi…« Sie verschluckt den Rest. »… Windbeutel.« Sie zerreißt die Karte, doch ich kann noch lesen, was Taavi auf die Rückseite geschrieben hat: *Nein, danke.*

»Ist das nicht schlimm, wenn man einfach nur freundlich sein will, und die Typen bilden sich ein, man wolle was von ihnen?«

Poppy legt Lucy eine Hand auf den Rücken. »Wenn man dabei zwei Brüste ins Gesicht geschoben bekommt, ist die Botschaft nicht unbedingt freundschaftlich gemeint, oder, meine Liebe?«

Lucy stößt die Tür zu unserer geräumigen Suite auf. »Wow! Da hat aber jemand tief in die Tasche gegriffen!«, ruft sie.

»Wunderschön«, sage ich und bewundere den glänzenden Holzboden und die zartgrauen Wände. Zwei riesige Betten stehen im vorderen Teil des Zimmers, auf dem Balkon befindet sich eine gemütliche Sitzgruppe. Ich stecke den Kopf kurz ins Badezimmer: weißer Marmor, zwei Waschbecken.

»Unglaublich! Danke, Tante Poppy!«

Sie lächelt. »Geld ist ein Mittel zum Zweck, nicht der Zweck selbst.« Sie öffnet eine zweiflügelige Tür, die in ein abgetrenntes Zimmer führt, das ebenso edel eingerichtet ist.

»Toll«, sage ich. »Dein eigenes Reich.«

»Es stört euch doch nicht, euch ein Zimmer zu teilen, oder?«

Lucy stößt einen Schrei aus.

Findet sie es so furchtbar, mit mir in einem Raum zu schlafen?

»Mein Handy!«, kreischt sie.

»O nein!« Ich eile zu ihr.

Sie wühlt in ihrer Handtasche herum, doch sie weiß es bereits und ich ebenfalls. Ihr Telefon ist im Lufthansa-Flug 411, in der Tasche vor Lucys Sitz, wo es unsere Tante hineingesteckt hat. »Ich muss zurück zum Flughafen!«, verkündet sie und nimmt ihre Handtasche.

Poppy hält sie am Arm fest. »Dafür ist es zu spät. Das Flugzeug wurde längst gereinigt und ist bestimmt schon auf dem Rückflug. Lass es sein.«

Lucy funkelt sie böse an. »Bist du bescheuert? Ich brauche mein Handy!«

»Ich rufe die Fluggesellschaft an«, sagt Poppy, nimmt Lucys Gesicht in ihre faltigen Hände und sieht ihrer Nichte in die Augen wie eine Schlangenbeschwörerin. »Aber bis wir es wiederhaben, lass es los«, sagt sie ganz langsam und bestimmt. Irgendwann macht Lucy einen Schritt nach hinten und schüttelt den Kopf.

»Du schuldest mir ein neues Handy«, sagt sie.

»Wenn wir in Amerika sind, kaufe ich dir das allerneueste.« Poppy tätschelt den Arm ihrer Nichte. »Entschuldige, dass ich so leichtsinnig war, Luciana. Aber glaub mir, es wird dir Freiheit schenken. Das verspreche ich dir.«

Lucy murrt weiter vor sich hin, aber fügt sich. Wahrscheinlich hat unsere Tante recht. Es kann nicht angenehm sein, auf Nachrichten zu warten, die nie kommen.

Ich gehe zum Fenster und ziehe die weißen Vorhänge zurück. Sonnenlicht fällt ins Zimmer. Ich trete auf den Balkon und beuge mich über das Eisengeländer. Drei Stockwerke unter uns schlendern die Menschen am Canal Grande entlang, machen Fotos und essen Eis. Das Wasser ist aufgewühlt, die Gischt von den Wassertaxis vernebelt die Luft. Ich ziehe meine Jacke vor der Brust zusammen.

»Meine Heimat.« Tante Poppy tritt neben mich und schiebt mir ihre Hand in die Armbeuge. »Und das Land, in dem ich meinen Rico kennengelernt habe.«

Ich lächele schwach. »Vielleicht können wir deinen alten Freund ja doch finden. Wie heißt er noch mal mit Nachnamen? Ich kann ihn ja googeln. Wenn er bei Facebook oder Twitter ist, schicken wir ihm eine Nachricht und erinnern ihn …«

»Quatsch!«, unterbricht sie mich, stützt beide Hände auf das Geländer und schließt die Augen. »Rico hat mich nicht vergessen.«

Bevor wir uns ins Gewühl stürzen, ziehen wir uns um – ich schlüpfe in eine Jeans und ein Sweatshirt, Lucy wählt einen kurzen schwarzen Rock und ihre Ankle Boots. Unsere Tante wirft sich in eine violett-rote Strickjacke mit Gürtel, dazu steckt sie sich eine riesengroße Libellenbrosche an und legt eine Kette aus faustgroßen türkisfarbenen Perlen um. An den Armen trägt sie bunte Reifen. Sie sehen aus wie Plastik, aber ich bin mir nicht sicher, ob sie nicht aus einem anderen Material sind. Poppy bemerkt meinen Blick.

»Nimmt man einen«, erklärt sie, »wirkt es billig. Aber im Dutzend machen sie mächtig Eindruck.« Sie setzt eine riesige rote Sonnenbrille auf ihr kleines Gesicht. »Los geht's!«

Auf der Straße scheint sie nicht wahrzunehmen, wie die zurückhaltend gekleideten Europäer ihre extravagante Aufmachung anstarren. Sie lacht die Leute an, winkt ihnen zu und überrumpelt sie mit einem fröhlichen: *»Buongiorno!«* In Amerika würde ich mich vielleicht für sie schämen. Doch hier in Italien bin ich seltsam stolz auf diese Frau, die ihre Persönlichkeit so furchtlos zur Schau stellt. Ich hake mich bei ihr unter.

Der Kanal fließt neben uns, wir bummeln durch schmale Gassen – oder *calli*, wie sie hier heißen. An fast jeder Ecke steigen wir über alte Steinbrücken, von denen es dreihundertvierzig in dieser Stadt gibt. Ich bin so gut gelaunt, dass ich nicht umhinkann, mit ein paar wenigen Schritten über eine winzig kleine Brücke zu tänzeln. Über kopfsteingepflasterte graue Gassen zwischen hohen Häusern erreichen wir einen weiteren Platz, von den Venezianern *campo* genannt. Ich hole meinen Stadtplan heraus. Dies müsste der Campo Santa Margherita sein. Oder der Campo San Trovaso. Mir bricht der Schweiß aus. Venedig ist ein Labyrinth. Selbst mit Stadtplan kann ich mich nicht orientieren.

»Steck den weg!«, befiehlt Tante Poppy. »Es macht viel mehr Spaß, einfach nur rumzulaufen, oder?«

Wir gehen auf den Platz – wie auch immer er heißt –, und ich stopfe den Plan in die Tasche. Rundherum sehe ich Restaurants, Läden, Bäckereien und eine kleine Kirche. Wir überqueren eine längere Brücke, unter der ein halbes Dutzend Gondeln im Wasser schaukelt. Poppy schlägt die Hände zusammen. Ihr gesamter Körper scheint vor Freude zu beben.

»Au ja! Wir fahren mit einer Gondel!«

»Im Ernst?«, fragt Lucy. »In einer Gondel?«

»Ach, Luciana!«, lacht Poppy. »Halt Ausschau nach den Freuden der Kindheit! Ich befürchte, du hast sie vergessen.«

Am Ruder der typischen venezianischen Flachbodenboote stehen Italiener unterschiedlicher Größe und Statur in schwarzweiß gestreiften Shirts und roten Halstüchern. Der Anblick ist so kitschig, dass er schon wieder schön ist. Lucy zeigt auf einen besonders gutaussehenden Gondoliere.

»Quella!«, ruft sie.

Wir gehen an Bord der wackelnden schwarzen Gondel. Ich helfe Tante Poppy auf den roten Polstersitz. Der fesche Gondoliere manövriert das asymmetrische Boot mit nur einem Ruder durch die engen Kanäle.

Tante Poppy legt die Arme um uns beide. Wir fahren unter alten Steinbrücken hindurch, entlang wunderschöner Calli, gesäumt von bunt gestrichenen Geschäften. Die Luft riecht salzig, frisch und muffig, alles auf einmal. Die Gondel gerät gefährlich nah an die Ufermauer, unser Gondoliere muss sich mit dem Ruder abdrücken. Lucy beäugt ihn wie ein T-Bone-Steak.

»Als Zeichen ihrer Liebe zum Wasser«, erklärt Poppy, »werden Gondoliere angeblich mit Schwimmhäuten zwischen den Zehen geboren – behauptet ein venezianischer Mythos.«

»Wen interessieren Schwimmhäute?«, sagt Lucy in perfektem Italienisch und wackelt vielsagend mit den Augenbrauen. »Ein langes Ruder ist mir viel lieber!«

Ich werfe ihr einen strengen Blick zu und neige den Kopf in Richtung unserer fast achtzigjährigen Tante, damit Lucy nicht vergisst, dass sie die Sprache ebenfalls beherrscht. Aber Poppy lacht nur. »Luciana, du machst mich fertig!« Sie setzt sich aufrecht hin. »Ich freue mich, dass ihr beide so fließend Italienisch sprecht. Deine Mutter wäre stolz auf dich, Emilia.«

Ich horche auf. »Wollte sie, dass ich das kann? Warum? Was weißt du noch über sie?«

Meine Tante schaut aufs Wasser, als würde die Vergangenheit nach ihr rufen. »Rico hatte Schwierigkeiten mit dem Italienischen, aber irgendwann beherrschte er es.«

16

Poppy, 1959–1960

Von Montag bis Samstag arbeitete ich von acht bis vier Uhr in den Uffizien. Der Bus, der mich zurück nach Fiesole brachte, fuhr allerdings erst um halb sieben ab. Mein blonder Deutscher machte von sieben Uhr abends bis vier Uhr morgens Nachtschichten in einer Lederfabrik, wo er Handschuhe fertigte. Das bedeutete, dass wir an sechs Tagen pro Woche zweieinhalb herrliche Stunden für uns hatten. In der Zeit wanderten wir durch die Straßen von Florenz, unterhielten uns auf Italienisch und Deutsch, lachten über unsere dummen Fehler in der Sprache des jeweils anderen und sogen alles auf, was wir über einander erfahren konnten.

Nach ungefähr einer Woche brachte Rico einen Lederkoffer mit. Wir setzten uns auf eine Bank vor dem Dom, und zu meiner Überraschung holte er eine Geige aus dem Kasten und begann zu spielen. Es war faszinierend, wie der Bogen über die Saiten sprang und die schönsten Klänge hervorlockte, die ich je gehört hatte. Ich konnte es nicht glauben, wie gut Rico dieses Instrument beherrschte!

Er erzählte mir, dass sein Vater Kriegsgefangener in einem russischen Lager gewesen war, wo er Instrumente erlernte, um die Soldaten mit Musik bei Laune zu halten. Als er nach Hause zurückkehrte, brachte er seinem Sohn bei, Akkordeon, Gitarre und Geige zu spielen. Klein Erich war ein Naturtalent, das bald besser spielte als sein Vater.

Rico stand vor mir, ein Bein auf dem Brunnenrand, das Kinn im Halter. Die Töne, die er hervorbrachte, verzauberten mich, ja, sie waren magisch. Ein alter Mann, der vorbeiging, horchte auf. Dann ein schick gekleidetes Pärchen.

In kürzester Zeit scharten sich dreißig, vierzig Personen um uns – Kaufleute, Kinder und Touristen. Die Aufmerksamkeit der Zuhörer schien Rico zu beflügeln. Er spazierte zwischen ihnen hin und her, die Ballade ging in eine spritzige Melodie über. Der Bogen hüpfte über die Saiten, bewegte sich immer schneller, schwindelerregend rasant. Die Leute jubelten, lachten und klatschten. Rico ließ keine Note aus. Zum Schluss verbeugte er sich mit einer ausholenden Geste. Der Applaus und die Pfiffe waren ohrenbetäubend.

Als sich die Ansammlung irgendwann auflöste, konnten wir nicht glauben, was die Zuschauer uns dagelassen hatten. Geld … in Hülle und Fülle! Mehr als Rico an einem ganzen Tag in der Fabrik verdiente.

»Du bist ein Star!«, rief ich und half ihm, die Münzen zusammenzuklauben.

Liebevoll umfasste er meine Hand, als ich ihm das Geld geben wollte. »Das gehört dir, Poppy. Schließlich wollte ich dich beeindrucken.«

Er beugte sich vor und küsste mich. Ein langsamer, zärtlicher, unglaublich herausfordernder Kuss. Mein Herz explodierte wie der Vesuv. Sicher, ich hatte schon mal einen Kuss von einem Jungen bekommen. Aber nicht von einem Mann und erst recht nicht mit solcher Hingabe.

»Dann hast du dein Ziel erreicht«, sagte ich. Mein Kopf drehte sich. »Ich bin beeindruckt.«

»Mein Leben lang träume ich davon, Musiker zu werden. Danke, dass du mir heute das Gefühl gegeben hast, einer zu sein.«

»Du musst in deiner Fabrik aufhören«, sagte ich mit Nachdruck. »Mach stattdessen Musik!«

Er schüttelte den Kopf. »Irgendwann haben die Leute vielleicht genug von der Geige. Auf die Arbeit in der Lederfabrik kann ich mich verlassen.«

Ich zuckte mit den Schultern. »Natürlich kann es schiefgehen. Aber das ist immer noch besser, als es gar nicht zu versuchen. Dieses Instrument, Rico, das ist deine Leidenschaft, deine Gabe! Du musst dieses Geschenk des Universums unbedingt annehmen!«

Und so begann seine Karriere.

Er suchte sich eine kleine Ecke auf der Piazza della Signoria, vor dem Neptunbrunnen. Wie ich vorausgesagt hatte, wurde er eine kleine Berühmtheit. Die Leute waren begeistert von dem fröhlichen Blonden, der seine Geige zum Singen bringen konnte. Drei-, manchmal viermal am Tag trat Rico auf. Nur zwischen vier und halb sieben nicht. Da gehörte er mir.

Mittlerweile kannten wir uns seit vier Wochen. Ich wusste alles über ihn, über seine Kindheit während des Krieges in der Nähe von Dresden, die Bombardierung seiner Heimat. Dass seine Familie in den Ort Clausnitz geflüchtet war und in einer Sägemühle Unterschlupf gefunden hatte. Dass die Erinnerungen an jüdische Gefangene, die über die vereiste Straße getrieben und erschossen wurden, wenn sie hinfielen, ihm immer noch Albträume bereiteten. Dass er und seine Schwester amerikanischen Soldaten, die auf der anderen Straßenseite gefangen gehalten wurden, heimlich Brot gebracht hatten. Dass er Wurst und Käse liebte. Dass seine Augen feucht wurden, wenn er von seiner Mutter erzählte.

Es war Ricos Vater gewesen, Inhaber einer kleinen Autowerkstatt, der ihn ermutigte, die DDR zu verlassen. Seine ältere Schwester liebte einen Mann, der in einer Waffelfabrik arbeitete, und wollte nicht fort. Seine Mutter weigerte sich, ohne ihre Tochter zu gehen. So saß die Familie fest – außer Rico.

»Du musst hier raus«, hatte sein Vater achtzehn Monate vorher zu ihm gesagt. »Das wird hier nur noch schlimmer. Hol dir eine vorläufige Reisegenehmigung und geh, ohne jemandem ein Wort zu sagen. Nimm nur dein Fahrrad mit und etwas Kleingeld für den Zug. Kauf dir am Bahnhof eine Hin- und Rückfahrkarte nach München. Dann gehen die Soldaten davon aus, dass du wiederkommst. Nimm sonst nichts mit, nicht mal Kleidung zum Wechseln. Wenn die Wachen auch nur eine Zahnbürste bei dir finden, ist klar, dass du fliehen willst.

Wenn du nach München kommst, steig um nach Mindelheim. Das ist eine kleine bayerische Stadt im Allgäu. Da besorgst du dir eine westdeutsche Reisegenehmigung. Dann fahr mit dem Fahrrad nach Österreich. Ab da bist du frei, Erich, dann kannst du hingehen, wo auch immer du willst.«

In den Augen des Vaters glänzten Tränen.

»Erzähl niemandem von deinem Plan! Wenn du nicht in die DDR zurückkommst, werden die Behörden misstrauisch werden. Sie werden zu uns kommen und uns verhören. Du wirst als Republikflüchtling eingestuft. Solltest du erwischt werden, wirst du schwer bestraft. Ist dir das klar?«

Rico nickte. Die Bedeutung seiner Entscheidung lastete schwer auf ihm. »Und was ist mit Mutter? Und Karin? Ich muss mich doch von ihnen verabschieden.«

Sein Vater nahm sein Gesicht in die Hände. »Nein, mein Junge. Nicht mal von ihnen.«

»Aber dann denken sie, ich hätte sie verlassen.«

»Darum kümmere ich mich.«

Rico sah mich an. In seinen schönen Augen stand Schmerz. »Ich hoffe, dass meine Mutter es eines Tages versteht.« Er senkte den Blick und zögerte. Dann sagte er: »Und Karin auch.«

»Deine Schwester?«, fragte ich.

Er schüttelte den Kopf. »Nein. Meine Verlobte.«

Mir sackte das Herz in die Hose. Jegliche Kraft verließ mich. Nun hatte der verdammte Fluch mich doch erwischt. Die ganze Zeit war ich überzeugt gewesen, dass der Mythos Blödsinn ist. Aber nun hatte ich mich verliebt – ja, ich liebte diesen Mann –, und er war mit einer anderen Frau verlobt.

17

Emilia

Ich greife nach der Hand meiner Tante. »Oh, Tante Poppy, das tut mir so leid! Hat Rico die andere geheiratet?«

Sie tätschelt mein Knie. »Ich erzähle später weiter.«

»Und was ist mit dem Fluch?«, wirft Lucy ein. »Du musst doch noch einen anderen Plan haben, wie du ihn aufheben willst, nicht nur das Treffen mit diesem verlogenen Kerl, oder?«

»Fluch?«, sagte Poppy. »Was für ein Fluch?«

Ich beobachte sie genau. Ich hoffe, ja, versuche sie kraft meiner Gedanken dazu zu bewegen, dass sie irgendetwas sagt, was Lucys Sorgen zerstreut. Poppys schmales Gesicht wirkt mitgenommen, sie hat dunkle Ringe unter den Augen. Brich diesen Fluch, verdammt nochmal!

Tante Poppy ruft dem Gondoliere zu: »Wir würden hier gerne aussteigen!« Der Mann bremst das Boot ab und steuert auf eine Brücke zu. »Ich glaube, ich muss mich ein bisschen hinlegen«, sagt unsere Tante. »Heute Abend beim Essen erzähle ich euch mehr von Rico.«

»Nichts da!«, ruft Lucy. Sie ist sauer, und ich kann es ihr nicht verübeln. »Wir haben genug von deiner alten Geschichte gehört!« Sie verschränkt die Arme vor der Brust. »Wenn du wirklich glaubst, dass dieser dumme Rico nach so vielen Jahren noch auftaucht und dich heiratet, bist du wirklich so durchgeknallt, wie alle sagen.«

»Lucy!«, mahne ich.

Poppy schüttelt nur den Kopf. »Du scheinst Spaß daran zu haben, immer ein bisschen zu übertreiben, Luciana.«

»Du hast versprochen, den Fluch aufzulösen«, erinnere ich meine Tante mit Nachdruck. »Lucy hat dir geglaubt. Sie verlässt sich auf dich.«

»Hallo?«, ruft Lucy. »Das ist der einzige Grund, warum ich überhaupt hier bin!«

Tante Poppy winkt ab. »Pfff! Wird Zeit, dass du aufhörst, dieser dummen Geschichte hinterherzuhängen, und dir selbst vertraust.«

Die Gondel legt an.

»Du hast leicht reden«, gibt Lucy zurück. »Du bist achtzig Jahre alt. Aber was ist mit mir? Ich habe noch mein ganzes verfluchtes Leben vor mir.«

Poppy legt Lucy die Hand auf die Wange. »Es ist doch interessant, dass wir alles daransetzen, die Meinung anderer über uns zu bestätigen – egal ob sie gut ist oder schlecht.«

Lucy zieht mich in den erstbesten Laden, in dem Alkohol ausgeschenkt wird. Wir setzen uns an einen Tisch, und meine Cousine bestellt einen Liter Wein. Von unserem Fensterplatz aus schauen wir Poppys schmaler Gestalt nach, die sich über das Kopfsteinpflaster entfernt. Ein Engelchen flüstert mir ins Ohr, ich solle aufstehen, sie zum Hotel begleiten und ins Bett bringen. In dieser Stadt findet man sich kaum zurecht, meine Großtante könnte sich verirren. Aber das Teufelchen auf der anderen Schulter ist sauer. Poppy war schon mal hier. Sie kommt klar.

»Was soll der Scheiß?«, stößt Lucy genervt aus.

»Du hast recht.« Ich schüttele den Kopf. »Sie versucht tatsächlich, sich aus der Affäre zu ziehen. Ich glaub ihr kein Wort mehr, echt nicht. Sie hat noch nichts über meine Mutter erzählt.«

»Poppy hat einfach keinen Stolz! Der kleine Wichser war verlobt, und sie heult ihm bis heute nach.«

Der Kellner bringt den Wein. Während er unsere Gläser füllt, erzähle ich Lucy, was ich von Onkel Dolphie gehört habe. Die Geschichte vom nichtsnutzigen Deutschen und dem Baby, das Poppy verloren hat.

»Du lieber Gott!«, stößt sie aus und hebt das Glas. »Und dann glaubt sie noch, auf uns läge kein Fluch?«

Ich warte, bis Lucy einen großen Schluck getrunken hat, dann frage ich: »Seit wann glaubst du denn daran?«

Ihr Blick bleibt an dem Fernseher hinter der Theke hängen, wo ein italienischer Nachrichtensprecher live aus dem Vatikan berichtet.

»Seit ich acht bin«, sagt sie, ohne die Augen vom Bildschirm abzuwenden. Der Muskel in ihrem Kiefer zuckt. »Ich war gerade mal acht Jahre alt, als ich das erste Mal davon gehört habe.« Lucy schüttelt den Kopf. »Ich kannte so was nur aus dem Märchen, wenn irgendein armes Ding hundert Jahre schlafen muss oder in ein Tier verwandelt wird. So habe ich mir das dann vorgestellt: dass mein Leben zerstört ist, wenn ich nicht heirate.« Lucy sieht mich an. »Ich war draußen auf der Straße, spielte einen Block weiter Fußball mit meiner besten Freundin Beth.« Sie grinst. »Meine Mutter hat mich gerufen, aber ich hab so getan, als würde ich sie nicht hören. Schon mit acht Jahren fand ich das demütigend. Als wäre ich ein Cockerspaniel oder so was! Ich hab sie einfach ignoriert. Und je länger ich nicht reagiert habe, desto wütender wurde sie. Ich dachte, ich müsste Klavier üben oder diese Tanzschritte, die sie mir beigebracht hat. Meine Mutter konnte es nicht ausstehen, wenn ich mit Beth Fußball spielte. Aber es machte mir solchen Spaß! Ich habe Beth zugeflüstert, dass wir uns verstecken müssen. Sie nahm meine verschwitzte Hand und lief mit mir hinters Haus. Wir kicherten wie … na ja, wie zwei kleine Mädchen.« Lucy grinst. »In den Büschen hinter dem Schuppen haben wir uns verkrochen. Da hockten wir wie zwei kleine Kröten, die versuchen, in dem Grün nicht aufzufallen.

Natürlich tauchte meine Mutter in ihrem schicken Rock und den hohen rosa Schuhen trotzdem irgendwann vor uns auf. Ich fand es lustig, wie sie mich suchte. Beth hielt mir mit ihrer schmutzigen Hand den Mund zu, damit ich nicht laut losprustete. So kauerten wir da, verkniffen uns das Lachen und sahen zu, wie meine

Mutter durch den Garten lief und immer wieder ›Luciana? Lucy?‹ rief.

Auf einmal teilte sich der Busch vor uns, es war wie in einem Horrorfilm. Obwohl wir damit gerechnet hatten, kreischten Beth und ich wie von Sinnen und klammerten uns aneinander. Die Nachmittagssonne blendete mich. Ich schaute in das rotgefleckte, verzerrte Gesicht meiner Mutter. Den Anblick werde ich nie vergessen. Sie war nicht richtig sauer, eher panisch. Sie packte mich am Arm und zog mich auf die Füße.

Als sie mich hinter sich her zur Straße schleppte, schaute ich mich nach Beth um. Sie saß noch immer mucksmäuschenstill im Gebüsch.«

Lucy greift zu ihrem Glas und nimmt einen großen Schluck.

»Als mein Vater abends nach Hause kam, musste ich mich auf die Couch setzen. Ich merkte schon, dass es ernst war, weil mein Vater Carmela aus dem Zimmer geschickt hatte.

›Los, sag es ihr!‹, forderte meine Mutter ihn mit ausdrucksloser Stimme auf.

Ich weiß noch, dass ich dachte: *O Gott, es ist jemand gestorben.* Oder meine Eltern lassen sich scheiden, wie die Eltern von Francie Falcone.

›Du bist verflucht‹, unterbrach mein Vater meine dummen Gedanken.

Meine Mutter war empört, dass mein Vater so grob mit mir umging. Aber an den Fluch glaubte sie auch. ›Keine Angst, *amore.* Du wirst den Fluch durchbrechen‹, sagte sie.

Mein Herz klopfte zum Zerspringen. Was für ein Fluch war das? Was sollte das bedeuten?

Mein Vater stand auf. Er ging in den Flur und nahm ein altes Familienfoto von der Wand, das vor vielen Jahren in Italien aufgenommen worden war. Ich hatte das Ding schon tausendmal gesehen, aber es nie richtig angeguckt. Er ließ sich neben mir auf die Couch sinken.

›Siehst du all diese Frauen, Luciana?‹ Er wies auf seine Großtanten und Urgroßtanten, ein gutes Dutzend klappriger alter Schachteln, die ich nie gekannt habe. ›Von denen hat nie eine geheiratet. Keine.‹

Kein Wunder! Wer wollte denn schon was von so alten Krähen?« Lucy schaut mich an. »Das hab ich natürlich nicht gesagt, aber gedacht – mehr oder weniger.« Sie senkt den Blick auf den Tisch und verzieht das Gesicht zu einem traurigen Lächeln.

»Dann übernahm meine Mutter. Sie legte die Hände in meine, ganz ernst. ›In der Familie deines *Vaters*‹, sie warf ihm einen überlegenen Blick zu, ›bleibt die zweitgeborene Tochter ohne Mann. Diese Frauen auf dem Foto, die Fontana-Frauen, sind alles zweitgeborene Töchter.‹ Sie hielt inne, hoffte wohl, dass ich den Sinn ihrer Erklärung verstand. Doch ich begriff nichts. Ehrlich, ich hatte nicht die geringste Ahnung, worauf sie hinauswollte. Schließlich fügte sie hinzu: ›So wie du.‹«

Lucy nimmt den Stiel des Weinglases zwischen Daumen und Zeigefinger und schüttelt den Kopf.

»Ich hockte da, starrte auf das Foto und sah mir die alten Weiber mit ihren leblosen Gesichtern und leeren Augen an. ›Die sehen aber nicht sehr fröhlich aus‹, bemerkte ich.

›Waren sie auch nicht‹, bestätigte meine Mutter. ›Sie waren unglücklich. Und letzten Endes wurden sie alle verbittert und böse. Sie lernten nie das glückliche Leben mit Kindern kennen, hatten kein eigenes Haus mit einer warmen Küche zum Kochen und einem Mann, der sie liebte.‹

Ich dachte, ich müsse mich übergeben. Es war wirklich wie im Märchen – ein düsteres Märchen, in dem die verfluchte zweite Tochter zur bösen alten Hexe wird. Ich schluckte und wollte von meiner Mutter wissen, ob ich auch eine dieser Frauen werden würde.

Meine Mutter strich mir lächelnd über den Kopf. ›*No, tesoro.* Du bist wunderschön. Du wirst den Fluch brechen und allen zukünftigen Zweitgeborenen dieses furchtbare Schicksal ersparen.‹

Ich nickte. So war das also. Ich sollte die Prinzessin sein, die alle rettet. Na klar. Doch wie um alles in der Welt sollte ich das anstellen? Ich hatte das Gefühl, mich mit einem superaggressiven Virus angesteckt zu haben und nun selbst ein Mittel dagegen finden zu müssen. Als achtjähriges Mädchen.«

»Aber wie hatte sie sich das vorgestellt? Was solltest du machen?«, bringe ich hervor.

»Auf meine Mutter hören. Mamma wusste, wie es geht. Regel Nummer eins: Keine Ballspiele mehr.«

18

Emilia

Der Kellner kommt an unseren Tisch. Überrascht schaut Lucy auf. »Noch eine«, sagt sie und weist auf unsere leere Karaffe.

Der Kellner verschwindet. Mit zitternder Hand gießt meine Cousine den letzten Tropfen in ihr Glas. Ich weiß nicht, was ich sagen soll. Die arme Lucy hat fast ihr ganzes Leben lang versucht, jemand zu sein, der sie nicht ist, nur damit sie nicht zu einer bösen alten Hexe wird. Nein, schlimmer: zu einer *alleinstehenden* bösen alten Hexe.

Ich muss an Poppys Worte denken: *Es ist doch interessant, dass wir alles daransetzen, die Meinung anderer über uns zu bestätigen – egal ob sie gut ist oder schlecht.*

»Das tut mir so leid«, sage ich. »Aber unsere Tante hat recht: Dieser Fluch ist nichts anderes als eine selbsterfüllende Prophezeiung, eine Legende aus der alten Heimat, die unreflektiert weitergegeben wird. Du erfüllst nur die Erwartungen anderer Menschen.«

Lucy zieht die Augenbrauen zusammen. »Ich hab keinen blassen Schimmer, was das heißen soll. Ich weiß nur, dass die zweite Tochter seit Generationen die gearschte ist.«

»Und keinen Arsch abbekommt.«

Lucy grinst. »Wer sagt's denn? Sie hat einen Witz gemacht.«

Der Kellner bringt uns den zweiten Liter. Lucy will mir etwas eingießen, doch ich lege die Hand aufs Glas. Sie sieht mich vorwurfsvoll an.

»Kannst du vielleicht einmal locker sein?«

Wie eine labile Jugendliche, die sich dem Druck der Gruppe

beugt, nehme ich die Hand zurück und erlaube Lucy, mein Glas zu füllen.

»Es tut mir leid, dass ich dir Hoffnung gemacht habe, Luce. In Wirklichkeit will Poppy nur die Story von ihrem Rico loswerden.«

»Genau«, erwidert sie. »Ich hab das Gefühl, wir sind ihr Publikum. Wir sollten nur mitkommen, damit die alte Schachtel jemandem von dem einzigen Kerl erzählen kann, den sie je gehabt hat.«

Ich nicke. »So was Armseliges! Er kann längst tot sein, das weiß doch keiner.«

»Armselig? Es ist jämmerlich. Und es ist mies, uns gegenüber.« Lucy beugt sich vor. »Sie hat uns bestochen, Em. Sie hat uns angelogen. Und wir haben ihr geglaubt. Wie bescheuert sind wir gewesen? Poppy hat uns reingelegt.«

Ich muss schlucken. »Weißt du, wie blöd ich war? Ich hab gehofft, dass ich etwas über meine Mutter erfahre.«

»Das kannst du vergessen! Poppy ist in den Sechzigern von Bensonhurst weggezogen, da war deine Mutter noch ein Baby. Klar, zu den Feiern ist sie gekommen, aber das sind alles zusammen, keine Ahnung, vielleicht sechzig Tage, an denen sie deine Mom gesehen hat. Sie weiß gar nichts.«

Ich massiere meine Schläfen. Für diese Reise habe ich meine Familie, meine Arbeit, mein Leben aufs Spiel gesetzt. Um von meiner Tante angelogen zu werden. Wir wurden reingelegt.

Ich kann nicht behaupten, nicht gewarnt worden zu sein. Nonna ist jetzt wahrscheinlich zu Hause und liest den Brief, den ich für sie dagelassen habe. Sie wird gekränkt sein, weil ich sie hintergangen habe. Scham, Wut und Reue steigen in mir auf. Zum ersten Mal verstehe ich, warum meine Großmutter nichts mit ihrer Schwester zu tun haben will.

»Das klang alles so aufrichtig.«

Lucy schüttelt den Kopf. »Tut es immer.«

Vierzig Minuten später schüttet Lucy den letzten Tropfen aus der Karaffe. Ich bestelle die Rechnung.

»So viel zum Thema: Alle Kosten werden übernommen.« Lucy

spricht undeutlich, wie eine Schallplatte, die mit falscher Geschwindigkeit läuft.

Ich angele mein Portemonnaie aus der Tasche. »Schon gut. Ich zahle.«

»Wir bleiben auf der Rechnung sitzen, und das zehn Tage lang.« Mit glasigen Augen sieht Lucy mich an. Plötzlich ändert sich ihr Gesichtsausdruck. »Es sei denn, wir fliegen zurück.«

»Ja, klar.«

»Nein, im Ernst! Sie kennt sich doch aus in Italien. Die braucht uns gar nicht. Sie benutzt uns ja nur. Wir gehen jetzt zurück ins Hotel und packen unsere Sachen.«

»Das ist albern. Wir sind so weit geflogen, und immerhin sind wir jetzt in Italien!«

»Genau.« Lucy steht auf und schwankt. »Wir können sagen, dass wir hier gewesen sind.« Sie torkelt in Richtung Ausgang. Ich nehme meine Tasche und folge ihr.

»Du bist betrunken, Luce. So schlimm wird die Reise bestimmt nicht. Wir haben ja noch nichts gesehen.«

Lucy tritt auf den Campo und blickt nach links und rechts. »Bruchbuden, italienisches Essen, Bäckereien. Genau wie in Bensonhurst.«

Nonna hatte recht. Es war ein Fehler. Aber Zurückfliegen kommt nicht in Frage. Das mache ich nicht mit. Dennoch kann ich Lucy verstehen. Auch für mich hat diese Stadt, die mich heute Vormittag noch so begeisterte, ihren Zauber verloren.

Wir schließen die Tür zu unserem Zimmer auf. Die dünnen weißen Vorhänge wehen vom offenen Fenster hinein.

»Ich dachte, sie wollte schlafen.« Lucy zeigt auf den Balkon, wo unsere Tante steht. Die Hände auf das Geländer gestützt, schaut sie auf den Kanal. Ich glaube, sie kann uns nicht hören. Sie hat einen weiten Kaftan an, ihre silbergrauen Haare wehen im Wind.

Lucy marschiert ins Zimmer und legt ihren Koffer aufs Bett. Sie zieht Schubladen auf und fängt an, ihre Sachen einzupacken.

Ich stehe wie gelähmt da, nicht wegen Lucy, sondern wegen der schmalen Gestalt auf dem Balkon, wegen dieser zierlichen Frau in dem geblümten Kaftan vor dem goldenen Himmel.

»Pack deine Sachen!«, flüstert Lucy mir zu. »Wir rufen sie vom Flughafen aus an. Du zumindest. Mein Handy ist ja weg.«

»Ich komme nicht mit«, sage ich. »Sie ist einsam. Sieh sie dir doch an, Luce.«

Meine Cousine erhebt sich. Zusammen beobachten wir, wie unsere Tante den Anblick der Serenissima genießt. Sie dreht den Kopf zur Seite und fährt sich über das graumelierte Haar. Dann zieht sie sich plötzlich den gesamten Schopf vom Kopf, als würde sie einen Deckel vom Topf nehmen.

Ich halte die Luft an. Lucy stößt einen Schrei aus. Tante Poppy schnellt herum.

Mit großen Augen sieht sie uns an, kahl wie ein Baby.

19

Emilia

Meine Füße scheinen wie von selbst loszulaufen. Sie tragen mich durch das Zimmer zu der Frau mit dem kahlen Kopf. Wie zerbrechlich sie plötzlich wirkt, ohne die schützenden Haare. Im Näherkommen entdecke ich eine fünfzehn Zentimeter lange Narbe seitlich über ihrem Ohr. Sie verdeckt sie mit der Hand.

»Meine Kriegsverletzung«, sagt sie mit unsicherem Lächeln. »Durch die OP wurde es besser, Chemo und Bestrahlung haben auch geholfen. Eine Zeitlang war ich ganz fit. Aber diese hinterhältigen Zellen haben beschlossen, sich wieder im Hotel Poppy einzunisten. Man hatte mich vorgewarnt. Offensichtlich ist es in meiner weichen Birne einfach zu gemütlich.«

Mein Herz rast. Ich hoffe, dass sie meine Frage entrüstet verneinen wird. »Heißt das, du … du musst sterben?«

»Müssen wir das nicht alle?« Sie lächelt mich an, als sei ich diejenige, die getröstet werden müsse.

»Ja, aber du … ich …«, stottere ich. Meine Tante greift nach meiner Hand.

»Ich drücke es lieber anders aus: Noch lebe ich.«

Ich ziehe sie an mich und umarme sie. Auf einmal wird mir klar, wie lieb ich diese verrückte alte Frau gewonnen habe.

»Du hättest es uns sagen sollen«, meint Lucy. Sie wirkt wieder nüchtern, all ihre Wut scheint sich verflüchtigt zu haben. »Jetzt verstehen wir, warum wir unbedingt mitkommen sollten. Dein Arzt wollte bestimmt nicht, dass du allein reist.«

Poppy stutzt. »Was? Glaubst du, ich lasse mich von einem Arzt aufhalten?«

Meine Augen brennen. Ich lächele unsicher. »Natürlich nicht«, beeilen Lucy und ich uns zu sagen.

Ja, sie hat uns hinters Licht geführt, aber dennoch kann ich nicht anders, als meine quirlige Tante zu bewundern. Sie wollte ein letztes Mal mit ihren Liebsten verreisen und hat sich für zwei Nichten entschieden, die sie kaum kennt.

Kurz fasst sie zusammen, woran sie leidet: »Ich habe ein Ependymom, das ist ein Gehirntumor, der in dem kleinen Kanal sitzt, wo die Rückenmarksflüssigkeit produziert und gespeichert wird. Er wächst nur langsam, aber allmählich schafft es mich, das kleine Aas.« Sie lächelt, als sei das Geschwür nur ein lästiges Insekt.

Ich blinzele meine Tränen fort. »Was können wir für dich tun?«

»Ja«, sagt Lucy. »Sag es einfach. Egal, was es ist.«

Poppy winkt uns zu sich heran. »Das hier«, sagt sie und gibt uns beiden einen Kuss auf die Stirn, »mehr brauche ich nicht. Dass meine Mädchen bei mir sind, wenn ich endlich meine große Liebe wiedersehe.«

Ich werfe Lucy einen verstohlenen Blick zu.

»Jetzt geht schon los, genießt es, hier zu sein«, sagt Poppy und wedelt mit den Händen. »Ich muss noch ein bisschen schlafen. Heute Abend bin ich frisch wie ein Flamingo, wartet's ab.«

Ziellos wandern Lucy und ich durch die Stadt, verloren in unseren Gedanken. Wir schauen in kleine Geschäfte, essen einen Becher Eis, besuchen kühle Kirchen. Aber alles fühlt sich falsch an. Unsere Tante wird bald sterben.

Am liebsten würde ich Matt anrufen und ihm mein Herz ausschütten. Ich könnte mich bei ihm ausheulen, bis der Akku leer wäre. Er würde sagen, alles werde gut, er sei immer für mich da. Ich bekomme einen Kloß im Hals.

»Wir müssen dafür sorgen, dass sie diesen Urlaub nie vergisst«, sagt Lucy, als wir den Rio della Sensa entlanggehen.

»Stimmt.« Ein kleines Schnellboot schießt an uns vorbei. »In

Ravello wird kein Rico auftauchen. Das weißt du so gut wie ich, oder?«

»Natürlich.« Lucy schaut aufs Wasser. »Ich habe das Gefühl, dass die verrückte alte Frau wirklich glaubt, sie würde den Typen heiraten.«

»Nein. So realitätsfern kann sie nicht sein.«

»Doch, ist sie. Warum will sie ihn denn sonst unbedingt an der Kathedrale treffen?«

Ich bleibe stehen. »O Gott. Vielleicht hast du recht? Was ist, wenn sie glaubt, dass er dort nach all der Zeit auftaucht und sie heiratet?«

»Und damit dann den Fluch zerstört. So schlägt sie zwei Fliegen mit einer Klappe.«

»Oh, Lucy.« Ich reibe mir die Stirn. »Es tut mir so leid! Ich hätte es mir genau von Poppy erklären lassen sollen, bevor ich dich in diese Geschichte reingezogen habe. Ich wusste, dass es weit hergeholt ist, aber ich hab gehofft, dass sie wirklich weiß, wie sie dir helfen kann.«

Lucy lässt den Kopf hängen. »War dumm von mir, das zu glauben. Inzwischen müsste ich schlauer sein.«

Ich denke an die kleine Lucy, der das Fußballspielen verboten wurde. »Das hast du nicht verdient«, sage ich.

»Du auch nicht.«

Schweigend gehen wir weiter. Händchenhaltende Pärchen kommen uns entgegen. Eine Frau mit einem vor die Brust gebundenen Baby telefoniert auf ihrem Handy. Zwei johlende Kinder auf Rollern fahren an uns vorbei. Lucy grinst, als würde sie am liebsten mitmachen.

»Luce«, sage ich schließlich. »Wieso hast du auf deine Mutter gehört?«

Sehr lange antwortet sie nicht. Schließlich zuckt sie mit den Achseln. »Wahrscheinlich aus demselben Grund, warum du auf Nonna hörst. Wenn wir hoffen, die Liebe eines Menschen zu gewinnen, ignorieren wir die Botschaft unseres Herzens.«

Ich erwidere nichts. Lucy will mein Mitleid nicht, das merke ich. Ich denke an die herrische Tante Carol und an Nonna, deren Wünschen ich mich unterwerfe, ohne auf meine eigenen Bedürfnisse zu achten. Könnte Lucy recht haben? Haben wir beide unsere Seelen verkauft? Hoffen wir gegen jede Vernunft, eines Tages die Zuneigung von Menschen zu gewinnen, deren Liebe wir uns niemals sicher sein können?

Um halb sieben kehren wir ins Hotel zurück. Die im Westen stehende Sonne taucht die Stadt in flüssiges Gold. Nach ihrem Nickerchen kann Tante Poppy es nicht erwarten, vor die Tür zu kommen. Sie ist frisch geduscht und trägt ein orangefarbenes Seidenkleid mit violetten Pumps und einem halben Dutzend bunter Perlenketten um den Hals. Sie betupft ihre korallroten Lippen mit einem Taschentuch und zupft ihre Perücke zurecht. »Die Haare zu verlieren war das Schlimmste an der ganzen Geschichte«, sagt sie und späht in den Spiegel. »Rico hat meine Haare geliebt.«

Lucy kommt herbei, die Hände voller Fläschchen und Tiegel.

»Du kannst gern mein Bad benutzen, Emilia«, sagt meine Tante. »Du musst dich für deinen ersten Abend in Venedig schließlich schick machen.«

»Schick machen? Tante Poppy, ich bin kaputt.«

Sie legt ihre Hand auf meine. »Müde Menschen machen Menschen müde«, sagt sie. »Los! Hübsch dich auf! Und streng dich ein bisschen an, Emilia, ja?«

Eine halbe Stunde später komme ich aus ihrem dampfenden Bad, zugegebenermaßen erfrischt. Meine feuchten Haare habe ich zu einem Pferdeschwanz gebunden, meine Brille ist geputzt. Es kann losgehen.

Ich begebe mich in die Suite, die ich mir mit Lucy teile, und will zum Balkon. Tante Poppy sitzt in einem Sessel davor.

»Luce?«, rufe ich.

Die Badezimmertür geht auf, eine Dampfwolke quillt heraus. »Hier!«

Im Hotelbademantel steht sie vor dem beschlagenen Spiegel, ein Handtuch um den Kopf gewickelt. Eine Phalanx von Avon-Produkten reiht sich auf dem Waschtisch. Ich stöhne.

»Du bist noch nicht fertig.«

Sie mustert mich von oben bis unten. »Du auch nicht. Es sei denn, du willst heute Abend kellnern gehen.«

Ich schaue auf meine schwarze Hose und die rote Bluse und lache. »Tut mir leid, ich hab nichts Ausgefalleneres dabei.«

Sie legt die Wimperntusche beiseite. »Du brauchst auch nichts Ausgefallenes. Wie wär's mit ansatzweise niedlich?«

Poppy taucht neben mir auf, ein buntes Tuch mit Blumendruck in der Hand. »Darf ich?« Den Bruchteil einer Sekunde zögere ich, dann senke ich den Kopf. Ihr Zitrusparfüm steigt mir in die Nase, als sie mir den weichen Stoff um den Hals legt und zuknotet. Ich schließe die Augen und stelle mir vor, sie sei meine Mutter. Poppy tritt zurück, legt den Kopf schräg und mustert mich. »Schon besser«, sagt sie und zupft ein letztes Mal am Tuch.

Lucy schüttelt den Kopf. »Wenn dein modisches Vorbild achtzig Jahre alt ist, hast du wirklich den Tiefpunkt erreicht.«

In Begleitung von Poppy in ihrem orangefarbenen Kleid und Lucy in einem figurbetonten silbernen Wickeldress und hohen Absätzen ziehe ich mit meinem bunten Halstuch zum Essen los. Die Schatten werden lang, die Straßenlaternen erglühen. Vorsichtig begleiten wir Poppy in den Fahrstuhl. Wir nehmen ihre Hand, wenn wir eine Straße überqueren, und helfen ihr über das Kopfsteinpflaster der Calli. Irgendwann bleibt sie entnervt stehen. »Könnt ihr bitte aufhören, mich wie eine Halbtote zu behandeln? Wenn ich verwöhnt werden wollte, wäre ich in Kur gegangen.«

Ohne eine Antwort abzuwarten, dreht sie ab und marschiert allein weiter, über eine Brücke. Lucy und ich haben Mühe, mit ihr Schritt zu halten. Poppy stapft durch eine enge Gasse, bis wir ihr Lieblingsrestaurant erreichen, das Carlucci. Es ist ein kleiner

Laden am Ende der Calle Pezzana. Unsere Tante stößt die Tür auf und stolziert herein, als sei sie der Ehrengast des Abends.

Ein Dutzend mit Kerzen beleuchteter Tische steht im dämmrigen Raum. Der Duft von frischem Brot und Knoblauch bringt meinen Magen zum Knurren. Hinter der Theke schaut uns ein älterer Herr mit geschwungenem Schnäuzer entgegen. Als er Poppy erblickt, strahlt er übers ganze Gesicht. Er schlägt die Hände zusammen und eilt auf sie zu.

»Paolina! Benvenuta, amore mio!« Er nimmt unsere Tante in die Arme, hebt sie in die Luft und dreht sich mit ihr im Kreis. Poppy lacht wie ein Schulmädchen.

»Luigi!«, ruft sie. Er setzt sie ab, sie macht einen Schritt zurück und mustert ihn von seinen unnatürlich schwarzen Haaren bis zu den spitzen Schuhen. »Verhaftet diesen Mann!«, verkündet sie. »Er raubt mir den Atem.«

Luigi errötet. »Du hast mir gefehlt, meine Blume. Wie ist es dir ergangen?«

»Molto bene!«, erwidert Poppy, beugt sich vor und flüstert ihm ins Ohr: »Von jedem Körperteil, das ich zweimal habe, tut eins weh.« Sie zwinkert. Luigi wirft den Kopf in den Nacken und lacht. Die beiden sehen sich an, bis Luigi sich irgendwann besinnt.

»Dein Lieblingstisch wartet auf dich.«

Er führt uns zu einem Fensterplatz, zieht jeder von uns den Stuhl hervor und legt uns Servietten auf den Schoß. Poppy stellt zuerst Lucy vor. Luigi verbeugt sich und gibt ihr die Hand. *»Benvenuta!* Herzlich willkommen!«

»Und das ist Emilia.«

Ich lächele. »Hallo, Luigi!«

Er sieht mir in die Augen. *»Bellissima.«* Dann nimmt er meine Hand und drückt einen Kuss darauf. *»Come tua nonna.«*

Wunderschön. Wie deine Großmutter. Ich lächele über das Kompliment und mache mir nicht die Mühe, ihn zu korrigieren.

In den nächsten zwei Stunden überschüttet uns Luigi mit seiner Aufmerksamkeit. Zu jedem Gang gehört ein besonderer Wein, von ihm persönlich ausgewählt. Als er uns zum Nachtisch Zabaglione bringt, bin ich pappsatt und ein klein wenig betrunken. Er serviert die aufgeschlagene Marsalacreme mit frischen Himbeeren. Anschließend kommt Luigi mit einem Tablett, auf dem drei Flaschen und drei kleine Gläschen stehen.

»Fernet? Frangelico? Limoncello?«

Ich habe nicht den geringsten Durst, aber Lucy behauptet, darum ginge es nicht. Ich entscheide mich für einen Fernet, Poppy und Lucy für den Frangelico.

Meine Cousine lehnt sich auf dem Stuhl zurück. »Hast du Angst vor dem Tod, Tante Poppy?«

»Lucy!«, rufe ich entsetzt.

»Ein bisschen schon«, erwidert unsere Tante offenbar unbeeindruckt. »Aber ich kann's nicht erwarten, hinter das Geheimnis zu kommen, was nach dem Leben geschieht.«

Es ist ein seltsames Gefühl, darüber mit meiner todkranken Tante zu sprechen, doch sie scheint kein Problem damit zu haben. »Glaubst du an Gott?«, frage ich leise.

»Oh, Himmel, ja! Wenn auch nicht auf die traditionelle Weise. Für mich geht es bei Spiritualität weniger um die Messe am Sonntag als um Liebe. Schlicht und einfach. Wenn man andere stets liebevoll behandelt, ehrt man seinen Gott beziehungsweise seine Göttin. Ich kenne ein paar gottesfürchtige Menschen, die nie den Fuß in eine Kirche gesetzt haben. Und ich kenne eine Menge selbstgerechter, wiedergeborener Christen, die ständig in die Kirche laufen, obwohl der liebe Gott wahrscheinlich bereut, sie überhaupt in die Welt gesetzt zu haben.«

Lucy prustet los. »Amen!«

Poppy nippt an ihrem Getränk. »Ich freue mich schon total darauf, den Film zu sehen. Was hat das Spaß gemacht, ihn zu drehen!«

Meine Tante ist Filmproduzentin? »Was für einen Film?«, frage ich.

»Der angeblich kurz vor dem Tod vor unserem inneren Auge abläuft. Ich muss sagen, ich bekomme jetzt schon eine Gänsehaut, wenn ich daran denke. Wisst ihr, in meinem Film kommt von allem etwas vor: Drama, Krimi, ein bisschen Thriller und zum Ausgleich auch ein paar Szenen aus einer romantischen Komödie.« Sie sieht uns an. »Ihr, meine Lieben, seid noch in der Produktionsphase eures Films. Macht ihn spannend! Bei jeder Szene muss es kribbeln vor Aufregung! Wenn ihr ihn seht, sollen euch Tränen über die Wangen laufen, sollt ihr vor Lachen heulen oder euch vor Verlegenheit winden. Egal was, Hauptsache, euer Leben ist nicht so langweilig, dass ihr dabei einschlaft.«

Lucy grinst. »Ich glaube, sie meint dich, Em.«

Poppy fährt mit dem Finger über den Rand ihres Glases. »Jedes Leben hat auch tragische Momente. So, wo hatte ich aufgehört? Ach, ja. Rico hatte gerade mit dem Geigespielen begonnen.«

»Nein«, sagt Lucy. »Tut mir leid, Tantchen, aber wir waren an dem Punkt, wo er die Katze aus dem Sack gelassen hat. Schon vergessen? Er war verlobt!«

Poppy legt den Kopf schräg. »Soll ich weitererzählen?«

20

Poppy, 1960

Rico und ich trafen uns weiterhin von Montag bis Samstag auf der Piazza. Ich weigerte mich schlichtweg, mich wegen einer Verlobten in Deutschland verrückt zu machen. Er liebte mich. Dessen war ich mir sicher. Wir schlenderten durch die Stadt, unterhielten uns, teilten uns ein Eis oder Kuchen, hielten Händchen und küssten uns verstohlen. Doch allmählich wurde ich unruhig. Ich wollte mehr von ihm.

Es war ein verregneter Donnerstag, der achte Februar, ein Datum, das ich bis zu meinem Lebensende nicht vergessen werde. Ich hastete wie immer nach Feierabend vom Museum zur Piazza, wo Rico wartete. Er hatte einen Schirm aufgespannt und hielt eine leuchtend rote Freesie in der Hand.

»Zu dieser Jahreszeit konnte ich keinen Mohn auftreiben.« Er schenkte mir die Blume und gab mir einen Kuss auf die Wange. »Möchtest du einen Kaffee trinken gehen?«

Mit zitternden Händen nahm ich die Freesie entgegen. Ich sah ihm in die Augen und fasste all meinen Mut zusammen. »Ich würde lieber in deine Wohnung gehen«, sagte ich und musste schlucken. »Wenn du mich denn willst.«

Noch nie hatte ich mich so verletzlich gefühlt. Mein Herz klopfte so laut, dass ich überzeugt war, er könne es unter meiner Bluse schlagen sehen. Nach einer gefühlten Ewigkeit legte er die Hand auf meine Wange und lächelte mich an. »Willst du das wirklich, *amore mio*?«

Ich nickte, bekam kein Wort heraus. Er drückte mir einen Kuss auf die Stirn und führte mich die Straße hinunter.

Rico hatte ein kleines Zimmer über einer Schneiderei gemietet, vier schlicht verputzte Wände mit einem Schreibtisch und einem kleinen Bett. Mehr brauchten wir nicht. Der Raum war sauber und warm, ich fühlte mich wie eine Königin.

Rico liebkoste meinen Hals, meine Lippen und Wangen, während er langsam meine Bluse aufknöpfte. Nackt stand ich vor ihm. Weiches Licht fiel durchs Fenster. Nie hatte ich mich so sicher, so schön, so geliebt gefühlt.

Die Tropfen prasselten gegen die Fensterscheibe, Rico führte mich zu seinem Bett. Bald bewegten sich unsere Körper im Rhythmus des Regens, gefolgt von einem Donner, der mich bis ins Innerste erschütterte. Dann lag ich in seinen Armen. Wir waren zu Tränen gerührt.

Keiner von uns sagte etwas. Worte sind überflüssig, wenn man etwas Magisches erlebt hat.

»Il mio unico amore« nannte er mich von diesem Tag an. Ich fragte nie wieder nach seiner Verlobten Karin. Ich war seine einzige Liebe. Alles andere interessierte mich nicht.

Mir war voll und ganz bewusst, dass ich verloren war. Mein Herz hatte er bereits erobert. Jetzt besaß er auch meinen Körper und meine Seele. Niemals würde ich ohne seine Liebe sein wollen. Und dafür war ich unendlich dankbar.

Zwei Monate lang genossen wir unsere heimliche Glückseligkeit, nur wir zwei, ohne die Einmischung von Freunden und Verwandten, sogar ohne Gedanken an die Zukunft. Niemand wusste von unseren nachmittäglichen Verabredungen, wenn wir spazieren gingen, uns unterhielten oder liebten. Wir schwebten zwischen Vergangenheit und Zukunft. Es gab keinen Anspruch auf den nächsten Tag, wir freuten uns über jede gemeinsame Minute, sogen das Lachen und die Freude jeder Stunde begierig auf, ohne das Unglück zu ahnen, das am Horizont aufzog.

Es war ein außergewöhnlich gewöhnlicher Montag im April, Rico und ich bummelten Hand in Hand über die Piazza. Die *papa-*

veri, die Mohnblumen, standen in voller Blüte. Rico blieb stehen und kaufte einen Strauß für mich. Wir gingen weiter zum Palazzo Vecchio, wo Rico mir erzählte, wie er das erste Mal eine Bahnfahrkarte in den Händen hielt, die es ihm gestattete, durch Westeuropa zu reisen. »Dieses Gefühl werde ich nie vergessen«, sagte er mit leuchtenden Augen. »In einem anderen Land zu stehen und mich so leicht zu fühlen, so völlig losgelöst. Es war überwältigend, dieses Gefühl der Freiheit nach allem, was wir mitgemacht hatten.«

Ich tupfte mir gerade die Tränen von der Wange, als wie aus dem Nichts plötzlich Rosa vor mir stand.

»Paolina?« Sie schaute von Rico zu mir und zurück. »Was machst du hier? Du musst doch arbeiten.«

Ich bekam kein Wort heraus. Meine Schwester, die nicht auf den Kopf gefallen war, hatte mich bei einer Lüge ertappt. Ein paar Tage zuvor hatte ich ihr anvertraut, dass ich nicht mehr nach Amerika wollte. Sie hatte es nicht verstanden und mich mit Fragen bestürmt. Woher dieser Sinneswandel? Was sei geschehen?

Ich war versucht gewesen, ihr von Rico zu erzählen und zu sagen, dass ich mich hoffnungslos verliebt hatte, doch ich war noch nicht bereit, mein Geheimnis zu teilen. Nicht einmal mit meiner besten Freundin. Deshalb hatte ich behauptet, ich würde wegen der Stelle im Museum bleiben wollen. Die Arbeit sei so befriedigend, dass ich bereit sei, den Traum von einem Universitätsstudium in Amerika an den Nagel zu hängen.

»Rosa«, sagte ich. »Dies ist mein Freund Rico, also, Erich. Genau genommen mehr als ein Freund.« Ich kicherte nervös und schob die Hände in die Taschen. »Ich liebe ihn, Rosa.«

»Rosa?« Fragend sah Rico mich an. »Ich denke, du heißt Rosa!«

»Nein. A…aber das kann ich erklären. Ich gebe mich auf der Arbeit als Rosa aus.«

»Sie heißt Paolina.« Rosa hielt Rico die Hand hin und lächelte traurig. »Freut mich, Rico. Aber Paolina ist bereits vergeben. Sie ist mit einem Mann in Amerika verlobt, mit einem erfolgreichen

Ladenbesitzer. Innerhalb des nächsten Jahres sind wir weg. Das wissen Sie doch, oder?«

»Rosa!«, mahnte ich. »Hör auf.«

Rico drehte sich zu mir um, Verwirrung und Schmerz lagen in seinem Blick. Mein Herz zersprang. Ich schloss die Augen, unfähig, ihn anzusehen. Doch dann drückte er meine Hand, so fest, dass ich fast aufschrie.

»Es tut mir leid«, sagte er mit ruhiger, fester Stimme. »Aber dazu wird es nicht kommen. Verstehen Sie, Ihre Schwester und ich, wir lieben uns.«

»Rico«, erwiderte Rosa. »Ich sehe, dass Sie ein sehr anständiger Mann sind. Und meine Schwester mag Sie sehr gerne, das sehe ich auch. Aber Sie verstehen das nicht. Sie setzen Paolinas Zukunft aufs Spiel. Wissen Sie, als Zweitgeborene der Familie Fontana ist meine Schwester dazu verdammt, für immer allein zu bleiben. Ignazio ist ihre einzige Hoffnung, diesen Fluch zu durchbrechen. Ich flehe Sie an, machen Sie ihr diese Chance nicht zunichte!«

Meine große Schwester und Beschützerin glaubte, mir einen Gefallen zu tun. Auch wenn sie verrückt nach Alberto war, denke ich nicht, dass sie jemals wahre Leidenschaft kennengelernt hatte. Wie konnte ich von ihr erwarten, unsere Liebe zu verstehen?

»Sie wird ein gutes Leben in Amerika haben«, fuhr Rosa fort. »Was können Sie ihr schon bieten? Wie sieht es aus, haben Sie Zukunftspläne? Eine Arbeit? Ein Talent?«

»Er kann Geige spielen«, warf ich ein und bereute es sofort.

»Er spielt Fiedel?« Sie sah Rico an. »Können Sie vielleicht auch steppen?«

Rosas Verzweiflung setzte eine Grausamkeit frei, die ich noch nie bei meiner Schwester erlebt hatte. »Rosa, hör auf! Rico ist klug, stark und begabt. Und ich liebe ihn von ganzem Herzen. Ich kann nicht nach Amerika gehen!«

Lange sah sie mich an, schließlich sackten ihre Schultern kapitulierend nach unten. Dann schüttelte sie den Kopf. »*Mia sorella ostinata.* Was soll ich nur ohne dich tun?«

Mein Herz schwoll vor Liebe zu ihr an. »Ich werde dich besuchen, Rosa. Rico und ich kommen nach Amerika, um dich zu sehen.«

Sie musterte ihn und biss sich auf die Lippe. »Wenn Sie meine Schwester glücklich machen, dann haben Sie meinen Segen.«

Rico nahm Rosa in den Arm. »Vielen Dank, ähm, *grazie mille*!« Beide lachten. »Ich hoffe, dass mich Poppys – ähm, Paolinas gesamte Familie mit so offenen Armen aufnimmt wie Sie, Rosa.«

»Aber natürlich«, sagte ich, ohne nachzudenken. »Du musst uns in Trespiano besuchen. Es wird Zeit, dass du meine Eltern und meine beiden Brüder kennenlernst.«

Rosa trat einen Schritt zurück. »So schnell? Denk noch mal darüber nach, Paolina.« Um Rico nicht zu verletzen, versuchte sie, mich mit einem Blick zu warnen. Doch ich tat so, als würde ich ihn nicht bemerken.

»So ein Quatsch!« Ich wandte mich an Rico: »Komm am Sonntag zum Mittagessen. Meine Familie wird dich mögen.«

Er lächelte. »Das mache ich gerne.«

In dem Moment sah ich, wie die Warnung in Rosas Augen in Angst umschlug. Meine Eltern würden ihn niemals akzeptieren, einen mittellosen Ausländer, der den Traum ihrer Tochter von Amerika zunichtezumachen drohte. Und das wusste Rosa.

Ich spürte, dass mir die Liebe entglitt, wie Sand, den die Flut mir unter den Füßen wegzog. Zum zweiten Mal dachte ich, der Fluch könne doch einen wahren Kern haben. War ich dazu bestimmt, allein zu sein?

Am Sonntag regnete es in Strömen. Der Regen rauschte nur so vom Himmel, verwandelte die Felder in einen Flickenteppich aus Wasserlachen. Doch das Wetter konnte meine Mutter nicht vom Gottesdienst abhalten. Wir mussten mit. Unsere kleine Kirche in Trespiano war kalt und zugig. Ich kniete mich hin, die eiskalten Hände zum Gebet gefaltet, und flehte um ein Wunder. *Bitte hilf Rico, die richtigen Worte zu finden. Hilf uns, Papà von unserer*

Liebe zu überzeugen. Guter Gott, bitte nimm mir nicht das einzig Gute in meinem Leben, den einzigen Menschen, den ich je gewollt habe.

Nach der Messe gingen wir nach Hause. Der Regen prasselte auf die Straße. Rico hatte vorgehabt, mit dem Fahrrad zu kommen – Busse fuhren sonntags nicht. Mit Sicherheit würde er bei diesem Wetter keine dreizehn Kilometer fahren. Auf unserem Bauernhof gab es kein Telefon, er konnte mich also nicht erreichen. Rico würde auf eine andere Gelegenheit warten müssen, meinen Vater zu sprechen. Der Gedanke bedrückte und erleichterte mich gleichzeitig.

Ich ging meinen sonntäglichen Pflichten nach, sammelte die Eier von den Hühnern ein, fegte die Scheune aus. Um zwei Uhr half ich meiner Mutter, den Mittagstisch zu decken. Rosa machte ihren Artischockensalat. Sie habe gehört, flüsterte sie mir zu, er würde die Fruchtbarkeit erhöhen. Alberto und sie konnten es nicht erwarten, eine Familie zu gründen. Meine Mutter stand am Herd und gab Oregano in ihre Marinarasoße. Plötzlich klopfte es an der Tür. Mir sackte das Herz in die Hose.

Nie werde ich den Blick vergessen, den meine Schwester und ich austauschten. Sie wusste es. Sie wusste, dass Rico gekommen war. Und sie hatte Angst. Wegen ihm und wegen mir.

»Wird schon schiefgehen«, sagte ich mit aufgesetzter Ruhe.

Auf dem Weg zur Tür strich ich meine Haare glatt und nahm die Schürze ab. Als ich öffnete, stand er vor mir, mit durchnässter brauner Hose, weißem Hemd und Krawatte. Ich unterdrückte ein Kichern. So schick gekleidet hatte ich Rico noch nicht gesehen. Als er mich erblickte, strahlte er übers ganze Gesicht. Dann senkte er den Blick auf den Strauß klatschnasser Tausendschön in seiner Hand.

»Diesmal nicht für dich«, sagte er, »sondern für deine Mutter.«

Mein Herz floss über. Diesem Charme konnte sich doch niemand entziehen, nicht mal meine Eltern.

Bevor ich ihn hereinbitten konnte, kam Rosa zu uns geeilt und schob mich beiseite. »Papà wird euch umbringen. Geh!«, sagte sie zu Rico. »Schnell! Bevor Paolina noch Ärger kriegt.«

»Aber, Rosa! Rico ist doch extra hergekommen!«

»Das ist Papà völlig egal. Mamma und er haben alle Hoffnung auf Ignazio gesetzt. Sie werden niemanden akzeptieren, der sich dazwischendrängt – besonders wenn er kein Italiener ist.« Sie sah Rico an. »Gehen Sie bitte! Das muss vorerst ein Geheimnis bleiben.«

»Nur ein kurzes Wort mit Ihrem Papà«, forderte Rico. »Mehr verlange ich nicht.«

Er drängte sich an Rosa vorbei und betrat das Haus. Mein Herz dröhnte wie eine große Trommel. Ich hatte Vertrauen zu Rico, aber Rosas Mahnung klang mir in den Ohren. Würde Papà ihn tatsächlich umbringen?

In der Küche stellte ich ihm meine Mutter vor.

»Buongiorno, Signora Fontana!«, begrüßte Rico sie strahlend.

Sie nahm den Blumenstrauß entgegen und reckte den Kopf zum bogenförmigen Durchgang ins Wohnzimmer, wo Papà Mittagsruhe hielt.

»Grosso errore«, flüsterte sie mahnend. Ein großer Fehler.

Aber es war zu spät. Rico durchquerte die Küche und blieb im Durchgang vor meinem Vater stehen, der aussah, als hätte er ihn erwartet, die Hände in die Hüften gestemmt, die Beine raumgreifend gespreizt.

Obwohl Rico groß war, schien er vor meinem gewaltigen Vater zu schrumpfen. Falls er sich Worte zurechtgelegt hatte, waren sie ihm entfallen.

»Ich liebe Ihre Tochter«, stieß er aus.

»Fuori!«, rief mein Vater. »Gehen Sie! Raus aus meinem Haus!«

»Papà!«, flehte ich. »Hör ihn doch bitte an!«

Mein Vater drehte sich zu mir um. *»Stai zitta!«*, schrie er und machte eine wegwerfende Handbewegung. »Schafft diesen Barbaren hier heraus, aber sofort!«

Tränen stiegen mir in die Augen. Wie konnte er so grausam

sein? Ich wollte ihn anbrüllen und davonlaufen. Allen meine Liebe zu Rico beweisen. Doch wenn ich mich für ihn entschied, würde ich meine Familie verlieren. Wählte ich meine Familie, könnte ich Rico nie wiedersehen.

Er nahm mir die Entscheidung ab. Ruhig sah er meinen Vater an und sagte voller Entschlossenheit: »Sie machen einen Fehler, Signor Fontana. Niemand wird Ihre Tochter jemals so lieben wie ich.«

Mein Vater schnaubte verächtlich. »Sie haben ja keine Ahnung! Paolina ist mit einem Ladenbesitzer aus New York verlobt. Dort wird sie alles haben, was sie sich wünscht. Sie wird unvorstellbar reich sein, im Land der unbegrenzten Möglichkeiten. Und vor allem wird sie bei ihrer Familie sein. Das kann ein Deutscher gar nicht verstehen.«

»Papà!«, schluchzte ich. Es brach mir das Herz. »So was darfst du nicht sagen!«

Er machte eine abwertende Handbewegung in Ricos Richtung. »Ich habe von deutschen Männern gelesen, die ihre Eltern, ihre Geschwister und Frauen verlassen, alles für die sogenannte Freiheit.« Er grinste spöttisch. »So was tun wir nicht. Eine italienische Familie hält zusammen.«

Ricos Kiefer zuckte, als hätte er einen Stromstoß bekommen. Doch er sprach mit ruhiger Stimme. »Sie wissen nicht, wovon Sie reden.« Er drehte sich zu mir um und küsste meine Hand. *»Addio, mio unico amore.«*

Ich wollte ihm nachlaufen. Wie sollte ich den Mann gehen lassen, den ich liebte, den Mann, der mich seine »einzige Liebe« nannte? Auf halbem Weg packte mich mein Vater am Arm, seine dicken Finger drückten sich schmerzhaft in mein Fleisch. Ich versteckte meine zitternden Hände hinterm Rücken. »Bitte, Papà! Ich liebe …«

Doch bevor ich es aussprechen konnte, schlug mir mein Vater ins Gesicht, so schnell, dass ich es klatschen hörte, bevor es weh tat.

Rosa stürzte an meine Seite. *»Papà! No!«*

Er warf ihr einen Blick zu, der sie zum Schweigen brachte. Dann wandte er sich an mich. »Du gehst nach Amerika, *capisci*?«

Ich schluckte, bekam kein Wort heraus.

»Du setzt gerade alles aufs Spiel, alles, wofür wir gearbeitet haben, alles, was wir erträumt haben! In Amerika hast du ein gutes Leben. Ignazio ist ein vernünftiger Mann. Er ist bereit, dich zur Frau zu nehmen, dich, eine Zweitgeborene! Wie kannst du es wagen, diese Gelegenheit aufs Spiel zu setzen, du selbstsüchtige dumme Gans! Auf der Stelle ist Schluss mit diesem Unsinn! *Basta!*«

Fast knickten meine Beine ein. Ich griff nach Rosas Hand, um nicht hinzufallen. Fieberhaft suchte ich nach einer Entgegnung. Ich zwang mich, meinen Vater anzuschauen, der auf eine Antwort wartete.

Wie ich es sah, hatte ich drei Möglichkeiten: Mich meinem Vater zu widersetzen und eine Tracht Prügel zu kassieren. Ihm zu gehorchen und meine Liebe zu verlieren. Oder zu lügen.

Ich entschied mich für Letzteres.

»Sì, papà«, flüsterte ich. »Ich verstehe.«

21

Emilia

Poppy unterbricht ihre Geschichte, als Luigi an unseren Tisch kommt. »Was darf ich dir noch bringen, *amore mio*?«

Ich bin verwirrt. Wieso nennt er meine Großtante so? Rico war doch ihre große Liebe. Aber sowohl er als auch Poppy waren jemand anderem versprochen. Mein Urgroßvater hat Rico aus dem Haus geworfen. Poppy hat ihn seit Jahrzehnten nicht gesehen.

Sie greift in ihre Tasche und zieht ihre Tüte mit den Münzen hervor. »*Grazie*, alles bestens. Das Essen war *fantastico.* Und es war so schön, wieder hier zu sein.«

»Die Freude ist ganz meinerseits.« Luigi lächelt und sieht Poppy tief in die Augen.

Sie nimmt seine Hand und legt eine Münze hinein. »Sie wird dir Glück bringen«, sagt sie.

»Wann sehen wir uns wieder, Paolina?«

Sie steht auf und gibt ihm einen Kuss auf die Wange. »Schneller, als wir beide glauben«, sagt sie mit melancholischem Glanz in den Augen.

Aber es wird kein Wiedersehen geben. Das weiß sie. Wie schmerzhaft, überwältigend und seltsam tröstlich muss es sein, sich von denen ein letztes Mal zu verabschieden, die man liebt.

Der samtige Himmel ist mit Sternen übersät. Wir gehen schweigend zurück zum Hotel. Ich vermute, wir sind in Gedanken alle bei Rico und Poppy, dem unglücklichen Liebespaar.

»War dein Vater einfach ein gemeiner Kerl?«, fragt Lucy. »Oder dachte er, du wärst mit diesem komischen Ignazio besser dran?«

Poppy bleibt vor einer Brücke stehen.

»Mein Papà hat mich liebgehabt. Meine Eltern wollten nur das Beste für mich.«

»Aber …«, wende ich ein.

Sie hebt die Hand. »Ich habe festgestellt, dass das Leben deutlich schöner ist, wenn man von anderen das Beste denkt statt das Schlechteste.«

»Noch mal wegen des Fluchs«, sagt Lucy. »Du bist nicht dazu gekommen. Wie willst du ihn aufheben?«

»Ts, ts«, macht Poppy. »Vielleicht im nächsten Kapitel.« Sie lehnt sich gegen das Eisengeländer der Brücke und schaut zum Himmel empor. Und als hätte sie es vorausgesehen, fällt eine Sternschnuppe herab.

»Wünscht euch was, schnell!«, sagt sie. »Am besten, dass euer Traum wahr wird.«

Lucy wendet sich ab. »Klar. Weil das Universum ja so gut zu uns Zweitgeborenen ist.«

Meine Tante legt ihr eine Hand auf die Schulter. »Warum gibst du dem Universum die Macht, über dich zu bestimmen, aber glaubst nicht, dass es dich erlösen kann?«

Lucy zuckt mit den Schultern.

»Los«, drängt Tante Poppy. »Überlegt euch was!«

Ich richte den Blick in den Himmel und wünsche mir aus ganzem Herzen: *Lass Rico da sein, wenn wir nach Ravello kommen!*

Und ich wünsche mir zum ersten Mal etwas für mich selbst.

Am Dienstag absolvieren wir das komplette Touristenprogramm. Wir besichtigen den Markusdom, die Gallerie dell'Accademia und das Theater La Fenice. »Dies ist das berühmteste Opernhaus in ganz Italien«, erklärt uns Poppy.

»Wie spannend!« Lucy ist auf meinem Handy mit irgendeinem Spiel beschäftigt.

»Ts, ts«, tadelt unsere Tante sie. »Langweilige Leute langweilen Leute.«

Ich kratze mich am Kopf. Hat sie so einen ähnlichen Spruch nicht auch zu mir gesagt, als ich müde war?

Wir haben es uns vor einem Café auf dem Markusplatz gemütlich gemacht und essen eine leckere Pizza mit cremigem Mozzarella und frischem Basilikum.

»Hier soll Casanova angeblich einen Kaffee getrunken haben, nachdem er aus dem Gefängnis geflohen war«, erzählt Poppy.

Ein junges italienisches Pärchen sitzt am Nebentisch, so nah, dass man das Gespräch ungewollt mitbekommt. Der Mann – ein gutaussehender Mittdreißiger – redet unablässig über seine Arbeit, über das Geld, das er verdient, und das Haus, das er kaufen will. Irgendwann gelingt es seiner Partnerin, kurz etwas zu sagen. Sie entschuldigt sich und geht zur Toilette.

Poppy wartet, bis die Frau außer Hörweite ist, dann dreht sie sich zu dem Mann um. »Ihre erste Verabredung?«, fragt sie.

Der Mann nickt. Eine Wolke seines Rasierwassers zieht zu mir herüber. »Merkt man das?«

»Sie mögen die Frau«, sagt meine Tante mit erhobenen Augenbrauen.

»Sie ist wunderschön, *sì*?«

»Darf ich Ihnen einen Rat geben?« Und ohne auf seine Erlaubnis zu warten, beugt sich Poppy vor. »Mehr hiervon« – sie zeigt auf ihr Ohr – »und weniger davon.« Ihre Hand ahmt einen plappernden Mund nach.

Ich erschrecke und schäme mich gleichzeitig. Wie peinlich! Das Lächeln des Mannes erlischt. Er steht auf und verlässt den Tisch.

Lucy prustet los. »Na, dem eingebildeten Quatschkopf hast du's aber gegeben!« Sie hält die Hand hoch und klatscht sich mit Tante Poppy ab. »Hast du nicht vielleicht auch ein paar Weisheiten für mich parat – beziehungsweise für uns? Klar, du bist krank und so, ich will dich nicht unter Druck setzen, aber …«

Poppy legt den Kopf schräg. »Aber was, meine Liebe?«

Lucy seufzt. »Du hast uns doch versprochen, dass du den Fluch auflöst. War das ernst gemeint?«

Tante Poppy beugt sich vor und legt Lucy eine Hand auf die Wange. »Wir Zweitgeborenen haben nichts zu befürchten. Das verspreche ich dir.«

Lucy schnaubt. Sie versucht verzweifelt, ruhig zu bleiben. Poppy mag gute Absichten haben, aber ihre Antwort ist nicht gerade hilfreich. Als würde man einem Rollstuhlfahrer sagen, er müsse sich keine Sorgen machen, seine Beine seien vollkommen gesund.

»Poppy will dir nur klarmachen, dass dir nichts passiert.« Ich greife nach Lucys Hand. »Es war gemein von Tante Carol, dich so unter Druck zu setzen.«

Lucy runzelt die Stirn. »Ja? Aber weißt du was? Meine Mutter hat mir die Überzeugung eingeimpft, dass ich den bescheuerten Fluch durchbrechen kann. Und das werde ich tun.«

»Vergiss, was deine Mutter gesagt hat«, sage ich leise. »Es ist egal. Auch wenn du den Fluch nicht zerstörst und Single bleibst, wirst du keine Probleme haben, Luce, das verspreche ich dir. Nein, mehr noch, es wird dir super gehen.«

Sie verschränkt die Arme vor der Brust. »Eines Tages werde ich heiraten.«

»Gut. Sicher. Vielleicht ja. Aber das ist doch gar nicht so wichtig, Luce. Es kann sein, dass du mal heiratest – oder eben nicht. Auch ohne Ring am Finger kann man ein glückliches, erfülltes Leben führen, glaub mir.«

»*Dir* soll ich glauben? Wenn du es genau wissen willst: Du bist meine Motivation, Em. Du spornst mich an.«

Lächelnd schiebe ich die Brille hoch. »Wirklich?«

»Ja. Du bist der Mensch, an den ich jedes Mal denke, bevor ich feiern gehe.« Sie tippt mir gegen die Brust. »Weil ich auf keinen Fall so armselig enden will wie du.«

Es verschlägt mir die Sprache. Hilfesuchend sehe ich meine Tante an, doch sie betrachtet mich ruhig und wartet auf meine Reaktion.

»Was soll das heißen?«, frage ich.

»Dein Leben ist scheiße, Em.«

Ich versuche zu lachen, doch es klingt falsch. »Was? Mein Leben ist super. Ich habe eine süße Wohnung, eine niedliche Katze und bin schuldenfrei.« Geistesabwesend reibe ich über meine Narbe. »Ich kann kochen, was ich will und wann ich will. Oder ich lasse es ganz bleiben. Ich allein habe die Macht über die Fernbedienung.« Jetzt bin ich drin, die Argumente reihen sich mühelos aneinander. »Ich kann zehn Stunden am Stück Netflix gucken, im Pyjama. Ich kann kommen und gehen, wann es mir passt, ich muss mir nicht überlegen, ob ich jemandem gefalle.«

»Und dir hat noch niemand das Herz gebrochen, oder?«

Kurz muss ich an Liam denken. Ich verdränge sein Gesicht und drücke die Schultern durch. »Nein.«

»Du bist noch von keinem Vollpfosten enttäuscht worden, der versprochen hat, dich anzurufen, und sich dann nie wieder gemeldet hat.«

»Nein, siehst du, hab ich nicht erlebt. Darauf kann ich gerne verzichten.«

Poppy mischt sich ein: »Du hattest noch nie das Gefühl, dass die Welt zu strahlen beginnt, wenn du deine große Liebe erblickst.«

Ich lache. »Tante Poppy, das klingt ein bisschen übertrieben, selbst für deine Verhältnisse.«

Sie beugt sich vor. »Du hattest noch nie das Gefühl, sterben zu müssen, wenn du ihn nicht noch einmal in den Armen halten kannst.«

»Nein, natürlich nicht.« Mein Blick wandert von meiner Tante zu Lucy. Na toll. Sie nehmen mich in die Zange. »Okay, ich verstehe, was ihr meint. Ja, vielleicht ist mir einiges entgangen. Aber das sind flüchtige Momente. Schließlich ist es statistisch erwiesen, dass sechzig Prozent der Verheirateten unglücklich sind.«

»Ja, und?«, sagt Lucy. »Du steigst lieber aus, weil die Chancen zwei zu drei gegen dich stehen?«

»Ich bin nicht ausgestiegen. Ich habe überhaupt nicht mitgespielt. Ehrlich, Fluch hin oder her, ich habe keine Lust auf dieses Dating-Ding.«

»Du bist bloß feige.« Lucy dreht sich zu Poppy um und tut, als sei ich gar nicht da. »Sie hat einen Freund, Matt, der liebt sie schon so lange, wie ich denken kann.«

»Das stimmt gar nicht!«

»Er ist sogar richtig süß«, fährt Lucy fort. »Aber Em gibt ihm keine Chance.«

»Matt ist mein bester Freund. Mehr nicht!« Schuldgefühle stürmen auf mich ein. Ich fühle mich wie eine Verräterin. »Genug von mir, Luce. Guck dir Tante Poppy an! Sie ist eine erfolgreiche, glückliche Frau, die die halbe Welt bereist und ein erfülltes Leben hat. Und sie ist Single.«

»Ja. Aber es gibt auch Leute wie dich«, ergänzt Lucy. »Single-Frauen, deren gesamtes Leben in einen Fingerhut passt. Frauen, in deren Todesanzeige steht: Sie war ein einsames Mädchen, das sein Leben lang versucht hat, die Großmutter glücklich zu machen. Sie war eine Frau, die die Erwartungen der anderen erfüllt hat.«

Kapitulierend hebe ich die Hände. »Wenn du meinst, Luce. Ich bin jedenfalls zufrieden. Alles gut.« Ich beiße mir auf die Lippe, aber kann mich nicht länger zusammenreißen. »Im Gegensatz zu dir. Ich meine, Herrgott nochmal, du könntest dir genauso gut *Nimm mich* auf die Brust tätowieren lassen.«

Lucy beugt sich vor. Eine Ader an ihrer Stirn schwillt an. »Ich gehe lieber kämpfend unter, als mich aus dem Spiel zu stehlen, so wie du.«

Mein Herz klopft zum Zerspringen. »Ich hab doch nicht …«

»Stimmt, Em. Du hast nicht. Du hast überhaupt nichts dafür getan, diesen Fluch zu durchbrechen. Ist dir eigentlich klar, wie viel Druck deshalb auf mir lastet? Du hast aufgegeben, und ich stehe allein da.«

»Ich hab nicht …« Ich verstumme. Es wäre gelogen, wenn ich behaupten würde, ich hätte nicht aufgegeben. »Du hättest es mir ja sagen können«, schiebe ich nach. »Vielleicht hätte ich mich dann mehr angestrengt.«

Da flippt Lucy aus. »Du bist neunundzwanzig, nicht neunundneunzig! Wenn du mir helfen willst, könntest du es doch tun! Aber in Wirklichkeit freust du dich über den Fluch, Em. Gib's zu! Er liefert dir die perfekte Ausrede, dich wie eine alte Schachtel anzuziehen. Er ist dein Alibi, damit du dich nicht ins Karussell setzen musst, damit du nicht flirten und daten und dein Herz aufs Spiel setzen musst. Also hör auf mit dem Blödsinn! Du *willst* mir nicht helfen.«

»Aha«, macht Poppy und nickt. »Du findest, Emilia ist feige.«

»Ich? Feige?« Ich bin entsetzt.

»Ja«, sagt Lucy. »Allerdings. Em ist feige. Sie hat nicht einmal darüber nachgedacht, wie das für mich ist. Oder für Mimi. Oder alle anderen zukünftigen zweitgeborenen Fontana-Töchter.«

Mir wird schlecht. »Ich … das tut mir leid, Lucy. Ich dachte nicht, dass ich dafür so wichtig wäre.«

»Doch! Das bist du!« Lucys Gesicht ist rot, und zum ersten Mal sehe ich neben der Wut ihren Schmerz. »Ich bin ganz allein. Und ich packe es nicht. Es kommt mir vor, als säßest du gemütlich mit trockenen Füßen auf einer Insel und würdest zugucken, wie ich im Wasser um mich schlage und nach Luft schnappe.«

Meine Cousine, die nie weint, wischt sich Tränen aus den Augen. Mir schnürt sich die Kehle zu, in mir verschiebt sich etwas. Könnte ich dem Fluch zum Opfer gefallen sein, auch wenn ich behaupte, nicht an ihn zu glauben? Tatsächlich bin ich gerne Single und wäre zufrieden, wenn sich daran nie etwas ändern würde. Aber Lucy nicht. Sie trägt schwer an ihren Erwartungen, unerfüllten Träumen und am Druck der anderen. Ihr ganzes Leben lang wurde ihr eingeredet, dass sie ohne Mann wertlos und unvollständig ist.

In neunundzwanzig Jahren habe ich keinen einzigen Versuch unternommen, den Fluch zu durchbrechen. Bis heute war mir nicht klar, wie stark mein Verhalten das Leben meiner Cousine beeinflusst hat.

Wir holen uns ein Eis und bummeln am Canal Grande entlang. Lucys und Tante Poppys Worte verfolgen mich wie ein lästiger

Schwarm Fliegen. Vielleicht liegt es am Jetlag, oder ich habe Heimweh oder einen Schock wegen Poppys Krankheit, denn nichts in dieser magischen Stadt kann mich irgendwie berühren. Stattdessen dröhnen mir die Vorwürfe durch den Kopf. *Em ist feige.*

Nachdem ich abends in meinem Baccalà Mantecato herumgestochert habe – eine Creme aus getrocknetem Dorsch, die mit Polenta serviert wird –, gehen wir ins Hotel zurück. Es ist elf Uhr. Ich will ins Bett und noch ein bisschen lesen. Aber Lucy hat noch nicht genug.

»Komm, wir gehen was trinken!«, sagt sie, reckt die Arme in die Höhe und macht ein paar Tanzschritte.

Ich ziehe mir das Nachthemd über den Kopf. »Ehrlich?«, frage ich. »Willst du nicht schlafen?«

»Ach, komm! Nur auf ein Glas! Unten in der Hotelbar.«

»Vielleicht morgen«, sage ich in der Hoffnung, dass sie es in vierundzwanzig Stunden vergessen hat.

Lucy öffnet den Mund, als wolle sie etwas sagen, lässt es aber.

Als ich im Bad bin, höre ich, wie sich die Tür öffnet und wieder schließt. Ich gehe ins Zimmer und trockne mein Gesicht ab.

Lucy ist nicht mehr da.

Es ist zwei Uhr nachts. Ich sitze auf dem Balkon, schaue auf den Canal Grande und lausche dem Plätschern des Wassers. Ich bin in Italien, gegen den Willen meiner Familie. Wie soll ich da feige sein?

Ungewollt habe ich Lucys Gesicht vor Augen. In der Dunkelheit der Nacht erlaube ich mir, die Enttäuschung in ihrem Blick wahrzunehmen, als ich sie auf den nächsten Tag vertröstete. Wäre es so schlimm gewesen, mit ihr in die Hotelbar zu gehen? Schließlich ist Lucy nur hier, weil ich ihr erzählt habe, unsere Tante würde den Fluch aufheben. Inzwischen ist klar, dass daraus nichts wird. Was wäre, wenn ich stattdessen selbst versuche, Lucy zu helfen?

Ich schaue hinauf in den sternübersäten schwarzen Himmel. Am liebsten würde ich jetzt mit Matt reden. Er würde mir versichern, dass Lucy neben der Spur ist und ich alles richtig mache.

Oder etwa nicht? Offensichtlich will er mehr von mir als Freundschaft. Ist es feige von mir, ihn auf Abstand zu halten? Könnte ich diejenige sein, die den Fluch durchbricht und Lucy und Mimi dieses Schicksal erspart? Ich habe Matt sehr gern. Was macht es schon, dass ich ihn nicht richtig liebe?

Die Flügeltüren gehen auf. Ich drehe mich um. Meine Tante kommt auf den Balkon.

»Ich hatte so eine Ahnung, dass du wach bist«, sagt sie. »Du warst den ganzen Tag unruhig.«

»Tja, ich bin es nicht gewöhnt, feige genannt zu werden. Jetzt kennst du mich. So bin ich.«

Sie klopft sich aufs Kinn. »Es gibt Menschen, die sagen ›So bin ich halt‹ und benutzen das als Ausrede. Man kann aber doch auch versuchen, sich selbst zu übertreffen, oder?«

Sie stützt die Hände auf die Brüstung und blickt auf den Kanal. »Luciana greift deine Überzeugungen an. Das ist unangenehm für dich. Durch sie fragst du dich zum ersten Mal in deinem Leben, ob du den Fluch vielleicht benutzt hast, um dich hinter ihm zu verstecken.«

»Ich schätze, darin liegt ein Körnchen Wahrheit. In Bezug auf uns beide. Ich meine, weder du noch ich haben versucht, etwas dagegen zu unternehmen.«

Meine Tante sieht mich an. »Meine Liebe, in der Hinsicht sind wir grundverschieden. Ich kann dir sagen, ich habe meine Sexualität ausgelebt. Ich genieße meine Weiblichkeit. Mir käme nicht in den Sinn, sie zu unterdrücken. Aber ich befürchte, genau das tust du, mein Kind.«

Verdattert starre ich sie an. »Weil ich mich nicht mit Männern treffe? Weil ich nicht völlig versessen darauf bin zu heiraten?«

Sie winkt ab. »Mir ist es schnurzpiepegal, ob du heiratest oder nicht. Das ist ganz allein deine Entscheidung. Nein, es geht mir um dich, dass du authentisch bist und deine Gefühle nicht unterdrückst. Denn im Moment benimmst du dich wie ein hasenfüßiger Löwe.«

»Keine Ahnung, was das sein soll. Aber so bin ich dann wohl.«

»Jetzt bist du beleidigt. Versuch doch, über dich hinauszuwachsen!« Bevor ich etwas erwidern kann, fährt sie fort: »Du machst dich zum Neutrum, Emilia. Du kleidest und benimmst dich absichtlich unattraktiv. Als würdest du deine Weiblichkeit in eine Strickjacke stopfen und bis zum Kinn zuknöpfen. Du bist eine Frau, Emilia, aber du stehst nicht dazu. Ich schätze, dein lieber Matt würde das unterschreiben.«

Ich spüre, wie mein Kinn vor Demütigung und Enttäuschung bebt. »Ja, und? Ich hab's halt nicht mit dem Flirten«, sage ich mit einer gewissen Selbstgerechtigkeit. »Ich bin nicht schick. Ich sehe nicht umwerfend aus. So bin ich nun mal.«

Mit schräggelegtem Kopf betrachtet sie mich. »Nein. So bist du geworden. Aber, meine Liebe, so musst du nicht sterben.«

Der Wecker auf dem Nachttisch springt auf 03.27 Uhr. Wo ist Lucy? Die Hotelbar schließt um zwei. Ist ihr was passiert? Warum bin ich nicht mitgegangen?

Ich drehe mich auf die Seite. Anstatt mich zu beruhigen, hat Poppy mich noch mehr durcheinandergebracht. Was ist schlecht daran, wie ich bin? Ich will nicht wie Lucy sein und mich nur über meine Sexualität definieren.

Aber, meine Liebe, so musst du nicht sterben.

Wenn ich mich ändere, müsste ich alles überdenken: Wie ich mich kleide, wie ich mich gebe, selbst meine Einstellung zum Leben und zur Liebe. Dann könnte ich nicht mehr unbemerkt durchs Leben schleichen. Dann könnte ich mich nicht mehr verstecken …

Ich halte inne, erschrocken, wie leicht sich das Wort »verstecken« in mein Bewusstsein geschlichen hat. Ich beiße mir auf die Lippe. Habe ich mich versteckt? Habe ich dem Fluch erlaubt, mich zu brandmarken, über mich zu bestimmen? Habe ich ihn zum Sündenbock gemacht?

Es ruckelt an der Zimmertür. Ich greife zu meiner Brille, um auf die Uhr zu sehen. Sieben Minuten nach vier. Die Tür geht auf, Lucy schlüpft herein. Gott sei Dank! Ich mache die Nachttischlampe an. Sie zuckt zusammen.

»Mann! Erschreck mich doch nicht so!«

»Entschuldigung. Ich hab mir Sorgen um dich gemacht.«

Ihr Haar ist zerzaust, die Kleidung zerknittert. Wo ist sie bloß gewesen?

»Ich bin ein großes Mädchen«, sagt sie. »Brauchst dir keine Sorgen machen.«

»Gut. Tut mir leid.«

Sie wirft ihre Tasche auf den Stuhl und streift die Schuhe ab, lässt sich auf die Bettkante fallen und massiert ihre Füße. Sie wirkt müde, einsam und bezwungen. Kummer erfüllt mich. Ich schlucke und hole tief Luft.

»Ich war wirklich feige, Luce. Das tut mir leid.«

Sie guckt mich an, wartet, dass ich weiterspreche, dass ich mehr als eine leere Entschuldigung von mir gebe. Sie will etwas hören, das ihr helfen könnte.

»Ich werde mich ändern«, füge ich leise hinzu.

22

Emilia

Der Mittwoch ist unser letzter Tag in Venedig, bevor wir in die Toskana aufbrechen, das heißt, heute ist auch unser letzter Abend hier. In den frühen Morgenstunden habe ich Lucy versprochen, mich zu ändern. Aber kann ich das? Will ich das überhaupt?

Um halb neun sitzen Tante Poppy und ich im Speisesaal und frühstücken Obst, selbstgemachten Joghurt und leckeres Gebäck. Eine arg mitgenommene Lucy erscheint am Büfett. Ich winke ihr zu, und sie kommt zu unserem Tisch herüber.

»Gibt es einen Grund, warum wir immer in aller Herrgottsfrühe aufstehen müssen?«, fragt sie.

Poppy klatscht in die Hände. »Wir wollen heute in den Dogenpalast, eins der berühmtesten Museen in Venedig. Dann besichtigen wir die Seufzerbrücke, die den Verhörraum mit dem Gefängnis verbindet. Angeblich warfen die Verurteilten von der Brücke den letzten Blick in die Freiheit. Deshalb heißt sie Seufzerbrücke. Sie wurde im Jahr 1600 erbaut.«

»Ich bin mir ziemlich sicher, dass sie heute Nachmittag immer noch da ist. Wir hätten also bestimmt auch zu einer humanen Uhrzeit aufstehen können.«

Poppy lächelt. »Wie war dein Abend?«

Lucy sieht sich um, als würde sie jemanden suchen. Dann zuckt sie mit den Schultern. »Ganz okay.«

Meine Cousine tut mir leid. Wo war sie letzte Nacht? Wie das wohl ist, immerzu auf der Suche nach Liebe zu sein?

Poppy streicht Butter auf ihren Toast. »Es gibt Menschen, die haben die Neigung, sich das Herz brechen zu lassen. Hoffentlich gehörst du nicht zu ihnen, Luciana.«

Meine Cousine wirft ihr einen Blick zu, der die Milch in ihrem Cappuccino augenblicklich gerinnen lassen könnte. »Glaub mir, das tu ich nicht.«

»Das sind meistens auch die Menschen, die ihre Partner wie eine Designertasche auswählen. Sieht gut am Arm aus, zieht bewundernde Blicke auf sich. Aber schnell merken sie, dass sie einen zu hohen Preis gezahlt haben. Sie haben eine schicke Tasche, aber eigentlich passt ein Rucksack viel besser zu ihnen.« Poppy beißt vom Toast ab und lacht. »Meine ja nur.«

Fragend sehe ich Lucy an, die genauso ratlos ist wie ich. Was will unsere Tante damit sagen?

Es ist ein warmer Tag. Ich nehme an, dass wir zu Fuß zum Markusplatz gehen. Doch Tante Poppy winkt ein Wassertaxi heran. Ich helfe ihr, an Bord zu steigen. Als sie das Bein hebt, zuckt sie zusammen. Bei ihrer fröhlichen Art vergisst man schnell, dass Paolina Fontana krank ist, ernsthaft krank. Ich mahne mich, ihre Zerbrechlichkeit und die vor uns liegende Aufgabe nicht aus den Augen zu verlieren. In fünf Tagen müssen wir sie zur Kathedrale von Ravello gebracht haben. Und sie baut jetzt schon ab.

Nach anstrengenden Besichtigungen und einer Shoppingtour wollen wir zurück ins Hotel, um uns »aufzuhübschen«, wie Tante Poppy es nennt. Zwei Häuserblocks bevor wir unsere Unterkunft erreichen, bleibt sie plötzlich stehen, geht einige Schritte zurück und späht in ein Schaufenster, auf dem steht: *Occhiali da vista.* »Emilia, komm mal bitte her!«

Eine halbe Stunde später blicke ich in einen Spiegel, neben mir auf dem Tisch ein Dutzend Brillen. Meine Tante greift zum wiederholten Mal zu einem Schildpattgestell und setzt es mir auf. Es ist groß und auffällig, ein völlig anderer Stil als die schmale randlose Brille, die ich schon seit Ewigkeiten trage.

»Ja«, sagt sie. »Perfekt!« Sie dreht sich zu Lucy um. »Was meinst du?«

»Hm, doch. Auf jeden Fall hundertmal besser als diese Lahmarschbrille, die sie hat, seit sie sechs ist.«

»Das ist doch albern«, sage ich und stehe auf. »Wenn ihr aus mir ein Fotomodell machen wollt – vergesst es!«

Meine Tante lacht spöttisch. »Schönheit wird überschätzt. Ich würde immer lieber interessant als schön sein wollen.« Sie wendet sich an die Optikerin: »Wie schnell kann die Brille fertig sein?«

»Die können Sie morgen früh abholen. Aber ohne Rezept müssen wir die aktuelle Brille dabehalten, um die Stärke zu ermitteln.«

»Sehr gut.« Poppy gibt der Frau die neue Brille und meine alte.

»Nein!«, protestiere ich und will sie ihr wegnehmen. »Ich brauche eine Brille, sonst sehe ich nichts! Außerdem ist die völlig in Ordnung.«

»Bei allem Respekt«, sagt Poppy, »aber sie ist wirklich hässlich.«

Ich zucke mit den Schultern. »Dafür kann ich gut damit sehen. Im Ernst. Was macht das für einen Unterschied?«

Sie grinst. »Wollen wir das mal herausfinden?«

Die Sonne geht unter, ich stehe neben Lucy am Waschbecken und bürste meine Haare, während sie sich schminkt. Ohne Brille ist alles leicht verschwommen. Meine Cousine hat nicht mehr davon gesprochen, am Abend mit mir auszugehen, und ich überlege, ob ich sie daran erinnern soll. Vielleicht hat sie es vergessen, oder sie will den letzten Abend nicht mit mir verbringen.

Da habe ich wieder den Satz meiner Tante im Kopf: *Aber, meine Liebe, so musst du nicht sterben.*

Ich zwinge mich zu lächeln und frage mit aufgesetzter Begeisterung: »Und, wo gehen wir heute Abend hin?«

Lucys Blick sucht meinen im Spiegel. »Im Ernst? Willst du wirklich feiern gehen?«

Mein Magen zieht sich zusammen. »Ja, klar.«

Sie verschränkt die Arme und mustert mich. Ich trage wieder

meine schwarze Hose, diesmal zu einem grauen Pulli. »Tja, so kannst du aber nicht los.« Sie legt ihre Puderdose zur Seite und verschwindet. Kurz darauf ist sie mit einem schwarzen Rock zurück, der aussieht, als würde er meiner Nichte Mimi passen.

»Zieh mal an!«, befiehlt sie und reicht ihn mir.

Ich starre auf das winzige Stretchteil. Lucys Gesicht ist so hoffnungsvoll, dass ich sie nicht enttäuschen will. Ich schlüpfe aus der Hose und ziehe den Rock über meine Hüften. Der dehnbare Stoff schmiegt sich an meine Kurven. Ich bekomme kaum Luft.

»Der ist zu klein!«

»Passt perfekt«, gibt Lucy zurück. Sie zerrt mich aus dem Bad hinüber zum Schrank und zieht eine durchsichtige Bluse vom Bügel. »Und jetzt die.«

»Lucy, ich kann doch nicht …«

»Probier sie an!«

Zum Glück habe ich meinen weißen Sport-BH an, denn selbst ohne Brille kann ich durch den leichten Stoff gucken. Ich verschränke die Arme vor der Brust. »Da sieht man viel zu viel.«

Sie lacht höhnisch. »Der Sport-BH macht den ganzen Effekt kaputt. Hast du nichts mit Spitze?«

»Nee. Nur den hier.«

Sie zuckt mit den Schultern. »Dann musst du halt den nehmen.« Sie zieht mich wieder ins Bad.

»Was machst du da?«

»Halt still!« Lucy nimmt einen kleinen Pinsel und ihren Kompaktpuder. Bevor ich widersprechen kann, fährt sie mir mit dem Pinsel über die Wangen. Meine Nase juckt, so dass ich kurz niesen muss. »Mach die Augen zu!« Lucy verteilt verschiedene Puder auf meinen Lidern und unterbricht sich kurz, um mir ein paar Härchen auszuzupfen.

»Autsch!«, rufe ich.

»*Addio*, schwarzer Augenbrauenbalken!«

Als Nächstes malt sie mir mit einem Eyeliner über die Lider, gefolgt von mehreren Schichten Mascara auf den Wimpern. »Voilà!«

Sie dreht mich zum Spiegel um. Ich blinzele, bis ich mich einigermaßen klar im Spiegel sehe. Eine sinnliche Frau mit durchsichtiger Bluse und Smoky Eyes blickt mir entgegen.

»Das mache ich nicht.«

»Warum nicht? Du siehst doch ganz okay aus!«

Poppy erscheint in der offenen Tür und stutzt, als sie mich erblickt. »Emilia?« Sie muss lachen. »Du meinst es wirklich ernst mit dem Wunsch nach Veränderung!« Sie nimmt ein Lipgloss von Lucy und tupft es mir auf die Lippen.

»Nein!« Ich weiche zurück und lege einen Finger auf meine Narbe. »Auf gar keinen Fall.«

»Sie hasst ihre Lippen«, erklärt Lucy.

Neugierig betrachtet Poppy mich. »Diese winzige Narbe hat große Macht über dich. Wenn es um sie geht, bist du plötzlich eitel. Könnte mir bitte jemand erzählen, woher sie kommt?«

Wir sitzen auf dem Balkon, die Sonne versinkt im Wasser. Lucy kämmt sich ihre feuchten Haare und erzählt die Geschichte, die sie schon ein Dutzend Mal gehört hat.

»Du warst – wie alt noch mal, als es passiert ist? Elf?«

»Ja.«

»Emilias Vater und Onkel Bruno waren auf Coney Island angeln. Emilia und Daria sind mitgefahren.«

Ich nicke. »Wir haben so lange gebettelt, bis sie uns mitgenommen haben. Wir sind so gerne auf den Rummelplatz dort gegangen. Mittags hatten wir alle Eintrittskarten für die Karussells aufgebraucht. Wir sind zurück zum Pier, wo Dad und Onkel Bruno angelten.«

»Da wurde den beiden natürlich langweilig, und sie fingen an, Blödsinn zu machen«, wirft Lucy ein.

Ich grinse. »Genau. Wir haben in den Angelkästen rumgewühlt, die Köder und Schwimmer rausgenommen, wahrscheinlich alles durcheinandergebracht. Um uns abzulenken, wollte mein Vater uns zeigen, wie man die Angelrute wirft.«

»Daria durfte es natürlich als Erste versuchen«, sagt Lucy.

»Genau. Ich stand hinter ihr, weil ich ja noch nicht an der Reihe war. Dad erklärte, dass man das Ziel mit der Rute anvisieren müsste.« Ich berühre die Narbe, so lebendig ist die Erinnerung. »Daria streckte den Arm nach hinten aus und holte Schwung. Aber nicht so, wie mein Vater es ihr gezeigt hatte, sondern viel kräftiger.«

Lucy zieht den Kopf ein. »Ah, jetzt kommt die fiese Stelle! Der Angelhaken ist in Ems Lippe hängengeblieben!«

Poppy hält die Luft an. »Du liebe Güte! Das muss aber tierisch weh getan haben!«

Ich nicke. »Und wie! Als hätte mich eine Wespe gestochen. Beziehungsweise zehn. Ich hab mir an die Lippe gefasst und gefühlt, dass da was Fremdes ist. Als ich nach unten sah, hab ich den Angelhaken in meiner Lippe entdeckt. Da hab ich angefangen zu schreien. Mein Vater kümmerte sich sofort um mich. Seinen Blick vergesse ich nie, diese Mischung aus Angst, Schrecken und Entsetzen. ›Nein!‹, hat er immer wieder gerufen. ›Nein!‹«

»Ihm ging der Arsch auf Grundeis«, erklärt Lucy. »Er war fix und alle. Deshalb hat Onkel Bruno weitergemacht. Er hat eine Pinzette aus dem Angelkasten geholt.«

»Eine Pinzette?«, wiederholt Poppy mit großen Augen.

»Ja, eine kleine Angelzange«, erkläre ich. »Ich sollte ganz stillhalten. Ich hab versucht, nicht zu weinen, aber es tat so weh, es war die Hölle. Ich habe die Augen zugekniffen und Darias Hand gedrückt. Onkel Bruno hat den Haken mit der Pinzette rausgezogen. Es hat gebrannt wie Feuer. Das ist das Letzte, woran ich mich erinnern kann. Dann wurde ich ohnmächtig.«

»Onkel Bruno ist wie der Blitz nach Hause gefahren«, erzählt Lucy weiter. »Als sie ankamen, war Ems Unterlippe schon so dick wie ein Pfirsich. Nonna ist ausgeflippt. Aber es war zu spät. Onkel Bruno hatte die Lippe ruiniert.« Lucy klingt wehmütig, sie betrachtet meine Unterlippe. »Inzwischen ist es viel besser, aber die Narbe ist noch da, wenn man genau hinguckt.«

Unten auf dem Canal Grande plätschern die Wellen gleichmäßig gegen den Anleger. Jetzt kommt der Teil der Geschichte, den ich noch niemandem erzählt habe. Ich sehe ihn so deutlich vor mir wie die blinkenden Lichter auf der anderen Seite der Laguna Veneta.

»Ich hatte das T-Shirt von Dad auf meinen Mund gedrückt«, erkläre ich. »Es stank nach Fisch, Schweiß und Salzwasser. Er hob es an, damit Nonna die Verletzung sehen konnte. Sie musterte sie und fasste sich an den Hals.

›*Dio mio*‹, stieß sie aus und bekreuzigte sich. ›Jetzt gibt es keine Hoffnung mehr. Mit so einem Gesicht findet sie nie einen Mann.‹«

Lucy umklammert meinen Arm. »Nein, das hat sie nicht gesagt!«

»Mein Vater wollte mit mir in die Notaufnahme. Das weiß ich noch genau. Aber Nonna hat die Hände zum Himmel hochgeworfen und ist zurück in die Wohnung gegangen. ›*Perchè preoccuparsi?*‹, hat sie gesagt.«

Warum sich die Mühe machen?

Ich beende die Geschichte mit trockenen Augen, aber Tante Poppys Unterlippe bebt. »He«, sage ich und lächele sie aufmunternd an. »Ich wollte dich nicht traurig machen. Das ist wirklich kein Problem. Ist doch schon Jahre her.«

Ganz vorsichtig hebt sie die Hand und berührt leicht die zarte Narbe. Ich zucke zurück, sie legt den Finger darauf.

»Du musst dieses schöne Merkmal nicht verstecken. Vor niemandem!«, sagt sie mit flehendem Blick. »Denn es erzählt von deinem Mut und deiner Tapferkeit, von der Liebe, die du Menschen gegeben hast und immer noch gibst, obwohl sie dich brechen wollen. Verstehst du, Emilia? Diese Narbe ist nicht hässlich. Sie macht dein Gesicht einzigartig.«

Schon lustig, wie Worte einen verändern können. Dass eine alte Überzeugung durch eine leicht veränderte Wahrnehmung und den Glauben eines einzigen Menschen wie ein Schwarm Spatzen einfach aufschrecken und davonfliegen kann. Anfangs bin ich noch befangen, dann lasse ich mir von Lucy zeigen, wie man einen Lippenkonturenstift aufträgt. Mit zusammengekniffenen Augen verfolge ich im Spiegel, wie sie mir Gloss auf den Mund tupft. Jetzt ist er nicht mehr unsichtbar, andere werden ihn und meine Narbe wahrnehmen. Der gezackte blaue Strich unter der schimmernden Unterlippe ist genauso auffällig wie der Sport-BH unter meiner Bluse.

An diesem Abend werde ich enthüllen, statt zu verbergen.

Meine Tante verliert kein Wort mehr über mein Outfit, das Make-up und die sieben Zentimeter hohen Pumps von Lucy, die unfassbar unbequem sind. Während der vier Gänge im Restaurant betrachtet sie mich immer wieder, als sei ich ein höchst fesselndes Experiment.

»Für mich kein Frangelico«, sagt sie anschließend zum Kellner. »Wird Zeit, dass ich zurück zum Hotel gehe.«

Mir bricht der Schweiß im Nacken aus. »Willst du immer noch feiern, Luce?« Im Stillen hoffe ich, dass sie nein sagt.

Sie grinst breit. »Und ob.« Lucy ist wild entschlossen.

Unsere Tante klatscht in die Hände. »In der Osteria Ai Artisti soll es echt gut sein.«

»Noch nie gehört«, sagt Lucy. »Bei Tripadvisor steht, man müsste ins Il Campo gehen.« Grinsend wackelt sie mit den Schultern.

»Ts, ts«, macht Poppy. »Diese jungen Leute, immer so laut. Aber macht, was euch gefällt.« Dann greift sie in ihre Tasche. »Für euer Glück«, sagt sie und legt zwei Münzen auf den Tisch.

»Danke, Poppy!«, sagt Lucy und schnappt sich eine. Sie grinst mich an. »Das ist unsere Chance, glücklich zu werden.«

Meine Eingeweide ziehen sich zusammen.

»Na dann bis morgen früh!«, sagt Poppy und schiebt ihren Stuhl zurück.

»Warte!« Ich werde nervös. »Wir bringen dich erst zurück ins Hotel.«

»Quatsch! Das ist doch nur drei Ecken weiter. Ich schaffe das allein.«

Ja, das glaube ich gerne. Aber was ist mit mir?

23

Emilia

Lucy findet den Weg durch die Stadt anhand einer App, die sie auf mein Handy geladen hat. »Wo ist dieser Laden denn bloß, verdammt nochmal?« Wir biegen um die nächste Ecke, überqueren noch eine Brücke.

»Tut mir leid«, sage ich. »Ohne Brille bin ich keine Hilfe.«

»Diese verdammte Stadt ist wie ein Labyrinth.«

»Vielleicht gehen wir doch besser zurück zum Hotel, Luce. Wir können doch auch morgen noch ausgehen, in Florenz.«

Sie reckt den Hals, um den Straßennamen an einer Ecke zu lesen. »Okay, hier entlang.«

Ich folge ihr auf den Campo Santa Margherita, wo wir eine Runde drehen. »Aha!« Sie zeigt auf eine unauffällige Tür mit einem kleinen Schild, auf dem »Il Campo« steht. »Hier ist es.«

Ich folge ihr in den verrauchten Club. Stampfende Technomusik empfängt uns.

Lucy schiebt sich zur Bar durch. Ohne Brille sehe ich alles nur verschwommen. Ich kneife die Augen zusammen, kurz wird alles klarer. Junge Leute, hauptsächlich im Studentenalter, stehen dichtgedrängt. Der ganze Laden ist orange: orangefarbene Wände, Stühle, Sofas, Teppichboden. Ich bekomme Kopfschmerzen.

Lucy reicht mir einen Drink. Ich nehme einen Schluck. Es schmeckt nach Zitrone … und gleichzeitig würzig-scharf.

»Wodka mit Zitrone und grünem Chili«, ruft sie, um die Musik zu übertönen.

»Oh, das ist … Danke«, sage ich und zwinge noch einen Schluck hinunter.

Lucy bezahlt und scheint den schwarzgekleideten Typ nicht zu bemerken, der ihr mit blutunterlaufenen Augen in den Ausschnitt späht. Sein rothaariger Freund, der wie eine zu klein geratene Kopie des englischen Prinzen Harry aussieht, grinst mich an. Ich wende mich schnell ab und steuere mit Lucy auf ein orangefarbenes Zottelsofa zu, das sehr bequem aussieht. Endlich bekommen meine schmerzenden Füße eine kleine Pause. Wie kann meine Cousine auf diesen hohen Absätzen zwölf Stunden am Tag herumstaksen?

Wir gehen an einem Stehtisch vorbei, an dem eine niedliche Brünette und ein junger Mann Martini trinken. Der Mann beäugt mich ohne die geringste Zurückhaltung von oben bis unten.

»Arschloch«, zischt Lucy. »Ich kann es nicht leiden, wenn ein Typ Frauen abcheckt, obwohl er mit einer anderen zusammen ist.«

Wir lassen uns auf das orangefarbene Sofa fallen. »Meine Füße!«, stöhne ich und streife die Schuhe ab.

»Trink!«, befiehlt Lucy.

»O nein, Luce! Ich hatte doch zum Abendessen schon Wein.«

»Trink!«, wiederholt sie.

Vorsichtig nippe ich noch einmal an meinem Citrus-Chili-Wodka und erschaudere. Zum Glück merkt Lucy es nicht.

»So ist es brav«, grinst sie. »Du gibst dir wirklich Mühe mit dem Verändern, was?«

Ich jubele insgeheim. Vielleicht kann sich meine Cousine doch noch dazu durchringen, mich zu mögen. Ich trinke einen großen Schluck von dem grässlichen Gebräu in der Hoffnung, sie für mich zu gewinnen. Plötzlich muss ich an Lucys Spruch denken: *Wenn wir hoffen, die Liebe eines Menschen zu gewinnen, ignorieren wir die Botschaft unseres Herzens.* In diesem Fall wohl eher die unseres Bauches.

Eine halbe Stunde und zwei Citrus-was-auch-immer später haben wir uns mit einem Quartett großgewachsener Blondinen aus Holland angefreundet. Sie sprechen perfektes Englisch – im Moment besser als ich.

»Ihr seid echt spitze!«, lalle ich.

»Auf unsere neuen Freundinnen!«, ruft Lucy. Wir stoßen an. Ich kippe den Drink auf ex hinunter. Unvermittelt knallt Lucy ihr Glas auf den Tisch und springt auf.

»Komm! Wir tanzen!«

Die Blondinen jubeln und drängen auf die Tanzfläche. Ich versuche, meine Füße in die Pumps zu quetschen. Das Herz schlägt wild in meinem Brustkorb. Lucy nimmt meine Hand und zerrt mich vom Stuhl.

»Warte!« Ich stolpere hinter ihr her. »Ich hab seit Ewigkeiten nicht mehr getanzt.«

Der Raum dreht sich. Lucy zieht mich aufs Parkett, auf dem sich schwitzende Körper drängen. Ich bewege mich gehemmt, zupfe ständig den Rocksaum nach unten. Ein Typ mit einem Halstuch tanzt mich von hinten an und schiebt seine Leisten gefährlich nah an meinen Hintern. Mit einem spitzen Schrei schnelle ich herum und rufe Lucy erstickt ins Ohr: »Hast du das gesehen?«

Sie lacht. »Immer schön freundlich bleiben!«

Ich sehe mir diese Leute an, die herumspringen, die Arme zur Decke recken und ausgelassen feiern, als gäbe es kein Morgen. Wahrscheinlich bin ich die Älteste hier. Außer Lucy kenne ich niemanden in diesem Laden, ja, in der gesamten Stadt. Mir wird klar: Heute Abend kann ich sein, wer ich will.

Ich finde meinen Rhythmus. Andere Gäste nehmen mich wahr, lächeln mich an. Dank des Alkohols spüre ich meine Füße nicht mehr. Es macht richtig Spaß, sich so der Musik hinzugeben.

Nacheinander verdrücken sich die neuen Freundinnen. Die Holländerinnen machen sich an eine Gruppe Männer heran. Lucy wackelt zu dem großen Typ in Schwarz hinüber, der sie an der Theke abgecheckt hat. Auf der anderen Seite der Tanzfläche bewegt sie sich aufreizend vor ihm, die Arme in die Höhe gereckt. Sie biegt und verrenkt sich, um ihm einen uneingeschränkten Blick auf die Berge der Fontanas zu bieten.

Ich muss grinsen. Plötzlich rumort es in meinem Magen. Mir

wird schummrig. Ich taumele über die Tanzfläche und habe Mühe, nicht hinzufallen. Da taucht der kleine Rotschopf auf, die Prinz-Harry-Kopie. Unaufgefordert nimmt er meine Hände. Wie kommt er auf die Idee, dass ich seine verschwitzten Finger anfassen will? Doch es erscheint mir unhöflich, sie ihm zu entziehen. Zwinkernd führt er mich auf die Tanzfläche zurück. Bin ich die Einzige, die dieses Zwinkern gruselig findet?

Ich bemühe mich, das Lied zu genießen – eine Technomelodie mit viel Bass –, und verdränge, dass ich unbedingt nach draußen wollte. Ich bin in einem Club in Venedig, ich trinke und tanze mit einem Mann. Heute Nacht mache ich richtig einen drauf, so wie ich es Lucy versprochen habe. Mein Magen zieht sich zusammen.

Apropos Lucy, wo ist sie überhaupt? Während ich mich weiter im Rhythmus bewege, schaue ich über Harrys Schulter. Die Musik wird langsamer. Mit einem Ruck zieht er mich an seine Brust, mein Kopf schnellt in den Nacken. Er presst unsere Körper aneinander, wie ein Sandwich, nur dass die eine Hälfte, nämlich meine, ungefähr doppelt so groß ist. Toll! Ich tanze mit einem Zwölfjährigen. Und was drückt da gegen meinen Oberschenkel? Ach du meine Güte! Ich tanze mit einem *geilen* Zwölfjährigen!

Ich gehe auf Abstand zu ihm und suche die Tanzfläche nach Lucy ab. Da ist sie … he, wo will sie hin? Sie verschwindet mit dem Typen in Schwarz. Ich winke so lange, bis sie mich endlich sieht. Sie zeigt auf den Mann, zwinkert kurz und hält mir den ausgestreckten Daumen hin. Ich ringe mir ein schwaches Grinsen ab, das sie hoffentlich versteht: *Lass mich bloß nicht allein!*

»Entspann dich, Hübsche!«, flüstert Harry.

Wie soll ich mich in den Klauen dieses Zwergs mit Ständer entspannen? Ich rufe mir in Erinnerung: Es geht nicht um mich. Ich bin wegen Lucy hier. Und sie ist glücklich.

Als das Stück zu Ende ist, nimmt Harry meine Hand. »Komm!«, sagt er und zieht mich über die Tanzfläche.

Mein Herz klopft laut. »Warte!«, ich halte erneut Ausschau nach Lucy. »Meine Cousine …«

Aber Harry hat meine Hand fest in seiner und zerrt mich hinter sich her wie ein Kind auf der Kirmes. Meine Finger tun weh. Mein Kopf fühlt sich an, als sei er voller Watte. Ich kann nicht mehr geradeaus denken. Ich taumele an der Theke vorbei, versuche, mit Prinz Harry Schritt zu halten, während ich mit langem Hals nach Lucy suche. Alles ist verschwommen. Wo ist sie nur?

Der Prinz stößt die Tür auf, ein kühler Wind weht mir entgegen, und schon fällt sie geräuschvoll hinter uns ins Schloss.

Auf der Piazza ist es angenehm ruhig. Ich atme tief durch. Harry führt mich um die Ecke. Als mir klar wird, was er vorhat, bleibe ich stehen. »Stopp!«, sage ich und entziehe ihm meine Hand. »Ich muss meine Cousine finden.«

»Die ist mit Ethan abgezogen.« Er hat einen erkennbar englischen Akzent.

»Mit wem?«

»Meinem Kumpel.« Harry neigt den Kopf nach rechts. »Komm mit!«

»Wohin? Wo geht man denn zu dieser Uhrzeit hin? Ich kenne dich doch gar nicht.«

Seine Augen funkeln, als hätte ich einen Witz gemacht.

»Ich gehe nicht ohne Lucy. Meine Tante wartet …«, versuche ich es noch einmal.

Ohne Vorwarnung drückt er seine rissigen dünnen Lippen auf meine und erstickt meine Worte. Mein Herz donnert. Seine feuchte Zunge drängt sich in meinen Mund. »Stopp!«, bringe ich hervor, aber er zieht mich noch näher an sich. Er schmeckt nach Knoblauch und Tabak. Ich muss mich zusammenreißen, um nicht zu würgen. Ich will mich von ihm befreien, doch er hält mich fest. Er befummelt meinen Hintern!

»Lass mich los!«, rufe ich und schiebe ihn von mir. Sofort fasst er nach. Sein Arm liegt wie ein Schraubstock um meinen Nacken.

Mein Magen rebelliert. Der Chili-Wodka will heraus, drückt sich die Speiseröhre hoch, ich kann ihn nicht aufhalten. Ich stütze die Hände gegen Harrys Brust und schiebe ihn mit aller Kraft von mir. Er taumelt rückwärts.

»'soll der Scheiß?«, lallt er.

Ich beuge mich vornüber und erbreche mich auf seine Hosenbeine und Schuhe.

»Verdammte Scheiße!«

Mit dem Handrücken wische ich mir über die Lippen. »So«, sage ich. »War das deutlich genug? Lass mich in Ruhe, Mann!«

Mit großen Augen starrt er mich an, dann hebt er die Hände. »Du bist ja total krank.«

Ich sehe ihm nach. »Ja«, sage ich stolz. »Bin ich.« Dann übergebe ich mich wieder, diesmal in einen Mülleimer.

Meine Gefühle schwanken zwischen Demütigung, Wut und Dankbarkeit. Ich kann kaum glauben, dass ich ihn angekotzt habe. Aber er hat es verdient. Männer sind Schweine – alle außer Matt. Schlägt sich Lucy Nacht für Nacht mit so etwas herum?

Ich gehe zurück in den Club und suche überall nach meiner Cousine, kann sie aber nicht finden. Wo ist sie bloß hin? Irgendwann weiß ich nicht mehr weiter, stelle mich vor den Club und warte darauf, dass sie herauskommt – oder zurückkehrt.

Eine Dreiviertelstunde später bin ich mehr oder weniger nüchtern und werde langsam panisch. Der Club leert sich. Wir müssen zu unserer Tante ins Hotel. Was noch mal wo genau ist? Verdammt, Lucy!

Die letzten Gäste kommen gegen zwei Uhr herausgetorkelt, zufällig sind es die hübschen Holländerinnen.

»Hey!«, rufe ich. »Habt ihr Lucy gesehen?«

»Ja«, sagt eine von ihnen. »Vor ungefähr zwei Stunden. Sie ist mit dem Typen in Schwarz gegangen.«

Hinter mir quietscht die Tür. Ein Mann in einem weißen Hemd hängt ein Schloss vor den Eingang zum Il Campo.

»Moment!«, sage ich. »Meine Cousine ist noch da drin.«

Er schüttelt den Kopf. »Nein, Signorina. Da ist keiner mehr.«

24

Emilia

Meine Gedanken überschlagen sich. Was soll ich jetzt tun? Was macht man, wenn man mit einer Freundin unterwegs ist und sie verschwindet? Was passiert, wenn die Freundin einen Typen abschleppt? Holt die dann die andere ab? Muss ich warten? Oder ist jetzt jede für sich unterwegs? Warum bloß hab ich Lucy vorher nicht danach gefragt? Und warum haben wir uns nicht das Handy unserer Tante ausgeliehen, damit wir uns anrufen können?

Ich warte noch mal zwanzig Minuten. Der Campo Santa Margherita ist nun fast leer. Ich habe keinen Schimmer, von wo wir gekommen sind. Selbst nach drei Tagen in Venedig ist die Stadt für mich nur ein Labyrinth aus Gassen und Kanälen. Wo ist der Stadtplan, wenn ich ihn brauche? Ich öffne die App auf meinem Handy, doch ohne Brille kann ich nichts damit anfangen.

Ich berge den Kopf in den Händen und drehe mich im Kreis. Langsam gehe ich in die Richtung, aus der wir gekommen sind, zumindest vermute ich das. Ich biege in eine schmale Gasse ein, das Licht vom Campo wird schwächer. Ich fröstele. Alles sieht so fremd aus. Sind wir wirklich hier gewesen?

Meine Haut kribbelt vor Angst. Ich muss nachdenken, aber mein Kopf ist noch ganz benebelt. Ich laufe bis zum Ende der Calle, obwohl meine Füße unglaublich weh tun. An der nächsten Kreuzung gehen drei Wege ab. »Mist!«

Es ist dunkel, ich kann die Straßennamen an den Hausmauern nicht lesen. Mein Herz rast. Ich wähle eine Gasse, überlege es mir dann anders, drehe um und eile in die entgegengesetzte Richtung. Ich brauche Matt. Er würde mich beruhigen, würde mir helfen, klar zu denken. Aber das wäre egoistisch. Ich kann mich nicht nur bei ihm melden, wenn es mir in den Kram passt, und mich entziehen, wenn er mich braucht.

Ein junges Pärchen kommt näher. Ich laufe auf die beiden zu.

»Entschuldigung«, sage ich mit bebender Stimme. *»Scusate!«*

Der Mann hebt abwehrend die Hand. Die beiden gehen weiter, als sei ich eine Bettlerin, von der sie nicht belästigt werden wollen.

Ich nehme die nächste schmale Gasse und eine Brücke. War ich hier schon mal? Ich weiß es nicht. Verfluchte Lucy!

Eine Erinnerung kommt hoch. Ich gehe in die Vorschule. Wegen eines Schneesturms haben wir früher Schluss. Daria und ich trotten durch Schneewehen nach Hause. Ich kann meine Schwester kaum noch sehen, obwohl sie neben mir läuft. Angst packt mich. Wir werden den Weg niemals finden. »Bitte bleib bei mir!«, rufe ich Daria zu. Der Wind peitscht mir ins Gesicht.

Meine große Schwester nimmt meine Hand in ihre. Sie versichert mir, mich nie im Stich zu lassen. Sofort fühle ich mich besser.

Ich hole mein Handy aus der Tasche. In New York ist es Abend. Mit zusammengekniffenen Augen suche ich nach dem Sternsymbol und tippe auf den ersten Kontakt unter den Favoriten. Beim zweiten Klingeln meldet sich Daria.

»Emmie?«

Meine Kehle schnürt sich zu. »Hallo, Dari«, bringe ich hervor.

»Bist du wieder da? Bitte sag ja! Nonna ist total durch den Wind.«

Ich schließe die Augen. In diesem Moment würde ich alles dafür geben, wieder in meinem sicheren kleinen Emville zu sein. »Ich hab mich verlaufen.«

»Was ist denn los, wo bist du?« Sie klingt alarmiert. Mein Herz schwillt an vor Liebe.

»In Venedig. Ich habe Lucy verloren.«

Sie stößt einen Seufzer aus. »Das kriegen wir schon hin. Du hast doch die Adresse vom Hotel, oder? Ruf ein Taxi. Such nicht nach Lucy, sondern fahr zurück zum Hotel.«

»Gut«, sage ich und verzichte darauf, meine Schwester darüber aufzuklären, dass es in Venedig keine Autos gibt. Dann käme sie sich dumm vor. »Danke, Dari.«

»Ist das alles?«

Ich spähe in die einsame Gasse. »Nein«, sage ich, »noch was.« Ich lehne mich gegen die Steinmauer eines Hauses, um Kraft zu tanken. »Was ist nur mit uns passiert, Dari?« Sie schweigt. Ich reibe meine schmerzende Kehle. »Habe ich dir irgendwas getan? Gibt es einen Grund, warum du mich hasst?«

»Was redest du da?«

Sie weiß es. Ich bin mir ganz sicher.

Ich muss schlucken und zwinge mich, weiterzusprechen. »Ich hab dich lieb, Dari.«

Es ist seltsam, diese Worte auszusprechen, die uns seit Jahren nicht mehr über die Lippen kommen.

Traurigkeit überfällt mich. In der Ferne höre ich Schritte. Verstohlen sehe ich mich um. Ungefähr fünfzehn Meter entfernt erscheint ein Mann.

»Oh, Scheiße, Dari. Ich muss auflegen.«

Ich schiebe das Handy in die Tasche. Mein Herz rast, ich haste weiter. Was habe ich mir nur dabei gedacht, in dieser verlassenen Gasse stehen zu bleiben?

Die Schritte auf dem Kopfsteinpflaster werden lauter. Ich beschleunige. Der Mann wird ebenfalls schneller.

Vor mir erscheint eine kleine Brücke. Wo bin ich nur?

Meine Absätze klappern über den Boden. Ist es wirklich erst zwei Tage her, dass ich über eine Brücke getanzt bin? Wie sorglos und leichtfüßig ich mich gefühlt habe! Und jetzt? Ich versuche zu rennen. Trotzdem kommen die Schritte näher. Mein Herz hämmert in der Brust, meine Füße brennen. Wird der Typ mich vergewaltigen und umbringen oder entführen und als Sexsklavin verkaufen? Ist das meine Strafe für den Verrat an Nonna?

Er setzt zum Überholen an und taucht neben mir auf. Ein großgewachsener Mann. Ich gebe ein Geräusch von mir, halb Stöhnen, halb Weinen.

»Le serve aiuto?«

Ich bekomme keine Luft. Ich will laufen, aber meine Beine zittern zu stark. Jeden Moment breche ich zusammen.

»Kann ich Ihnen helfen?«, wiederholt er, jetzt auf Englisch. Im schwachen Licht der Laternen ist sein Gesicht kaum zu erkennen.

Ich muss mich zusammenreißen, um nicht zu hyperventilieren. »Lassen Sie mich bitte in Ruhe. Bitte.«

»Schon gut«, sagt er. »Ich tue Ihnen nichts.«

Schließlich drehe ich mich doch zu ihm um. Seine dunklen Augen leuchten wie Kerzen in einer schwarzen Höhle. »Haben Sie sich verlaufen?«

Ich verkneife mir die Tränen. »Ich … ich suche das Hotel Ca' Sagredo am Campo Santa Sofia.«

Er reibt sich das Kinn. »*Sì.* Das kenne ich. Kommen Sie mit.«

»Nein. Bitte beschreiben Sie mir einfach den Weg.«

»Das ist sehr kompliziert. Es ist einfacher, wenn ich es Ihnen zeige.«

»Nein, danke.« Ich will abdrehen.

»Warten Sie!« Er hebt kapitulierend die Hände. »Ich verstehe, dass Sie mir nicht trauen. Ist immer besser, vorsichtig zu sein.« Er zeigt in die entgegengesetzte Richtung. »Sie müssen da entlang. Am Ende rechts abbiegen, dann links und noch mal links. Dann kommen Sie zu einer Brücke …«

»Ist gut«, unterbreche ich ihn. »Dann zeigen Sie mir bitte den Weg.«

Der Fremde führt mich durch eine dunkle Calle. Irgendwie spüre ich, dass mir nichts passieren wird. Vielleicht ist es mein Instinkt. Am Ellenbogen lenkt mich der Mann durch eine schmale Gasse und über eine Brücke. Fünf Minuten später öffnet sich die Calle zur nächsten Brücke. Hier ist es heller. Ich habe das Gefühl, in ein beleuchtetes Zimmer zu treten. Ein halbes Dutzend Gondeln liegt unter der Brücke, als würden sie nur auf mich warten.

Der Fremde gibt einem Gondoliere ein Zeichen und hilft mir, einzusteigen.

»*Grazie*«, sage ich voller Erleichterung.

»*Prego.*«

Ich bin überrascht, als er nicht verschwindet, sondern zu mir in die Gondel steigt und sich neben mich setzt. »Ich bin Giovanni«, stellt er sich vor. »Giovanni Ghelli.«

»Und ich bin Em, Emilia Antonelli.« Ich verschränke die Arme vor der Brust, meine durchsichtige Bluse ist mir plötzlich peinlich.

Der Gondoliere stößt sich ab, das kleine Boot fährt durch den gewundenen Kanal. Wir folgen dem Mondlicht durch das samtig schwarze Wasser. Die Luft wird feucht. Ich erschaudere. Giovanni zieht seine Jacke aus und legt sie mir um die Schultern.

»Besser?«

Ich lächele. »*Grazie.*«

Während der Fahrt plaudert er mit mir, ich entspanne mich allmählich. Er erzählt von seiner Arbeit als Kellner im Restaurant seines Onkels.

»Das macht mir Spaß, aber ich würde lieber was von dir erfahren«, sagt er. »Woher kommst du?«

»Aus New York«, antworte ich und weiß, dass er sich Manhattan vorstellt, nicht Bensonhurst. Er hebt die Augenbrauen und nickt.

»Ich hab immer davon geträumt, mal nach Kalifornien zu fliegen«, sagt er und legt die Hand auf meinen Arm. »Nichts für ungut. Über New York habe ich auch ganz tolle Sachen gehört.«

Ich lache und genieße das Gefühl seiner Hand auf meinem Arm, die Wärme seines Oberschenkels an meinem, den kräftigen Geruch seiner Lederjacke. Wenn Lucy mich jetzt sehen könnte! Oder Tante Poppy. Ich strenge mich an, wie ich den beiden versprochen habe. Vielleicht sagt das genug über die erbärmliche kleine Welt, die ich mir in Lucys Augen geschaffen habe, aber in neunundzwanzig Jahren ist dies zweifellos der romantischste Moment, den ich je erlebt habe.

Zwanzig Minuten später legt die Gondel an. Ich schaue hoch. Das Hotel Ca' Sagredo starrt auf mich herab. Mein Herz zieht sich zusammen. Ich will dieses Wasserfahrzeug nicht verlassen, sondern neben dem Italiener sitzen bleiben, der mir das Gefühl von Sicherheit gibt.

»Da wären wir«, sagt er mit sanfter Stimme. »Wie versprochen.«

»Danke. Du hast mir das Leben gerettet.«

»War mir ein Vergnügen, Emilia. Wirklich.« Er nimmt meine Hand und hilft mir aus der Gondel. »Einen schönen Abend noch.«

Mit zärtlichem Blick lächelt er mich an. Das Herz dröhnt in meiner Brust. Soll ich ihn zu einem Drink einladen? Was würde meine Romanfigur in so einer Situation tun? Was würde Lucy tun? Ich schlucke. »Gute Nacht«, sage ich.

Er hebt die Hand. *»Buona notte!«*

Ich gehe zum Hotel, voller Bedauern über die verpasste Gelegenheit. Lucy wird mir das nie verzeihen. Fast bin ich am Eingang angekommen, da ruft Giovanni mir nach: »Emilia!«

Ich drehe mich um. »Ja?«

Mit einem angedeuteten Lächeln sieht mich der schöne Mann an und winkt mich zu sich.

Mein Herz macht einen Sprung. Ich kehre zurück zum Boot, zwinge mich, nicht zu laufen, sondern langsam zu gehen. Mit jedem Schritt wächst meine Zuversicht. *Ja, das ist aus dir geworden. Aber, meine Liebe, so musst du nicht sterben.* Poppy hat recht. Ich kann sein, wer immer ich will. Und heute Nacht will ich mich etwas trauen.

Ich mache den letzten Schritt. Jetzt bin ich nah genug, um Giovanni zu berühren. Bevor ich es mir anders überlege, recke ich mich auf die Zehenspitzen. Ich schließe die Augen und drücke den Mund auf seine Lippen.

Er zuckt zurück, als hätte er einen Stromschlag bekommen. Mit dem Handrücken fährt er sich über den Mund.

»La mia giacca«, sagt er und weist auf die Jacke um meine Schultern.

»O Gott«, stoße ich aus. Sein Dreitagebart hat mir über die Lippen gekratzt. »Ich dachte, du wolltest …« Die Demütigung brennt mir auf den Wangen. »Es tut mir schrecklich leid.« Schnell ziehe ich mir die Jacke von den Schultern und werfe sie ihm zu. »Noch mal danke.« Ich verabschiede mich mit einem kurzen Winken und laufe so elegant wie möglich zum Hotel. Innerlich schimpfe ich mit mir. Was bin ich nur für eine dumme Gans!

»Emilia!«, ruft Giovanni mir nach.

Ich schließe die Augen und hole tief Luft. Dann drehe ich mich ein letztes Mal um. Seine Augen schimmern im Mondlicht.

»Ich bin verheiratet«, sagt er. »Meine Frau wäre nicht begeistert, wenn sie wüsste, dass ich in einer magischen Mondnacht meine Jacke einer schönen Frau gegeben und ihr von meinen heimlichen Wünschen erzählt habe.«

Langsam schleicht sich ein Lächeln auf mein Gesicht. Giovanni sieht mir tief in die Augen, der Gondoliere setzt das Ruder gegen den Anleger und stößt sich ab. Ich stehe da und sehe zu, wie mein Held – mein verheirateter Held – in die Dunkelheit entschwindet.

25

Emilia

Ich liege im Bett, zu aufgedreht, um zu schlafen, und starre an die Decke. Meine Gedanken wandern immer wieder zu Giovanni, Daria und meiner Cousine, die noch nicht zurück ist. Als die Dämmerung das Zimmer in den frühen Morgenstunden in violettes Licht taucht, öffnet sich die Tür einen Spaltbreit.

»Hallo, Luce«, sage ich.

Ohne sich die Mühe zu machen, ihren Pyjama anzuziehen, steigt sie ins Bett. »Pssst«, macht sie, wühlt sich in die Decke und schließt die Augen.

Wo ist sie die ganze Nacht gewesen? Wie geht es ihr? Wie ist sie ins Hotel gekommen?

Ich mustere ihr blasses Gesicht in der schwachen Dämmerung. Ihre Wangen sind aufgedunsen vom Alkohol, die Haare zerzaust. Doch wenn Lucy mit leicht geöffneten Lippen schläft, erkenne ich eine Zerbrechlichkeit in ihr, eine Verletzlichkeit, die sie tagsüber verbirgt.

Hat Lucy die Nacht mit dem Typen aus dem Il Campo verbracht? Bei dem Gedanken an seinen Freund Harry, der mich vor dem Club befummelt hat, muss ich mich schütteln. So ist das, wenn man Single ist? Wird von mir erwartet, dass ich mich von einem Fremden begrapschen lasse, für den ich nicht das Geringste empfinde? Ohne jede Hoffnung auf ein Morgen, ohne das Vortäuschen von Interesse?

»Em?«, durchbricht Lucys schläfrige Stimme das Schweigen.

»Ja, Luce?«

»Glaubst du, es besteht die Möglichkeit, und sei sie noch

so winzig, dass unsere Tante den Fluch tatsächlich brechen kann?«

Ich schaue meine Cousine an. Im frühen Morgenlicht ist ihr Gesicht voller Hoffnung.

»Ich … keine Ahnung. Wüsste nicht, wie sie das anstellen sollte.«

Lucy nickt und döst ein.

Ich streiche ihr eine Locke aus dem Gesicht, dieser Kriegerin auf dem Schlachtfeld der Datingwelt. Anders als ich wirft sich diese mutige junge Frau immer wieder unerschrocken in den Kampf. Tränen brennen mir in den Augen. Die arme, arme Lucy. Und ich feige Emilia.

Wenn es wirklich einen Fluch gibt, würde ich in diesem Moment alles dafür tun, ihn zu zerstören.

Eine Stunde später begrabe ich meine Hoffnung, weiterschlafen zu können. Ich stehe auf und tappe auf Zehenspitzen über den Holzboden zur offenen Balkontür. Die Sonne taucht den Himmel in rosarote Töne. Ich trete auf den Balkon. Der Canal Grande ist ruhig, das Wasser schwappt leise gegen den Anleger.

»Buongiorno!«

Ich zucke zusammen. Tante Poppy sitzt auf einem Liegestuhl und trinkt Kaffee. Lächelnd breitet sie die Arme aus.

»Guten Morgen«, erwidere ich, beuge mich vor und umarme sie. »Du bist aber früh auf.«

»Ich habe mir immer schon gerne den Sonnenaufgang angesehen.« Sie klopft auf den Platz neben sich, ich quetsche mich zu ihr. »Wie war euer Abend?«, fragt sie und legt den Arm um mich. »Hattet ihr Spaß, Luciana und du?«

Ich schaue auf den rosafarbenen Horizont. »Im Großen und Ganzen war es eine Katastrophe. Dazwischen gab es ein paar nicht ganz so schlimme Momente, die eher ekelig oder demütigend waren. Ach, und zu guter Letzt gab es noch ein bisschen Panik.«

»Ist immer schwierig, wenn man jemand sein will, der man nicht ist.«

»Was soll das heißen?«

»Du hast dich gestern Abend als Lucy verkleidet.«

Ich sehe sie an. »Du fandest das gut, hast du gesagt! Warum hast du mich so rausgehen lassen, wenn du wusstest, dass das nicht ich bin?«

»Weil man verschiedene Rollen ausprobieren muss, bis man weiß, welche zu einem passt. Verstehst du? Solange du nicht weißt, wer du nicht bist, weißt du auch nicht, wer du bist.« Sie lächelt. »Erzähl weiter!«

Ich stöhne. »In dem Club war es so voll, dass ich Lucy verloren habe. Dann habe ich mich verlaufen. Ich wusste nicht, wie ich zurück zum Hotel komme. Jede Straße, jede Brücke, jeder Platz sah gleich aus.« Die Angst vom Vorabend kommt zurück, mein Atem wird schneller. Ich setze mich auf. »Es war dunkel, und ich …« Ein neckisches Lächeln umspielt Tante Poppys Lippen. Ich versuche, es zu ignorieren. »Ich dachte, irgendjemand wird mir schon helfen, aber die Leute sind einfach weitergegangen. Sie haben mich gar nicht beachtet und …« Ich runzele die Stirn, weil sie sich zu freuen scheint. »Findest du das komisch? Ich hätte sterben können!«

Sie zuckt mit den Schultern. »Bist du aber nicht. Du bist eine kluge, begabte Frau, die ein Abenteuer erlebt hat.«

»Abenteuer? Ich hatte tierische Angst!«

»Du hast etwas Wichtiges gelernt, das dir viel nützen wird, wenn du dich endlich entschließt, ehrlich zu dir selbst zu sein.« Sie nimmt meine Hände, und ich weiß, dass sie mir nun einen wichtigen Ratschlag mit auf den Weg geben wird. »Sich zu verlieren ist etwas Schönes. Man kann sich in einem Buch verlieren. In den Augen eines anderen. In einer Symphonie, die einen zum Weinen bringt.« Poppy lächelt. »In einer wunderschönen Stadt unterm Sternenhimmel. Das ist doch magisch, nicht wahr? Wenn einen die Wirklichkeit dann wieder einholt, ist das die wahre Enttäuschung.«

Ich will widersprechen, will sie daran erinnern, dass ich allein unterwegs war, fast versteinert vor Angst und Panik. Doch schnell schließe ich den Mund wieder. So lächerlich es auch klingt, meine Tante hat recht. Ich habe mit ein paar tollen Mädels getanzt. Bin einem notgeilen Kerl entkommen. Ich habe das Hotel sicher erreicht. Und auch wenn Giovanni verheiratet ist, war es wirklich eine magische Nacht, neben ihm in der Gondel. Jetzt habe ich etwas erlebt.

Ich blicke auf das wogende Wasser in der Lagune von Venedig, rosarot im Sonnenlicht. Ein gewisser Stolz steigt in mir auf. Kurz denke ich, dass ich tatsächlich etwas draufhabe, dass ich mich in Bensonhurst, in meinem sicheren kleinen Viertel, wo meine Verwandten und Freunde wohnen, auch ruhig mal verlaufen sollte. Denn ich habe begriffen, dass das etwas Schönes ist.

»Und deine Cousine«, sagt Tante Poppy, »die hat sich auch verirrt, aber anders. Wir müssen ihr helfen, sich selbst zu finden. Sonst kann es sein, dass sie völlig verschwindet.«

Am Donnerstagmorgen ist beim Optiker die Hölle los. Ich habe vor dem Spiegel Platz genommen, und die junge Optikerin setzt mir die neue Brille auf. Sie lehnt sich zurück und lächelt. *»Bellissima!«* Ein Mann in einem Ledermantel beobachtet uns. Die Optikerin flüstert: »Gewöhnen Sie sich schon mal an die Aufmerksamkeit!«

Um zehn Uhr steigen wir am Bahnhof Santa Lucia in den Zug. Ich laufe durch den Gang. Die Leute starren mich an. Die Brille ist viel zu groß. Wieso habe ich mir die aufschwatzen lassen? Ich will meine unauffällige alte Brille zurück. Mit der hat mich niemand bemerkt. Ich setze mich hin und greife nach dem zerdrückten Brillenetui in meiner Tasche.

Lucy hält meine Hand fest. »Denk nicht mal im Traum dran!«

Ich lasse das Etui los. Ich muss zugeben, dass ich durch die großen Gläser sehr gut sehen kann.

Gegenüber von uns sitzt Tante Poppy. Sie drückt sich die Nase am Fenster platt und winkt zum Abschied in die Menge. Im Neonlicht des Abteils sieht sie aus wie ein Gespenst.

Pünktlich um 10.25 Uhr verlässt der Zug den Bahnhof. Bald liegt Venedig hinter uns wie eine entfernte Erinnerung. Stumm verabschiede ich mich von der magischen Stadt mit ihren endlosen Kanälen und goldenen Sonnenuntergängen, vom dem Labyrinth aus kopfsteingepflasterten Gassen und alten Brücken.

Ich will mein Handy aufladen, aber die Steckdose scheint nicht zu funktionieren. Neben mir massiert sich Lucy die Stirn. Sie sieht schwer mitgenommen aus. »Wie war es denn jetzt gestern Abend?«, frage ich nun mindestens schon zum dritten Mal.

Sie reckt sich. Langsam breitet sich ein Grinsen auf ihrem Gesicht aus. »Du hast ihn doch gesehen. Er war heiß, nicht?«

»Ja«, lüge ich, um ihr eine Freude zu machen. »Er wollte was von dir, Luce.«

Ihr Lächeln verschwindet. »Tja, und jetzt sind wir weg, und ich sehe ihn nie wieder.«

»Ihr könnt doch in Kontakt bleiben. Hast du seine E-Mail-Adresse?«

Sie verdreht die Augen, als hätte sie es mit einem Idioten zu tun. »Klar, Em. Der Typ sucht dringend eine Brieffreundin.«

Unsere Tante mischt sich ein: »Stell dir mal vor, wie toll es wäre, jemanden wirklich kennenzulernen.«

Lucy holt eine Tube Lipgloss aus der Tasche. »Was soll das denn heißen?«

»Intimität ist sowohl eine Verbindung des Geistes als auch des Körpers«, erklärt Poppy. »Wenn man sich nur mit einem von beiden zufriedengibt, hat man entweder bedeutungslosen Sex oder eine platonische Freundschaft. Nicht mehr, nicht weniger.«

Lucy stößt die Luft aus. »Oh, danke, Frau Neunmalklug.«

Sie will es nicht hören, aber ich finde, darin steckt viel Wahrheit. Wenn ich mich anstrengen würde, könnte Matt und mich dann mehr als Freundschaft verbinden?

Ich warte, bis Poppy wieder aus dem Fenster guckt. »Sie will doch nur helfen«, flüstere ich Lucy zu. »Ich versteh dich auch nicht, ehrlich gesagt. Es ist doch gefährlich, mit solchen Typen abzuziehen. Ich meine, klar, du hast gerne Sex. Das versteh ich ja, aber …«

»Wie kommst du darauf, dass ich gerne Sex habe?«

Sie schaut mich an. Der Schmerz in ihrem Blick macht mich sprachlos. Meine Cousine hat sich an zwei der letzten drei Nächte verdrückt, sie wirft sich jedem Kerl an den Hals, der sie nur kurz anguckt, und sie hat nicht mal Spaß am Sex? Warum macht sie es dann?

Plötzlich wird es mir klar.

Wenn wir hoffen, die Liebe eines Menschen zu gewinnen, ignorieren wir die Botschaft unseres Herzens.

Der Zug gleitet durch gelbe Felder und grüne Hügel, vorbei an Bauernhäusern und Schafweiden. Lucy beugt sich vor. »Hey, Tantchen. Wir haben doch jetzt ein paar Stunden Zeit. Wie wär's, wenn du endlich den Fluch aufhebst?«

Poppys aschfahles Gesicht wird ein wenig heller. »Mal sehen … Wo war ich stehengeblieben?« Sie tippt auf ihr Kinn. »Ah, ja. Mein Vater hatte Rico aus dem Haus geworfen.«

Lucy stöhnt. »Ich will ja nicht unhöflich sein. Ich meine, du bist wirklich ein guter Mensch und so, aber du musst echt mit diesem Mist aufhören.«

»Wovon redest du?«

»Von Erich oder Rico, oder wie auch immer er heißt. Tut mir leid, aber diese tragische Liebesgeschichte jedes Mal aufs Neue durchzukauen, macht es nicht leichter. Er wird nicht an der Kathedrale sein. Du hast seit über fünfzig Jahren nichts von ihm gehört. Er könnte längst tot sein.«

Ich erschrecke. »Hör auf, Lucy!«

Tante Poppy reckt das Kinn. »Willst du, dass ich den Fluch aufhebe, Luciana?«

»Ja, natürlich! Sicher will ich das!«

»Dann lehn dich zurück und hör zu.«

26

Poppy, 1960

Die Nacht nach diesem Aprilabend, als Papà Rico aus dem Haus geworfen hatte, war die längste meines Lebens. Ich schlief nicht. Ich träumte nicht. Ich glaubte zu ersticken. Also betete ich.

Am nächsten Morgen sah ich klarer. Ich wusste, was ich zu tun hatte.

Ich war die Erste, die an der Piazza della Signoria aus dem Bus stieg. Zu Ricos Wohnung eilte ich im Laufschritt. Ich konnte es nicht erwarten, ihn zu sehen, ihm meine Neuigkeit mitzuteilen. Ich hatte mich für ihn entschieden.

Atemlos kam ich bei ihm an und schlüpfte leise in die Wohnung.

»Rico?«, flüsterte ich, während sich meine Augen an die schwache Beleuchtung gewöhnten. Ich blinzelte. Zweimal. Das Zimmer war leer. Alles fort: seine Kleidung, sein Rasierer, der Haarkamm, der Geigenkasten. Mein Herz rutschte mir in die Hose. Der einzige Mann, den ich je wirklich geliebt hatte, war gegangen.

Hinter mir knarrte die Tür. Ich schnellte herum in der Hoffnung, Rico zu sehen. Stattdessen stampfte eine Frau mit Eimer und Wischmopp herein.

»Wer sind Sie?«, fragte sie.

»Mein Name ist Poppy. Ich suche Rico, also Erich. Erich Krause. Wissen Sie, wo er ist?«

Sie musterte mich, dann griff sie in die Tasche ihres Kittels und zog einen Umschlag heraus, auf dem mein Name stand. Ich riss ihn auf.

Il mio unico amore,
wenn Du das hier liest, sitze ich bereits im Zug nach Neapel, ein gebrochener Mann mit blutendem Herz. Ich muss nach vorne schauen, und Du ebenfalls. Es gibt einen Ort namens Amalfi in den Hügeln über der Halbinsel Sorrent. Ich habe gehört, dass dort viele Touristen sein sollen, viel mehr als in Florenz. Wohlhabende Menschen, die unterhalten werden wollen. Ich werde noch einmal von vorn beginnen, mit einem neuen Leben in Amalfi, nur ich und die schöne Küste, wo ich den Sonnenschein und die Freiheit genießen kann. Deshalb bin ich schließlich nach Italien gekommen. Aber nun, da ich Dich kennengelernt habe, ist mir klar, dass mir immer das Wichtigste im Leben fehlen wird: Deine Liebe.
Bitte befolge den Wunsch Deines Vaters und sei gewiss, dass ich ihn verstehe und respektiere. Niemand sollte gezwungen werden, zwischen Blut und Wasser zu entscheiden. Sei nicht traurig, wenn du zurückblickst, sondern voller Liebe. Denke an die schöne Zeit, als unsere Seelen in Harmonie miteinander tanzten.
Ich wünsche Dir nur das Beste für Deine Reise nach Amerika. Du wirst ein angenehmes Leben im Wohlstand führen, dafür bin ich dankbar. Ich werde den Rest meines Lebens jeden Abend für Dich beten, für Deine Sicherheit und Dein Glück. Ich bin überzeugt, dass meine Gebete erhört werden. Eines weiß ich ganz genau: dass ich Dich bis zum letzten Atemzug lieben werde. Das macht mir gleichzeitig Freude und Angst. Ich bin der glücklichste unglückliche Mensch der Welt.
Ich liebe Dich, meine schöne Mohnblume.
Dein Rico

Ich zögerte nicht. Keine Sekunde. Ich stürzte aus Ricos Wohnung und eilte zum Bahnhof. Zwei Stunden später verließ ich Florenz. Als der Zug die Endstation erreichte, stieg ich in einen Bus um. Und als der Bus schließlich in den Küstenort Amalfi einfuhr, fragte ich den Erstbesten, der mir über den Weg lief, nach der Piazza del Duomo, dem größten Platz der Stadt.

Und da war er, frisch angekommen in Amalfi, doch bereits von einer kleinen Menschentraube umlagert: der Geiger aus Deutschland. Er hatte unser Lieblingslied geübt, einen internationalen Hit von Doris Day namens »Que Sera, Sera«. Hier spielte er ihn zum ersten Mal in der Öffentlichkeit. Ich flüsterte den Text mit: *»Que sera, sera. Whatever will be, will be. The future's not ours to see.«*

Ricos Bogen hüpfte über die Saiten, zart und gefühlvoll. Ich stand da, und das Herz ging mir auf. Da entdeckte er mich und kam sofort auf mich zu. »Poppy!«, rief er. *»Mio unico amore!«*

»Ich bin da«, sagte ich und küsste ihn auf den Mund. »Dort, wo ich hingehöre.«

Die Zuschauer klatschten, und in dem Moment wusste ich, dass ich mein Zuhause gefunden hatte.

In einer kleinen Stadt namens Ravello, drei Kilometer nördlich von Amalfi, mieteten wir ein Zimmer über einer Bäckerei, in der ich schnell Arbeit fand. Jeden Nachmittag und Abend spielte Rico Geige. Wie man ihm erzählt hatte, gab es viele Touristen in Amalfi, die außerdem deutlich großzügiger waren als die in Florenz. Dennoch verdienten wir nicht viel, aber wir fühlten uns wie Könige. Unser Palast war das kleine Zimmer, wo wir abends auf der Dachterrasse Wein tranken und zusahen, wie die Sonne im Tyrrhenischen Meer versank.

Der Sommer ging in den Herbst über. Der Oktober kam, die Nächte wurden kühler. Wir hatten keine Heizung, manchmal war es morgens so kalt, dass wir uns unter der Decke aneinanderkuschelten und unser Atem in Wolken aufstieg. Ich würde bald einundzwanzig werden. Jeden Tag fragte mich Rico, was ich mir zum Geburtstag wünschte. Ich glaube, er hatte Angst, dass ich mich einsam fühlte, meine Familie vermisste und meine Entscheidung bereute, ihm gefolgt zu sein. Jedes Mal antwortete ich dasselbe: »Dich«, sagte ich aufrichtig.

In jenem Jahr fiel der 22. Oktober auf einen sonnigen Samstag. Der Bäckereibesitzer, Signor Piacenti, hatte mir freigegeben. Rico und ich verbrachten den gesamten Tag gemeinsam, wir bummelten durch die Stadt, sahen uns Geschäfte an, tranken einen Cappuccino, später ein Glas Wein. Als die Sonne unterging, saß ich auf der Piazza und verfolgte Ricos Auftritt. Ich dankte allen Göttern für diesen wunderschönen, begabten Musiker. An einen besseren Geburtstag konnte ich mich nicht erinnern.

Um halb neun ging ich in unsere Wohnung, um das Abendessen vorzubereiten. Eine Stunde später kam Rico mit einem geheimnisvollen Paket nach Hause, um das eine violette Schleife gewickelt war. Er legte es beiseite, hob mich hoch und küsste mich voller Leidenschaft.

Ich wusste, dass ich diesen Augenblick nie vergessen würde: den Duft des Essens auf dem Herd, das tröstliche Gefühl seiner starken Arme um meine Taille, das goldene Funkeln in seinen blauen Augen.

Er griff an mir vorbei und stellte den Herd aus. Dann überreichte er mir das Paket. »Für dich«, sagte er mit Schalk im Blick.

Ich zog die Schleife ab und öffnete die Schachtel. Darin lag das schönste Kleid, das ich je gesehen hatte: ein dünnes weißes Leinenkleid, das wir uns gar nicht leisten konnten.

»Zieh es mal an!«, sagte Rico. Er legte sich aufs Bett, verschränkte die Hände hinterm Kopf und sah mir lächelnd beim Umkleiden zu.

Der Stoff war so leicht, so edel. Ich fühlte mich wie eine Prinzessin. Ich konnte es nicht fassen. In meinem ganzen Leben hatte ich nur geerbte Kleidungsstücke von Rosa getragen, hin und wieder auch etwas, das meine Mutter für mich genäht hatte.

»Ist das schön!«, schwärmte ich. »Aber viel zu teuer.«

»Nichts ist zu teuer für dich, meine schöne Poppy.« Rico sprang aus dem Bett und nahm mich bei der Hand. »Komm mal mit!«

»Wo willst du hin?«, rief ich lachend. Er zog mich die Treppe hinunter nach draußen.

Die Oktoberluft war frisch, er legte den Arm um meine nackte Schulter. Über uns versteckte sich der Mond hinter den Wolken, so dass die Straßen im Schatten lagen.

In der schlafenden Stadt führte mich Rico zu den Stufen der Kathedrale von Ravello.

»Wir sind ein bisschen zu früh für die Messe«, scherzte ich. Rico brachte mich mit einem Kuss zum Schweigen. Als sich unsere Lippen voneinander lösten, kniete er sich vor mich hin.

»Paolina Maria Fontana, willst du mich heiraten?«

27

Emilia

Der Zug kommt am Bahnhof Santa Maria Novella in Florenz zum Stehen. Tante Poppy setzt sich auf und sieht sich um, als hätte sie vergessen, wo sie ist.

»Und, wie ging es weiter?« Lucy umklammert ihren Arm. »Hast du ihn geheiratet? Und den Fluch gebrochen?«

»Rico war kein italienischer Staatsbürger«, erwidert sie. »Und ich hatte keine Geburtsurkunde. Als ich mein Elternhaus verließ, habe ich alles zurückgelassen.«

Lucy stöhnt. »Und was heißt das nun? Hast du den Fluch zerstört oder nicht?«

Unsere Tante schaut sie mitleidig an. »Ich erzähle später weiter.«

Lucy stützt den Kopf auf die Hände und stößt einen tiefen Seufzer aus.

Der Bahnhof wimmelt vor Touristen. Überall hängen Plakate, die gerechte Löhne für die Bahnmitarbeiter fordern und einen *sciopero* ankündigen, einen Streik. Poppy sucht den Bahnsteig nach dem Fahrer ab, der uns nach Trespiano bringen soll. Plötzlich leuchtet ihr Gesicht auf, sie winkt jemandem zu.

»Gabriele!«, ruft sie und schlurft in ihren grünen Samtballerinas langsam zu einem Mann hinüber. Heute kann sie nicht laufen, nicht mal schnell gehen. Ein großer Italiener in Jeans und weißem Hemd hebt meine Tante in die Höhe. Sie küsst ihn auf beide Wangen. Ich muss lächeln. Wie hat sie es geschafft, in diesem Land, dreitausend Meilen von Philadelphia entfernt, so viele Freunde zu finden?

»Kommt!«, winkt sie Lucy und mich heran. »Das ist Gabriele, unser Fahrer. In den nächsten drei Tagen können wir frei über ihn verfügen.«

Lucy verrenkt sich, wie immer. Zuerst beugt sie sich weit vor, damit der Mann sehen kann, was sie zu bieten hat. Dann schüttelt sie ihr Haar, so dass es ihr ins Auge fällt, was wahrscheinlich sexy aussehen soll. Bei mir löst es nur den Impuls aus, hektisch nach einer Haarklammer zu suchen.

»Hey«, haucht sie. »Ich bin Lucy.«

Man muss Gabriele zugutehalten, dass er ihr in die Augen schaut beziehungsweise in das eine freie Auge. »Freut mich, Lucy.« Er hat eine tiefe Stimme. Sein Englisch ist perfekt, mit einem erotischen italienischen Akzent. Dann wendet er sich mir zu, und aus irgendeinem Grund zucke ich zusammen. Gabriele lacht. »Hab ich dich etwa erschreckt?«

Ich schüttele den Kopf und winke ab. »Nein, hast du nicht.« Doch mein rasendes Herz sagt etwas anderes. Der Mann macht mir Angst. Die dunklen Augen scheinen mich zu durchdringen, das schiefe Grinsen ist zu verführerisch.

»Ich bin Gabriele Vernesco«, sagt er, und seine warme Hand drückt meine. »Nenn mich doch Gabe.«

»Hallo, Gabe«, sage ich.

Er wirft sich unsere Taschen auf den Rücken wie ein Packesel und führt uns aus dem Bahnhof. Lucy läuft neben ihm her und redet ohne Unterlass. Poppy und ich folgen ihnen, wahrscheinlich bewundern wir beide seine breiten Schultern und die ungebändigten dunklen Locken. Meine Tante stößt mir in die Rippen.

»Ist der nicht zum Anbeißen?« Sie zwinkert mir zu. Ich bekomme rote Wangen. Sie lächelt. »Vielleicht erwachst du langsam doch zum Leben und wirst die wahre Emilia.«

Als unsere Tante verkündete, für die nächsten drei Tage würde uns Gabriele zur Verfügung stehen, nahm ich an, das beziehe sich aufs Fahren. Doch offenbar ist Gabe nicht nur unser Chauffeur, sondern auch unser Touristenführer und Hauswirt.

Er lädt das Gepäck in einen schwarzen SUV und schlägt die Kofferraumklappe zu. »Ich würde vorschlagen, dass wir etwas in der Stadt essen und anschließend zum Haus fahren.«

Poppy klatscht in die Hände. »Wunderbar!«

Gemeinsam laufen wir durch die Straßen von Florenz. Der Duft von gebratenen Kräutern und frischem Brot steigt mir in die Nase, mein Magen knurrt. Wir gelangen auf einen L-förmigen Platz im Zentrum, die Piazza della Signoria. Junge Männer verkaufen Selfie-Sticks und Souvenirs. Touristen schlendern mit gezückten Handys herum, fotografieren die kopierte David-Statue und den Palazzo Vecchio – früher ein alter Palast, heute das Rathaus.

»Guckt mal!« Ich weise auf ein Schild mit einem Pfeil.

»Zu den Uffizien geht's da lang. Da hast du doch gearbeitet, Tante Poppy, nicht?«

»Ja«, sagt sie, aber schaut in die andere Richtung. Ich folge ihrem Blick zum Neptunbrunnen. Dort spielte damals ihr Rico. Auf dem achteckigen Becken steht die Marmorstatue von Neptun, umgeben von lachenden Satyrn, bronzenen Flussgottheiten und aus dem Wasser springenden Marmorpferden. Es muss ein komisches Gefühl sein, in eine Stadt zu kommen, die dem Wandel zu trotzen scheint, die im sechzehnten Jahrhundert mehr oder weniger schon genauso ausgesehen hat wie damals, als sie Hand in Hand mit ihrem Rico über die Piazza bummelte. Jede Statue, jeder Brunnen in dieser Stadt muss sie an ihre große Liebe erinnern.

Gabriele weist auf ein ruhiges Café, wo wir uns unter einen Sonnenschirm setzen und Pasta bestellen. Er erzählt von seinem ersten Job als Verkäufer von Luxuskarossen in einer Nebenstraße der Via Valfonda.

»Das erotischste Fahrzeug von allen ist der Lamborghini Diablo. Aber diese Art von Arbeit war irgendwie nichts für mich. Sicher, ich hab mit den reichen Leuten viel Geld verdient, aber es hat meiner Seele nicht gutgetan.«

Ich nicke, lobe mir seine Ehrlichkeit und bewundere seine Aufrichtigkeit – ebenso wie seine muskulösen Unterarme. Ich denke an meine eigene Arbeit. Mit dem Backen verdient man nicht viel, und meine Kunden sind ganz bestimmt nicht reich. Wieso habe ich dann das Gefühl, die kleine Küche bei Lucchesi Delikatessen tue meiner Seele trotzdem nicht gut?

»Hattest du auch mal einen berühmten Kunden?«, fragt Lucy, die offensichtlich nicht verstanden hat, um was es Gabriele geht.

Er lacht gutmütig, als spreche er mit einem kleinen Kind. »Mehrere. Einen Ferrari habe ich an Sting verkauft.« Er wendet sich wieder an mich. »Meine wahre Berufung habe ich gefunden, als ich das Bauernhaus entdeckte. Damals war es sehr heruntergekommen. Es stand seit zwei Jahren leer. Aber ich fand, es hätte Potential.«

Mit funkelnden Augen sieht er mich an. Es kommt mir vor, als schickte er mir eine verschlüsselte Botschaft, wollte mir mitteilen, dass er auch in mir Potential erkenne. Er sollte sich keine falschen Hoffnungen machen. Lucy meinte am Vorabend ebenfalls, etwas in mir gesehen zu haben, und es endete katastrophal.

Ich muss wieder an Poppys Worte denken: *So bist du geworden. Aber, meine Liebe, so musst du nicht sterben.*

»Ich wusste, dass man aus dem alten Gemäuer mit viel Liebe und der richtigen Pflege ein Juwel machen kann.«

Gabe lächelt, und als ich sein zufriedenes Gesicht sehe, spüre ich zum ersten Mal, dass ich herausfinden will, wer ich wirklich bin, um so mit mir im Reinen sein zu können, wie er es offensichtlich ist.

Um vier Uhr kehren wir zum SUV zurück. Gabe öffnet die hintere Tür, Tante Poppy will einsteigen.

»Nein, Tante Poppy«, sage ich. »Du sitzt vorn.«

»Quatsch!« Sie klettert auf den Rücksitz. »Ich habe diese Gegend schon öfter gesehen.«

Gabe zieht die Beifahrertür auf.

»*Shotgun!*«, ruft Lucy.

Er guckt entgeistert, als rechne er damit, dass wir amerikanischen Touristen wirklich ein Gewehr dabeihätten.

»Das ist nur eine Redensart bei uns«, sage ich. »Das bedeutet, dass sie auf den Beifahrersitz möchte.«

»Aha.« Gabe macht eine ausholende Handbewegung. »Emilia?«

»Ich? Ich soll vorne sitzen?«

»Bitte.«

Ich weiche Lucys Blick aus und nehme neben Gabe Platz. Mit Sicherheit ist sie sauer, aber was soll ich tun? Es wäre albern, sich um den Sitzplatz zu streiten. Ich schnalle mich an, schaue nach hinten und lächele entschuldigend. Lucy verdreht die Augen.

Bald wird es ruhiger. Der Verkehr lässt nach. Langsam geht es aus der Stadt heraus und in Haarnadelkurven hinauf in die Berge.

»Ich sage immer, diese Straße hat mehr Kurven als Aphrodite«, bemerkt Gabe.

Ich grinse. »Ich dachte eher an Beyoncé.«

Er lacht, und ich bin stolz.

Ich bestaune die Umgebung, die wunderschöne Landschaft, die in mir die Sehnsucht weckt, auszusteigen und durch die Felder zu laufen. Hügel und Weinberge, Felder mit Heuballen, hin und wieder eine Weide mit grasenden Kühen oder Schafen. Kleine Bauernhäuser, aus deren Schornstein Rauch quillt. Ich stelle mir vor, wie eine Familie an einem langen Holztisch zu Abend isst.

Vor uns sind vier Radfahrer. Ich lasse meine Scheibe hinunter, winke ihnen zu und atme den frischen Duft von Stroh und Lavendel ein. Gabe schaut zu mir. Grinsend lässt auch er die Scheibe hinunter.

»Herrlich, der Geruch und der Wind im Gesicht.«

Ich entdecke eine Gruppe von Pferden, die gemächlich Klee fressen, und drehe mich zu meiner Tante um, aber sie hat die Augen geschlossen. Sie sieht so zerbrechlich aus, wie sie da sitzt, das Kinn auf der Brust, die Perücke leicht verrutscht.

»Bist du ein …« Gabes Stimme erschreckt mich, ich zucke zusammen. Er schmunzelt und streckt beruhigend die Hand nach mir aus. »Wirklich, Emilia, ich bin nicht gefährlich.«

Ich muss grinsen. »Ich weiß. ’tschuldigung. Was wolltest du sagen?«

»Ich wollte fragen, ob du ein Mädchen vom Land bist.«

»Nein.« Ich lächele. »Aber heute schon.«

Schweigend fahren wir weiter, es geht auf und ab. »Wie heißen diese Berge?«, frage ich und weise auf den Horizont.

Gabe lächelt, dabei bilden sich attraktive Fältchen um seine Augen. »So was sind hier Hügel.«

Stöhnend schüttele ich den Kopf. »Na gut. Diese Hügel also. Ich komme aus Brooklyn. Für mich ist jeder Hügel ein Berg.«

Er nickt. »Verstehe. Manche Menschen erkennen das Besondere im Alltäglichen. Ich spüre, dass du einer von ihnen bist.«

Ich denke darüber nach und überlege, ob er recht hat und ob das gut ist.

Gabe tätschelt meinen Arm. »Das ist ein wunderbarer Charakterzug«, beantwortet er meine Frage.

Der SUV holpert eine lange unbefestigte Zufahrt entlang. Auf der Hälfte begrüßt uns ein bellender Hund, der schwanzwedelnd neben dem Wagen herläuft.

»Ciao, Moxie!«, ruft Gabe aus dem Fenster.

Wir halten vor einem hübschen zweistöckigen Gebäude aus Bruchsteinen mit einem Dach aus Tonziegeln. Es verströmt eine heimelige Atmosphäre.

»Da wären wir«, sagt Gabe.

Ich drehe mich nach hinten um. Tante Poppy schläft mit offenem Mund, zart wie ein kleines Kind. Lucy tätschelt ihr vorsichtig die Wange.

»Wir sind da, Tante Poppy!«

Sie regt sich nicht, Angst steigt in mir auf. Ich horche angestrengt und bin erleichtert, als ich ihren Atem sanft pfeifen höre. »Ich glaube, wir lassen sie einfach weiterschlafen.«

Lucy nickt. Schweigend betrachten wir unsere Tante. Ich nehme an, dass wir dasselbe denken. Diese Reise ist zu viel für sie. Unsere lebenssprühende Poppy verglüht langsam.

Wir lassen die Fenster offen und entfernen uns vorsichtig vom Wagen.

Die Tonziegel auf dem Dach strahlen rot, überall leuchten farbenfrohe Blumen in Terrakottatöpfen. Wir gehen über einen Weg aus Kopfsteinpflaster, der von hübschen roten Rosen gesäumt wird. Über einer alten Holztür verkündet ein Schild: *Casa di Fontana.*

»Fontana.« Ich weise darauf. »So heißt Nonna mit Nachnamen.«

Gabe nickt und schließt auf. »Ja. Das ist Poppys Elternhaus.«

Ich erstarre. »Wirklich?«

»Ich habe es ihr vor acht Jahren abgekauft und komplett renoviert.«

»Moment mal … Das hat meiner Tante gehört?«

»Sie hat es vor achtunddreißig Jahren von Signor Fontana gekauft, als er sich die Instandhaltung nicht mehr leisten konnte.«

Ich stutze. »Von ihrem Vater?«

»*Sì.* Ja. Sie hat damals viel riskiert, als sie den Kredit aufgenommen hat. Wenn sie nicht gewesen wäre, hätten Poppys Eltern bei Verwandten leben müssen. Sie hat ihnen ermöglicht, bis zu ihrem Tod in ihrem Haus zu bleiben.«

Ich blinzele. »Also hat sie mit ihnen Frieden geschlossen.«

Gabe nickt. »Sie hat sogar die Pflegerin bezahlt, die in den letzten Monaten hier mit Signor Fontana gelebt hat.«

Ich sehe mich um, jetzt genauer. Meine Gedanken überschlagen sich. Wissen Rosa und Dolphie, dass Poppy ihre Eltern vor der Obdachlosigkeit bewahrt hat? Ich schaue auf die abschüssigen Felder hinaus und stelle mir vor, wie die junge Rosa zusammen mit Alberto und Bruno Wasser aufs Feld brachte. Ich bewundere die roten Kletterrosen, die vor Jahrzehnten meine Urgroßmutter Fontana gepflegt haben muss. Doch dieses Haus beherbergt auch unschöne Erinnerungen, die sehr schmerzhaft sein müssen. Dies ist das Bauernhaus, in dem mein Urgroßvater seiner Tochter verbot, Rico zu sehen. Warum kommt sie freiwillig hierher zurück?

Wir betreten das Haus durch die Küche, so wie Rico es an jenem schicksalhaften Sonntag tat. Der Boden, wahrscheinlich noch der alte Steinboden, ist auf Hochglanz poliert. Fröhliche gelbrote Fliesen zieren die Wände, ein großer Gasofen und schicke neue Lampen verleihen dem Raum eine moderne Anmutung. Ich sehe meine Urgroßmutter am alten Herd stehen. Sie sagt ihrer Tochter und Rico, dass sie einen großen Fehler machen. Ich erschaudere.

»Hier entlang«, sagt Gabe.

Durch einen Bogen gelangen wir ins Wohnzimmer. Die hohe, von groben Holzbalken getragene Decke gibt dem weitläufigen Raum etwas Rustikales. In einer Ecke befindet sich ein antiker gemauerter Kamin. Gegenüber an der Wand hängen moderne Ölgemälde, vor einer anderen steht ein Bücherregal, das bis unter die Decke reicht. Eine abgescheuerte Ledergarnitur und Teppiche sorgen für eine Gemütlichkeit, die Ende der fünfziger Jahre hier wohl gefehlt hat. Mein Blick landet auf einem Sessel vor dem Kamin. Ich stelle mir vor, wie mein Urgroßvater sich an dem Sonntag, als Rico sich vorstellen wollte, daraus erhob.

Ich höre Schritte und drehe mich um. Meine Tante kommt herein. Ich ringe nach Luft. Sie sieht aus wie eine Karikatur der vermeintlich gesunden Frau, mit der ich vor zwei Monaten in Philadelphia telefoniert habe. Ihre Schultern hängen herab, sie hat blauschwarze Ringe unter den Augen. »Ihr dachtet wohl, ihr könnt mich einfach im Auto abnippeln lassen, was?«

Sie schaut sich um, registriert die moderne Kunst neben den wunderschönen Antiquitäten. »*Com'è tutto bello e nuovo!* Der alte

Kasten sieht wirklich *meraviglioso* aus, Gabriele!« Sie betastet ihre Perücke. »Was ich von mir gerade nicht behaupten kann.«

Sie lacht, doch ich bringe nicht mal ein Lächeln zustande. Wie kann sie so fröhlich in einem Haus sein, das sie einst unglücklich machte, und sich an einen Körper klammern, der sie im Stich lässt?

Tante Poppy besteht darauf, die Treppe zu ihrem alten Zimmer unter dem Dach hinaufzusteigen, in dem Lucy und ich die nächsten drei Nächte schlafen werden. Gabe öffnet die Tür mit einem Quietschen. Nacheinander drängen wir uns in den kleinen Raum. Links ist ein winziges Bad, wahrscheinlich erst später eingebaut. Den glänzenden Dielen sieht man die jahrelange Abnutzung an, doch sie werden von bunten Teppichen aufgewertet. Zwischen zwei Einzelbetten lässt ein altes Flügelfenster Sonnenlicht und Luft herein. Ich stelle mir vor, wie Poppy und Rosa aus diesem Fenster schauten und eine Sternschnuppe sahen, wie sie ihre Wünsche und Geheimnisse miteinander teilten.

Poppy blickt sich um, sagt aber nichts. Schließlich macht sie auf dem Absatz kehrt und geht die Treppe wieder hinunter. Wir stellen unsere Taschen ab und folgen ihr.

Gabe führt sie durch den Flur im Erdgeschoss zu einem leuchtend orangeroten Zimmer, das er das *Mohnblumenzimmer* nennt. Auf dem Fliesenboden liegt ein Sisalteppich, auf dem Bett eine weiße Daunendecke mit mehreren bunten Kopfkissen – der perfekte Raum für meine farbenfrohe Tante. Auf dem Nachttisch stehen frische Blumen und eine Flasche Wasser.

Tante Poppy nimmt Gabes Gesicht in die Hände und drückt ihm ein Küsschen links und rechts auf die Wange. *»Grazie«*, sagt sie, setzt sich vorsichtig auf die Bettkante und stößt einen erschöpften Seufzer aus.

»Um acht gibt es Abendessen«, sagt Gabe. »Möchtest du irgendwas haben? Eine Tasse Tee?«

Poppy sieht erst Lucy, dann Gabriele und mich an. »Ich habe alles, was ich brauche.«

Ich warte, bis Lucy und Gabe durch den Flur verschwunden sind. »Tante Poppy«, sage ich dann und setze mich neben sie aufs Bett. »Ich verstehe das nicht. Du hast dieses Haus von deinem Vater gekauft? Der dein Leben zerstört hat?«

Sie zieht ihre Perücke ab und nimmt die Wasserflasche vom Nachttisch. »So macht man das in der Familie – man kümmert sich umeinander.« Sie weist auf ihre Tasche. »Kannst du mir meine Tabletten geben? Sind in der Innentasche.«

Ich ziehe ein orangefarbenes Plastikröhrchen hervor und lese den darauf gedruckten Warnhinweis: *Die Fähigkeit zur Teilnahme am Straßenverkehr bzw. zum Führen von Maschinen kann durch dieses Medikament eingeschränkt sein.* Was nimmt sie da bloß? Ich klopfe eine rote Kapsel auf meine Handfläche und reiche sie ihr.

»Hat sich dein Papà je bei dir entschuldigt? Oder deine Mutter?«

»Nein, mein Liebes. Das war auch nicht nötig. Ich habe ihnen schon vor langer Zeit vergeben.« Sie schluckt die Kapsel, und ich helfe ihr, sich das Kopfkissen in den Rücken zu schieben. »Lieben und verzeihen, immer wieder aufs Neue. Das ist der Kreislauf der Liebe, mein Mädchen.«

Ich bewundere ihre Großzügigkeit. »Haben sie je versucht, nach Amerika zu kommen?«

»Eigentlich hatten sie das vor. Aber dann starb ganz unerwartet die Schwester meines Vaters, deine Urgroßtante Bianca.«

Ich nehme eine Decke vom Fußende des Bettes und breite sie über Poppy. »Aber all ihre Kinder waren doch in Amerika. Wieso hat der Tod seiner Schwester die Planung umgeworfen?«

»Papàs Mutter, meine Nonna Fontana, lebte noch. Tante Bianca sollte sich um sie kümmern.«

»Doch dann starb sie plötzlich«, sage ich. »Das heißt, dein Papà musste das für sie übernehmen.«

»*Sì.* Das war's mit ihrem Traum von Amerika. Sie wären vorher nie auf die Idee gekommen, dass Bianca eines Tages nicht mehr da sein könnte. Sie war sechs Jahre jünger als mein Vater und vollkommen gesund. Alle gingen davon aus, dass sie ihre Mutter pflegen würde. Schließlich war sie eine alleinstehende Zweitgeborene.«

28

Emilia

Aus der Küche riecht es verführerisch. Die untergehende Sonne taucht unser kleines Zimmer in Gold, Lucy schnarcht leise im Bett neben mir. Ich lege mein Notizbuch zur Seite und gehe nach unten.

Gabe steht mit aufgerollten Hemdsärmeln an der Kücheninsel und schneidet Tomaten. Vielleicht bilde ich es mir nur ein, aber es scheint, als würden seine Augen aufleuchten, als er mich sieht.

»Da bist du ja!« Seine vollen Lippen öffnen sich zu einem Lächeln. »Hast du dich ein bisschen ausgeruht?«

Ich klettere auf einen Barhocker und versuche, nicht auf seine gebräunten Unterarme mit dem leichten Flaum schwarzer Haare zu starren. »Ich schlaf tagsüber nicht gern.«

»Ich auch nicht. Hat mein Kindermädchen in den Wahnsinn getrieben.«

»Du hattest ein Kindermädchen?«

Er senkt den Blick aufs Schneidebrett, eine dunkle Locke fällt ihm in die Stirn. »Mein Vater war ein sehr bekannter Juwelier, und meine Eltern sind viel gereist. Also musste ein Kindermädchen auf meine Schwester und mich zu Hause aufpassen. Ich sage immer, meine Kindheit war still, kalt und vernachlässigt.« Er lacht ironisch. »Hab mich oft gefragt, warum meine Eltern überhaupt Kinder hatten.«

Auch wenn es locker klingen soll, höre ich den Schmerz in seiner Stimme. Irgendwie fühle ich mich mit diesem Mann verbunden, der wie ich als Kind seine Mutter vermisste.

»Das tut mir echt leid. Du musst einsam gewesen sein.«

Lächelnd schüttelt Gabe den Kopf. »Du brauchst kein Mitleid

mit mir zu haben.« Er streckt die Arme aus. »Sieh her: Ich lebe im Paradies. Ohne mein Erbe hätte ich dieses Haus nicht kaufen können.«

Am liebsten würde ich Gabe mit hundert Fragen bombardieren: *Bist du verheiratet? Hast du Kinder? Wo wohnt deine Schwester? Wie schmecken deine Lippen?* Aber ich sage natürlich nichts.

»Und du?«, wechselt er das Thema. »Hattest du eine glückliche Kindheit, *sì*?«

»Ja«, antworte ich automatisch. Dann korrigiere ich mich: »Meine Mutter starb, als ich zwei Jahre alt war. Ich habe nur eine einzige Erinnerung an sie.« Ich sehe aus dem Küchenfenster auf die untergehende Sonne, die die Felder in Orange und Gold taucht. »Sie steht am Herd, rührt in einem Topf und schaut auf mich runter. In ihren Augen ist unendlich viel Liebe. Sie legt den Löffel beiseite, nimmt mich in die Arme und drückt mich so fest, dass ich ihren Herzschlag spüre, als seien wir eins.« Ich schüttele den Kopf. »Wahrscheinlich nur eine Wunschvorstellung.«

Gabe legt sein Messer weg und kommt um die Insel herum zu mir, um sich neben mich zu setzen. »Das hast du dir nicht ausgedacht, Emilia.« Wir sehen uns an, sind uns so nah, dass ich eine kleine Narbe an seinem Kiefer entdecke. »Das ist ein ursprüngliches Gefühl. Wenn wir auf die Welt kommen, wissen wir instinktiv, was Mutterliebe ist. Wenn sie fehlt, spüren wir eine Sehnsucht, die nicht gestillt werden kann.«

Meine Kehle schnürt sich zu, ich bekomme kein Wort heraus. Gabe wendet den Blick ab und schüttelt den Kopf.

»Tut mir leid«, sagt er. »Weiß gar nicht, was ich da rede. Wollte nicht philosophisch werden.«

»Schon gut«, entgegne ich. »Wirklich. Du hast das, was ich schon mein Leben lang spüre, wunderschön in Worte gefasst.«

Gabes Blick findet meinen und fängt ihn auf. In seinen dunklen Augen liegt ein verborgener Schmerz. Ich muss mich zusammenreißen, um ihm nicht über die dunklen Stoppeln zu streichen.

»Braucht ihr Hilfe?«

Mit pochendem Herzen springe ich vom Barhocker. In einer schwarzen Jeans und roten Highheels steht Lucy in der Küchentür. Sie hat einen äußerst verwunderten Gesichtsausdruck, als sei sie über ein seltsames wissenschaftliches Experiment gestolpert. Hat sie die elektrische Spannung zwischen uns etwa auch gespürt?

Aus dem Haus dringt leise Musik in den warmen Abend. Lucy und ich decken einen Tisch im Hof unter einem rankenden Blauregen. Wir tragen Wurst, Käse, Oliven und knuspriges Brot hinaus. Als Gabe eine Flasche Chianti öffnet, kommt auch Tante Poppy nach draußen.

»Wunderschön«, sagt sie, jedoch ohne Begeisterung in der Stimme. Obwohl sie ein Nickerchen gehalten hat, bewegt sie sich sehr langsam.

Mein Telefon klingelt, ich schaue aufs Display. Daria. Ich werde sie morgen zurückrufen. Ich stelle das Handy aus und schiebe es in meine Tasche.

Lucy hebt ihr Glas: »Auf dich, Gabriele!«, sagt sie mit ihrer verführerischsten Stimme.

»Salute!«, erwidert er und stößt mit mir an. Das Glas zittert in meiner Hand. Er sieht es und zwinkert mir zu.

»Du brauchst nicht nervös zu sein, Emilia.«

Ich wende mich ab und umfasse mein Glas mit beiden Händen.

»Wo ist Sofia?«, fragt Tante Poppy und sieht sich um. »Ist sie heute Abend nicht dabei? Und die Jungen?«

Mein Herz zieht sich zusammen. Sofia? Jungen? Ich habe mit ihm geflirtet. Und er mit mir! Wie konnte ich so dumm sein?

»No«, antwortet Gabe. »Sie kommt morgen. Sie wollte, dass wir heute Abend in Ruhe zusammensitzen.«

»So ein Quatsch!«, sagt Poppy. »Hol sie bitte! Sag ihr, Alter geht vor Schönheit.«

Gabe legt den Kopf in den Nacken und lacht. »Du bist stur wie eh und je, Poppy.« Er steht auf und geht über einen Steinweg zu einem kleinen Bauernhaus.

Kurz darauf kehrt er mit einer jungen Frau im Arm zurück. Sie muss etwa Mitte zwanzig sein, hat einen coolen Kurzhaarschnitt und trägt eine Jeans mit ärmellosem Shirt. Zwei Jungs mit lockigen Haaren reißen sich von ihr los. Der größere läuft auf meine Tante zu. »Poppy!«

Sie nimmt ihn in die Arme. »Franco! Mensch, bist du groß geworden!«

»Ich bin viereinhalb«, erklärt der Junge.

»Ein Junge, der schon fast fünf ist, verdient einen Glückspenny.« Scheinbar aus dem Nichts erscheint in Poppys Hand eine Münze, die sie Franco überreicht.

»Dante ist erst zwei. Er darf noch kein Geld haben, oder, Mamma?«

Der kleinere Junge, Dante, klammert sich ans Bein seiner Mutter, den Daumen im Mund.

»Hallo, mein Freund.« Poppy will ihn hochheben, schafft es aber nicht. Sie ist zu schwach. Es tut mir im Herzen weh. Ich wende den Blick ab, um meiner Tante nicht ihre Würde zu nehmen. Als ich wieder aufblicke, sehe ich, dass Poppy es irgendwie geschafft hat, ihm auch eine Münze zuzustecken. Dann streicht sie ihm über den Kopf.

»Das ist Sofia«, sagt Gabe.

Lucy hält der jungen Frau die Hand hin. »Freut mich, Sofia.«

»Mich auch!«, entgegnet sie und lacht Lucy an.

Diese beugt sich vor und mustert Sofias nackten Oberarm, den ein Kranz aus Rosen in Form des Venus-Symbols ziert. »Geiles Tattoo.«

»*Grazie*«, sagt Sofia und streicht darüber. »Das soll mich daran erinnern, dass Frauen stark sind und alles können. Für Frauen in Amerika ist das selbstverständlich.«

»Leider nicht für alle«, sagt Lucy. Ihre Einsicht überrascht mich. Sie piekst mich in die Rippen. »Das ist meine Cousine Emmie, das perfekte Exemplar einer schüchternen Amerikanerin.«

»Vielen Dank auch, Luce!« Ich verdrehe die Augen und gebe

Sofia die Hand. Mein Kopf versucht noch immer, mit meinem albernen Herzen Frieden zu schließen. Sofia sieht wunderschön aus mit ihren großen dunklen Augen und dem hübschen Lächeln. Und sie ist jung. Und unglaublich nett. So eine Scheiße. »Freut mich, dich kennenzulernen. Ihr habt ein tolles Haus.«

Sie lächelt. »Das gehört meinem Bruder. Aber trotzdem danke.«

»Bruder?« Das Wort platzt aus mir heraus, bevor ich es zurückhalten kann. Ich sehe, wie sich Gabe ein Grinsen verkneift, und schaue Sofia an. »Das heißt, du … du bist Gabes Schwester?«

Sie nickt.

»Wollen wir essen?«, fragt Gabe und zwinkert mir wieder zu.

Mein Herz wird groß und weit. Wieso fand ich zwinkernde Männer mal gruselig?

Gabe entfacht ein Feuer im Außenkamin, und die Nacht wird golden. Zu siebt setzen wir uns zum ersten Gang an den langen Holztisch. Lucy hat den Platz zwischen Franco und Dante. Sie spielt mit ihnen, klaut ihnen die Nase. Jedes Mal, wenn sie sie ihnen zwischen ihren Fingern zeigt, quietschen sie vor Vergnügen.

»Noch mal!«, ruft Franco.

Sofia tätschelt seinen Kopf. »Es reicht, kleiner Mann. Lass Lucy in Ruhe essen.«

Gabe räumt ab und kommt mit dampfenden Schüsseln selbstgemachter Ribollita zurück, einer köstlichen toskanischen Suppe aus Bohnen, Brot und Gemüse. Wein wird ausgeschenkt. Alle reden durcheinander. Über uns gehen die Sterne auf. Ein laues Lüftchen trägt den Duft von Wein, Lavendel und Rauch heran. Ich atme tief durch und weiß, dass ich diesen Tag, diesen Moment, niemals vergessen werde.

Eine Sternschnuppe fällt herunter. »Wünscht euch schnell was!«, ruft Tante Poppy. »Alles, was euer Herz begehrt.«

Diesmal widerspricht meine Cousine nicht. Sie hebt das Gesicht zum Himmel und schließt fest die Augen.

Als wir später in unseren Betten unterm Dach liegen, drehe ich mich im Mondlicht zu Lucy um. »Was hast du dir gewünscht, als die Sternschnuppe herunterfiel?«

Sie tut, als würde sie schlafen.

29

Emilia

Als ich am Freitagmorgen erwache, wundere ich mich, dass Lucy sich bereits anzieht. Sie sieht heute besonders hübsch aus in T-Shirt und mit Pferdeschwanz. Ihr ungeschminktes Gesicht leuchtet.

»Du bist schon auf«, stelle ich fest.

»Warum den schönen Tag im Bett verbringen?« Sie verschwindet im kleinen Badezimmer.

Ich wühle mich wieder in die Laken und stelle mich darauf ein, dass sie sich eine halbe Stunde lang schminkt. Als sie zwei Minuten später mit dem Geruch von Zahnpasta und lediglich ein wenig Gloss auf den Lippen herauskommt, bin ich baff.

»Wir sehen uns unten!«, sagt sie und schließt die Tür hinter sich.

In ein Handtuch gewickelt, schaue ich auf meine wenigen Blusen in dem winzigen Schrank. Meine Klamotten sind alt und langweilig wie eine verblichene Tapete. In den USA werde ich mir was Neues leisten. Zwar keinen kurzen Rock oder eine durchsichtige Bluse, aber etwas Schickes, Lustiges, das besser ausdrückt, wer ich sein will. Jetzt entscheide ich mich für eine schwarze Leggings und eine weiße Bluse, die mir über die Hüften reicht, meine einzig annehmbare Kombination. In der letzten Minute beschließe ich, ein schwarzes Tanktop darunter zu tragen und zwei Knöpfe mehr an der Bluse zu öffnen.

Ich putze mir die Zähne und stelle die Zahnbürste in einen Becher. Lucys Kosmetiktäschchen auf dem Waschtisch lacht mich an. Erst zögere ich, dann greife ich hinein. Vorsichtig öffne ich ihren Kompaktpuder. Ich atme tief durch und fische einen langstieligen Pinsel aus der Tasche. Ganz kurz tupfe ich damit in die Dose. Dann beuge ich mich vor und verteile den bronzefarbenen Puder auf meinen Wangen und der Nase. Sofort sehe ich sonnengebräunt und gesünder aus.

Auf den schwarzen Kajalstift verzichte ich, stattdessen drehe ich die Mascara auf. Ich versuche, nicht zu blinzeln, während ich mir leicht die Wimpern tusche.

Mein Blick fällt auf die Narbe unter meinem Mund. Ich will nach meinem Abdeckstift greifen, aber halte inne. Der gezackte blaue Strich bedeutet nicht mehr, dass ich hässlich und minderwertig bin. Er zeigt, wie mutig ich sein kann. Ich tupfe mir Gloss auf die Lippen.

Die Haare befestige ich mit einem Clip, dann setze ich meine neue Brille auf und mache einen Schritt nach hinten, um mein Spiegelbild zu prüfen.

»So langsam«, flüstere ich mir zu, »taust du auf.«

Ich öffne die Terrassentüren und atme die frische Morgenluft ein. Große weiße Wolken türmen sich am Himmel. Tante Poppy sitzt draußen. Mit ihrer zierlichen Gestalt wirkt sie wie ein Kind am Erwachsenentisch. Sie löst ein Kreuzworträtsel; vor ihr steht eine unangetastete Schüssel mit frischem Obst.

»Guten Morgen, Tante Poppy!« Ich gebe ihr einen Kuss auf die weiche Wange und staune, wie heiß sie ist.

»Du siehst aber hübsch aus!«, sagt sie und mustert mich von oben bis unten.

Ich lächele, voller Dankbarkeit. »Ist das so in Ordnung?«

»Erstklassig.« Sie zieht sich ihr grün-schwarz gemustertes Tuch vom Hals. »Komm mal her, mein Schatz!«

»Nein, ich kann doch nicht dein Tuch nehmen.«

»Bitte!«, beharrt sie. »Das schnürt mir heute die Luft ab.«

Ich beuge mich vor, sie bindet es mir um. »Voilà!«

Ich lege die Hand auf ihre Stirn und erschrecke, wie warm sie sich anfühlt. »Ist alles in Ordnung?«

»Ja, alles paletti.« Sie lächelt, aber es ist das Lächeln einer Kämpferin. Sie kann mir nichts vormachen.

»Wäre vielleicht besser, wenn wir zum Arzt gehen.«

Sie legt den Kopf schräg. »Ist dir nicht gut?«

Ich sehe sie durchdringend an, sie winkt ab. »Ein Arzt würde nur bestätigen, was ich längst weiß. Ist doch sinnlos!« Sie wendet sich wieder ihrem Kreuzworträtsel zu. Ende der Diskussion.

Ich sollte beharrlicher sein, aber sie würde ohnehin nicht nachgeben. Ich drücke ihre Schulter und gehe.

Ein Steinweg führt mich zu dem Platz, wo Lucy und Sofia es sich auf Liegestühlen gemütlich gemacht haben. Sofia trägt einen langen wallenden Rock und eine weite Bluse mit einem Gürtel. Die kurzen Haare hält sie sich mit einem Stirnband aus dem Gesicht, in ihren Ohrläppchen sind jeweils drei Ohrringe. Als sie mich erblickt, lächelt sie.

»Emilia! Komm zu uns!«

Ich hocke mich auf Lucys Armlehne, trinke meinen Kaffee und höre ihrem Gespräch zu.

»Wir …« Sofia sieht mich an und fasst kurz für mich zusammen: »Mein Ex und ich, wir haben uns zwei Monate nach Dantes Geburt getrennt. Dann bin ich hierher gezogen, weil ich wusste, dass mein Bruder uns aufnehmen würde.«

»Arbeitest du?«, fragt Lucy.

Sie schüttelt den Kopf. »Unser Vater hat Wert darauf gelegt, dass mein Bruder und ich gut versorgt sind, vielleicht als Wiedergutmachung für seine ständige Abwesenheit in unserer Kindheit.« Sie zuckt mit den Schultern. »Das alles zu erzählen würde noch mal einen Tag dauern. Im Moment genieße ich es, dass ich mich nur um die Erziehung der beiden Jungs kümmern brauche. Und wenn hier Hochsaison ist, helfe ich Gabriele in der Küche.« Sie legt den Kopf schräg. »Und du?«

Lucy erzählt Sofia, dass sie als Kellnerin bei Rulli's arbeitet. »Ist halt ein Job«, sagt sie. »Ohne große Aufstiegschancen. Hin und wieder darf ich mal die Geschäftsführerin spielen, das macht Spaß.«

»Ja?«, fragt Sofia. »Klingt nach viel Verantwortung.«

Lucy zuckt mit den Schultern. »Irgendwann hätte ich gerne meinen eigenen Laden, ein Geschäft, das ich weitergeben kann, weißt du, wenn ich mal Kinder habe oder so.« Sie läuft rot an, als sei es ihr peinlich, von ihren Träumen zu sprechen. Nie war mir meine Cousine näher. Ob sie sich das bei der Sternschnuppe gewünscht hat?

Die Tür des Gästehauses geht auf. Klein Dante steht im Schlafanzug im Rahmen, dahinter Franco. Sie sehen sich um, suchen ihre Mutter.

»Mamma!«, rufen sie und laufen auf Sofia zu.

Sie springt vom Liegestuhl und eilt ihren Kindern über das weiche Gras entgegen, hockt sich hin und breitet die Arme aus.

»Meine kleinen Männer«, sagt sie und gibt beiden einen Kuss.

Lucy und ich sehen zu, wie die beiden Jungs auf ihrer Mutter herumsteigen, als sei sie ein Klettergerüst. Sie kippt um, die drei quietschen vor Vergnügen.

»Das«, flüstert Lucy, ohne den Blick von den dreien abzuwenden. »Das habe ich mir gewünscht.«

Ich bin sprachlos. Meine Cousine, von der ich immer dachte, sie wolle lediglich einen Mann, träumt tatsächlich von einer Familie.

»Was für ein schöner Wunsch!« Tante Poppy kommt zu uns. »Ich frage mich, was dich davon abhält, Luciana?«

Die beiden sehen sich in die Augen. Mit Sicherheit hat Lucy ein Dutzend passender Erwiderungen parat. *Ich hab noch nicht den Richtigen gefunden, von Heirat ganz zu schweigen. Dank Em hänge ich immer noch in der Dating-Phase fest. Ich verdiene nicht genug Geld für mich selbst, ein Kind kann ich schon gar nicht ernähren. Wenn du den scheiß Fluch aufheben könntest, hätte ich vielleicht eine Chance!*

Doch Lucy scheint ernsthaft über Poppys Frage nachzudenken. Sie beißt sich auf die Lippe und betrachtet Sofia und ihre Söhne.

Fast kann ich ihre Gedanken hören: *Warum kann ich keine Kinder haben? Wenn nicht heute, dann eben irgendwann später.*

Tante Poppy legt die Hände auf Lucys Schultern und dreht sie in Richtung von Sofias kleiner Familie. »Glaub an deinen Traum, meine Liebe. Alles ist möglich.«

Zum Mittagessen gibt es Sandwiches mit Caprese – geröstetes Brot mit saftigen Tomaten, frischem Mozzarella und Basilikum. Anschließend schlage ich Poppy vor, ein Nickerchen zu halten. Sie schnaubt verächtlich, als sei die Vorstellung völlig lächerlich. »Warum soll ich mich ins Bett legen, wenn ich draußen im Park sitzen kann? Die Natur ist der beste Heiler, meint ihr nicht?«

Gabriele grinst. »Na gut, du sture Tante«, sagt er und nimmt den Autoschlüssel von der Arbeitsfläche. »Wir fahren in meinen Lieblingspark, den Giardino Bardini. Wird dir gefallen.« Er wirft mir einen Blick zu. »Dir bestimmt auch, Emilia.«

Mein Herz klopft ein bisschen schneller.

»Hört sich gut an«, sagt Lucy neben mir. »Ich hole schnell meine Tasche.«

»Und ich Sonnencreme für die Jungs«, ruft Sofia.

Zwanzig Minuten später quetschen wir uns zu siebt in Gabes SUV und fahren nach Florenz. Diesmal sitzt Lucy auf dem Beifahrersitz. Ich muss die aufkommende Eifersucht unterdrücken.

»In dem Park stehen wunderschöne Statuen«, erklärt Gabe, als wir in die Stadt fahren. »Und es gibt jede Menge Vögel. Felsentauben, Holztauben, Amseln.«

»Auch Karussells?«, fragt Lucy. »Gibt's ein Riesenrad? Eine Achterbahn?«

Gabe lacht, als hätte sie einen Witz gemacht. »Nein, Lucy. Das ist nicht Disneyland.«

Wir überqueren den Arno, Gabe parkt an einem breiten Boulevard. Auf dem Weg zum Eingang stützt sich meine Tante auf mich. Obwohl es sehr warm ist, trägt sie einen dicken Pulli, dennoch ist ihre Hand eiskalt. Dabei hat sie doch vorhin noch geglüht! Ich mache mir langsam Sorgen.

Sofia und Lucy gehen vor, sie haben Mühe, mit Franco und Dante Schritt zu halten. »Langsam, Jungs!«, ruft Sofia. Die beiden hören nicht. Franco fängt an zu rennen, sein Schnürsenkel ist offen. Es dauert nicht lange, da liegt er der Länge nach auf dem Asphalt und weint.

»Das ist nicht schlimm«, sagt Sofia, als sie sein blutendes Knie untersucht. Doch Franco ist skeptisch. Er schreit noch lauter, und bald heult Dante mit.

»Oh, du nicht auch noch, Dante«, sagt Gabe und bückt sich. »Was habe ich dir gesagt? Vernesco-Männer weinen nicht.«

Lucy schnaubt verächtlich und schiebt sich zu Dante vor. »Keine Sorge!« Sie hockt sich neben ihn. »Dein Bruder hat nur eine kleine Schramme.« Sie wendet sich an Sofia. »Geh du mit. Ich bleib mit den beiden hier.«

Sofia sieht Lucy an, als hätte die ihr gerade angeboten, eine Niere zu spenden. »Das würdest du tun?«

»Ich hab nicht viel für Statuen und Vögel übrig.« Sie wuschelt in Dantes Haaren. »Aber für ein *gelato* könnte ich sterben. Was meint ihr?«

Dante jubelt, Franco springt auf. Wie durch ein Wunder ist sein Knie geheilt. »Darf ich auch mit?«

Lucy klatscht sich mit ihm ab. »Auf jeden Fall!«

Sofia verschränkt die Arme vor der Brust. Nachdenklich lächelt sie Lucy und die Jungs an, dann wendet sie sich ihrem Bruder zu. »Sollen wir uns um vier Uhr wieder treffen?«

»Kommst du nicht mit rein?«, fragt er. »Du magst den Bardini-Garten doch so gerne.«

Sie sieht Lucy an. Meine Cousine macht eine auffordernde Geste. »Los! Geh mit! Ich kümmere mich um die beiden.«

Doch Sofia schüttelt den Kopf. »Heute esse ich lieber ein *gelato*.«

Verblüfft sehe ich meiner Cousine und ihrer neuen Freundin

nach, die zusammen mit den Jungs die Straße hinuntergehen. Mich wundert nicht, dass sie keine Lust auf den Park hat. Erstaunlich ist, dass sie auf die Gesellschaft von Gabriele verzichtet.

»Deine Cousine ist echt süß.« Sein Blick verweilt länger auf dem glücklichen Kleeblatt.

Süß ist kein Wort, mit dem ich Luciana Fontana beschreiben würde. Dann habe ich einen Verdacht: Will Lucy die beiden Jungs für sich gewinnen, um darüber an den Onkel heranzukommen?

Gabe und ich führen Tante Poppy über gepflegte Wege. Pärchen spazieren umher, Kinder laufen über das Gras. Poppy klammert sich an meinem Arm fest, zwischendurch atmet sie pfeifend.

»Sollen wir eine kleine Pause einlegen?«, fragt Gabriele.

»Warum? Bist du müde?«

Er schaut zu mir herüber, wir lächeln uns an.

Nach einer Weile gelangen wir zu einem üppig grünen Bereich mit Bäumen, Brunnen und wunderschönen Statuen.

»Da wären wir«, sagt Gabriele. »Der Belvedere, eine Aussichtsterrasse. Dies ist mein Lieblingsplatz.«

Alte Eichen und Zypressen ragen in die Höhe, Amseln, Rotkehlchen und Tauben fliegen umher. Tante Poppy klatscht in die Hände. »Wie erhaben Mutter Natur doch ist!« Sie hält das Gesicht in die warme Sonne. »Wie konnte mir dieser Park nur entgehen?«

»Ein verstecktes Juwel, *sì*?«, sagt Gabe. »Die Gärten sind erst seit 2005 für die Öffentlichkeit zugänglich.« Wir setzen meine Tante auf eine Bank, von der aus man über ihr geliebtes Florenz schaut. Gabe erzählt uns die Geschichte des Parks. »Das war hier früher eine private Gartenanlage.«

Noch bevor er den nächsten Satz beendet hat, sackt Poppys Kopf auf die Brust. Gabe wirft mir einen kurzen Blick zu. »War wohl nicht spannend genug.«

Ich grinse. »Ich bin froh, dass sie schläft«, flüstere ich. »Auch wenn sie eigentlich im Bett liegen müsste.«

»Sie will einfach keinen Augenblick verpassen. Ich finde, wir können uns alle ein Stück von ihrem Lebenswillen abschneiden. Von ihrer Lebensfreude.«

Gemeinsam bewundern wir die Stadt vor uns. Hier oben hört man nichts vom Verkehr und dem Lärm, nur die Vögel, die rundherum zwitschern. Ich stehe auf und schirme die Augen vor der Abendsonne ab. Der Blick auf Florenz ist atemberaubend: die roten Dächer, die Monumente und Kirchen, der sich hindurchschlängelnde Arno. Gabe stellt sich neben mich und legt mir die Hand auf den Rücken. Ein Schauer läuft über mich hinweg.

»Dieser Ort ist wunderschön«, sage ich.

»Hab gehofft, dass er dir gefällt. Ich finde den Park total romantisch. Viel ruhiger als die bekannteren Anlagen.« Er wirft mir einen Seitenblick zu. »Aber das ist meine persönliche Meinung. Ich bin eher für Understatement.«

Ich bekomme rote Wangen, mir fällt keine Erwiderung ein. Gabe schlendert zum Rasen und lässt sich auf das weiche Gras fallen. »Komm her!« Er klopft neben sich auf den Boden. »Setz dich zu mir.«

Das Herz dröhnt mir in den Ohren. Als ich mich sinken lassen will, verliere ich das Gleichgewicht und lande fast auf Gabes Oberschenkel. »Entschuldigung«, beeile ich mich zu sagen und rutsche zur Seite. »Nicht besonders anmutig.«

Gabe streckt die langen Beine aus und stützt sich auf die Ellenbogen. Seine Augen funkeln amüsiert. »Du, meine liebe Emilia, bist geruhsam.«

»Geruhsam? Also ruhig?«

»So ähnlich, *sì*. Und dann gibt es Menschen wie Lucy.« Er schmunzelt. »Die kann, glaube ich, sehr … stürmisch sein.«

Ich wende den Blick nicht von der Stadt ab. »Das ist nicht ihre Schuld. Sie ist eine Zweitgeborene, wie ich.« Ohne groß zu überlegen, erzähle ich ihm vom Fluch der Fontanas.

»Verstehst du, unser alberner Familienfluch macht sie schier wahnsinnig. Sie will eigentlich nur einen Mann und Kinder, hat aber eine Riesenangst, dass es nicht funktioniert.«

»Und du?«, fragt Gabe. »Glaubst du auch, dass du verflucht bist?«

»Verflucht?« Ich grinse neckisch. »Hältst du mich für so naiv?«

Er lacht nicht. Seine dunklen Augen versinken in meinen, suchen nach der Wahrheit. Ich halte den Atem an. An dieser Stelle sage ich normalerweise immer: *Nein, natürlich glaube ich das nicht. Hab ich noch nie.* Doch aus irgendeinem Grund gelingt mir das jetzt nicht. Ich schlinge die Arme um die Knie und starre in die Ferne.

»Zuerst habe ich nicht dran geglaubt. Lange nicht.«

»Und dann?«

Seine sanfte Stimme kitzelt die Wahrheit aus mir heraus.

»Und dann ist mit einem Typen vom College etwas passiert, mit dem ersten richtigen Freund, den ich hatte.«

Gabe lächelt wissend. »Der erste Liebeskummer. Da fühlt sich jeder verflucht.«

»Wir waren in den Weihnachtsferien zu Hause. Jeder bei seiner Familie. Liam hatte mich für Silvester nach Delaware eingeladen. Sein bester Freund wollte eine große Party geben. Von Bensonhurst nach New Castle waren es zwei Stunden Fahrt, nur über die I-95. Ich durfte Darias Auto nehmen, einen coolen roten Jeep.

Ich war aufgeregt und total nervös, Liams Eltern und seine kleine Schwester kennenzulernen. Völlig überflüssig, die waren echt nett. Als Liam und ich abends zu der Party wollten, waren die Straßen vereist. Seine Mutter meinte, wir könnten bei dem Wetter nicht fahren, aber Liam wollte unbedingt los. Wir beschlossen, Darias Jeep zu nehmen. Die Reifen waren besser als die von Liams Auto.«

Ich schaue in den Himmel. Eine bauschige weiße Wolke zieht vorbei.

»Ich saß am Steuer. Hab's echt nicht kommen sehen. Vor uns war eine vereiste Stelle. Eben noch saßen wir fröhlich im Auto und sangen zu Rihanna, und im nächsten Moment drehte sich der Wagen und brach aus. Ich hab das Lenkrad nicht unter Kontrolle bekommen. Wir sind auf die Gegenfahrbahn gerutscht. Dann weiß ich nichts mehr.«

Mein Herz schlägt zum Zerspringen. Gabriele legt die Hand auf meine.

»Als ich wieder aufwachte, schoben die Sanitäter Liam in den Rettungswagen. Ich wollte ihn rufen, aber bekam nur ein Krächzen heraus. Ich wandte mich an den Sanitäter, der mein Bein untersuchte. Er schüttelte den Kopf, als könnte er meine Gedanken lesen. ›Da hilft nur noch beten‹, sagte er.«

Gabe fährt sich mit der Hand übers Gesicht. »Oh, *cara mia*, das tut mir leid!«

Ich atme tief durch. Bilder, die ich vergessen wollte, drängen zurück an die Oberfläche. Das Blut auf dem Armaturenbrett. Liams Hand, die leblos von der Liege baumelt.

»Er hatte schwere innere Verletzungen. Seine Familie kam ins Krankenhaus. Seine Mutter schien um zehn Jahre gealtert. Während Liam operiert wurde, rief ich Daria an. Ich war so fertig, dass ich kaum ein Wort herausbekam. Als sie schließlich verstand, was passiert war, stieß sie einen Schrei aus. Den werde ich nie vergessen. Sie klang wie ein wildes Tier. ›Dieser verdammte Fluch!‹

Meine Schwester ist sicher keine Heilige, aber das war das einzige Mal, dass ich dieses Wort aus ihrem Mund gehört habe. Zuerst verstand ich es nicht, dann fiel es mir wie Schuppen von den Augen. Daria, mein größter Fan, der einzige Mensch, der mir immer versichert hatte, es gebe keinen Fluch, glaubte doch daran.«

Ich schließe die Augen. Ein kalter Schauer überläuft mich, genau wie vor zehn Jahren, als mir bewusst wurde, was diese Erkenntnis für mein Leben bedeutete. »Bevor Daria das sagte, war mir nie in den Sinn gekommen, dass Liams schwerer Unfall irgendwas mit dem Fluch zu tun haben könnte.«

Gabe legt den Arm um mich. »*Carissima*, du warst doch nicht für den Unfall verantwortlich!«

»In den nächsten vier Tagen wurde Liam immer schwächer. Er war nicht mehr ansprechbar. Seine Organe versagten. Am fünften

Tag ging ich in die Krankenhauskapelle. Ich kniete mich hin und flehte Gott an, Liam am Leben zu lassen. Wenn er ihn verschonte, würde ich die Beziehung beenden. Ich versprach, ihn nie wiederzusehen.«

»Aber, Emilia, das ist doch reiner Blödsinn!«

»Schon am nächsten Tag öffnete Liam die Augen. Am Wochenende gab er zusammenhängende Worte von sich. Zehn Tage später konnte er eigenständig atmen. Sobald es ihm gut genug ging, habe ich ganz einfühlsam mit ihm Schluss gemacht.«

Gabriele schüttelt den Kopf. »Obwohl du den jungen Mann geliebt hast.«

Ich beobachte ein Rotkehlchen in einer Eiche. »Das weiß ich nicht genau. Wirklich nicht. Aber ich mochte ihn. Sehr. Deshalb konnte ich nicht mit ihm zusammenbleiben. Das Risiko war zu groß. Ich hätte sein Ende sein können.«

»Du hast ihm das Herz gebrochen.«

»Er ging sehr anständig damit um. Früher oder später hätten wir uns eh getrennt. Mein Onkel Bruno wurde krank, so dass ich letztlich aufs Brooklyn College gewechselt bin, um im Laden aushelfen zu können.«

»Aber dein Freund hat es überlebt, ja?«

Ich nicke. »Er wurde wieder vollständig gesund. Eine Zeitlang haben wir noch telefoniert und gesimst. Aber ich habe mein Versprechen gehalten. Ich habe ihn nie wiedergesehen.«

Gabe umfasst meine Arme. »Das war *coincidenza.* Sein Unfall und seine Genesung hatten nichts mit diesem absurden Fluch zu tun.«

Ich senke den Blick, er hebt mein Kinn mit dem Finger an. »Sag mir bitte, dass du mir glaubst.«

Ich sehe ihn an. »Ich glaube dir.«

Mir wird bewusst, wie gut ich darin geworden bin, anderen etwas vorzumachen.

30

Emilia

Es ist Samstagmorgen. Wir sitzen zusammen an dem alten Holztisch und gönnen uns ein Frühstück mit Baguette und Käse, frischem Schinken und Melone. Gabriele klatscht in die Hände. »Heute machen wir einen Ausflug aufs Land. Sind alle dabei?«

»Klar!«, rufe ich begeistert.

»Ich bleib mit den Kindern hier«, sagt Sofia und sieht Lucy an. »Viel Spaß!«

Lucy schüttelt den Kopf. »Dann leiste ich euch hier Gesellschaft.«

Sie will keinen Ausflug mit Gabe machen? Zum zweiten Mal? Sie muss etwas im Schilde führen.

»Poppy?«, fragt Gabe.

Meine Tante winkt ab. »Fahrt bitte ohne mich. Ich habe noch viel zu tun. Ich muss mich auf Ravello vorbereiten.«

Eine Welle der Sorge brandet über mich hinweg. Die Frau, die sich kein Abenteuer entgehen lassen will, möchte nicht mit? Sie ist krank, sehr krank. Ich müsste darauf bestehen, sie zum Arzt zu bringen, aber was dann? Meine Tante hat eine tödliche Krankheit. Kein Medikament kann ihr helfen.

Ich beuge mich vor und gebe ihr einen Kuss auf die Wange. »Dann bleibe ich bei dir.«

Sie sieht mich streng an. »Das tust du auf gar keinen Fall!«

»Versprich mir aber, dass du dich heute ausruhst«, sage ich. »Und dass du etwas Obst isst. Vergiss nicht, deinen Pullover überzuziehen.«

Sie winkt ab. »Mach dir keine Sorgen um mich! Ich spare meine Kraft für Ravello.«

Ich bekomme einen Kloß im Hals.

Erst als ich Gabe um das Haus herum zur Auffahrt folge, wird mir klar, dass ich mit ihm allein sein werde. Den ganzen Tag.

»Wir können auch hierbleiben«, biete ich ihm an und hoffe gleichzeitig, dass er ablehnt.

»Willst du mir das Herz brechen?« Er hält mir die Hand hin. »Komm!« Er führt mich in die Garage. »Wenn wir nur zu zweit sind, können wir auch die Vespas nehmen. Am schönsten erlebt man die Landschaft auf zwei Rädern.«

Ich erstarre.

»Na los!« Gabe weist auf einen hübschen hellblauen Motorroller. »Das ist deine!«

Meine Schläfen pochen. Langsam gehe ich auf die Vespa zu. *Ich will keine Spielverderberin sein.* Vorsichtig setze ich den Fuß auf die Fußstütze. Mein Körper verkrampft.

»Gefällt sie dir nicht?«, fragt Gabe.

»Doch, sie ist wunderschön.« Ich mache einen Schritt zurück und atme tief durch. »Aber ich fahre eigentlich nicht. Nicht mehr.«

Er legt den Kopf schräg und mustert mich. Ich wende mich ab, fühle mich feige und dumm, würde mich am liebsten in Luft auflösen. Schließlich reicht mir Gabe die Hand und führt mich an den Vespas vorbei. »Dann fährst du halt mit mir.« Vor einer glänzend schwarzen Ducati bleibt er stehen. »Hast du in den USA schon mal auf so einer gesessen?«

»Nein, noch nie.«

Er legt den Kopf in den Nacken und lacht. O Mann, selbst das ist sexy. »*Buonissimo!* Dann habe ich die Ehre, dich das erste Mal auf einer mitzunehmen. Ich verspreche dir, es wird aufregend. Danach willst du nichts anderes mehr machen.«

Mit roten Wangen setze ich mich hinter ihn. Meine Oberschenkel drücken gegen seine, meine Arme schlingen sich um seine Taille. Ein Stromstoß fährt meine Wirbelsäule hinauf. Ich glaube, ich bin bereit – nein, ich weiß es.

Das Wort *aufregend* beschreibt meinen Tag mit Gabe nicht einmal annähernd. Ich versuche, mir jeden Moment einzuprägen, damit ich die Gefühle später abrufen kann, wenn ich eine Liebesszene verfasse.

Er ist ein sehr geübter Fahrer, dennoch habe ich jedes Mal Angst, wenn wir uns einer Haarnadelkurve nähern oder er einen röhrenden Bus überholt. Hin und wieder dreht er sich nach hinten um und ruft: »Alles okay?« oder »Wie geht's meinem Mädchen?«

Ich muss die ganze Zeit grinsen. Der Wind pustet mir über die Haut. Noch nie habe ich mich so lebendig und frei gefühlt.

Auf einem hoch gelegenen Weingut wollen wir etwas zu Mittag essen. Gabe parkt das Motorrad unter einem Baum und hilft mir herunter. Aus einem Steingebäude hinter dem Gutshaus tritt ein sehr groß gewachsener Mann. Seine langen schwarzen Haare sind verfilzt. Er humpelt.

»Gabriele!«, ruft er.

»Giuseppe Natoli!« Gabe eilt ihm entgegen und nimmt den großen Kerl in die Arme. »Das ist meine wunderschöne Freundin Emilia aus New York.«

Giuseppe gibt mir einen Handkuss. *»Benvenuti a casa mia!* Willkommen in meinem Haus.«

Er führt uns in einen kleinen offenen Innenhof, von dem man auf die Weinberge schaut. Im Hintergrund läuft leise Musik. In der Mitte steht ein Tisch mit einem roten Leinentuch und einer Vase mit Sonnenblumen. Er ist für zwei Personen gedeckt.

»So hattest du es dir doch vorgestellt, oder?«, fragt Giuseppe.

Ich erstarre. Hat Gabe das geplant? Hat er das für mich organisiert?

»Perfetto«, sagt er und rückt einen Stuhl für mich zurecht. Ich

nehme Platz. Er drückt meine Schulter und geht zum anderen Stuhl. Ich bekomme Gänsehaut am ganzen Körper.

Ja, denke ich bei mir. Es ist wirklich perfekt.

Wir fahren durch die Landschaft, besuchen befreundete Winzer und trinken hier und da ein kleines Gläschen Wein. Überall wird Gabe wie ein guter Freund empfangen.

Die Sonne geht unter, ich werde melancholisch. Es ist Zeit, nach Trespiano zurückzukehren. Doch plötzlich tauchen am Rand der Landstraße immer mehr Häuser auf. Wir erreichen die Vororte von Florenz, das Motorrad wird langsamer. Ich bin überwältigt. Bisher hatte ich kaum Gelegenheit, die Stadt kennenzulernen. Hier führte Poppy Touristen herum und traf ihren Rico.

Wir halten an. Gabe nimmt meine Hand, und zusammen schlendern wird durch Gassen, in denen sich Boutiquen an Schuhläden, Gelaterien und Restaurants reihen. Der Duft von Lammbraten und Knoblauch weht auf die Straße. Männer in Anzügen eilen vorbei, wahrscheinlich auf dem Heimweg. Wir gehen in ein Ledergeschäft, wo ich ein teures Paar Handschuhe für Daria kaufe. Beim Kassieren macht die attraktive Verkäuferin Gabe schöne Augen. Stolz steigt in mir auf. Ich hatte noch nie einen Mann am Arm, um den mich andere Frauen beneidet haben.

Es ist schon dunkel, als wir mit dem Abendessen fertig sind. Gabrieles Freund Claudio hat uns in einem winzigen Restaurant, das sich im Keller einer alten Kunstgalerie versteckt, ein Festmahl kredenzt. Draußen ist es kühler geworden, Gabe legt mir einen Arm um die Schultern. Wir schlendern über die Piazza della Signoria, so wie es einst meine wunderbare Tante und ihr blonder Deutscher taten. Ich bleibe vor der David-Statue stehen. Die Perfektion des Kunstwerks imponiert mir.

»Das ist ja nur die Kopie.« Gabe nimmt meine Hand. »Damit sie nicht weiter beschädigt wird, haben sie die echte Statue 1873 in die Accademia gebracht. Wenn du sie sehen möchtest, können wir morgen hingehen.«

Ich schüttele den Kopf. »Wir reisen morgen früh weiter.«

»Ach so. Dann müssen wir uns das für deinen nächsten Besuch aufheben.« Gabe drückt meine Hand. Ich bin so selig, dass ich fast schwebe.

Wir gehen weiter. Ich habe den Eindruck, dass – wo auch immer wir entlangschlendern – Augenpaare auf uns gerichtet sind, als verströmten wir eine Energie, die alle beeindruckt.

Eine Stimme erregt meine Aufmerksamkeit. Eine Note. Ein Akkord. Gabe hört es auch. Wir gehen schneller, das melancholische Spiel einer Geige zieht uns an. Vor der Loggia dei Lanzi haben sich Menschen versammelt. Gabe steuert mich durch die Menge. Unter den drei breiten Bögen, die sich zur Piazza öffnen, steht ein junger Mann in T-Shirt und Jeans und führt den Bogen über die Saiten.

»Rico«, flüstere ich. Mein Herz wird groß und weit.

Neben ihm wiegt sich eine hübsche Frau mit geschlossenen Augen im Takt der Musik. Unvermittelt öffnet sie den Mund, und eine engelsgleiche Stimme erklingt. Sie singt Schubert. Jeder Ton ist eine Hommage an den Komponisten.

Ave Maria.

Ich bekomme eine Gänsehaut. Der gesamte Platz scheint innezuhalten. Die Leute kommen näher, suchen den Ursprung der magischen Klänge. Die Stimme der Frau wird von den Steinmauern zurückgeworfen. Ein Vogel fliegt über sie hinweg, in die Nacht, wie von der Musik beflügelt. Selbst die Statuen im Hintergrund, vor Hunderten von Jahren von damals unbekannten Bildhauern erschaffen, scheinen ihr zu lauschen.

»Ave Maria«, singt sie. *»Gratia plena.«*

Mir treten Tränen in die Augen. Gabe zieht mich zu sich, mein Körper passt perfekt an seinen. Er schlingt die Arme um mich und legt das Kinn auf meinen Kopf.

»Ave, ave, dominus.«

Die eindringliche Stimme ist herzzerreißend. Die Melodie steigert sich zu einem Crescendo. Nach der letzten Note verklingt die Musik. Kurz schweigt der gesamte Platz, dann brandet Applaus auf.

»Brava!«, rufe ich mit belegter Stimme. *»Brava!«*

Ich drehe mich zu Gabe um. Auch er jubelt. Er drückt mich fest an sich, keiner von uns sagt ein Wort. Es ist nicht nötig. Wie meine weise Tante einmal sagte, sind Worte überflüssig, wenn man etwas Magisches erlebt.

Es ist zwölf Uhr, als wir die *Casa di Fontana* erreichen. Das Knattern des Motorrads erstirbt, ich höre nur die Geräusche der Nacht – einen in der Ferne heulenden Hund, das Zirpen der Zikaden. Gabe nimmt meine Hand und führt mich zur Haustür. Als wir eintreten, ist alles still. Abgesehen vom schwachen Licht über der Spüle ist es völlig dunkel. Ohne ein Wort zu sagen, gehen wir zur Treppe und steigen gemeinsam nach oben.

Ein ganzer Schwarm Hummeln summt in meinem Bauch. Ob ich mit in sein Zimmer gehen soll? Fast haben wir es erreicht. Oder soll ich weiter nach oben steigen zu meinem unterm Dach?

Auf dem Absatz bleibt Gabe stehen und dreht sich zu mir um. Mir stockt der Atem. In der Dunkelheit blicken mich seine Augen fragend an. Er wickelt eine meiner Locken um seinen Finger. Mein Herz schlägt bis zum Hals. Gabe legt mir die Hand in den Nacken. Sein Atem streift meine Wange. Er zieht mich an sich, sein Mund kommt näher. Es dauert eine halbe Ewigkeit, bis sich unsere Lippen endlich treffen.

Ich kann nicht mehr klar denken, schmecke den süßen Portwein, den wir zuletzt getrunken haben. Es kribbelt am ganzen Körper. Ich löse mich von Gabe und mache einen Schritt nach hinten.

»Ich bin etwas außer Übung.« Ich lache leicht verächtlich.

»Das ist in Ordnung, Emilia.« Gabe will mich an sich ziehen, ich stemme mich gegen seine Brust.

»Nein, im Ernst. Es ist ungefähr elf Jahre her.«

»Alles gut.«

»Ich hab bis jetzt nur mit einem …«

Er legt mir einen Finger auf die Lippen. »Sprechen können wir auch hinterher, *sì*?«

Jetzt weiß ich endlich, um was so viel Aufhebens gemacht wird. Mein ganzes Leben lang habe ich gedacht, Sex würde überschätzt. Ich gebe es nur ungerne zu, aber nach meiner kurzen Beziehung mit Liam war ich distanziert und gefühllos. Sich so der Liebe hinzugeben ist eine völlig neue Erfahrung. Ich hoffe, dass Lucy das eines Tages auch erlebt.

Ich liege in Gabes Arm, er streichelt mit dem Daumen geistesabwesend meine Haut, küsst mich auf den Scheitel. Meine Kehle schnürt sich zu. Ich habe nicht geahnt, wie sehr es mir gefehlt hat, neben mir einen zweiten Herzschlag zu hören.

»Du bist eine sehr leidenschaftliche Frau, Emilia. Ich frage mich wirklich, wie du es elf Jahre ohne das aushalten konntest. Dein Herz ist so voll, dass es überfließt.«

Ich muss schlucken. In wenigen Stunden muss ich diesen wunderschönen Mann verlassen. Bei Einbruch der Nacht werden Tante Poppy, Lucy und ich an der Amalfiküste sein. Gabe und ich leben auf verschiedenen Kontinenten. Wahrscheinlich sehe ich ihn niemals wieder. Das wusste ich, als ich ihm mein Herz öffnete. Und schon jetzt habe ich Sehnsucht nach ihm.

»Du wirst mir fehlen«, flüstere ich.

»Du mir auch, meine Flamme.«

Ich streichele das Haar auf seinem Bauch. Er drückt mich an sich. »Weißt du, die meisten Menschen lösen bei anderen Funken aus. Das ist schön. Aber du, meine Liebste, du bist eine Flamme.« Er stützt sich auf den Ellenbogen und sieht mich an. »Du hast in mir ein Feuer entfacht, Emilia. Ich werde dich niemals vergessen.«

Ich lächele im Dunkeln. Tante Poppy hat versprochen, den Fluch zu durchbrechen. Vielleicht ist es ihr tatsächlich gelungen.

Wir lieben uns ein zweites Mal, diesmal langsamer, intensiver. Ich fange an, seinen Körper zu erkunden, und genieße seine Berührungen, die mich bis ins Innerste aufwühlen. Anschließend lässt sich Gabriele aufs Kissen fallen und schließt die Augen.

Ich warte. Wie geht es jetzt weiter? Ich hatte gerade den besten Sex meines Lebens, bin total aufgedreht. Es ist, als würde ich bei Freunden übernachten und sei die Einzige, die noch weiterfeiern will.

»Gabriele«, flüstere ich im Dunkeln.

»Hm?«

»Hat es dir Spaß gemacht?«

Seine Hand fällt auf meinen Arm. »*Sì.* Sehr.«

Ein Lächeln legt sich auf mein Gesicht.

»Soll ich besser zurück in mein Zimmer gehen?«, frage ich, aber nehme an, dass er mich bittet zu bleiben.

»*Sì*«, sagt er. »Wir sehen uns morgen früh, *tesoro.*«

»Oh. Ja, gut.«

Kurz darauf höre ich ihn gleichmäßig atmen, an- und abschwellend wie das Meer. Bald geht die Sonne auf. Barfuß tapse ich über den Holzboden. Gabe hat recht. Auch wenn Lucy und meine Tante wohl nicht schlecht von mir denken würden, ist es wahrscheinlich am besten, in meinem eigenen Bett zu schlafen.

Ich ziehe die knarrende Zimmertür auf. Bevor ich gehe, schaue ich noch einmal zurück in den dämmrigen Raum, der so wunderbar nach uns riecht.

»*Grazie*, Gabriele«, flüstere ich. Dann husche ich hinaus, lasse die Tür aber angelehnt, falls er mich doch noch zurück in seine Arme rufen sollte.

Als ich in unser Zimmer schleiche, dreht sich Lucy im Bett um. Vorsichtig schlüpfe ich unter die Decke, um sie nicht zu wecken. Ich lege den Kopf aufs Kissen. Lucys Hand tastet herum, bis sie die Uhr auf ihrem Nachttisch findet.

»Zwei Uhr. Müsstest du nicht in einem anderen Bett liegen?«

Ich kann mir mein Grinsen nicht verkneifen. »Ach, Lucy! Diesen Tag werde ich nie vergessen! Gabe ist einfach wunderbar.«

Stöhnend dreht sie sich um. »Warum hast du ihn dann nicht rangelassen?«

»Was? Rangelassen?« Ich stelle mich dumm.

»Das hättest du durchziehen sollen, Em. Gabe ist ein Kerl. Der will so was.«

Ich könnte ihr jetzt sagen, dass ich gerade den besten Sex meines Lebens hatte – zweimal nacheinander. Wahrscheinlich wäre sie beeindruckt. Aber ich halte den Mund. Das ist mein und Gabes Geheimnis.

»Gute Nacht, Luce!«

Ich mache die Augen zu und schlafe ein.

Es ist noch dunkel, als ich wieder aufwache. Ich schiele auf den Wecker: 04.15 Uhr. Bei den Gedanken an die letzten Stunden wird mir am ganzen Körper heiß. Ich schließe die Augen und grinse. Ich hab's getan. Ich bin verliebt. Na ja, halbwegs. Jedenfalls habe ich so was noch nie gemacht. Stolz und Freude steigen in mir auf.

Wann ich Gabe wohl wiedersehen werde? In nur zwei Monaten ist Weihnachten. Ich werde ihn nach New York einladen. Vorfreude flattert in meinem Bauch. Ich werde meine kleine Wohnung festlich schmücken und ein mehrgängiges Menü zubereiten. Dieses Jahr besorge ich einen echten Tannenbaum. Wir suchen ihn gemeinsam aus. Dad wird Gabe mögen. Und Nonna … sie wird ihn schon akzeptieren. Meine Schwester wird aus dem Häuschen sein: Ich habe Mimi von dem Fluch befreit!

Dann schüttele ich den Kopf. Das ist alles ein bisschen früh. Ich muss auf die Bremse treten. Aber meine Tante hat recht: Alles ist möglich. Der Fluch – den ich dummerweise nie ganz abschütteln konnte – löst sich auf, so wie sie versprochen hat.

Ich drehe mich zu Lucy um. Soll ich sie wecken? Ich kann es nicht erwarten, ihr zu erzählen, was in mir vorgeht. Es ist so, wie sie gesagt hat: Ich hab nur am Spielfeldrand gestanden. Ich habe der Liebe nie eine Chance gegeben. Doch jetzt zerstöre ich den Fluch für sie, für mich, für uns alle!

In der Dunkelheit versuche ich sie zu sehen.

»Luce?«, flüstere ich.

Ihre Bettdecke ist sonderbar flach. Und es ist seltsam still im Zimmer. Sie schnarcht gar nicht. Ich stütze mich auf den Ellenbogen, meine Augen gewöhnen sich langsam an das silbrige Mondlicht.

»Lucy?«, frage ich lauter und setze meine Brille auf.

Mit klopfendem Herzen schlage ich meine Decke zurück. Ich stehe auf und knipse die Nachttischlampe an.

Lucys Bett ist leer.

Nein. Nein. Das würde sie nicht tun! Ich massiere meine Schläfen und drehe mich im Kreis. Sie ist bestimmt im Badezimmer. Oder sie ist schon aufgestanden.

Aber im Bad brennt kein Licht. Und meine Cousine steht nicht um vier Uhr morgens auf.

Mir wird übel. Jeden Moment muss ich mich übergeben. Leise schleiche ich nach draußen und gehe auf Zehenspitzen die Treppe hinunter.

Bitte, lass die Tür offen sein!

Ich erreiche das Ende des Flurs.

Die Tür zu Gabes Zimmer, die ich angelehnt ließ, ist jetzt geschlossen.

31

Emilia

Ich hole den Koffer aus dem Schrank und werfe ihn aufs Bett. Auf keinen Fall werde ich heulen. Ich reiße die Schubladen auf und stopfe meine Klamotten in den Koffer. Ich muss hier raus. Wie soll ich es ertragen, Gabe noch mal gegenüberzutreten? Kann ich Lucy das je verzeihen? Wir müssen noch zwei Tage dieser verfluchten Reise durchstehen. Und zwar die wichtigsten Tage.

Unter einer Leggings ertaste ich etwas Hartes – das Notizbuch. Ich ziehe es aus der Schublade. Seit Tagen habe ich nichts hineingeschrieben. Wie eine vernachlässigte Freundin drücke ich es an meine Brust. Dann greife ich zum Stift.

Ich setze mich aufs Bett und schreibe drauflos. Die Worte brechen mit größerer Klarheit, stärkeren Emotionen und mehr Ehrlichkeit aus mir hervor als je zuvor. Ich fülle eine Seite. Dann die nächste. Als Lucy zwei Stunden später hereinkommt, habe ich drei Kapitel eines neuen Buchs geschrieben. Aber es ist kein Liebesroman, in dem die Hauptfiguren glücklich bis an ihr Lebensende zusammenbleiben.

Lucys Haar ist zerwühlt – genauer gesagt, sexy zerzaust. Unter ihrem offenen Morgenmantel trägt sie noch den Schlafanzug – eine kurze Hose, die ihr knapp über den Hintern reicht, und ein dermaßen enges Tanktop, dass es aufgemalt sein könnte.

»Em!« Sie stutzt, dann lächelt sie, und der Schatten eines Schuldgefühls huscht über ihr Gesicht. »Du bist aber schon früh auf.« Das Mädchen, das sonst vor dem Mittagessen kaum einen Ton herausbekommt, ist besonders fröhlich. »Und du hast schon gepackt!« Sie zeigt auf den Koffer neben der Tür. »Mensch, bist du fleißig!« Lucy lässt sich aufs Bett fallen und sieht sich um. »Ich will hierbleiben.«

Ich klappe mein Notizbuch zu. »Das kann ich mir vorstellen!«, fahre ich sie an.

Sie runzelt die Stirn, dann begreift sie und schaut beiseite. »Scheiße. Bist du mir hinterhergegangen?«

Ich schiebe das Kinn vor, weil ich befürchte, kein Wort herauszubekommen.

Lucy senkt den Kopf. »Sei bitte nicht böse auf mich, Em!«

Meine Wut bricht sich Bahn: »Ach so! Ich soll dir auch noch meinen Segen geben? Mein Gott, bist du abartig!«

Sie wird knallrot. »Es ist nichts passiert, ich schwöre. Das musst du mir glauben, Em. Es macht mir total Angst. Ich hatte gehofft, dass du es ein bisschen verstehst.«

»Nein, ich verstehe es nicht!« Die Wut in meiner Stimme beflügelt und verschreckt mich gleichermaßen. »Du gehst einfach davon aus, dass die gute alte Em wieder den Fußabtreter macht, wie eh und je, nicht?« Ich strecke die Arme aus. »Na los, Luce, putz deine Füße an mir ab! Bitte sehr, nutz mich aus, wie das jeder tut. Lad deinen Dreck auf mich! Ich zeig dir ein paar Stellen, wo noch Platz ist.«

Lucy stutzt. »Was redest du für einen Schwachsinn?«

»Halt den Mund!«, schreie ich. »Die alte Em gibt es nicht mehr!« Ich gehe auf sie zu, bis ich direkt vor ihr stehe. »Ich bin kein Fußabtreter mehr! Hast du mich verstanden? Du wirst nicht mit dem einzigen Menschen schlafen, den ich endlich …« Meine Stimme bricht. Ich reiße mich zusammen, um nicht zu weinen. »… den ich endlich in mein Herz gelassen habe, und dann erwarten, dass ich das auch noch gut finde. Ich verzeihe dir nicht. Nein! Ich habe keinen Bock mehr, nett zu sein! Ich habe auch ein Recht auf Glück!«

Meine Hände zittern, ich wende mich ab. Lucys Bett quietscht. Sie steht auf und legt ihre warmen Arme um mich. Ich beiße mir auf die Wange, um die Tränen zurückzuhalten. Liebevoll wiegt Lucy mich.

»Ich war nicht bei Gabe«, flüstert sie, löst sich von mir und dreht mich zu sich um. An ihren Wimpern hängen Tränen. Als sie lächelt, bebt ihr Kinn. »Ich war bei Sofia.«

Der Duft eines backenden Brots weht aus dem Ofen die Treppe hinauf bis in unser kleines Zimmer unterm Dach. Lucy und ich flitzen nach unten wie zwei Kinder an Weihnachten. Als ich Gabe erblicke, bleibe ich stehen. Mein Herz fließt über. Er gießt Sahne in einen Krug und telefoniert währenddessen mit dem Handy.

»Va bene. Sì.« Gabe sieht auf und lächelt, als er mich erblickt. *»Ciao, amico mio.«* Er steckt das Telefon in die Tasche. *»Buongiorno!«* Er wischt sich die Hände an der Jeans ab, kommt zu mir und gibt mir einen Kuss auf die Wange. »Hast du gut geschlafen, *tesoro*?«

»Sì.« Ich recke mich auf die Zehenspitzen, gebe ihm noch einen Kuss und flüstere kühn: »Nächstes Mal will ich neben dir aufwachen.«

Er legt den Kopf schräg. »Bleibst du doch noch länger?«

Ich lache. »Nein. Ich meinte das nächste Mal, wenn wir uns sehen. Wann immer das sein wird.«

»Ach so. Wäre mir ein Vergnügen.« Er drückt meine Hand und geht zur Kaffeemaschine. »Cappuccino?«

Sofia kommt herein und strahlt, als sie mich sieht. »Emilia! Du hast uns gestern gefehlt. Ich hoffe, mein Bruder hat dir ein paar schöne Sachen gezeigt.«

»Aber klar!«, sage ich. »Und wie war es bei euch?«

»Wir hatten Riesenspaß. Lucy hat Franco Fußballspielen beigebracht. Du hättest die beiden sehen sollen.«

Lucy kommt mit Dante auf dem Arm und Franco auf dem Rücken herein. Ich muss grinsen.

»Guten Morgen!«, sagt sie zu Gabe und setzt Franco ab.

»Nein!«, ruft der Junge. »Ich will Pferdchen spielen!«

»Später.« Sofia sieht ihn streng an. »Onkel Gabe hat das Frühstück fertig.«

Lucy bückt sich und nimmt Francos kleines Gesicht in die Hände. »Nach dem Essen zeigen wir Emmie, wie toll du ein Tor schießen kannst, kleiner Mann, ja?«

»*Yeah!*«, ruft er. Lucy lacht und drückt ihm einen Kuss auf die Nase.

Ich kann nicht aufhören zu grinsen. Meine Cousine sprudelt fast über vor Glück.

»Wo ist Tante Poppy?«, frage ich.

»Sie war schon hier und hat einen Kaffee getrunken«, sagt Gabe. »Sie will das Frühstück ausfallen lassen.«

Ich erschrecke, dann bekomme ich Schuldgefühle. Ich habe sie gestern kaum gesehen. Während Lucy und ich unterwegs waren, unseren Spaß hatten und verliebtes Kribbeln gespürt haben, kam unsere Tante ihrem Ende einen Tag näher.

»Ich schau mal nach ihr.«

»Lass sie lieber noch ein bisschen schlafen«, sagt Gabe und sieht mich mit einer Mischung aus Mahnung und Sorge an.

Nach dem Frühstück gehen Sofia, Gabe und ich auf den noch feuchten Rasen und sehen zu, wie Franco versucht, den Ball an Lucy vorbeizuspielen. »Konzentrier dich!«, sagt sie. »Ja, genau so!«

»Deine Cousine hat wirklich viel Geduld«, bemerkt Sofia und schirmt die Augen vor der Morgensonne ab. »Franco himmelt sie an.«

»Das sieht man.«

Sie dreht sich zu mir. Ihre Haut ist taufrisch im Morgenlicht. »Wie ist das Wetter in New York im November?«

»Grau, bedeckt, nass.« Ich lege den Kopf schräg. »Warum?«

Sofia stopft die Hände in die Taschen ihrer weiten Hose und zuckt mit den Achseln. »Ich hab nur überlegt, ob Franco Fußball spielen kann, wenn wir da sind.«

»Ihr kommt zu Besuch?«, rufe ich. »Nächsten Monat?«

Sie kneift die Augen zu und nickt. Die Aufregung steht ihr ins Gesicht geschrieben. »*Sì.* Haben wir vor.«

Ich reiße die Augen auf und nehme sie in die Arme. »Das ist ja super!« Ich wende mich an Gabe: »Hast du gehört? Sofia will uns besuchen! Komm doch mit! Es ist wunderschön im November!«

Er grinst. »Wunderschön? Gerade hast du noch gesagt, es wäre grau und nass.«

»Wunderschön wäre es«, sage ich, »wenn du da wärst.«

Er sieht zu, wie sein Neffe ein Tor schießt, und klatscht. »Das geht leider nicht. Ich muss arbeiten.«

»Du kannst den Gasthof doch für eine Weile schließen!« Ich schaffe es einfach nicht, mich zusammenzureißen. »Dann ist schließlich Nebensaison. Komm mit nach New York!«

Ich mache ihm Druck. Ich klammere. Furchtbar, dieses Flehen in meiner Stimme. Doch ich kann mich nicht beherrschen. Auch Sofia scheint zu spüren, wie verzweifelt ich bin. Sie geht ein Stück weiter, um uns Privatsphäre zu geben.

»Bitte, Gabriele, sag ja! Wenn nicht im November, dann Weihnachten. Ich zeige dir die Stadt. Dann sind alle Läden festlich geschmückt und …«

Er legt mir einen Finger auf die Lippen. »Ach, Emilia. Als ich dich kennenlernte, wusste ich sofort, dass du jemand bist, der das Besondere im Alltäglichen sieht. Ich bin nur ein Hügel – nicht der Berg, den du dir erhoffst.«

Schluchzend stehe ich in unserer Dachkammer und schimpfe mit meinem törichten Herz. Wie konnte er mit mir schlafen, mir erotische Dinge ins Ohr flüstern und heute so tun, als sei ich nur ein gewöhnlicher Gast in seinem Haus? Weil ich verflucht bin, deshalb.

Ich schaue auf die Uhr. In zehn Minuten bringt uns Gabe zum Bahnhof. Wie soll ich es bloß mit ihm im Auto aushalten?

Wenn ich doch mit Matt reden könnte! Er würde sagen, Gabe sei ein mieses Dreckstück. Dann würde ich mich besser fühlen. Aber nein, ich kann ihn nicht anrufen. Das wäre total gemein.

Ich trage meine Tasche nach unten, setze ein Lächeln auf und stecke den Kopf in Tante Poppys Zimmer. Wir stehen vor dem wichtigsten Teil unserer Reise, den will ich ihr nicht verderben.

»Hallo, Fast-Geburtstagskind! Wo ist dein Gepäck?«

Sie sitzt auf der Bettkante, in der Hand eine Schachtel Taschentücher. Lucy hat ihr beim Waschen und Anziehen geholfen. Tante Poppy trägt eine schwarze Hose und einen weiten roten Pulli. Es sieht aus, als würde das Gewicht ihrer großen türkisfarbenen Halskette meine Tante zu Boden drücken. Die Perücke wirkt zu groß. Als wollte sie verhindern, dass sie ihr vom Kopf rutscht, hat sie aus einem türkisen Tuch ein Stirnband gedreht. Mein Selbstmitleid versickert. Ich hocke mich neben meine Tante.

»Bist du überhaupt fit genug zum Reisen?«, frage ich und rücke ihr Stirnband zurecht.

»Natürlich.« Aber ihre Stimme ist heiserer als sonst, ohne jede Begeisterung.

Der heutige Tag wird besonders anstrengend werden: dreieinhalb Stunden Zugfahrt nach Neapel, gefolgt von zwei Stunden im Bus nach Ravello.

»Tante Poppy, du musst zu einem Arzt.«

Sie zieht ein Taschentuch aus der Schachtel und steht auf. »Rico wartet. Wir müssen los.«

Obwohl ich vor der Fahrt mit Gabe Angst hatte, bin ich enttäuscht, als ich zum SUV gehe und Sofia mit dem Schlüssel davor wartet.

»Stell deine Tasche schon mal ab«, sagt sie. »Ich packe sie gleich ein.«

»F…fährst du uns zum Bahnhof?«

»Sì.« Sie lächelt mich mitfühlend an. »Es tut mir leid, Emilia. Mein Bruder ist ganz groß im Begrüßen, aber mit dem Verabschieden hat er es nicht so.«

Ich sitze neben Poppy auf der Rückbank, schaue aus dem Fenster und höre mit einem Ohr zu, was sich Sofia und Lucy vorn erzählen.

»Ich leb so, wie ich es möchte, tagein, tagaus. Was andere davon halten, interessiert mich nicht«, sagt Sofia. »Machst du das nicht?«

»Nein«, erwidert Lucy. »Schon seit ich acht Jahre alt war nicht mehr. Aber das ist jetzt vorbei.«

Ich bin so stolz auf meine Cousine und würde es ihr auch sagen, wenn ich wüsste, dass ich es herausbekomme. Ich betrachte wieder die Landschaft. Trespiano und mein Traum von Gabriele bleiben in dieser wunderschönen Umgebung zurück. Meine Augen brennen, ich kneife sie zu, um nicht zu weinen. Tante Poppy beugt sich herüber und reicht mir ein Taschentuch. Ich betupfe meine Nase. Heute wurde mein Herz gebrochen. Morgen ihres. Was ist das nur mit der Liebe? Lucy hatte recht: Ich hab nie mitspielen wollen. Mir ging es gut mit meinem Leben als Single. Jetzt bin ich endlich aufs Spielfeld gegangen, und *bamm!* – hat mich sofort jemand abgeschossen. Nie zuvor habe ich mich so abgelehnt gefühlt, so gedemütigt und leer. Was für ein überflüssiger Schmerz!

Während ich mir ein Leben ohne Liebe ausmale, erinnert sich mein törichtes Herz an das wunderbare Gefühl, in Gabes Armen zu liegen. Wie lebendig ich mir vorkam, wie bewusst ich alles wahrnahm! So willkommen in dieser Welt – die Welt, in der ich mich vorher nie recht wohl gefühlt habe.

Ich schaue aus dem Fenster und blinzele. Habe ich mir das alles nur eingebildet? Ich denke an Lucy. Ihr Liebesleben hat mich null interessiert. Ich hab mich ihr überlegen gefühlt, war überzeugt, dass sie doch erkennen müsse, was für Typen sie sich angelt – Schürzenjäger. Tatsächlich waren es Typen wie Gabe. Und ich bin nicht besser als Lucy.

Poppys kalte Finger verschränken sich mit meinen.

»Du wirst irgendwann merken, dass das Leben kein Kreis ist, Emilia. Es ist ein verwirrendes Labyrinth aus Sackgassen und Umleitungen, Fehlstarts und gebrochenen Herzen. Ein schwindelerregendes Gewirr, durch das man irgendwie hindurchmuss.«

Ihr Blick ist liebevoll. Irgendwoher weiß sie es. Sie klopft auf den Platz neben sich, ich rutsche hinüber. Eigentlich müsste ich sie trösten, das weiß ich. Dennoch kann ich nicht anders: Ich lege meinen Kopf an ihre Schulter, sie streichelt mir über die Wange.

»Ich bin stolz auf dich, Emilia.«

»Stolz? Er hat mich zum Narren gehalten.«

»Quatsch! Du hast den Narren zurückgelassen.«

Ich studiere ihr Gesicht und überlege, wen sie damit meint: Gabriele oder mein altes Ich.

»Jetzt hast du die Liebe kennengelernt.« Sie beugt sich vor und flüstert: »Auch wenn er ein Aufreißer ist, der es nie ernst meint.«

»Was? Das wusstest du?«

Ich schiele nach vorn zu Sofia. Zum Glück ist sie ins Gespräch mit Lucy vertieft. »Warum hast du mich nicht vor ihm gewarnt?«, flüstere ich. »Du hast mich mit ihm losziehen lassen! Ist dir klar, dass ich mit ihm …« Ich verstumme.

»Natürlich! Es war höchste Zeit, dass du erfährst, was wahre Leidenschaft ist. Und so ein Frauenheld wie Gabriele kennt die besten Tricks.« Sie zwinkert mir zu.

Ich massiere meine Stirn. Vielleicht erinnere ich mich eines Tages an dieses Gespräch und kann darüber lachen.

Heute jedoch nicht.

Vor dem Bahnhof Santa Maria Novella in Florenz tummeln sich Autos, Taxen und hektische Fahrgäste. Sofia besteht darauf, uns zum Zug zu bringen. Als wir das vor Menschen nur so wimmelnde Gebäude betreten, meldet mein Handy eine Nachricht. Ich fische es aus der Tasche und sehe, dass Daria mir geschrieben hat.

Wo bist du?

Ich tippe im Gehen: *Bahnhof Florenz*

Wo da genau?

Ich pralle mit Lucy zusammen, weil ich nicht merke, dass Tante Poppy, Sofia und sie stehen geblieben sind. Fasziniert von dem Chaos, schaue ich auf. Menschen drängen sich an uns vorbei, genervt und aufgeregt. Frustriert schreien sie herum. Links von mir ist eine lange Schlange an einem Fahrkartenschalter. Ein Mann reicht uns ein Flugblatt, darauf steht fett geschrieben: *Salario Equo.* Gerechte Bezahlung.

»Ach du Scheiße!«, stößt Sofia aus und führt uns an die Seite. »Die Mitarbeiter der Bahn streiken. Das habe ich ganz vergessen!«

Tante Poppy greift sich an den Hals. »Ich habe auch nicht aufgepasst. So was wird vorher angekündigt.«

»Die kündigen ihren Streik an?« Ich sehe ein Poster an der Mauer, das mir auch schon in Venedig aufgefallen ist und vor einem kommenden *sciopero* warnt.

»Ich würde sagen, wir sehen zu, dass wir zu einem anderen Bahnhof kommen«, sagt Lucy.

»Es ist ein *sciopero nazionale*«, liest Sofia vom Flugblatt ab. »Landesweiter Streik für die nächsten vierundzwanzig Stunden.«

»Und was machen wir jetzt?«, fragt Lucy. »Können wir nach Ravello fliegen?«

»Nein. Wenn, dann nach Neapel«, sagt Sofia. »Von da geht es nur mit dem Bus weiter.«

Ein Amerikaner neben uns tippt in sein iPhone und ruft uns zu: »Alle Inlandsflüge sind ausgebucht.« Er schüttelt den Kopf. »Ich hab sämtliche Airlines gecheckt. Die nächste Möglichkeit, hier wegzukommen, ist morgen Nachmittag.«

Lucy stöhnt.

»Ihr könnt euch einen Mietwagen nehmen«, schlägt Sofia vor. »Oder ihr kommt wieder mit zu uns.« Sie lächelt Lucy an. »Mein Bruder und ich würden uns über einen weiteren Tag in eurer Gesellschaft freuen.«

In meinem Kopf dreht sich alles. Könnte dieser Streik Schicksal sein, das uns zwingen will, in die *Casa di Fontana* zurückzukehren? Hatte Gabe in der letzten Stunde ein Einsehen? Käme er mir mit ausgebreiteten Armen entgegen, weil ihm klargeworden ist, dass er mich fast verloren hätte?

Lucy schüttelt den Kopf. »Wir müssen rechtzeitig an der Kathedrale sein.«

Tante Poppy stößt einen Seufzer aus. »Danke, mein Schatz.«

Ich schließe die Augen, schäme mich für meinen Egoismus. »Auf jeden Fall.«

»Ist das die Schlange für Mietwagen?«, fragt Lucy und stellt sich auf die Zehenspitzen. »So ein Mist! Da können wir ja den ganzen Tag anstehen.«

In dem Moment, als ich den Mietwagenschalter entdecke, macht der Angestellte zu. Er stellt ein Schild auf: *Esaurito.* Die Leute buhen.

»Verflixt nochmal!«, schimpft Sofia. »Alle Autos weg.«

Meine Tante wimmert, ein so leises Geräusch, dass es mir das Herz bricht. Ich nehme ihre Hände in meine. »Keine Sorge! Irgendwie kommen wir nach Ravello. Das verspreche ich dir!« Doch im Inneren bin ich mir alles andere als sicher.

»Nehmt doch Gabrieles Auto«, schlägt Sofia vor.

»Nein«, erwidere ich. »Das geht nicht.«

»Natürlich geht das! Bestimmt. Würde er auch vorschlagen.«

Na klar. Um sein Gewissen zu beruhigen.

»Er kann dafür sorgen, dass es jemand nach Trespiano zurückfährt, wenn ihr es in Ravello nicht mehr braucht. In der Zwischenzeit nehmen wir das Motorrad oder die Vespas.«

Lucy klatscht in die Hände. »Hört sich gut an. Los, gehen wir zurück!«

Poppy und ich folgen Sofia und Lucy zum Ausgang. Ich nehme noch schnell eine Gratis-Landkarte von Italien mit. Da fällt mein Blick auf eine junge brünette Frau in ungefähr zwanzig Metern Entfernung. Sie trägt eine Jeansjacke und hat einen Rucksack über die Schulter geworfen. Sie sieht genau aus wie Daria. Ist ihr wie aus dem Gesicht geschnitten. Haargenau wie meine Schwester …

»Daria?«, rufe ich. Dann ein zweites Mal, nun lauter. »Daria!« Ich winke ihr zu.

Lucy sieht mich fragend an. »Was ist?«

Bevor ich antworten kann, entdeckt mich die Frau. Es dauert eine Sekunde, dann hebt sie die Hand und lächelt.

»Was soll das denn?«, sagt Lucy. »Daria ist hier? In Italien?«

32

Emilia

Ich schiebe mich über den überfüllten Bahnsteig, in den Augen ungläubige Tränen der Liebe und der Freude.

»Du bist hier!« Ich werfe die Arme um Daria und drehe mich mit ihr im Kreis. »Du bist extra gekommen! Ich fasse es nicht.«

»Immer mit der Ruhe, Kleine!« Sie lacht befangen und befreit sich aus meinen Armen. »Hab dich gar nicht erkannt. Du hast eine neue Brille.«

Automatisch will ich mich bei ihr bedanken, bis mir klar wird, dass es kein Kompliment, sondern nur eine Feststellung war. »Wie hast du uns gefunden?«

»Hab auf den Reiseplan geguckt, den du Dad dagelassen hast.«

»Unglaublich, dass du wirklich hier bist! O mein Gott, danke!«

»Was hätte ich denn tun sollen? Du rufst mich mitten in der Nacht aus Venedig an, voller Panik, weißt nicht, wo du bist. Dann wird die Verbindung unterbrochen, und ich höre nichts mehr. Nichts!«

»Es tut mir leid.« Meine Schwester hat sich Sorgen um mich gemacht. Sie ist gekommen, um mich zu retten. »Ich habe zurück ins Hotel gefunden. Ich hab dir gestern geschrieben, aber du hast nicht …«

»Da saß ich schon im Flugzeug«, unterbricht mich Daria und wendet sich an Lucy. »Und du? Gehst du eigentlich nie an dein Handy?«

»Ich hab mit dem hässlichen Ding Schluss gemacht, kaum dass ich in Italien war«, pariert Lucy. »Fehlt mir ungefähr so dringend wie meine alte Zahnspange.« Sie legt einen Arm um Sofia. »Das ist übrigens Sofia.«

Sofia streckt die Hand aus und lächelt schüchtern. »Freut mich, dich kennenzulernen, Daria.«

Der Blick meiner Schwester wandert von Sofia zu Lucy und zurück zur Italienerin. Schließlich ergreift sie deren Hand. »Mich auch.«

Lucy weist mit dem Daumen auf unsere Tante. »Tante Poppy kennst du ja.«

Poppy tritt vor und nimmt Darias Gesicht in die Hände. »Mein liebes Kind! Ist das schön, dich zu sehen!«

Meine Schwester springt regelrecht zurück. Am liebsten würde ich sie packen und ihr zuraunen, sie solle sich zusammenreißen. »Danke«, sagt sie kurz angebunden und nestelt an ihrem Rucksack herum.

»Du bist gerade rechtzeitig eingetroffen, um mit uns nach Ravello zu fahren«, sagt Poppy, offenbar unbeeindruckt.

»Genau!«, rufe ich. »Das ist perfektes Timing! Ravello ist die Krönung unseres Urlaubs. Warte, bis du Tante Poppys Geschichte hörst. Wir erzählen sie dir unterwegs.«

»Heute Abend sind wir da«, fügt Poppy hinzu. »Je nachdem, wie fest Luciana auf die Tube drückt.«

Lucy schreckt zusammen. »Ich kann nicht Auto fahren. Ich habe gar keinen Führerschein. Em macht das.«

Mein Herz schlägt schneller. Ich spüre Darias Blick auf mir. Sie grinst hinterhältig, erwartet hämisch meine Antwort. »Du willst also fahren, Emmie?«

Meine Schwester weiß, dass ich mich nicht hinters Steuer setze. Sie kennt auch den Grund. Ich verschränke meine zitternden Finger. »Nein«, flüstere ich.

Sofia beobachtet uns verwirrt, versteht offenbar nicht die Dynamik zwischen diesen seltsamen amerikanischen Schwestern. »Ich würde das ja machen«, beeilt sie sich zu sagen. »Aber ich muss zurück zu den Jungs.«

Tante Poppy winkt ab. »Keine Sorge. Ich fahre.«

Wenn es nicht so traurig wäre, würde ich lachen. Sie kann kaum gehen. Und der Beipackzettel ihres Medikaments verbietet ihr solche Tätigkeiten.

Es gibt nur eine Lösung. »Was ist mit dir, Dari?«

Meine Schwester schaut hoch.

»Bringst du uns?«

»Ich?«

»Bitte!« Ich falte meine Hände wie zum Gebet. »Ich flehe dich an, Dari! Fährst du uns bitte nach Ravello?«

Sie mustert mich, sieht erst Lucy, Sofia und schließlich Tante Poppy an. Dann seufzt sie schwer. »Wo ist das Auto?«

Auf dem Parkplatz herrscht das reinste Chaos. Hektische Reisende rufen nach Taxen, streiten sich, wer zuerst da war und wer sich wo anstellen muss. Sofia erschaudert und reicht Daria die Schlüssel. »Tut mir leid, dass ich euch allein lassen muss«, sagt sie, »aber ich muss zurück zu meinen Jungs.«

»Du bekommst doch nie im Leben ein Taxi«, sagt Lucy mit kritischem Blick auf das Durcheinander. »Wir bringen dich hin.«

»Nein. Ihr müsst los. Es dauert sechs Stunden bis nach Ravello. Gabriele holt mich nachher ab.«

Als Erstes umarmt Sofia mich, dann verabschiedet sie sich unter Tränen von Tante Poppy. Es scheint Poppys gesamte Kraft zu kosten, in ihre Tasche zu greifen und die Tüte mit den Pennys hervorzuholen. Sie drückt Sofia eine Münze in die Hand.

»Viel Glück«, sagt sie.

Sofia gibt ihr links und rechts einen Kuss auf die Wange. Mit Tränen in den Augen wendet sie sich Lucy zu. »Wir sehen uns im November.« Sie schiebt ihr eine Haarsträhne hinters Ohr. »Pass auf dich auf!«

Lucy nickt. »*Grazie*«, sagt sie mit belegter Stimme. »*Grazie.*«

Sofia geht davon und dreht sich noch mal um. »*Ciao!* Seid vorsichtig! Die Kurven können tückisch sein!«

Während Daria die Adresse ins Navi eingibt, helfen Lucy und ich Tante Poppy ins Auto. Sie kneift die Augen zusammen und reibt sich die Schläfen. Wahrscheinlich hat sie Kopfschmerzen. Sie hat nicht mehr die Kraft, auch nur ihre kleinste Tasche zu tragen. Wir schnallen sie hinten an und breiten unsere Jacken über sie. Trotz der milden Temperatur zittert sie. Meine Tante sollte in einem warmen Bett liegen, vielleicht sogar im Krankenhaus. Aber es gibt einen Grund, warum wir diesen langen Weg auf uns genommen haben. Wir können jetzt nicht aufgeben.

»Ruh dich ein bisschen aus«, sage ich zu ihr.

Ich weiß nicht genau, ob sie mich wahrnimmt. Sie lehnt den Kopf gegen die Scheibe und schließt die Augen.

Daria fährt sicher durch die Straßen von Florenz, immer den Anweisungen des Navis gehorchend. Ich hocke neben ihr auf dem Beifahrersitz und verfolge unsere Route auf der Straßenkarte von Italien, die ich am Bahnhof mitgenommen habe. Zuerst geht es nach Westen auf die Via del Ponte. Nach meiner Karte müssten wir in östliche Richtung auf die Via Nazionale fahren. Ich will es sagen, aber mache den Mund wieder zu. Daria gehört nicht zu den Menschen, die sich gerne etwas vorschreiben lassen. Sie hat den langen Weg nach Italien auf sich genommen. Sie ist hier, bei mir. Wir werden die nächsten zwei Tage miteinander verbringen.

»Danke noch mal«, sage ich zu ihr. »Ich kann dir gar nicht sagen, wie viel mir das bedeutet. Total unwirklich, das Ganze. Du musst ja ein Vermögen für das Ticket ausgegeben haben.«

»Das hat Nonna bezahlt.«

»Nonna?« Ich lache. »Ich hätte gedacht, für sie wäre diese Reise reine Geldverschwendung.«

»Nein.«

»Aber du hast dir extra freigenommen«, sage ich. »Hast Donnie und die Mädchen zurückgelassen.«

»Sei leise.«

»Nein, im Ernst! Das weiß ich wirklich sehr, sehr zu schätzen.«

Ich betrachte meine Schwester im Profil. »Mir ist klar, dass wir uns nicht mehr so nahe sind wie früher. Aber irgendwie weiß ich, dass du trotz allem hinter mir stehst. Das beweist doch nur …«

»Hör auf, Em. Lass es … gut sein.«

»Okay. 'tschuldigung.« Getroffen lehne ich mich zurück. Wir fahren schweigend weiter, ich merke, dass ich den Finger auf meine Narbe gelegt habe. Ich nehme die Hand herunter, verschränke sie mit der anderen und sehe aus dem Fenster. Ein Flugzeug steigt in den Himmel. Kurz darauf noch eins. Weiter vorn steht ein Schild mit der Aufschrift *Aeroporto di Firenze-Peretola*. Ich schaue auf die Landkarte.

»Dari, ich glaube, wir sind falsch.«

Sie ignoriert mich. Als sie rechts in die Zufahrt zum Flughafen einbiegt, bin ich verwirrt. Vom Rücksitz meldet sich Lucy: »Daria, wir haben mit einem Amerikaner gesprochen, der hat gesagt, dass alle Flüge ausgebucht sind.«

Meine Schwester antwortet nicht. Sie folgt der Beschilderung zur Abflugebene. Mir wird ganz anders.

»Was ist los, Dari? Wir müssen nach Ravello. Tante Poppy hat morgen Geburtstag.«

Das Terminal kommt in Sicht. Daria findet einen Parkplatz am Straßenrand, hält und zieht den Schlüssel ab. Sie holt ihr Handy heraus, sucht darin herum und hält mir ihr Display vors Gesicht.

»Das ist mein Ticket für den Rückflug.« Sie wischt eine Seite weiter. »Und das ist deins.«

Mit offenem Mund starre ich auf das E-Ticket von Emilia Antonelli mit dem heutigen Datum. »Ich … ich kann nicht zurückfliegen.«

»Doch. Nonna braucht dich. Lucy kümmert sich um Tante Poppy.«

Ich schlage die Hände vors Gesicht. Gedanken drehen sich in meinem Kopf. Warum ist meine Schwester tatsächlich hier? Weil sie sich Sorgen um mich gemacht hat? Weil ich ihr wichtig bin? Mir wird übel.

»Du … du bist extra hergeflogen, um mich nach Hause zu holen?«

Sie schaut auf das Auto vor uns, das versucht, rückwärts einzuparken. »Nonna hat es verlangt.«

»Ist sie verrückt? Das ist der wichtigste Teil unserer Reise. Morgen hat Poppy Geburtstag. Nur deshalb sind wir überhaupt hier.«

Daria sieht mich an. »Überleg es dir, Emmie. Die Bahn wird bestreikt. Inlandsflüge sind ausgebucht. Keiner von euch kann fahren.« Sie weist mit dem Kopf auf Tante Poppy, die auf der Rückbank schläft. »Die kann kaum noch stehen. Meinst du nicht, das Universum möchte dir vielleicht etwas mitteilen? Diese Reise nimmt kein gutes Ende. Sei vorsichtig!«

Meine Arme bekommen eine Gänsehaut. Auf der Rückbank meldet sich Lucy mit fester, kräftiger Stimme zu Wort. »Hör auf mit dem Scheiß, Daria!« Sie beugt sich vor, die Augen zu Schlitzen verengt. »Diese Reise hat alles verändert. Wir sind nicht mehr verflucht. Du hättest mal Em mit Sofias Bruder sehen sollen. Wie sie mit ihm geflirtet hat! Sie hatte Spaß und Freude am Leben. Du hättest sie nicht wiedererkannt, echt nicht.«

»Wirklich?« Daria sieht mich an. »Und wie ist es ausgegangen?«

Mein Liebeskummer meldet sich zurück, zehnmal stärker als zuvor. Ich schlage die Hände vors Gesicht. Meine Schwester hat recht. Meine kurzlebige Affäre ist kläglich gescheitert. Was hält der Fluch wohl noch für mich bereit? »Ich muss Tante Poppy nach Ravello begleiten«, murmele ich.

Daria grinst. »Viel Spaß dabei, ohne Fahrer.«

Ich beiße die Zähne aufeinander. Am liebsten würde ich rufen: »Dann mache ich es halt!« Aber ich bekomme es einfach nicht heraus. Ich reibe mir den Nacken, die Haare sind nass vor Schweiß.

»Los!« Daria schnallt sich ab. »Unser Flug geht in anderthalb Stunden.« Sie öffnet die Tür.

Mein Herz dröhnt. Ich drehe mich zu Lucy um. »Vielleicht fliegen wir doch besser zurück, Luce – wir alle. Wir buchen um.

Je früher Tante Poppy zu Hause ist, desto eher kann sie zu einem Arzt.«

Lucy ist stoisch. »Ich bleibe.«

»Beeil dich!«, sagt Daria.

Mit klopfendem Herzen sehe ich meine Schwester an. Sie wartet. Sie braucht mich. Ich stoße einen Seufzer aus, schnalle mich ab und drehe mich noch mal zu Lucy um. »Gut. Ähm, du hast doch sicher Sofias Nummer. Dann rufe ich sie an und frage, ob sie euch hier abholt.«

Lucy funkelt mich böse an. »Ich fasse es nicht, dass du dich von deiner Schwester so herumkommandieren lässt!«

»Sie kommandiert nicht. Ich kann nicht Auto fahren, Luce! Ob ich bleibe oder nicht, macht keinen Unterschied. Wir kommen nicht nach Ravello! Dann kann ich auch früher zurückfliegen, und Nonna ist zufrieden.«

»Wag es nicht, dich auch noch zu verteidigen, Em!« Lucys Nasenlöcher weiten sich. »Ich dachte, du hättest dich geändert.«

Ihre Bemerkung sticht mir ins Herz. Ich schaue zu Tante Poppy hinüber. Sie schläft noch, Gott sei Dank. Was würde sie sagen, wenn sie mitbekäme, dass ich sie gerade im Stich lasse?

Daria beugt sich ins Auto vor, den Rucksack über der Schulter. »Los, Emmie!«

Ich kann mich nicht bewegen.

»Wir sind rechtzeitig zur Arbeit morgen zurück«, sagt sie. »Nonna wird heilfroh sein. Und glaub mir, Emmie, sie ist dir auf ewig dankbar. Pflichtbewusstsein geht ihr über alles.« Meine Schwester senkt die Stimme. »Sie war am Boden zerstört, als sie merkte, dass dir ihre Schwester wichtiger ist als sie. Ehrlich, Em, ich meine, Nonna war praktisch eine Mutter für uns!«

Blut schießt mir in die Schläfen. Ich muss schlucken. »Nein. Sie war wie eine Mutter für dich. Nicht für mich.«

»Egal«, sagt Daria. »Los jetzt!«

Mein Herz klopft. »Und du bist keine Schwester mehr für mich, Dari. Schon seit Jahren nicht mehr.«

»Aha. Ich komme also nach Italien, um dich zu holen, und das ist der Dank dafür?«

Jahrelang verdrängte Wut bricht sich Bahn. Durch zusammengebissene Zähne presse ich hervor: »Du bist nur gekommen, um meinen Urlaub zu zerstören. Du konntest es nicht ertragen, dass ich etwas Besonderes erlebe, allein. Nonna hat dir das Gehirn gewaschen, genau wie Dad.« Ich stoße ein irres Lachen aus. »Und mir.«

»Du leidest ja unter Verfolgungswahn.«

Ich nicke. »Früher ja. Aber jetzt nicht mehr. Jetzt ist mir alles klar. Der Fluch kommt dir sehr gelegen. Weil du das Glück hast, die gesegnete Erstgeborene zu sein. Du bist Nonnas Schützling, ihr Stolz und ihre Freude. Und du hast solche Angst davor, diesen Status zu verlieren, dass du mich dafür geopfert hast. Mein Leben, unsere Beziehung. Alles nur, um unsere Großmutter zufriedenzustellen. Ich bin nur noch dein Dienstmädchen.«

»Fahr zur Hölle, Em!«

Ich starre meine Schwester an, die ich mehr als alles auf der Welt liebe. »Nein.« Mein Mund zuckt, mein Kinn bebt, doch ich spreche bestimmt und mit Nachdruck. »Ich fahre nicht zur Hölle. Ich fahre nach Ravello.«

Zitternd halte ich ihr die ausgestreckte Hand hin. Sie wartet kurz, hofft vielleicht, dass ich anfange zu lachen und sage, das sei nur ein Witz gewesen. Kurz bin ich versucht, das wirklich zu tun. Aber nur kurz.

Schließlich legt Daria mir den Schlüssel in die Hand. »Du machst einen großen Fehler.«

Sie verschwindet im Terminal. Ich sehe ihr nach, angstvoll und gleichzeitig seltsam distanziert. Mir ist übel.

Ich lasse den Kopf aufs Lenkrad sinken. Was habe ich nur getan? Hinter mir klatscht jemand. Ich sehe mich um.

»*Brava! Brava*, mein Mädchen!« Poppy legt mir eine Hand auf die Schulter. »Wie du jetzt strahlst! Du strahlst wie ein Stern!«

Ich blinzele die Tränen zurück, bekomme keinen Ton heraus.

Lucy muss schmunzeln. »Sieht aus, als hätte die gute Emmie endlich Eier bekommen.« Sie hält mir die Hand zum Abklatschen hin. »Wurde Zeit, dass du der alten Ziege mal zeigst, wer hier das Sagen hat.«

Ich drehe mich um und schlage sie ab, aber der Jubel fühlt sich falsch an. Daria ist meine Schwester, ich liebe sie. Bedingungslos. Heute jedoch kann ich sie beim besten Willen nicht verteidigen.

Lucy klettert von hinten auf den Beifahrersitz. Sie zieht ihr Shirt gerade und sieht mich an.

»So. Das war doch ein Witz, dass du nicht fahren kannst, oder?«

33

Emilia

Ich erzähle gerade die Geschichte von Liams Unfall, als ein Sicherheitsmitarbeiter des Flughafens gegen die Fensterscheibe des Wagens klopft. *»Partite!«*, ruft er. »Fahren Sie!«

»Verdammt.« Ich halte die Luft an und nicke ihm zu.

»Das verstehe ich nicht«, sagt Lucy. Sie dreht sich mit dem Rücken zur Beifahrertür und schaut mich an. »Ich meine, klar warst du nach dem Unfall neben der Spur. Aber was hat das mit dem Fluch zu tun, dass du nicht Auto fahren willst?«

»Du hast gerade Sofia kennengelernt, nicht? Bist du glücklich?«

»Hm, eigentlich zum ersten Mal überhaupt.«

»Und genau dann passiert es. In so einem Moment schlägt das Schicksal zu, nur um seine Macht zu beweisen. Wir bauen einen Unfall, verletzen uns schwer, werden für immer entstellt oder …«

»Sterben? Davor hast du Angst? Dass du mich umbringst?«

»Ja … nein … Ich habe Angst, dass der Fluch dich umbringt.« *So wie er meine Mutter getötet hat und dann beinahe Liam.* Ich hole tief Luft. »Was wäre, wenn es nicht nur ums Heiraten geht? Was ist, wenn dieser angebliche Fluch uns nicht zugesteht, zu lieben? Ich würde mir nie verzeihen, wenn ich der Grund wäre …«

Lucy wirft die Hände in die Luft und unterbricht mich. »Jetzt reiß dich mal zusammen, Em! Ich versichere dir schon jetzt, wenn ich meine Nase verliere oder gehirntot bin oder in der Urne lande: Ich gebe dir keine Schuld.«

Wir sehen uns tief in die Augen, zwei einst verfluchte Töchter, die das Schicksal herausfordern.

»Lass los, Emilia!«, höre ich Tante Poppys Stimme von der Rückbank.

Wir drehen uns um. Hat sie die ganze Zeit zugehört?

»Lass los«, wiederholt sie. Ich habe das Gefühl, dass ihrem Satz etwas fehlt. Die beiden Wörter sind voller Hoffnung, Möglichkeiten und Gefahren. Die Angst loslassen. Schuldgefühle loslassen. Falsche Überzeugungen loslassen.

Der Sicherheitsmitarbeiter klopft wieder. Er zeigt auf uns und bläst in eine Pfeife. *»Partite!«*

Der Magen rutscht mir in die Hose. Ich hebe einen Finger und artikuliere lautlos »Okay«. Dann richte ich den Blick auf die Straße. »Verdammt!«

Ich hole tief Luft. Langsam und beklommen drücke ich aufs Gaspedal. Und lasse los.

Anderthalb Stunden später lockere ich endlich den Griff ums Lenkrad. Ich dehne den Hals und versuche, die Verspannung zu lösen. Von der Rückbank höre ich leise Poppys Schnarchen. Ich wische mir über die Stirn und schaue auf das Navi. »Moment mal … wir sind erst dreißig Kilometer gefahren?«

»Ähm, ja, so ungefähr«, sagt Lucy. »Bei der Geschwindigkeit müssten wir nach meinen Berechnungen früh genug zu Poppys Geburtstag in Ravello sein. Zu ihrem einundachtzigsten.«

»Wir wollen doch gesund ankommen.« Ich schaue auf die Straße. »Schreibst du Daria eine Nachricht von mir? Mein Handy ist in der Tasche. Sag ihr, dass es …« Ich bekomme den Satz »Dass es mir leidtut« nicht heraus. Was hat Poppy am Anfang noch mal zu mir gesagt? *Hör auf, dich zu entschuldigen, wenn es dir nicht leidtut.*

»Schreib ihr, dass ich sie liebhabe und ihr einen guten Flug wünsche. Und dass wir uns in drei Tagen sehen.«

»Die Hoffnung stirbt zuletzt«, murmelt Lucy beim Tippen. »Ich schreib ihr auch, dass du endlich einen Orgasmus hattest.« Sie guckt mich an. »Wenn du jetzt stirbst, hast du das wenigstens abgehakt, oder?«

Ich versuche zu lächeln, aber der Schmerz ist noch zu stark. Ist es nur einen Tag her, dass ich mit Gabe zusammen war? Ganz kurz gab es ein »Wir«. Tränen springen mir in die Augen, ich blinzele sie fort. Ich kann hier nicht rumheulen, wenn Lucy vor Energie nur so sprüht. Mit aller Macht verdränge ich den Klang von Gabrieles Stimme und das Gefühl von seiner Haut auf meiner. Ich verstaue die Erinnerungen in einer geheimen Kammer meines Herzens, wo ich sie mir irgendwann ansehen werde.

»Luce, weißt du überhaupt, wie ich mich für dich freue? Das ist so toll! Sofia ist eine coole Frau. Und du auch.«

»Danke. Aber wenn du's genau wissen willst: Ich hab ein bisschen Schiss. Wenn meine Eltern das erfahren, bekommen die drei Herzinfarkte.«

»Ich weiß.« Ich versuche gar nicht, es zu leugnen. »Aber sie werden sich damit abfinden. Weil sie genau dasselbe sehen wie ich: Du strahlst.«

Sie lacht übers ganze Gesicht. »Echt?«

»Und wie. Ich bin stolz auf dich.«

Sie lehnt den Kopf an die Scheibe. »Weißt du, mein ganzes Leben habe ich mich gegen das gewehrt, was sich natürlich anfühlt. Es ist gar nicht so, als hätte ich plötzlich beschlossen, die Regenbogenflagge zu hissen. Eher so, als hätte ich aufgehört, mich zu wehren.«

Ich drücke ihr Knie. Eine Weile schweigen wir, dann spricht Lucy mit leiser Stimme weiter.

»Ich glaube, du bist jetzt auch Mitglied im Club ›Flachgelegt und abserviert‹.«

Kurz weiß ich nicht, ob sie sich über mich lustig macht. Meine Finger umfassen das Lenkrad fester.

»Nicht gerade ein Club, in dem man unbedingt Mitglied sein will«, fährt sie fort. »Aber ich habe gehört, dass die meisten früher oder später mal reingucken.«

Ich warte, bis uns ein Lkw überholt hat. Dann schiele ich zu Lucy hinüber. Ihr Blick ist freundlich. Ich seufze. »Ich war so dämlich.«

»Du bist unerfahren. Du kennst die Spielregeln nicht. Aber die lernst du noch. Und falls dich das irgendwie beruhigt: Ist mir auch alles schon passiert.«

»Mit diesem Jack«, sage ich, eine Feststellung, keine Frage.

Lucy nickt. »Und mit ungefähr einer Million anderen Wichsern.«

Mein Lachen geht in ein Stöhnen über. »Oh, Luce, was soll ich bloß tun? Ich habe mich so in ihn verliebt! Wo soll ich mit all diesen Gefühlen hin?« Ich schüttele den Kopf. »Ich weiß. Du denkst, dass ich übertreibe. Ich kenne ihn ja erst seit drei Tagen.«

»Das ist unwichtig. Es geht um die Chemie. Wenn die stimmt, und sie ist plötzlich weg, dann fühlt man sich, als bekäme man keine Luft mehr, als wäre einem alles Schöne im Leben weggenommen worden. Man kann nicht mehr atmen und schon gar nicht essen oder schlafen. Und man ist felsenfest überzeugt, so sicher man nur sein kann, dass das Leben nie wieder so sein wird wie vorher.«

Ich schiele zu ihr hinüber. »Aber irgendwann ist es doch wieder so, oder?«

Sie schüttelt den Kopf. »Nein, Em. Man ist nie wieder dieselbe.«

Ich stöhne. Male mir ein Leben voller Traurigkeit aus.

Lucy klopft mir aufs Knie. »Es geht einem besser. Hundertmal besser.«

Als ich fünf Stunden später langsam locker am Lenkrad werde, erreichen wir die Provinz Salerno. Die Sonne geht im Golf von Neapel unter und taucht den Himmel in ein sattes Orange. Bis Ravello sind es noch achtundfünfzig Kilometer. Wie auf ein Stichwort ändert sich die Landschaft. Die lange, schnurgerade Autobahn A1 liegt hinter uns, stattdessen geht es durch verwirrende Kreisverkehre und schwindelerregende Kurven hoch in die Berge. Lucy sitzt kerzengerade mit angespanntem Gesicht da.

»Du schaffst das«, sagt sie und krallt sich ans Armaturenbrett, als hinge sie über einem Abgrund.

Meine Hände schwitzen. Als ich den schäumenden Golf von Salerno unter den Felsen erblicke, halte ich die Luft an.

»Ach du Scheiße!«, rufe ich und kämpfe gegen den Schwindel.

»Nicht nach unten gucken!«, mahnt Lucy.

Das Herz dröhnt in meiner Brust. »Ich hasse das!«

»Das Positive ist«, sagt Lucy, »wenn wir abstürzen, dann reißen wir zumindest auch Gabes geliebten SUV mit ins Meer.«

Ich konzentriere mich auf die vor mir liegende Straße. Mit angehaltenem Atem meistere ich die nächste Haarnadelkurve. Vor uns erscheint ein Touristenbus, davor fährt ein Wohnmobil. Ich bremse ab, bis ich fast stehe. Hinter mir bildet sich eine Schlange. Ich schaue in den Rückspiegel. Der nächste Pkw klebt mir fast an der Stoßstange. Der Fahrer zieht immer wieder auf die Gegenfahrbahn, will mich offenbar überholen … plus den Bus … und das Wohnmobil.

»Bleib ruhig!«, sagt Lucy. »Vergiss die anderen Autos.«

»Was soll ich denn machen? Ich komme nicht vorbei!«

Der Wagen hinter mir hupt. Lucy dreht sich um und streckt den Mittelfinger aus. Ich ziehe ihren Arm zurück.

»Hör auf! Der rastet gleich aus.«

Wieder drückt der Fahrer auf die Hupe. Es ist zu gefährlich für ihn, mich und die beiden Fahrzeuge vor mir zu überholen. Er will, dass ich an ihnen vorbeiziehe. »Verdammt!«

Nach der nächsten Kurve ist die Fahrbahn ein Stück lang gerade.

»Los!«, ruft Lucy. »Vorbei an den Schnecken, schnell!«

»Was? Nein!«

Aus der langen Schlange hinter uns ertönen mehrere Hupen. Meine Brust zieht sich zusammen. Wenn es irgendwie weitergehen soll, muss ich jetzt raus. Am ganzen Körper zitternd setze ich den Blinker und wechsele so vorsichtig wie möglich auf die Gegenfahrbahn.

»Gib Gas!«, ruft Lucy.

Ich trete aufs Gaspedal, der SUV macht einen Satz. Fast bin ich am Bus vorbei, als die nächste Kurve näher kommt.

»Oh, Scheiße!«, rufe ich. Der Motor dröhnt, die Automatik schaltet herunter. Ich will mich zwischen Bus und Wohnmobil quetschen, aber es ist nicht genug Platz.

»Lasst mich rein!«, flehe ich. Gleichzeitig brüllt Lucy: »Tempo!«

Ich steige aufs Gas. Ich habe keine andere Wahl, ich muss das Wohnmobil auch überholen. Mir bricht der kalte Schweiß aus.

»Ja! Du schaffst es, Em!«

Vorne kommt ein Auto um die Kurve. »Heilige Scheiße«, stößt Lucy aus. »Jetzt ist es vorbei!« Sie schlägt die Hände vors Gesicht und rutscht fast unter den Sitz.

»O Gott!« Mein Herz klopft zum Zerspringen. Ich umklammere das Lenkrad. Bitte, lieber Gott! Hilf mir! Das Gaspedal ist komplett durchgetreten. Das Wohnmobil neben uns scheint immer länger zu werden. In der letzten Sekunde ziehe ich rüber. Im selben Moment zischt das entgegenkommende Auto an uns vorbei.

Ich stoße einen Schrei aus.

Lucy hat immer noch die Hände vorm Gesicht.

»Du kannst wieder gucken«, sage ich.

Sie setzt sich auf. »Mensch, Em, du hast uns fast umgebracht.«

Ich muss lachen. »Ich habe dich gewarnt!«

Lucy grinst. »Dass die Nase anschließend ab ist, darauf hatte ich mich eingestellt, aber nicht auf die Urne.«

An dem dunklen Ort in mir, wo die Angst wohnt, öffnet sich eine Tür. Licht fällt herein. Ich weiß jetzt, dass ich Auto fahren kann – auch wenn ich auf jeden Fall wieder mehr Übung brauche.

Hinter uns lacht jemand leise vor sich hin.

»Ah, Tante Poppy«, sage ich mit Blick in den Rückspiegel. »Wir wollten dich nicht wecken.«

»Ich will doch nicht den ganzen Spaß verpassen!« Ihre Augen leuchten, doch ihr Gesicht ist aschfahl. Ich weiß nicht, ob es an meinem Fahrstil oder ihrer Krankheit liegt. »Seit 1960 habe ich mich nicht mehr vor diesen Kurven gefürchtet.« Sie beugt sich vor, so dass ich ihr Gesicht aus dem Augenwinkel sehen kann. »Damals habe ich meine Familie verlassen, und zwar für immer. Ich hatte meine Entscheidung getroffen. Mein Platz war an Ricos Seite. Dachte ich wenigstens.«

34

Poppy, 1960

Rico kniete vor mir auf den Stufen der Kathedrale von Ravello. Seine Geste hatte jedoch einen bitteren Beigeschmack. Ich wusste genauso gut wie er, dass die katholische Kirche uns niemals vermählen würde. Wir lebten in Sünde. Wir hatten keine Trauzeugen, keine Papiere. Rückblickend hätten wir nicht so schnell aufgeben sollen. Wir sind gar nicht auf die Idee gekommen, außerhalb der katholischen Kirche zu heiraten. Aber damals wussten wir natürlich auch nicht, dass uns die Zeit davonlief.

Die schwere Kirchentür stöhnte, als wir eintraten. Es war dunkel in dem leeren Gotteshaus, roch nach Weihrauch und feuchtem Mörtel. In den Kapellen glommen Kerzen, helle Flammen in einem Meer der Stille. Wir tauchten die Finger in das Weihwasserbecken und bekreuzigten uns.

Rico führte mich durch den Mittelgang zum Altar. Dort drehte er sich mit leuchtenden Augen zu mir um und nahm meine Hände in seine.

»Ich, Erich Joseph Krause, nehme dich, Paolina Maria Fontana, zu meiner angetrauten Frau. Ich gelobe, dich jeden Tag meines Lebens zu lieben und zu ehren, bis dass der Tod uns scheidet.«

Ich drückte seine Hand, um zu verbergen, wie sehr ich zitterte, und gab Rico ebenfalls mein feierliches Versprechen. Meine Kehle war so zugeschnürt, dass ich die Worte kaum herausbekam. »… bis dass der Tod uns scheidet.«

Er nahm mein Gesicht in die Hände. »Darf ich die Braut jetzt küssen?«

Als seine Lippen meine berührten, schreckten uns Schritte auf.

Aus dem Dunkel erschien ein Priester. Mit forschen Schritten kam er auf uns zu. Es war nicht Vater Pietro, der sonst die Messe hier las, sondern ein junger Mann mit dunklen Haaren und einer langen, schmalen Nase. Ich hatte ihn noch nie gesehen. Er stieg die drei Stufen zu uns hinauf zum Altar. »Lasset uns beten!«, sagte er. Wir senkten die Köpfe, und er legte seine Hände darauf.

»Möge Gott euch segnen und schützen. Möge er den Weg ebnen, der vor euch liegt, und möge er euch die Demut und Gnade verleihen, Glück wie Unglück anzunehmen. Seid stark wie der Mammutbaum, wenn Schwierigkeiten auftreten, und biegsam wie die Weide, wenn euch jemand um Verzeihung bittet. Aber vor allem liebt froh, dankbar und treu im Geiste Jesu Christi. Amen.«

»Amen«, wiederholten wir, überwältigt von dem unerwarteten Segen und beeindruckt von diesem geheimnisvollen Diener Gottes, der wie aus dem Nichts aufgetaucht war. Wir bedankten uns bei dem jungen Priester und verließen die Kirche so verheiratet, wie man nur sein kann.

Vor der Kathedrale küssten wir uns.

»Eines Tages, wenn deine Eltern mich akzeptiert haben, kommen wir hierher zurück und heiraten richtig.«

»Richtig?« Ich schüttelte den Kopf. »Aber, mein geliebter Ehemann«, sagte ich und zwinkerte ihm zu, »wir sind richtig verheiratet. Ich spüre es.«

»Ja, ich fühle es auch.« Rico drückte meine Hand.

Etwas Glänzendes fiel mir ins Auge. Ich bückte mich und nahm eine Münze von der Betonstufe. »Eine Glücksmünze«, sagte ich und zeigte sie Rico.

Er berührte sie, als besäße sie magische Kräfte. »Mögen wir an deinem nächsten Geburtstag genau an dieser Stelle stehen und uns ebenso lieben wie heute.«

Ein Schauer lief über mich hinweg. Trotz des schönen Anlasses war es, als spürten wir beide tief in unserem Herzen, dass uns etwas Düsteres bevorstand.

»Nächstes Jahr? Das ist ja nicht schwer«, sagte ich, um ein wenig Druck von unserer Zukunft zu nehmen.

»Na gut«, sagte Rico und rieb sich das Kinn. »Wir kehren an deinem dreißigsten Geburtstag hierher zurück.«

»In neunzehn Jahren? Das ist immer noch keine Herausforderung.« Ich umklammerte die Münze, suchte meinen Lieblingsstern im Himmel und überlegte, wie wir unsere gemeinsame Zukunft besiegeln könnten. »An meinem achtzigsten Geburtstag werden wir zusammen auf den Stufen der Kathedrale von Ravello stehen. Versprich mir das, mein Ehemann!«

Rico lächelte, Traurigkeit schimmerte in seinen Augen. »Gut. An deinem achtzigsten Geburtstag«, wiederholte er. »Versprochen.«

35

Emilia

Als wir uns Ravello nähern, wird der Verkehr dichter. Lucy dreht sich zu Poppy um. »Moment mal! Soll das heißen, du warst die ganze Zeit verheiratet? Warum hast du das nicht gesagt?« Sie sieht von Poppy zu mir und wieder zurück. »Das heißt doch, dass der Fluch gebrochen ist, oder? Es hat nie einen gegeben!«

Im Rückspiegel sehe ich, wie Poppy das Kinn reckt. »Rico und ich waren überzeugt, dass Gott, unser Gott, unsere Ehe gesegnet hatte. Wir haben beim Juwelier silberne Ringe gekauft, nicht teurer als ein paar Milchflaschen. Immer wieder sind wir in die Kathedrale zurückgekehrt und haben uns nach dem jungen Priester erkundigt, der an jenem Abend dort aufgetaucht war. Aber der alte Vater Pietro, dessen Haare weiß wie Schnee waren, versicherte uns ein ums andere Mal, er sei der einzige Priester in der Gemeinde. Wir gingen zur Sonntagsmesse und befragten anschließend die Gemeindemitglieder. Aber niemand kannte einen dunkelhaarigen Priester mit langer, schmaler Nase.«

»Was bedeutet das?«, fragt Lucy. »Bist du nun gesetzlich verheiratet oder nicht?«

Poppy hebt die Hände. »War es rechtmäßig? War es moralisch einwandfrei? Werden mir die anderen glauben? Werden sie mich kritisieren? Sich von mir abwenden?« Sie legt die Hand auf Lucys Schulter, und mir wird klar, dass sie von Sofia spricht, nicht von Rico. »Vielleicht. Aber wenn man seine Entscheidung voller Liebe und Aufrichtigkeit trifft, wird man zu seiner Antwort stehen. Und oft lautet sie in dem Fall: ›Na, und?‹«

Vor einem weißgetünchten Hotel an der Piazza del Duomo halte ich mit dem SUV. Mit verkrampften Händen ziehe ich den Schlüssel heraus und seufze laut vernehmlich. »Gott sei Dank!«

Lucy grinst. »Du hast es geschafft, Em! Du bist gefahren. Hast du echt geil gemacht!«

»Endlich!«, ruft Poppy. Sie öffnet die Tür und atmet tief durch. »Der Duft des Meeres!«

Ich habe mal gehört, dass es Menschen gibt, die irgendwo hinkommen – in eine Stadt oder einen Ort, in ein altes Schloss oder eine Hütte – und sich sofort zu Hause fühlen, als kehrten sie nach einer langen Reise endlich heim. So ergeht es mir in dem Moment, als wir in Ravello sind.

In dem urtümlichen Städtchen herrschen Weiß, Grün und gedämpfte Töne vor. Ich spüre eine gewisse Energie. Menschen marschieren forschen Schrittes über die gewundenen Bürgersteige, Radfahrer winken im Vorbeifahren. Die im Tyrrhenischen Meer untergehende Sonne taucht die Häuser in Pastellrosa.

Wir betreten das Michelangelo, ein Boutique-Hotel mit einem wunderschönen Marmorbrunnen in der Freiluftlobby. »Rico und ich haben uns immer ausgemalt, dass wir hier mal übernachten würden. Ich könnte mir gut vorstellen, dass er auch hier abgestiegen ist.«

Ich ziehe die Schultern hoch. Glaubt sie tatsächlich, dass Rico sich daran erinnert? Ich gehe zur Rezeption, wo ein hagerer Mann mit Schnäuzer auf seinen Computerbildschirm blickt. Ich räuspere mich, damit er mich bedient, doch er ignoriert mich.

»Entschuldigung«, sage ich. »Wir würden gerne einchecken.«

Er hebt einen Finger und sucht weiter im Computer. Nach einer Weile sieht er mich über seine Lesebrille hinweg an. »Name?«

»Fontana«, sage ich. Er gibt mir einen Zettel, den ich ausfüllen soll, und legt einen Schlüssel auf den Tresen.

»Ist das alles?«

»Entschuldigung!« Tante Poppy erscheint neben mir. »Hat Herr Krause schon eingecheckt?«

Der Mann reckt das Kinn. »Ich gebe keinerlei private Informationen heraus.«

»Das verstehen wir natürlich«, sage ich. »Aber meine Tante ist hier mit ihrem … ihrem Mann verabredet. Wir würden nur gerne wissen, ob er schon da ist.«

Der Rezeptionist schaut auf mich herab wie ein arroganter Professor. »Wenn er wollte, dass sie es weiß, würde er es ihr verraten.«

Poppy holt das Tütchen mit den Pennys aus der Tasche. »Da braucht aber jemand dringend Glück«, sagt sie und legt eine Münze auf den Tresen. »Stecken Sie die ein!«, fordert sie den Rezeptionisten auf. »Und wenn wir uns das nächste Mal sehen, sind Sie bestimmt freundlicher. Sollte Herr Krause in der Zwischenzeit eintreffen, richten Sie ihm doch bitte aus, dass seine Frau auf ihn wartet.«

Sie nimmt meinen Arm. Als wir die Lobby verlassen, flüstert sie: »Was für ein Arsch.«

Unser Hotelzimmer im ersten Stock ist kleiner als das in Venedig. An den leuchtend blauen Wänden hängen prächtige Ölgemälde. Während Lucy und ich auspacken, setzt sich Tante Poppy an einen Schreibtisch neben dem Fenster. Ich verstaue meinen Koffer im Schrank und gehe zu ihr.

»Ist da was Besonderes?«

Sie zieht mich an ihre Seite. Jenseits der Piazza steht eine prächtige weiße Kirche, deren dreieckiges Dach über dem Portal von einem schlichten Kreuz gekrönt ist. Zwei Bogenfenster schweben wie Augenbrauen über einem Holzportal.

»Da!« Sie weist mit dem Finger hinüber. »Da treffe ich mich morgen mit Rico.«

In ihrer Stimme liegt herzzerreißend viel Hoffnung. Ich will sie warnen, aber halte lieber den Mund. Ist es schlimm, wenn diese positiv denkende alte Frau noch einen Tag länger in dem Glauben gelassen wird, alles sei möglich?

Es dämmert. In dem hübschen Städtchen am Meer ist es ruhig. Gutgekleidete Paare bummeln durch die Straßen. In der Luft liegt ein Hauch von Zitronen und Meersalz. Dreihundert Meter unter uns brechen sich die Wellen des Mittelmeers am felsigen Strand.

Tante Poppy schlurft in ihren blauweißen Spectator-Pumps zwischen uns, ihr Blick springt von einer Straßenseite zur anderen. Sie sucht ihren Rico.

In einem kleinen Restaurant weiter die Straße hinunter essen wir ein Fisch-Carpaccio. Hin und wieder betastet Tante Poppy ihre Perücke, um sich zu vergewissern, dass sie richtig sitzt. Jedes Mal, wenn die Tür aufgeht, schaut sie hoch, als rechne sie damit, dass Rico hereinkommt. Und jedes Mal wird mir bang ums Herz.

Der Kellner füllt unsere Weingläser nach. »Auf meine wunderschönen Nichten!« Poppy hebt ihr Glas. »Luciana, du hast endlich verstanden, dass du keine auffällige Tasche brauchst.«

Lucy lächelt. »Stimmt. Du hattest ja recht, Tante Poppy: Ich bin mit schicken Handtaschen herumgelaufen, obwohl ich Rucksäcke viel lieber mag.«

»Langsam wirst du zu der Frau, die du wirklich bist.«

»Genau«, sage ich zu Lucy und stoße mit ihr an.

»Ich? Guck dich mal an! Du hast dich gegenüber Daria behauptet. Und du bist quer durch Italien gefahren!«

Meine Wangen glühen vor Stolz. Zehn Jahre lang habe ich mich nur in einem Bereich bewegt, den ich zu Fuß gut erreichen konnte. Auch das war ein Fluch.

»Und mehr noch«, sagt Poppy und hält ihr Glas neben unsere. »Du hast den ersten richtigen Liebeskummer überlebt.«

Ich stöhne. »Danke, dass du mich daran erinnerst.«

»Jetzt kannst du endlich eine echte Liebesgeschichte schreiben.«

»Ich sitze schon dran.«

»Das wichtigste Werkzeug eines Künstlers ist hier.« Sie zeigt auf mein Herz. »Du hast deins endlich entdeckt. Bis jetzt hast du dir

Geschichten ausgedacht. Von jetzt an wirst du mit dem Herzen schreiben, mein Schatz.«

Ich will widersprechen, möchte noch ein wenig länger Opfer sein. Doch meine Tante hat wie immer recht. Ich bin jetzt eingeweiht. Ich stehe nicht mehr draußen, die Nase an die Scheibe gedrückt, und frage mich ängstlich, wie es wohl ist, verletzt zu werden.

»Apropos Liebesgeschichte«, sagt Lucy. »Lässt du uns wieder hängen? Komm, Tantchen, Hand aufs Herz: Haben Rico und du noch richtig geheiratet? Ist der Fluch aufgehoben oder nicht?«

Sie runzelt die Stirn. »Nach allem, was auf dieser Reise geschehen ist, nach allen Überraschungen und Abenteuern, glaubst du immer noch an den Fluch?«

Lucy beißt sich auf die Lippe. »Ich muss ganz sicher sein.«

Tante Poppy tätschelt ihre Hand. »Liebe Luciana, dein ganzes Leben lang haben dir andere erzählt, was du glauben sollst.« Sie schaut Lucy in die Augen. »Stell dir mal vor, wie stark du sein kannst, wenn du selbst entscheidest, was du glaubst und was nicht.«

Lucy nickt langsam, und ich kann fast sehen, wie sie in Gedanken alles unter die Lupe nimmt, was ihr eingeredet wurde.

Poppy betupft ihre Lippen mit der Serviette. »Wo war ich stehengeblieben?«

36

Poppy, 1960–1961

Es war ein bewölkter Freitag im November, genau vier Wochen nach unserer Hochzeit. Rico und ich waren auf dem Markt, wo wir Melonen und Tomaten kauften, als ihn plötzlich jemand ansprach.

»Erich? Erich Krause? *Bist du das?*« Die Stimme klang eindeutig deutsch. Kurz setzte mein Herz aus. Mein Magen zog sich zusammen. Ich spürte Ricos Schreck. Auch wenn die Menschen in großen Zahlen aus Ostdeutschland flohen, hatte Rico in seiner Zeit in Italien nie ein bekanntes Gesicht gesehen. Jetzt erkannte ich, welchen Tribut es von ihm forderte, auf der Flucht zu sein. Er wirkte ertappt, als hätten die Grenzbeamten ihn doch noch erwischt.

Er umklammerte meine Hand fester und drehte sich langsam um. Vor uns stand ein junger Mann mit rundem Gesicht, roten Wangen und einem ansteckenden Grinsen. Rico stieß einen Seufzer aus, und die Anspannung wich aus seinen Schultern.

»Fritz Kuhlmann!«, rief er. Die beiden gaben sich die Hand und klopften sich auf den Rücken. »Seit wann bist du in Italien?«, fragte er auf Deutsch. Ich konnte das meiste verstehen.

»Letzten Monat hab ich es raus geschafft. Und seit einer Woche bin ich hier.«

»Darf ich dir meine Frau vorstellen?« Rico zog mich an sich.

Eine Welle des Stolzes wärmte mich. Was auch immer geschehen mochte, ich war Ricos Frau, bis dass der Tod uns scheiden würde.

Fritz sah erst mich, dann Rico an. »Deine Frau?«, fragte er mit gerunzelter Stirn und redete dann so schnell weiter, dass ich nichts mehr verstand. Nur ein Wort schnappte ich auf: »Karin.« Er nannte den Namen mehrmals, zusammen mit »Verlobte«.

Jedes Mal zuckte Rico zusammen. »Nein, nein«, sagte er und schüttelte den Kopf. »Ich liebe sie nicht. Das weiß sie.« Er wandte sich mir zu, wollte das Thema wechseln. »Fritz kommt aus meiner Heimatstadt Radebeul«, erklärte er. »Er ist mit meiner Schwester Johanna zur Schule gegangen.«

Fritz erzählte von der Lebensmittelknappheit in Ostdeutschland, von den strengen Ausreiseregelungen und der kommunistischen Regierung, die immer mehr Unternehmer enteignete und deren Firmen übernahm. Meine Hände zitterten. Es fühlte sich an, als sei Fritz in unsere kleine glückliche Blase geplatzt.

»Wie geht es meiner Familie?« Ricos kalte Hand drückte meine. »Hat mein Vater noch seine Werkstatt? Was ist mit meiner Mutter? Ist bei Johanna alles in Ordnung?«

Fritz schaute auf seine Füße und rieb sich den Nacken. »Du weißt es nicht?«

»Was denn?«, fragte Rico. »Was weiß ich nicht?«

»Dein Vater … er hatte einen Schlaganfall. Er ist … er ist …«

»Herrgott!« Rico packte Fritz' Arme und schüttelte ihn. »Lebt er noch? Sag doch!«

»Ja, soweit ich weiß, lebt er noch. Aber er ist pflegebedürftig. Es ist nur eine Frage der Zeit, wann die Werkstatt zu einem VEB gemacht wird. Wenn es nicht schon passiert ist.«

Wir liefen zum Postamt. Seit Wochen hatte sich Rico nicht zu Hause gemeldet. Unsere Liebe und unser gemeinsames Leben hatten uns so vereinnahmt, dass alles andere in weite Ferne gerückt war. Jetzt erkannten wir, wie egoistisch wir gewesen waren.

Drei Stunden lang versuchte Rico, in der Werkstatt seines Vaters anzurufen. Ich stand neben ihm, massierte seinen verspannten Nacken, brachte ihm Wasser in einem Pappbecher, hörte mir seine Selbstvorwürfe an. Um vier Uhr wurde der Anruf schließlich durchgestellt. Wir hielten die Luft an. Es klingelte einmal. Zweimal. Ich stand so dicht bei Rico, dass ich mithören konnte.

»*Autoreparatur Krause*«, meldete sich eine Frauenstimme am anderen Ende.

»Johanna!«, sagte Rico mit belegter Stimme. Er bekam kaum ein Wort heraus.

Sie unterhielten sich auf Deutsch, ein schnelles Pingpong von Fragen und Antworten. Ich verstand wieder nur vereinzelte Begriffe.

»Komm nach Hause!«

»Du musst.«

»Wir brauchen dich.«

Wir verließen das Postamt. Meine wunderbare Welt war aus dem Gleichgewicht geraten, ich war verwirrt und verzweifelt. Rico führte mich zu einem Brunnen und setzte sich mit mir auf die Umrandung. Er nahm meine Hände in seine und erzählte mir, wie es seinem Vater ging.

»Seine rechte Körperhälfte ist gelähmt. Er kann keine Gabel halten, schon gar keinen Schraubenschlüssel. Er kann nicht mehr sprechen, sitzt den ganzen Tag im Rollstuhl. Meine Mutter füttert ihn, wäscht ihn, wie ein kleines Kind. Sie sei am Ende ihrer Kräfte, sagt Johanna.«

Rico sah beiseite, konnte nicht weitersprechen. Er tat mir unendlich leid. Ich rieb ihm über den Rücken, bis er sich beruhigt hatte.

»Johanna versucht, die Werkstatt am Laufen zu halten, aber wie soll sie das machen? Sie hat keine Ahnung von Autos. Ihr Mann hilft ihr, aber sie verlieren schon Kunden. Bis jetzt haben sie es irgendwie geschafft, die Werkstatt weiterzuführen, damit sie den Traum meines Vaters nicht begraben müssen. Aber die Behörden waren schon zweimal da. Sie setzen Johanna und meine Mutter unter Druck. Wollen wissen, wo ich mich aufhalte, warum ich noch nicht zurück bin. Meine Reisegenehmigung ist abgelaufen.

Die Behörden haben Johanna gedroht. Wenn ich nicht zurückkomme, machen sie aus der Werkstatt einen VEB, einen Volkseigenen Betrieb.«

Ich erschauderte. Wenn Rico nicht in die DDR zurückkehrte, würde die Regierung das von seinem Vater aufgebaute Familiengeschäft übernehmen und betreiben. Das würde er niemals verantworten können.

»Wir müssen dahin«, sagte ich leise. »So schnell wie möglich.«

Er schüttelte den Kopf. »Nein. Mein Platz ist bei dir. Hier, in Italien.«

Doch ich kannte ihn. Nie würde sein Herz damit leben können, wenn er nicht versuchen würde, seiner Familie zu helfen.

»Die Familie kommt an erster Stelle! Das hast du mir selbst gesagt. Wir fahren hin. Du arbeitest so lange in der Werkstatt, bis dein Vater wieder gesund ist.«

Rico holte tief Luft und atmete aus. Seine Schultern sackten nach vorn, er traf eine schwere Entscheidung. »Du hast recht. Ich muss hin. Aber allein.«

Ich war gekränkt. Wollte er mich nicht dabeihaben? »Ich bin deine Frau!«, sagte ich. »Ich lasse dich nicht im Stich.«

»Die DDR ist kein Ort, wo man Urlaub macht!« Nie hatte er so ernst mit mir gesprochen. Tränen traten mir in die Augen. Ricos Stimme wurde weicher. »Du gehst zurück zu deinen Eltern nach Trespiano.« Er strich mir über die Wange. »Ich liebe dich, Poppy. Ich werde dich immer lieben. Aber ich muss nach Hause. Und du auch. Wenn es meinem Vater wieder gutgeht, komme ich zu dir, und zwar als dein Ehemann, nicht als Werbender. Dein Papà kann uns nicht aufhalten.«

Auch wenn er versuchte, positiv zu denken, verschleierte Kummer seinen Blick. Ich wollte ihm den Schmerz erleichtern, aber war zu selbstsüchtig.

»Nein. Ich kann nicht ohne dich leben.«

»Du wirst nie ohne mich sein«, flüsterte er und küsste mich auf die Stirn. »Wenn ich zurückkomme, baue ich dir ein großes

Haus. Wir bekommen Kinder, die deine Augen haben. Sie werden in Freiheit leben.« Er nahm mein Gesicht in die Hände. »Und an deinem achtzigsten Geburtstag steigen wir die Stufen zur Kathedrale von Ravello hinauf, das verspreche ich dir.«

Am Abend fand ich seinen alten Lederranzen. Aus dem Kleiderschrank holte ich die Gläser mit Münzen, die wir gespart hatten. Ich war überrascht, wie schwer sie geworden waren. In ein paar Jahren würden wir vielleicht wirklich das kleine Haus kaufen können, von dem wir träumten. Doch dieser Wunsch schien in weite Ferne zu rücken.

Rico sah zu, wie ich die beiden Gläser in seinen Ranzen packte. »Nein«, sagte er und öffnete eins, um Geld für die Reise herauszuholen. Dann gab er mir beide zurück. »Du brauchst das Geld für die Bahnkarte nach Florenz.«

Ich bekam Angst. Wie würde man mich zu Hause empfangen? Rosa würde natürlich zu mir halten. Aber mein Vater hasste mich. Meine Mutter würde mir das Leben unerträglich machen. Dennoch wäre all das nichts im Vergleich zu dem, was Rico bei seiner Rückkehr bevorstand.

Als er das Zimmer verließ, nahm ich Geld für die Bahnkarte und für ein paar Nahrungsmittel vom Markt heraus. Zu dem Rest im Glas steckte ich einen Zettel:

Komm gesund zurück, mein Liebster! Bis dahin sei versichert, dass ich Dich liebe, für Dich bete und mich nach Dir sehne. Jede Sekunde, jede Stunde, jeden Tag.

Ich wischte mir die Tränen aus den Augen. So selbstsicher ich mich auch gab, hatte ich doch große Angst, Rico zu verlieren. Auf den Zettel klebte ich die Münze von den Stufen der Kathedrale, die das größte Glück versprach. *Wir sehen uns bald. Und vergiss nicht, an meinem achtzigsten Geburtstag werden wir zusammen vor der Kathedrale stehen.*

Wir verbrachten den letzten gemeinsamen Sonnenuntergang auf der Dachterrasse und tranken Wein, bis der safrangelbe Himmel schwarz wurde. Am nächsten Morgen half ich Rico, die letzten Sachen zu packen. Vor Tränen konnte ich kaum etwas sehen. Mit einem Kloß im Hals wickelte ich Brot und Schinken in Wachspapier. Vor ihm lag eine lange Reise, ich hatte große Angst. Würde er ins Gefängnis gesteckt werden, wenn er nach Hause käme? Würde die Volkspolizei ihn verprügeln?

Rico hatte vor, mit dem Zug bis zur österreichischen Grenze zu fahren. Von dort würde er mit dem Fahrrad weiterreisen oder sich von großzügigen Menschen mitnehmen lassen. Von Westberlin aus würde er mit der Rückfahrkarte, die er zur Tarnung vor fast zwei Jahren gekauft hatte, nach Ostdeutschland einreisen, in das Gefängnis, das einst seine Heimat gewesen war.

Die Grenzsoldaten würden ihn befragen, ihn schikanieren und wissen wollen, wo er gewesen sei. Irgendwann würden sie ihn aber in den abgeschirmten Staat lassen. »Die dürfen ja nur niemanden herauslassen«, erklärte er mir, »rein kommt man immer.«

Denn wer, der noch bei klarem Verstand ist, würde freiwillig in den Osten gehen?

»Sobald ich zurück in Radebeul bin, melde ich mich bei dir.«

»Wenn du dort ankommst, warten meine Briefe schon auf dich«, versprach ich ihm.

»Nein, schreib erst, wenn du den ersten Brief von mir bekommst«, sagte Rico und küsste mich auf die Nasenspitze. »Dann kannst du mir jeden Tag schreiben.«

Ich zog die Stirn kraus. »Wieso soll ich warten?«

»Die Post wird von den Behörden geöffnet und zensiert – manchmal zerstören sie sie auch komplett. Wenn sie einen Brief von dir abfangen, würden sie wissen, dass ich geflüchtet bin. Dafür würde ich bei der Rückkehr büßen müssen.«

Ich erschauderte und versuchte, mir nicht vorzustellen, wie mein Mann von ostdeutschen Soldaten verprügelt wurde.

»In Ordnung«, versprach ich.

Rico holte ein kleines Messer aus der Tasche und stieg auf einen Stuhl. Über unserer Schlafzimmertür schnitzte er einen schlichten Satz in den Balken:

Wir wählten die Liebe
PF & EK

Wir traten zurück und betrachteten sein Werk. Ich ließ mich in seine Arme fallen und wollte für immer dort bleiben. Rico drückte mich fest an seine Brust. Wir schluchzten.

Ich hätte ihn anflehen können, bei mir zu bleiben. Er hätte es getan, das weiß ich genau. Doch wie er mal gesagt hatte, war auch ich der Meinung, dass niemand gezwungen werden sollte, zwischen Blut und Wasser zu wählen.

Zum ersten Mal in meinem Leben war ich allein. Mein Zug fuhr um vier Uhr. Bis dahin hatte ich noch genug Zeit, um die kleine Wohnung aufzuräumen. Ich konnte die Kraft jedoch nicht aufbringen. Ziellos lief ich durch die Zimmer, wie ausgehöhlt, als habe man mir die Seele aus der Brust gerissen.

Ich hatte Rico versprochen, nach Trespiano zurückzukehren, doch der Gedanke an das kalte Bauernhaus und Papàs Zorn machte mir Angst. Es mochte schon sein, dass man mir mit der Zeit verzeihen würde. Aber die Vergebung meiner Eltern hätte ihren Preis. Sie würden erwarten, dass ich ging, dass ich mit Rosa nach Amerika fuhr und Ignazio heiratete. Und das war mir unmöglich. Ich war bereits verheiratet, bis an mein Lebensende an den Mann gebunden, den ich aus tiefstem Herzen liebte.

Die Stunden vergingen. Ich packte nicht, sondern beschloss, mit meiner Rückkehr nach Hause noch einen Tag zu warten. In dem kleinen Apartment, wo noch ein Hemd von Rico im Kleiderschrank hing, wo seine Zahnbürste mit meiner in einem Becher neben dem Waschbecken stand, wo ich in dem Bett schlief, das ich mit ihm geteilt hatte, fühlte ich mich nicht ganz so allein.

Der nächste Tag verging. Dann ein dritter. Die Rückkehr nach

Hause stand drohend vor mir wie ein Wald voller Rauch. Ich hatte Angst. Dann begann ich, meine Stärke zu spüren. Am Ende der Woche hatte ich mich entschieden. Ich würde nicht auf den Bauernhof zurückkehren. Ich wollte und konnte diese kleine Wohnung über der Bäckerei nicht verlassen, den einzigen Ort, der sich für mich wirklich wie Heimat angefühlt hatte.

Rico ging davon aus, dass ich in Trespiano lebte. Und ich hatte mich einverstanden erklärt, ihm erst zu schreiben, wenn er sicher angekommen war. Er würde seine Briefe an Papàs Adresse richten. Ich bat Rosa, Ricos Briefe an mich weiterzuleiten.

Innerhalb einer Woche hatte ich eine zweite Stelle gefunden. Morgens arbeitete ich in der Bäckerei unten im Haus, abends in der Küche der Pizzeria um die Ecke. Mit zwei Einkommen, wie gering auch immer, hatte ich genug Geld, um mich durchzuschlagen.

Jeden Tag betete ich für Rico. Ich flehte Gott an, auf ihn aufzupassen, damit er gesund blieb, seine Kraft und seinen Mut nicht verlor. Ein Monat verging. Jeden Morgen hastete ich nach der Arbeit zum Briefkasten, voller Hoffnung, dass dort ein Brief auf mich wartete, den Rosa mir weitergeleitet hatte. Stattdessen bekam ich Post von meiner Schwester, seitenlange Ergüsse, in denen sie mir ihr Herz ausschüttete, weil sie zu spüren meinte, dass sich eine Kluft zwischen ihr und Alberto auftat. Sie war überzeugt, ihn nicht verdient zu haben, und dass er sie eines Tages verlassen würde. Die ganze Nacht lag sie wach und weinte vor Angst, dass Alberto sie sitzenließ. Und wenn sie seinen Trost suchte, war er hilflos und schimpfte mit ihr, was alles nur noch schlimmer machte. Sie teilte ihre Ängste mit unserer Mamma, die ihr sagte, dass alles gut würde, sobald sie ein Kind bekäme. Am Ende jedes herzzerreißenden Briefs stand: »Immer noch keine Post von Rico.«

Ich spürte, dass sich meine Schwester veränderte. Sie wurde verbittert, zog sich zurück, gemartert von dem Gefühl, die Liebe ihres Mannes nicht wert zu sein.

In meinen schwärzesten Stunden fragte ich mich, ob Liebe

überhaupt existierte. Konnte es sein, dass wir beide zu ewigem Liebeskummer verdammt waren, zu einer Sehnsucht nach etwas, das wir nie bekommen würden?

Im trüben Februar siegte die Dunkelheit. Ich konnte mich nicht mehr über den Sonnenschein freuen. Lachen wurde mir fremd. In meinen wenigen freien Stunden schrieb ich Briefe an Rico, in denen ich ihn anflehte zurückzukommen. Briefe, die ich niemals abschickte. Ich füllte Seite um Seite, ließ meine ganze Einsamkeit hineinfließen, gestand ihm, dass ich nicht so stark sei, wie ich vorgab. Und nicht so selbstlos. Ich bräuchte ihn. Seine Familie sei mir egal. Ich bräuchte ihn mehr.

Jeder Tag war eine monotone Plackerei, vierundzwanzig nichtige Stunden. Bis um Mitternacht wusch ich Teller in der Pizzeria, um vier Uhr morgens stand ich wieder auf, um bei Piacenti Brot zu backen. Erschöpfung machte sich breit. Von zwei bis sechs Uhr nachmittags lag ich im Bett, starrte auf die Worte, die Rico in den Balken über der Tür geschnitzt hatte, und sehnte mich nach Schlaf. Der helle Sonnenschein verfolgte mich. Die vier Wände, in denen einst Lachen und Leidenschaft geherrscht hatten, wurden zu einem Gefängnis, das mir den Schlaf raubte. Durchs offene Fenster drangen Geräusche von der Straße herein, Mädchen schnatterten vor der Bäckerei, eine Frau lachte perlend. Die Geräusche von Menschen, wie ich auch mal einer gewesen war.

Meine Lippen rissen auf. Mein Mund schmeckte wie Pappe. Ich konnte nichts bei mir behalten, nicht mal Wasser. Als mein Chef in der Pizzeria mitbekam, dass ich mich auf der Toilette übergab, schickte er mich nach Hause. Es war neun Uhr, draußen war es längst dunkel. Ich bildete mir ein, von bösen Männern verfolgt zu werden. Dass mir in Hauseingängen Wölfe auflauerten. Ich wollte schneller gehen. Immer schneller. Aber meine Füße waren schwer wie Blei. Ich konnte mich kaum bewegen. Ich schaffte es gerade noch ins Haus, dann brach ich auf der Treppe zusammen.

Schwer atmend lag ich auf den harten Holzstufen und versuchte, genug Kraft aufzubringen, um die letzten sechs Stufen emporzusteigen. Da hörte ich die Tür am oberen Ende der Treppe quietschen. Nicht irgendeine Tür, sondern *unsere*! Ich hob den Kopf, blinzelte mehrmals und versuchte zu erkennen, welches Gesicht dort erschien. Zum ersten Mal seit zwei Monaten schöpfte ich Mut. Dann wurde alles schwarz.

37

Emilia

Es ist zehn Uhr, als wir das Restaurant verlassen. Auf dem Rückweg zum Hotel geht Tante Poppy nur langsam. Ich habe tausend Fragen. Wer hat da zu Hause auf sie gewartet? War es Rico? Ist er zurückgekommen? Aber meine Tante ist verstummt, als hätte die Erinnerung an ihr Martyrium sie körperlich und emotional erschöpft.

Sie läuft zwischen mir und Lucy, hält sich an uns fest. Ich nehme mir vor, nach *Autoreparatur Krause* zu googeln. Vielleicht können wir Erich Krause tatsächlich auftreiben.

Tante Poppy bleibt stehen und weist über die Straße auf ein rosa getünchtes Haus mit einem altmodischen Schild, auf dem steht: »Panetteria Piacenti«.

»Da habe ich gearbeitet.«

Doch sie betrachtet nicht die Bäckerei im Erdgeschoss, sondern schaut zum beleuchteten Fenster im ersten Stock hinauf.

»Eure alte Wohnung.« Ich sehe ebenfalls hoch. »Wo du mit Rico gelebt hast.«

Sie nickt und bedenkt das Haus mit einem Blick, als sei es ihre verlorene Liebe selbst. Schließlich bekreuzigt sie sich. Offenbar hat sie gebetet.

Wir gehen weiter. Stumm spreche auch ich ein Gebet.

Ich werde vom Geräusch laufenden Wassers geweckt. Das Hotelzimmer liegt noch im Dunkeln, doch durch die Badezimmertür sickert Licht. Tante Poppy ist schon aufgestanden. Ich setze mich hin und taste nach meinem Handy.

In das Suchfeld auf dem Display tippe ich *Krause Autoreparatur*

Radebeul. Mist, die existiert anscheinend nicht mehr. Als Nächstes gebe ich *Erich Krause* ein.

»Was machst du da?«, fragt Lucy müde. Sie knipst die Nachttischlampe an und dreht sich auf die Seite.

»Ich versuche, Rico zu finden.« Ich halte ihr mein Handy hin. »Guck dir mal die ganzen Treffer an! Die meisten sind auf Deutsch. Ich denke, ich fange mit den Heirats- und Sterbeanzeigen an, dann können wir die schon mal aussortieren.«

»Das dauert doch ewig.« Lucy nimmt mir das Handy weg und legt es auf den Tisch. »Was hältst du davon, wenn wir ab jetzt alles dem Schicksal überlassen und den Tag mit Tante Poppy so verleben, wie sie es sich wünscht?«

Das Einfühlungsvermögen meiner Cousine überrascht mich. Noch vor einer Woche wollte sie so schnell wie möglich weg, zurück in die Staaten. Tante Poppys Traum war ihr schnurzegal. Aber sie hat sich verändert, zeigt, was für ein großes Herz sie hat, und wirkt überhaupt nicht mehr verbittert. Ob sie noch an den Fluch glaubt, weiß ich nicht. Aber ich spüre, dass sie Hoffnung hat. Und das macht den Unterschied.

»Möge das Schicksal es gut mit Poppy meinen«, sage ich.

»Ich glaube fest daran.« Lucys Augen funkeln.

Das Gewicht auf meinen Schultern wird noch schwerer. Jetzt muss ich zwei Menschen trösten, wenn Rico nicht auftaucht. Seit wann glaubt meine Cousine an Wunder?

Und wann habe ich damit aufgehört?

Die Morgenluft ist kühl, die Wolken am Horizont tauchen die Stadt in lavendelfarbenes Licht. Menschen hasten über die Piazza, auf dem Weg zur Arbeit. Sie haben Zeitungen, Kaffeebecher und Regenschirme dabei. Tante Poppy führt uns zur Kathedrale. Sie geht immer noch langsam, aber beschwingter als in den letzten Tagen. Ich lasse mich mit unseren Regenmänteln zurückfallen und bewundere diese Frau. Sie trägt ein weißes Kleid, das schon älter zu sein scheint. Es ist ihr zwei Nummern zu groß und wird von einem roten Ledergürtel in ihrer Taille gehalten. Um den Hals hat sie ein violettes Tuch geschlungen und eine Kette mit türkisen Perlen angelegt. Mehrere Armreifen schmücken ihr Handgelenk. Ich lächele sie an.

»Was für ein schöner Morgen für deinen Geburtstag!« Die drohenden Wolken am Horizont übersehe ich geflissentlich.

Tante Poppy dreht sich um. »Ich wusste, dass der Tag schön wird. Neunundfünfzig Jahre habe ich auf meinen achtzigsten Geburtstag gewartet. Ich hab sogar mein Hochzeitskleid angezogen.«

»Das ist dein Hochzeitskleid?« Ich betrachte den in die Jahre gekommenen weißen Leinenstoff genauer. »Das Rico dir geschenkt hat?«

»Was glaubst du denn, wie viele Hochzeitskleider ich habe?«

An der Kirche angekommen, bleibt sie unten an der Treppe stehen. Die Frühmesse ist gerade zu Ende, ein paar Besucher kommen die Stufen hinunter. Als der letzte verschwunden ist, setzt Poppy den Fuß auf die unterste Stufe und schaut die Treppe hinauf. Für sie könnte es der Mount Everest sein.

Lucy und ich eilen an ihre Seite, aber sie verscheucht uns, drückt die Schultern durch und hält sich am Metallgeländer fest. Es dauert eine Viertelstunde, bis sie oben ist, aber sie schafft es, und zwar mit Würde. Als ich neben ihr auftauche, ist sie völlig außer Atem.

»Gut gemacht.« Ich gebe ihr einen Kuss auf die Wange.

»Könnte sein, dass Rico zuguckt. Nicht dass er denkt, ich schaffe es nicht mal eine Treppe hoch.«

Ich betrachte die Piazza vor uns. Doch natürlich schaut kein Rico zu.

In der ersten Stunde sind wir voller Hoffnung. Ich öffne die Tür zur Kathedrale, damit unsere Tante eintreten kann. Sie schaut sich einmal kurz um für den Fall, dass Rico im Gotteshaus wartet statt auf der Treppe. Als sie ihn nicht sieht, lacht sie.

»Es ist erst acht Uhr. Rico hat immer gerne länger geschlafen.«

Über uns läutet die Kirchenglocke neun Mal. Von der Sonne ist nichts mehr zu sehen, dichter Nebel hängt über der Stadt. Poppy steht unter dem Dachvorsprung vor dem Portal und schaut auf die Piazza wie eine Königin auf ihr Reich. Aber diese Königin wartet nur auf einen einzigen Menschen. Und dieser ist nirgends zu sehen.

Den ganzen nebligen Vormittag hindurch bleibt sie unbeirrt. In ihrem gelben Regenmantel steht sie auf der Treppe und wartet, verschwindet nur einmal kurz im Dom, um zur Toilette zu gehen. Ich ziehe meinen Pulli aus, balle ihn zusammen und lege ihn als Kissen für sie auf die oberste Stufe, damit sie sich darauf setzen kann. Warum habe ich nicht daran gedacht, einen Stuhl für sie mitzunehmen oder wenigstens ein Kissen? Erst weigert sie sich, doch irgendwann gibt sie sich geschlagen. Gemeinsam helfen Lucy und ich ihr, sich zu setzen, und ich habe kurz Sorge, dass wir sie nicht wieder hochbekommen. Auch wenn Tante Poppy nicht klagt, verzieht sie doch das Gesicht. Ich höre ihre Gelenke knacken. Sie hat Schmerzen.

Hinter uns geht die Tür auf. Ein weißhaariger Mann mit einer langen, schmalen Nase kommt heraus. Er trägt den Kragen eines Geistlichen. Als er uns drei erblickt, die dort wie Täubchen auf der Stange sitzen, bleibt er stehen.

»Entschuldigung«, spricht Lucy ihn an. »Würden Sie vielleicht ein Foto von uns machen?«

»Aber gerne doch.«

Ich gebe dem Priester mein Handy und helfe Tante Poppy auf die Füße. Sie greift in die Tasche ihres Regenmantels und holt ihren Lippenstift heraus. »Einen Moment, bitte!«, sagt sie und bemalt ihre Lippen mit zitternden Händen magentarot.

Kurz bevor der Priester das Foto macht, schlägt meine Tante ihre Kapuze zurück. Regentropfen fallen auf ihre Perücke, doch sie ist zu eitel, um sich mit Kapuze fotografieren zu lassen. Keck lächelt sie in die Kamera.

»Bei sorrisi!«, sagt der Priester. »Immer schön lächeln!«

Er gibt mir das Handy zurück, ich prüfe das Foto. Aus dem Augenwinkel bekomme ich mit, dass meine Tante den Priester mustert. Sie betrachtet sein Gesicht, vor allem seine Nase, und packt sich an den Hals. »Sie sind es!«, sagt sie. »Vor neunundfünfzig Jahren haben Sie meinen Mann und mich hier in der Kathedrale von Ravello getraut. Mein Mann war Deutscher. Sie erinnern sich bestimmt.«

Der Priester presst die Lippen aufeinander und schüttelt den Kopf.

»*No, signora.* Ich bin Vater Benedetto. Ich bin erst seit vierzig Jahren hier in Ravello.«

»Aber …« Poppy verstummt.

Er wendet sich ab und geht die feuchten Stufen hinunter.

»Das war bestimmt ein anderer Priester«, sage ich und massiere ihren Rücken.

Als die Glocken zwölfmal schlagen, fängt es an zu regnen. Mir knurrt der Magen. »Sollen wir eine kleine Mittagspause machen?«, schlage ich vor.

»Ich kann nichts essen. Mein Magen ist voller Schmetterlinge. Nicht mehr lange, dann sehe ich meinen Rico.«

»Ach, komm, Tante Poppy, vertreten wir uns ein bisschen die Beine!«

Doch sie will nichts davon wissen. »Geht ihr ruhig, Mädchen. Ich darf Rico nicht verpassen.«

»Er wird auf dich warten«, sagt Lucy.

»Ja, aber warum soll ich ihn warten lassen? Er hat schon lange genug gewartet, meint ihr nicht?«

Zwanzig Minuten später setzen Lucy und ich uns wieder zu Tante Poppy auf die Betonstufen. Wir haben uns Baguettes mit frischem Gemüse und einer würzigen Artischockenpaste geholt. Unsere Tante trinkt ihr Wasser und schaut gedankenverloren auf die Piazza.

»Durch die Begegnung mit Fritz änderte sich alles«, flüstert sie. »Wenn er uns doch nur nicht gesehen hätte!« Sie reibt sich die Schläfen, als hätte sie Schmerzen. »Ich weiß nicht, wie lange ich damals vor unserer Wohnung auf den Treppenstufen gelegen habe …«

»Schon gut«, sage ich, obwohl ich unbedingt wissen will, wen sie in der Tür stehen sah. »Du musst nicht weitererzählen.«

»Mein Kleid war schweißgetränkt, das weiß ich noch.« Sie schaut in die Ferne, in Gedanken bei einem Tag vor sehr langer Zeit.

38

Poppy, 1961

Ich sah alles verschwommen. Ein nasser Waschlappen fuhr über meine Stirn. Ich versuchte, mich aufzusetzen, doch eine feste Hand drückte mich nach unten.

»Bleib liegen«, sagte eine Stimme.

Ich war zu schwach, um mich zu wehren. Ich schloss die Augen und versank wieder im Schlaf. Im Traum rief meine Schwester Rosa mir zu: »Mach den Mund auf!«

Etwas Heißes brannte mir auf den Lippen. Ich zuckte zusammen und schlug die Augen auf.

Rosa saß neben mir auf der Sofakante und hielt eine dampfende Schüssel in der Hand. Sie führte mir einen Löffel an den Mund. »Iss!«, befahl sie.

Die schwache Brühe schmeckte salzig und brannte im Hals.

»Noch einen!«

Ich aß gehorsam, bis die Schüssel leer war. Dann hielt sie mir einen Becher hin, damit ich Wasser trank. Nach zwei Schlucken fand ich meine Stimme wieder.

»Was machst du hier?«, fragte ich. Es klang heiser.

Rosa stellte den Becher auf den Tisch. »Letzte Woche ist ein Brief eingetroffen«, sagte sie und zog einen Umschlag aus der Tasche. »Aus Deutschland.«

»Und du bist extra hergekommen …« Ich stieß ein erleichtertes Stöhnen aus. »*Grazie*, Rosa.« Ich griff nach dem Brief, doch sie entzog ihn mir.

»Bleib liegen. Ich lese ihn dir vor.«

Sie begann: »*Meine liebste Poppy, ich bete darum, dass Dich dieser Brief erreicht und Du sicher zu Hause bei Deinen Eltern bist. Vielleicht hast Du die anderen Briefe von mir bekommen, vielleicht auch nicht. Ich habe Dir ja gesagt, dass Post aus Ostdeutschland oft abgefangen und sogar konfisziert wird.*

Ich bin jetzt zu Hause, auch wenn es sich anders anfühlt als früher. Mein Herz ist in Ravello, in unserer kleinen Wohnung über der Bäckerei. Mein Heim ist dort, wo Du bist.

Ich hatte gehofft, meinen Vater bei meiner Rückkehr deutlich genesen vorzufinden. Damit ich mich hier schnell verabschieden und auf den Weg zurück zu Dir machen kann, meine Liebste.

Dem ist leider nicht so. Meine Mutter war schon immer schwächlich, jetzt wirkt sie um zwanzig Jahre gealtert. Sie bringt keinen Satz heraus, ohne in Tränen auszubrechen. Sie ist so dünn, dass ich Angst habe, ihre Knochen könnten zerbrechen. Sie weigert sich, das Haus zu verlassen, weicht nicht von der Seite meines Vaters.

Johanna ist die Einzige in unserer Familie, die etwas schafft, aber sie allein kann die Werkstatt auch nicht führen. Ihr Mann ist ein Nichtsnutz. Jeden Tag muss Johanna in die Stadt gehen, wo es kaum etwas zu essen gibt und die Schlangen so lang sind, dass es Stunden dauert, bis man einen Laib Brot geholt hat. Gestern hat sie tatsächlich Mangosaft bekommen. Ein Stück vom Himmel in einer Welt, die ich als Hölle empfinde.

Ich habe die Ärmel hochgekrempelt. Auf dem Hof steht ein Dutzend Pkw, die repariert werden wollen. Ich liege darunter, wechsele Öl, Reifen oder Zahnriemen. Wenn ich den Kopf unter der Motorhaube habe, träume ich von Dir, meiner schönen Frau. Dein Gesicht ist das Einzige, was mir durch diese endlosen dunklen Tage hilft. Seit ich fort bin, habe ich an nichts anderes gedacht und bin zu dem Schluss gekommen, dass Du nach Amerika gehen musst.«

Ich erschrak. Rosa strich mir über die Wange. »Hör auf das, was er sagt«, mahnte sie. »Rico hat recht. Er will nur das Beste für dich. Wir alle.«

»Nein«, sagte ich. »Ich werde Italien niemals verlassen. Nicht bevor Rico zurück ist.«

Ein Schreck huschte über Rosas Gesicht. »Bitte, Paolina, sei nicht so störrisch! Ich weiß, dass es weh tut, aber er kommt nicht zurück, *tesoro.*«

Ich wandte den Blick ab. Schließlich las Rosa weiter: *»Der Ort, in dem ich aufwuchs, die wunderschöne Stadt Radebeul, ist düster und kalt geworden. Bewaffnete Soldaten bewachen die Grenze zwischen Ost und West vierundzwanzig Stunden am Tag. Die Flucht wird immer gefährlicher. Doch die Wahrheit lautet, dass ich nicht fort kann,* amore mio. *Jeden Tag habe ich das Gefühl, dass sich die Tür zur Freiheit ein bisschen mehr schließt. Meine Familie setzt alle Hoffnung auf mich. Ohne meine Hilfe kann sie die Werkstatt meines Vaters nicht halten, auch wenn sie mit den Einnahmen ein kümmerliches Dasein fristet, nur knapp über dem Existenzminimum. Wenn ich noch einmal flüchten würde, befürchte ich, dass meine Mutter das nicht überlebt.*

Du hast einmal gesagt, Du wolltest hierherkommen, damit wir zusammen sein können. Ich habe es Dir verboten, und heute tue ich das erst recht. Ich lebe in einem Gefängnis. Ich würde Dir niemals erlauben, diesen Wahnsinn zu ertragen.

Deshalb geh bitte, mio unico amore. *Geh nach Amerika, ins Land der Freiheit, und erblühe dort zu voller Pracht. Ich wünsche mir, dass Du wieder heiratest. Ja, nimm die Hand dieses Mannes – der Onkel Deines Schwagers –, wenn er Dir gefällt. Zu wissen, dass Du glücklich und in guten Händen bist, dass ich Dein Leben mit meinem dummen Traum nicht zerstört habe, macht mich froh. Aber vergiss bitte nie, dass ich Dich liebe und immer lieben werde, bis zum letzten Atemzug. Wie ich das versprechen kann, willst du wissen? Woher weiß ein Fluss, wo er entlangfließt? Woher weiß die Sonne, wann sie aufgehen muss? Woher weiß ein Vogel, wie man fliegt? Du bist das Blut in meinen Adern. Nichts und niemand kann meine Liebe schmälern.*

Eines Tages werden wir uns wiedersehen. Der Gedanke an Deinen achtzigsten Geburtstag, unseren Hochzeitstag, an die Freude, Dich in Ravello wiederzusehen, hilft mir durch jeden einzelnen Tag.

Bis dahin komme ich zurecht, das versichere ich Dir. Ich werde Dich behüten – die Erinnerung an Dich und Deine Liebe. Und ich werde mich jeden Tag nach Dir sehnen, bis zu meinem letzten Atemzug. Für immer Dein, Rico.«

Ich nahm Rosa den Brief aus den Händen und las ihn noch drei Mal. »Er ist fort«, murmelte ich vor mich hin. Panik schlich sich in meine Stimme. Ich versuchte, mich aufzusetzen. »Mein Mann kommt nicht zurück.«

Rosa nahm meine Hand. »Dein Mann? Warum bezeichnet er dich als seine Frau?«

Ich erzählte ihr von unserer Zeremonie in der Kathedrale und von dem geheimnisvollen jungen Priester, der unserer Vermählung den Segen gegeben hatte. »Wir sind verheiratet«, sagte ich. »Und er fehlt mir so sehr.«

Tränen stiegen Rosa in die Augen. »Vor vier Wochen musste ich mich von meinem Alberto verabschieden. Am zwölften Januar ist er mit Bruno nach Amerika aufgebrochen.«

Ich nahm ihre Hand und schämte mich für meinen Egoismus. Meine arme Schwester musste auch ohne ihre große Liebe zurechtkommen, und ich dachte nur an mich. »Ach, Rosa, das tut mir so leid! Das muss sehr schwer sein.«

Sie nickte und betupfte ihre Nase mit einem Taschentuch.

»Ich verstehe, wie es dir geht«, sagte ich. »Jetzt kenne ich die Kraft der Liebe, diese alles verzehrende Macht, dieses Gefühl, sterben zu müssen, wenn du Alberto nicht mehr in die Arme nehmen kannst. Ohne deine Liebe fühlst auch du dich wie ein Blatt, das ziellos im Wind treibt.«

»*Sì*«, stimmte sie zu. »So ist es.« Rosa schaute auf ihre Hände. »Ich wünsche mir so, dass Alberto dasselbe empfindet.«

»Selbstverständlich tut er das«, sagte ich. »Was schreibt er denn? Sind Bruno und er in ihrer neuen Heimat zufrieden? Alberto muss es doch gar nicht erwarten können, dich endlich wiederzusehen. Er schickt dir doch Briefe, oder?«

Tränen traten ihr in die Augen. »Einen. Einen Brief hat er mir geschickt, während Bruno Mamma ein halbes Dutzend geschrieben hat. Er erzählt von der Kneipe neben dem Laden, von den modernen Amerikanerinnen, die er kennenlernt. Die hat Alberto bestimmt auch getroffen.«

»Hör auf, Rosa! Er liebt dich sehr.«

Doch während ich das sagte, wusste ich tief in mir, dass es nicht stimmte. Jetzt, da ich die Liebe kennengelernt hatte, erkannte ich, wenn sie fehlte. Nicht einmal hatte ich mitbekommen, wie Alberto meine Schwester mit liebevollem Blick betrachtete. Nicht einmal hatte ich gesehen, dass er ihr eine Strähne aus dem Gesicht strich, ihr den Nacken massierte oder ihre Wange streichelte. Und nachts unterm Dach hörte ich auf der anderen Seite der Trennwand nie die Geräusche der Liebe, die Rico und ich nicht unterdrücken konnten.

»Er will immer noch, dass ich so schnell wie möglich nach Amerika komme, um mit ihm eine Familie zu gründen«, sagte Rosa. »Ich muss mich beeilen, bevor er es sich anders überlegt.«

»Er überlegt es sich nicht anders«, beruhigte ich sie. »Du kannst dich auf all das freuen.«

Sie lächelte, aber die Sorgenfalten hatten sich in ihr Gesicht gefressen. Kurz überschlug ich, wie lange sie schon mit Alberto verheiratet war. Siebzehn Monate. Und immer noch kein Kind.

»Papà meint, in sechs Monaten hätten wir genug Geld beisammen, um die Schiffsbilletts zu kaufen.«

Von der Bäckerei zogen Gerüche nach oben. Mir brach der Schweiß aus. Ich unterdrückte eine Welle der Übelkeit. »Aber Rosa, ich habe dir schon gesagt, dass ich ohne Rico nicht mitgehe. Ich werde Ignazio niemals heiraten. Das musst du doch verstehen.«

Doch sie hörte mir nicht zu, sondern musterte mich eingehend. »Dein Gesicht«, sagte sie. »Du siehst aus wie ein Gespenst. Seit wann ist dir so schlecht?«

Ich versuchte mich zu erinnern. »Seit Rico fort ist.«

Als ich seinen Namen aussprach, musste ich wieder an den Brief denken. »Ich schreibe ihm, dass ich auf ihn warte. Seinem Vater geht es bestimmt bald besser. Ich werde hier sein, egal wie lange es dauert.«

»Leg dich hin!«, befahl Rosa und gab mir einen Kuss auf die Stirn. »Rico kannst du auch morgen noch schreiben. Heute musst du schlafen.«

Am nächsten Morgen erwachte ich allein auf dem Sofa unter einer zerschlissenen Decke. Mit Mühe erhob ich mich, meine Glieder waren steif und verkrampft. Die rosarote Dämmerung fiel ins Zimmer, es leuchtete wie das Innere einer Muschel. Wie spät war es? Die Bäckerei. Die Bäckerei! Ich musste zur Arbeit!

Es gelang mir, unter der Decke hervorzukrabbeln. Mit einer Hand stützte ich mich auf dem Sofa ab, bis ich mich auf meine Beine verlassen konnte. Barfuß tastete ich mich an der Wand entlang in Richtung Badezimmer. Als ich am Schlafzimmer vorbeikam, sah ich, dass meine Schwester unter der weißen Daunendecke schlief. Es stach mir ins Herz, ich schlug die Hand vor den Mund. Das kleine Bett, das Rico und ich uns geteilt hatten, die Decke, unter der wir uns liebten und die noch nach ihm roch – einfach so hatte sie sich dort hineingelegt.

Ich ging ins Bad und ließ Wasser in die Wanne laufen. Das Rauschen übertönte mein Schluchzen. Ich schimpfte mit mir, so egoistisch zu sein. Rosa war extra gekommen, um mir den Brief von Rico zu bringen. Sie hatte es verdient, im Bett zu schlafen. Ich bereute nur, nicht noch einmal mein Gesicht in die Daunen gedrückt und den Geruch meines Ehemannes eingeatmet zu haben.

Als ich in der Badewanne stand und mich abtrocknete, kam Rosa herein. Sie warf einen Blick auf mich, schlug die Hand vor den Mund und machte einen Schritt zurück, als sei ich ein Ungeheuer.

Unser Leben lang hatten wir in einem Zimmer geschlafen. Wir klopften nicht an, bevor wir eintraten. Wir versteckten unseren Körper nicht vor der anderen. Doch im vergangenen Jahr hatte sich viel geändert. Ich war kein Mädchen mehr. Mit dem dünnen Handtuch versuchte ich, meine Nacktheit zu verbergen.

Zögernd machte Rosa einen Schritt auf mich zu, dann noch einen. Mit einem Ruck riss sie mir das Handtuch aus den Händen.

»Nein!«, rief sie.

Ich krümmte mich vor Verlegenheit und senkte den Blick. Mit Sicherheit war ich zu dünn, als »Knochengerüst« würde meine füllige Schwester es vielleicht bezeichnen.

»Incinta«, sagte sie mit offenem Mund.

Die Härchen auf meinen Armen stellten sich auf.

Sie drehte mich an den Schultern zum Spiegel herum. »Mein Gott, Paolina, du bist schwanger.«

39

Emilia

Lucy und ich sitzen auf den Stufen, jede hat einen Arm um Tante Poppy gelegt, um sie vor den schmerzlichen Erinnerungen zu beschützen, die jetzt sicherlich hochsteigen. Die Schwangerschaft nahm kein gutes Ende, hat Onkel Dolphie mir erzählt.

Poppy greift nach unseren Händen. »Ich hatte Sorge, dass Rosa es mir verübeln würde. Aber das hat sie nicht getan. Nicht einen Moment.«

»Vielleicht wusste sie schon, dass sie auch schwanger war«, vermutet Lucy. »Dann war es nicht so schlimm für sie.«

»Ich glaube nicht, dass sie es schon wusste. Aber stimmt. Sobald meine Schwester erfuhr, dass sie Mutter würde, wirkte sie … wie neugeboren.«

»Und glaubte an Nonno Albertos Liebe?«, frage ich.

»Ja. Das Elternsein schweißte sie zusammen.«

Zwei schwangere Schwestern, doch nur eine wird von den Eltern unterstützt, hat einen Mann und bekommt schließlich ein gesundes Kind. Mein Blick wandert über den Platz. In der Ferne erkenne ich die terrassierten Hügel mit den langen Weinstöcken. Davor liegt das hübsche Ravello, das heute an diesem nebligen Tag trist aussieht und sich auch so anfühlt. Wie muss es gewesen sein, in diesem magischen Städtchen zu wohnen, wenn man sich so verloren fühlte? War der Blick auf das Tyrrhenische Meer ein gewisser Trost für Poppy? Oder erfüllte sie der unendliche Horizont mit Verzweiflung? Wie lange blieb sie hier? Arbeitete sie weiter in der Bäckerei und wohnte in der kleinen Wohnung darüber? Mir kommt eine Idee. Ich stehe auf.

»Bin gleich wieder da.«

Ich überquere die Piazza, mein Einfall verselbständigt sich. Was wäre, wenn unsere Tante noch einmal ihre alte Wohnung sehen könnte, den Ort, wo sie mit Rico glücklich war? Würde ihr das helfen?

Der verführerische Duft von frischem Brot und Kaffee lockt mich zur Bäckerei. Das hübsche Haus steht an einer Ecke. Aus der Nähe sehe ich, dass es dringend gestrichen werden müsste. Die Tür geht auf, und ein gutaussehender Italiener erscheint, in einer Hand ein dickes Buch, in der anderen einen Kaffee zum Mitnehmen. Lächelnd hält er einer älteren Dame die Tür mit dem Ellenbogen auf.

»*Grazie*«, sagt sie. »Ich hoffe, wir sehen uns Sonntag in der Kirche.«

Er grinst. »Ich verlasse mich darauf, dass Sie für mich beten, Signora Cappello! Ich glaube, Gott hört Ihnen besser zu.«

»Du bist ein guter Junge«, sagt sie und tätschelt ihm die Wange. »Aber der liebe Gott hört zu Hause am besten.«

Die Augen des Mannes funkeln amüsiert. Dann erblickt er mich. »Bitte!«, sagt er und macht eine einladende Geste.

»*Grazie*«, sage ich. »Aber ich will gar nicht hinein.«

Er tritt nach draußen. »Gut, aber zögern Sie nicht zu lange. Signor Piacenti macht den besten Espresso in ganz Ravello, und er hat mir gerade erzählt, dass er den Laden Ende des Jahres schließen will.« Er schaut in das beschlagene Schaufenster. »Wenn ich neun Leben hätte, würde ich das Geschäft übernehmen.«

»Sind Sie Bäcker?«, frage ich.

»Ich kann eine Packung Plätzchen öffnen.« Seine dunklen Augen blitzen, ich muss lachen. »Nein«, fährt er fort, »ich hätte andere Pläne für dieses Haus.«

»Sieht ganz so aus, als bekämen Sie die Gelegenheit, sie umzusetzen.«

Er lächelt schwach. »Das muss ein Traum bleiben. Wissen Sie, ich bin *avvocato*.«

Fragend ziehe ich die Augenbrauen hoch. »Sie sind was? Eine Avocado?«

Er legt den Kopf in den Nacken und fängt an zu lachen. Mir wird ganz warm ums Herz. Dann fällt es mir wie Schuppen von den Augen. »Sie sind Anwalt!«, sage ich schnell. »Entschuldigung, das ist ein Wort, dass ich in Brooklyn nicht so oft benutze.«

»Ja, meine amerikanische Schönheit, ich bin Anwalt. So wie schon mein Vater und dessen Vater davor. Aber wenn sie mich lieber als mexikanische Frucht bezeichnen wollen, kann ich sehr gut damit leben.«

»Na, dann bleibe ich doch einfach bei Avocado.«

Lächelnd stehen wir uns gegenüber. Es dauert eine Weile, bis mir klar wird, dass ich einen völlig fremden Mann anstarre – einen absolut umwerfenden Mann –, obwohl ich eigentlich etwas anderes vorhatte. »Oh, ich muss weiter.«

»Ach, essen Sie doch eine Kleinigkeit mit mir!«

»Tut mir leid, aber es geht nicht.« Ich halte ihm die Hand hin. »Ihnen viel Glück, Signor Avocado.«

Er schenkt mir ein aufrichtiges Lächeln, das seine dunklen Augen zum Strahlen bringt. »Gleichfalls, kleine Amerikanerin! Auf ein Wiedersehen. *Ciao!*«

Ich blicke mich noch einmal um, als ich nach hinten in den Hof gehe. Mit einem sympathischen Lächeln sieht der Anwalt mir nach. Ich winke ihm zu und grinse, dann drehe ich mich um. Ich bin der Frau, die ich sein will, einen Schritt näher gekommen.

Als ich um die Ecke biege, entdecke ich einen verrosteten Briefkasten an der Seite des Hauses. Wie oft hat Poppy wohl in der Hoffnung hineingeschaut, Post von Rico darin zu finden?

Die Tür ist nur angelehnt, vorsichtig betrete ich das Haus. Als ich die Treppe zum ersten Stock hinaufsteige, erschaudere ich. Ich stelle mir meine Tante vor neunundfünfzig Jahren vor, die die Stufen hochläuft.

Erst als ich vor der Tür stehe, beginne ich, an meinem Vorhaben zu zweifeln. Ist es unhöflich, die Bewohner um so einen Gefallen zu bitten? Will Poppy diese Wohnung überhaupt sehen? Ich hole tief Luft und klopfe.

Kurz darauf wird die Tür geöffnet. Eine hübsche Italienerin, etwa Mitte zwanzig, steht vor mir. Sie trägt eine Jeans und ein T-Shirt und hat mindestens vier Ringe an den langen Fingern.

»Posso aiutarLe?«, fragt sie und beugt sich vor, um in den Flur zu schauen. Kann ich Ihnen helfen?

»Sì«, erwidere ich. »Bitte entschuldigen Sie, dass ich so dreist bin, aber meine Tante hat vor langer Zeit in dieser Wohnung gelebt. Wir sind gerade zu Besuch in Italien und reisen morgen ab. Ich wollte Sie fragen, ob Sie vielleicht damit einverstanden sind, dass sie sich einmal kurz hier umsieht? Es würde ihr viel bedeuten.«

Die junge Frau runzelt die Stirn. »Ähm, ich weiß nicht. Im Moment ist es nicht so günstig.«

»Verstehe«, sage ich schnell. »Ich wollte nur gefragt haben. Wissen Sie, sie ist zum letzten Mal in ihrer alten Heimat Italien.«

»Das tut mir leid. Die Wohnung gehört meinem Freund, nicht mir. Er ist gerade nicht da, und ich möchte das nicht für ihn entscheiden.«

»Natürlich nicht. Trotzdem danke!«

Ich kehre zur Kathedrale zurück, erzähle meiner Tante aber nichts von dem Versuch, einen Besuch in ihrer alten Wohnung zu arrangieren. Eine weitere Enttäuschung ist das Letzte, was sie jetzt gebrauchen kann.

Es ist Nachmittag, der wolkenverhangene Himmel hat eine metallische Farbe. Ich sitze neben meiner Tante und halte ihre kalte Hand. Eigentlich müsste sie im Bett liegen. Was wir hier machen, ist nicht gut für sie.

Unten auf dem Platz sitzt Lucy mit meinem Handy auf einer Bank und telefoniert mit Sofia. Der Wind frischt auf, ich ziehe das violette Tuch um Poppys Hals enger.

»Wie wär's mit einer kleinen Pause?«, frage ich. »Ich halte so lange Ausschau nach Rico. Du ruhst dich im Hotel ein bisschen aus und …«

»Auf gar keinen Fall.« Poppys Gesicht ist fest entschlossen.

»Dann gehen wir kurz in die Kirche«, sage ich. »Nur für eine Minute.«

Sie willigt ein.

Ich halte ihr die schwere Holztür auf. Tante Poppy bekreuzigt sich mit Weihwasser und lehnt sich gegen die Wand, um Luft zu holen. Der Duft nach Kerzenwachs hat etwas Tröstendes an sich.

»Alles in Ordnung?«, flüstere ich. In der zugigen Kirche ist es nicht viel wärmer als draußen.

Sie hakt mich unter und führt mich auf die andere Seite der Kathedrale, wo sie vor einer Statue stehen bleibt. Die Heilige Jungfrau lächelt auf uns herab. Es dauert eine geschlagene Minute, bis meine Tante sich hingekniet hat, doch sie schafft es. Während sie betet, entzünde ich eine Kerze.

Anschließend bekreuzigt sie sich wieder, ich helfe ihr hoch. Sie geht in die Mitte des Kirchenschiffs. Bis auf eine Frau, die mit dem Rücken zu uns in einer Bank kniet, ist die große Kathedrale leer.

Tante Poppy erstarrt. Ich folge ihrem Blick. Neben der Frau sitzt, fast unsichtbar im Dunkeln, verdeckt von der Bank, ein Mann im Rollstuhl. Ich erkenne den schwarzen Kragen eines Mantels und einen Hinterkopf mit wenigen grauen Haaren. Die Härchen auf meinen Armen richten sich auf.

»Rico?«, flüstert Poppy, gleichzeitig fragend und flehend.

Im Schneckentempo nähert sie sich dem Mann, sucht an jeder Bank Halt, den Gang entlang, ihrem Traum entgegen.

»Rico?«, stößt sie aus, ihre Stimme ist fast nur noch ein Hauch.

Mein Herz schlägt schneller. *Bitte, lieber Gott!*, bete ich.

Sie strebt weiter, gerade so schnell, wie ihr kranker Körper es erlaubt. Sie ist nur noch wenige Schritte vom Rollstuhl entfernt.

»Rico?«, krächzt sie wieder. Der Mann hält den Blick nach vorn gerichtet. »Bist du es … Rico?«

Die kniende Frau dreht sich um und lächelt freundlich.

»*Mio padre*«, flüstert sie. »Salvatore.«

Meine Tante glaubt ihr nicht. Sie geht weiter, auf die andere Seite des Rollstuhls, um sich selbst zu überzeugen. Mit der Hand an der Bank betrachtet sie den Mann. Sie macht ein langes Gesicht und schlägt die Hand vor den Mund. »*Scusi*«, flüstert sie heiser. »Es tut mir leid.«

Als wir durch den Gang zurück nach hinten gehen, wage ich nicht, meine Tante anzusehen. Sie ist auf einer Reise, die sie fast sechzig Jahre lang ersehnt hat. Und wir nähern uns dem bitteren Ende.

Um sechs Uhr erwachen die Lichter auf der Piazza flackernd zum Leben. Unsere Regenmäntel sind durchweicht, Tante Poppy ist fast heiser. Sie hustet ständig und hat schon mehrmals geniest.

Sie sieht Lucy und mich an, Tränen glänzen in ihren Augen. »Ihr denkt bestimmt, es hat Rico nie gegeben.«

»Nein«, widerspreche ich.

»Tante Poppy«, sagt Lucy. »Wir wissen, dass es Rico gibt. Aber aus irgendeinem Grund kann er heute nicht hier sein.«

Unsere Tante schaut abwechselnd Lucy und mich an. »Denkt ihr, er hat mich nicht geliebt? Dass er mich vergessen hat?«

Ich glaube schon, dass Rico hier mit ihr lebte. Und sicher hat er meine Tante vor neunundfünfzig Jahren geliebt. Aber vielleicht ist er längst gestorben. Oder seine Liebe war nicht so stark und unerschütterlich wie ihre. Doch das sage ich nicht. Es würde ihr das Herz brechen. Stattdessen lege ich ihr den Arm um die Schulter, um den schweren Schlag ein wenig abzufangen.

»Nein, das glauben wir nicht«, sage ich.

»Seit fast sechzig Jahren«, fährt sie fort, jetzt mit erstaunlich kräftiger Stimme, »halte ich mich an der Überzeugung fest, dass ich geliebt wurde. Das hat mir durch die dunklen Zeiten geholfen.« Sie schaut zum Dach der Kathedrale empor, als schwebe dort ein Engel. »Und ich brauche nicht aufzuhören, das zu glauben, nur weil sich der Vorhang meines Lebens jetzt schließt.«

Um neun Uhr liegt die Piazza del Duomo im Dunkeln. In der Ferne donnert es. Lucy und ich stehen am Fuße der Treppe unter unseren Regenschirmen und schauen hoch zu unserer Tante. Sie hockt noch immer auf derselben Stelle, eine Decke vom Hotel über dem Schoß. Wir haben ein Plastikcape besorgt und über sie gebreitet, damit sie nicht nass wird. Für Passanten sieht sie aus wie eine Obdachlose.

»Bring sie bitte ins Hotel«, sage ich zu Lucy. »Ich bleibe hier und warte auf Rico.«

»Das haben wir ihr doch schon vorgeschlagen. Sie rührt sich keinen Zentimeter vom Fleck. Wir müssen warten, bis es vorbei ist. Sind nur noch drei Stunden bis Mitternacht.«

»Wir müssen sie ins Bett stecken«, wiederhole ich. »Rico taucht hier nicht auf. Es geht ihr stündlich schlechter.«

»Ich weiß.« Lucy beißt sich auf die Lippe. »Aber wie bringt man jemanden dazu, etwas aufzugeben, auf das er sein Leben lang gewartet hat?«

Ihr Blick ist voller Mitleid, und noch etwas anderes liegt darin … Weisheit. Ich spüre, dass Lucy die Entschlossenheit meiner Tante viel besser versteht als ich. Meine Cousine weiß, wie es ist, sein Leben lang einem Traum nachzuhängen, von dem die anderen einen mit allen Mitteln abbringen wollen.

Es ist fast elf Uhr, als Vater Benedetto, der freundliche Priester, der ein Foto von uns machte, die Treppe hinaufeilt. Behende erklimmt er die Stufen, als habe er einen Auftrag. »Signora!«, ruft er Tante Poppy zu.

Sie schlägt den Plastikumhang zurück und schaut ihm entgegen. *»Sì?«*

»Ich erinnere mich doch«, sagt er. Seine Stimme ist heller als am Vormittag. »Vor vielen Jahren war ich mal einen Tag in Ravello. Ich hatte gerade mein Studium beendet und wartete darauf, dass mir eine Gemeinde zugewiesen wurde.«

Es scheint Tante Poppy alle Kraft zu kosten aufzustehen. »Sie können sich erinnern?«

»*Sì.* Ich habe Sie gesegnet, hier in dieser Kirche.«

Tante Poppy legt eine Hand auf ihre zitternden Lippen. »Mich und meinen Mann. Können Sie sich an ihn auch erinnern?«

Der Priester nickt. »Er war ein guter Mann, das konnte ich sehen. Und er liebte Sie sehr.«

Am Ende ist Vater Benedettos Erinnerung eine Art Trostpreis. Als die Glocke zwölfmal schlägt, machen wir drei uns auf den Weg zum Hotel, durchnässt und niedergeschlagen. Morgen werden wir nach Hause zurückfliegen, wo Poppy den kurzen Rest ihres Lebens ohne ihren Traum ertragen muss. Sie weiß jetzt, dass sie Rico nie wiedersehen wird, den einzigen Mann, den sie je geliebt hat und nach dem sie sich ihr gesamtes Leben verzehrt hat.

Als wir endlich im Zimmer sind, schnieft sie und ist so schwach, dass ich ihre Arme anheben muss, um ihr ins Nachthemd zu helfen. Ihre zerbrechlichen Knochen ächzen, als ich ihre Beine aufs Bett lege. Ich decke sie bis zum Hals zu und gebe ihr einen Kuss auf die Wange.

»Es tut mir so leid, Tante Poppy.«

Sie hebt eine Hand und nickt, als strenge sie das Sprechen zu sehr an. Dann schließt sie die Lider.

»Alles in Ordnung, Em?«

Ich schaue in Lucys Augen, die voller Sorge sind. Gefühle steigen in mir auf, wie ein großes Feuerwerk – Schmerz, Verzweiflung, Einsamkeit, Dankbarkeit. »Ich komme mir so egoistisch vor, Luce«, flüstere ich. »Ich möchte, dass sie lebt … aber ich will nicht, dass sie Schmerzen hat. Ich kann einfach den Gedanken nicht ertragen, sie zu verlieren.« Ich zucke mit den Schultern. »Ich wünsche mir, dass sie noch etwas länger da ist, verstehst du?«

Lucy nickt. »Natürlich.«

Ich schlage die Decke zurück und lege mich auf die andere Seite vom Bett. »Gute Nacht«, wispere ich und drücke Poppy einen zarten Kuss auf die Wange. Ich glaube, sie schläft schon, da spricht sie plötzlich, ein Raunen in der Dunkelheit.

»Ich bin bereit zu gehen.«

Ein Schauer läuft über mich hinweg. Ist sie bereit, nach Hause zurückzukehren? Oder bereit zu sterben? Tränen rollen mir an den Schläfen hinab. »Wir haben noch Zeit«, flüstere ich.

Am nächsten Morgen stellen wir unser Gepäck in der Lobby ab und setzen unsere Tante auf ein großes Sofa. Es sind noch zehn Minuten, bevor der Fahrer kommt und uns zum Flughafen bringt.

»Möchte jemand einen Kaffee?«, frage ich.

Lucy meldet sich. »Einen doppelten Espresso, bitte.«

»Und du, Tante Poppy?« Ich hocke mich vor sie. »Soll ich dir auch einen mitbringen?«

Sie wirkt fast verloren inmitten der Kissen, eine ganz andere Frau als die, der ich noch vor ein paar Wochen dabei zusah, wie sie mit einem Martini-Shaker durch ihr Haus wuselte. Zum ersten Mal hat sie ihre Perücke nicht auf, sondern ein Seidentuch um den kahlen Kopf gebunden. Ihr Teint ist matt, ihre Augen wirken eingefallen, wie die einer Kranken – oder einer Trauernden. Dennoch kann man ihre Schönheit erkennen.

Sie schüttelt den Kopf und hebt abwehrend die Hand. Wieder bekomme ich Angst. Seit gestern Nacht hat Poppy kein Wort mehr gesprochen.

Anders als am Vortag brauche ich heute eine Sonnenbrille. Von Osten streichelt mich eine warme Brise. Ich gehe über das Kopfsteinpflaster zu Piacenti, der Bäckerei, in der Poppy einmal gearbeitet hat. In der Luft liegt der Duft von Zitronen. Weiter vorn fällt die Klippe zum Meer ab, wo sich schaumige weiße Wellen brechen. Der Anblick ist so spektakulär, dass mir Tränen in die Augen steigen. Wenn Rico doch gestern vor der Kirche gewesen wäre! Jetzt müssen wir fahren, ohne dass Poppys Traum in Erfüllung gegangen ist. Die gesamte Reise war umsonst.

»Sieh da, die Amerikanerin!«

Ich schaue auf und erkenne den gutaussehenden Italiener, mit dem ich am Vortag kurz gesprochen habe. Er erhebt sich von einem Außentisch vor der Bäckerei. Der junge Mann trägt ein dunkelblaues Sportsakko, darunter ein Hemd mit offenem Kragen. Mit seinem Lächeln könnte er die Polkappen zum Schmelzen bringen.

»Avocado!«, sage ich und muss lächeln. Ich gebe ihm die Hand. *»Buongiorno!«*

»Setzen Sie sich doch zu mir! Darf ich Ihnen meinen Großvater vorstellen?«

Ein alter Mann sitzt ihm gegenüber. Seine linke Gesichtshälfte hängt hinab. Er hebt eine zitternde Hand.

»Hallo«, begrüße ich ihn.

Er murmelt etwas Unverständliches. Ich nehme an, dass er einen Schlaganfall hatte.

»Mein Großvater ist der klügste Mann, den ich kenne.« Der Anwalt schaut auf den Alten hinab. »Er hat mir alles beigebracht, was ich über das Gesetz weiß … und über das Leben.«

Der Großvater hebt seinen verschleierten Blick. Sein Gesicht ist voller Zuneigung. Er kann zwar nicht sprechen, aber er hat seinen Enkel sehr gut verstanden. Avocado drückt ihm die Schulter und ruft einen Kellner herbei.

»Georgio, *un altro caffè, per favore!*« Er faltet seine Zeitung zusammen, um mir Platz zu machen.

»Nein, danke«, sage ich schnell. »Ich würde ja gerne, aber ich bin auf dem Sprung. Ich wollte nur noch schnell einen *caffè* holen, dann bin ich weg.«

»Dann vielleicht morgen?« In seinen Augen liegt so viel Hoffnung, dass ich fast glaube, er sei wirklich traurig. Aber das ist ja lächerlich.

»Ich fliege heute zurück nach Amerika.«

Vor meinen Augen scheint er in sich zusammenzufallen. »Nein! Sie müssen verlängern! Unbedingt.«

Ich lache und winke ihm im Weggehen zu. »Einen schönen Tag noch, Avocado!«

Ich grinse immer noch, als ich in die Bäckerei gehe. Während ich meine Bestellung aufgebe, denke ich an das sympathische Lächeln des Anwalts, an seine warme Hand und die mitfühlende Art und Weise, wie er mit seinem Großvater umging. Vielleicht wird mein gebrochenes Herz doch eines Tages wieder heilen.

Fünf Minuten später wende ich mich zum Gehen. Ich will die Sonnenbrille aufsetzen und gleichzeitig meine Latte und Lucys Espresso tragen. Fast stoße ich mit einer jungen Frau zusammen, die in die Bäckerei kommt.

»*Scusi*«, sagen wir beide zugleich und müssen lachen.

»Sie sind die Amerikanerin, die gestern bei uns geklingelt hat«, sagt sie auf Englisch.

Es ist schön, wiedererkannt zu werden, zum zweiten Mal an diesem Morgen. Fast so, als würde ich im kleinen Ravello wohnen. »Ja«, sage ich und betrachte die Ringe an ihren Fingern. »Entschuldigen Sie noch mal, dass ich so dreist war gestern.«

»Ich muss mich entschuldigen. Ich habe anschließend mit meinem Freund gesprochen. Er meinte, ich hätte Sie und Ihre Freundin ruhig in die Wohnung lassen können.«

»Meine Tante«, korrigiere ich. »Sagen Sie ihm vielen Dank von mir.«

»Er ist jetzt da, wenn Sie vorbeikommen wollen.«

Ich schüttele den Kopf. »Danke, aber wir reisen gleich ab. Das Taxi wartet wahrscheinlich schon. Aber vielen Dank! Sehr freundlich von Ihnen.«

»Möchtest du frühstücken?«, fragt Lucy, als ich ihr den Espresso reiche.

»Frühstücken? Wir haben doch gar keine Zeit!«

»Der Fahrer hat gerade an der Rezeption angerufen. Unser Flug hat Verspätung. Er holt uns um zwölf Uhr ab.«

Mein Herz klopft schneller, meine Gedanken überschlagen sich. »Vergesst das Frühstück!«, sage ich. »Ich habe eine bessere Idee.«

Schnell erkläre ich den beiden, dass wir die Möglichkeit haben, uns die Wohnung über der Bäckerei anzusehen. »Der Besitzer ist da«, sage ich. »Sollen wir rübergehen?«

Tante Poppys Unentschlossenheit überrascht mich. Ich hatte angenommen, sie würde sich freuen. Stattdessen sieht sie mich mit leeren Augen an. »Wenn ihr sie euch anschauen wollt, von mir aus.«

Wir treten in den hübschen Hof. Poppy schlurft zu einer Bank unter einem Zitronenbaum und lässt sich darauf sinken.

»Kurz ausruhen, bevor wir hochgehen?«, frage ich.

Sie antwortet nicht. Hat sie Angst vor den Erinnerungen, die an diesem Ort auf sie warten, wo sie zuletzt mit Rico war? Oder, schlimmer noch: Zweifelt sie an Ricos Liebe und fragt sich, ob der Mann, dem sie neunundfünfzig Jahre die Treue gehalten hat, sie in Wirklichkeit hinters Licht führte?

»Meinst du, das ist eine gute Idee?«, flüstert Lucy mir zu. »Es könnte sie auch sehr traurig machen.«

»Das ist sie längst«, sage ich.

Tante Poppy schließt die Augen, als sei sie in Gedanken in einer fernen Zeit, die ihr großes Leid bereitet.

»Rosa hatte recht. Ich war schwanger. Und das änderte alles.«

40

Poppy, 1961

Ich war so dünn, dass mein Körper schon ausgemergelt wirkte. Dennoch war nicht zu leugnen, dass meine Hüften breiter und meine Brüste voller geworden waren. Die Übelkeit und die empfindlichen Brustwarzen konnte ich auch nicht länger ignorieren. Genauso wenig wie die beiden Monate, in denen ich keine Blutung gehabt hatte.

Das anstrengende Baden und die bestürzende Neuigkeit erschöpften mich. Ich musste mich hinlegen. Rosa half mir, ein Kleid anzuziehen. Während ich auf dem Sofa lag, lief sie nach unten zum Bäcker und meldete mich noch mal für drei Tage krank.

Als sie zurückkam, saß ich im Bett. Ich hatte zwei Zeilen geschrieben: *Mein lieber Rico, unsere Liebe trägt Früchte. Wir bekommen ein Kind.* Der Gedanke, der mir noch vor einer Stunde Angst eingejagt hatte, erfüllte mich nun mit Begeisterung. Ich war mit Ricos Kind schwanger! Wir würden Eltern werden.

»Was machst du da?« Rosa stellte sich neben mich.

Ich lehnte mich zurück und stützte den pochenden Kopf aufs Sofa. »Rico muss erfahren, dass er Vater wird. Er will bestimmt bei mir und unserem Baby sein wollen. Ich werde zu ihm fahren. Wir können bei seinen Eltern und seiner Schwester in Deutschland wohnen. Selbst wenn es ein karges Leben sein sollte, sind wir dann wenigstens zusammen.«

»In einem Land, das er als Gefängnis bezeichnet? Glaubst du, das wünscht er sich für sein Kind? Nein, Paolina. Du hast doch gelesen, was er geschrieben hat. Er will, dass du nach Amerika gehst.«

»Vielleicht ist sein Vater gar nicht so krank«, ignorierte ich Rosas Einwand und meine rationalen Gedanken. »Vielleicht entscheidet sich Rico für die Flucht und kommt zurück.«

Sie schlug die Hand auf die Brust. »Und wird erschossen, wenn er versucht, die Grenze zu überqueren? Wie könntest du damit leben?«

Ich erschauderte, meine Lider wurden schwer. »Ich kenne ihn. Er wird bei seinem Kind sein wollen.«

Rosa lächelte und strich mir über die Haare. Vorsichtig nahm sie mir den Stift aus der Hand.

»*Mia sorella ostinata.* Wenn du dir sicher bist, dass er das wirklich will, dann helfe ich dir.« Sie setzte den Stift aufs Papier. »Diktier mir, ich schreibe.«

Es war unangenehm, meiner Schwester meine intimsten Gedanken zu offenbaren. Lieber hätte ich mich allein an Rico gewandt, ihm die Nachricht von der Schwangerschaft mitgeteilt und meine Freude in persönlichen Worten ausgedrückt. Aber Rosa hatte recht. Mir fehlte die Kraft zum Schreiben.

Als ich den Brief fertig diktiert hatte, war ich völlig erschöpft. Rosa drückte mir den Stift in die Hand, um zu unterschreiben. Ich konnte nur mit Mühe die Augen offen halten.

Als ich erwachte, kam Rosa herein. Sie sah, dass ich nicht mehr schlief, und stürzte an meine Seite. »Sei beruhigt«, sagte sie, hockte sich neben mich und strich mir über die Stirn. »Der Brief ist unterwegs.«

Ich schloss wieder die Augen, dankbar für die Hilfe meiner Schwester, und döste erneut ein. Meine Nachricht war auf dem Weg zu Rico. Bald wären wir wieder vereint.

Meine Schwester war ein Geschenk Gottes. Ich bin überzeugt, dass ich gestorben wäre, wenn sie mir nicht geholfen hätte. Sie blieb noch eine Woche und päppelte mich wieder auf. Während ich ruhte, handelte sie mit meinem Vermieter eine günstigere Miete aus und legte bei meinen Arbeitgebern ein gutes Wort für mich ein, damit sie mir nicht kündigten. Sie half mir, drei weitere Briefe an Rico zu schreiben. Jeden Morgen ging sie mit mir zum Markt und füllte meine Schränke mit frischem Obst und Käse, Brot und Fleisch. Wenn ich das Essen bei mir behielt, kochte sie mir meine Leibgerichte.

»Du musst was essen. Das Baby braucht Nahrung.«

Ich legte die Hand auf meinen Bauch und genoss das Gefühl, das etwas in mir heranwuchs. Ein winziges Wunder.

Als wir uns verabschieden mussten, weinte ich. »Du hast mir das Leben gerettet«, sagte ich am Bahnhof zu meiner Schwester. »Und das Leben meines Kindes. Das werde ich dir nie vergessen.«

Rosa drückte mich an sich. »Ich freue mich, dass ich dir helfen konnte. Und jetzt bitte ich dich um einen Gefallen.« Sie tätschelte meinen Bauch. »Versprich mir, dass du gut für meine Nichte … oder meinen Neffen sorgst.«

Wie großherzig sie war. Ich wusste ja, dass sie sich selbst ein Kind wünschte. »Versprochen.«

»In sechs Monaten, kurz vor deiner Niederkunft, lass ich mir eine Ausrede einfallen, warum ich zu dir muss.« Sie nahm mein Gesicht in die Hände. »Ich würde öfter kommen, aber du weißt ja, wie knapp das Geld ist.«

»Schon gut«, versicherte ich ihr. »Rico ist bestimmt wieder da, wenn das Kind kommt.«

Etwas in Rosas Blick änderte sich, sie nickte. »Falls nicht, bin ich bei dir.«

Ich bekam es mit der Angst zu tun. Die Vorstellung, die Wehen allein durchstehen zu müssen, ließ mich erschaudern. Ergriffen von einem Heimweh, das ich nicht erwartet hatte, umklammerte ich Rosas Hand. »Sagst du es Mamma?«

Sie schüttelte den Kopf. »Ich glaube, das wäre ihr Ende.«

Ich war verblüfft. »Aber ich bin doch verheiratet.«

»Nicht nach Mammas Vorstellung. Paolina, deine Heirat ist

nicht rechtens. Du hast kein Dokument von der Kirche, das euch als Ehepaar ausweist. Ich glaube, es ist besser, das geheim zu halten, meinst du nicht?«

Kaum verließ der Zug mit Rosa den Bahnhof, machte ich kehrt und marschierte so schnell wie möglich nach Hause zurück. In einer Stunde begann meine Schicht in der Pizzeria. Ich stieg die Treppe hoch und ging ins Schlafzimmer. Ricos Brief, den Rosa mitgebracht hatte, war in der Kommodenschublade, wo sie ihn verstaut hatte. Ich drückte ihn an meine Brust und fühlte die tröstende Liebe meines Mannes. Ich setzte mich auf die Bettkante und las ihn noch einmal ... zweimal. Plötzlich fiel mir etwas auf: Der Umschlag fehlte – und damit Ricos Adresse.

Rosa hatte am Vormittag aufgeräumt. Was hatte sie mit dem Umschlag gemacht? Hatte sie ihn versehentlich weggeworfen, ohne zu merken, dass seine Anschrift darauf stand? Ich suchte das gesamte Haus ab, selbst den Müll. Der Umschlag war nirgends zu finden. Ich drehte mich im Kreis, raufte mir die Haare. Wo war das Kuvert?

Ich hatte keine andere Wahl als zu warten. Der nächste Brief würde bald kommen. Rosa hatte meine Post eingeworfen. Wenn Rico sie erhielt, wüsste er, wohin er schreiben musste.

In der nächsten Woche erwachte ich ohne Übelkeit. Als sei ein Schalter umgelegt worden, war ich wieder gesund. Nicht nur gesund – ich strahlte nur so! Ich war voller Energie und ehrgeiziger als je zuvor. In einem Trödelladen fand ich einen Korbwagen und lackierte ihn eines Abends weiß. Am nächsten Tag malte ich rote, blaue und grüne Tupfen darauf. Ein andermal kaufte ich Wolle, Stricknadeln und eine Häkelnadel. Wenn ich nicht arbeitete, bereitete ich alles für unser Kind vor. Ich suchte Namen aus: Erich, wenn es ein Junge würde, und Johanna für ein Mädchen, nach Ricos Schwester und Mutter. Ich war sicher, dass unserer kleinen Familie eine glänzende Zukunft bevorstand, und konnte es kaum mehr erwarten.

41

Emilia

Ein Blatt fällt vom Zitronenbaum und landet auf Tante Poppys Schoß. Mit leuchtenden Augen schaut sie hoch. Ich beuge mich zu ihr hinüber und schließe sie in die Arme. »Du musst den Rest nicht erzählen. Ich weiß, wie es weitergeht. Und es tut mir so unendlich leid.«

Sie stutzt und sieht mich fragend an.

Ich nicke. »Onkel Dolphie hat mir von deiner Fehlgeburt erzählt. Es tut mir so leid. Ich weiß ja, wie sehr du dir das Kind gewünscht hast.«

»Ich habe das Kind ausgetragen.« Ihre Stimme bebt, sie schaut auf ihre Hände. »Ich habe Johanna auf die Welt gebracht. Sie im Arm gehalten. Kurze Zeit habe ich sie sogar gestillt.« Sie schlägt die Hand vor den Mund. »Vom ersten Moment an habe ich sie geliebt. Es war magisch. Nie hätte ich gedacht, dass es so plötzlich zu Ende wäre, auf so eine grausame Art und Weise.«

Ich massiere Tante Poppys Rücken. Alle drei weinen wir, als die junge Frau mit den vielen Ringen in den Hof kommt.

»Buongiorno!«, grüßt sie fröhlich. Sie schaut von meiner weinenden Tante zu Lucys roter Nase und stutzt. Offenbar merkt sie, dass sie gerade in einen sehr intimen Moment hineingeplatzt ist.

»Hallo!« Ich stehe auf und putze mir die Nase. »Entschuldigung, wir haben … an alte Zeiten gedacht.«

Sie lächelt. »Möchten Sie mit hochkommen?«

Ich frage meine Tante: »Willst du?«

Sie legt die Hand aufs Kinn und nickt.

»Ich bin Elene«, erklärt die Frau, als sie die Tür am Ende der

Treppe öffnet. Sie hält sie mit der Hüfte auf. Lucy und ich helfen unserer Tante die Stufen hoch und stellen uns währenddessen Elene kurz vor.

Die Wohnung ist hell und freundlich, mit großen Fenstern und einem hellen, abgeschliffenen Holzboden. Sie ist klein, aber die hohen Decken verleihen ihr eine luftige Atmosphäre. Tante Poppy hebt den Kopf und sieht sich um. Die Wände sind weiß getüncht und mit farbenfrohen Gemälden geschmückt.

Tante Poppy zuckt zusammen und weist auf ein großes Bild über dem Sofa: ein riesiger Strauß leuchtenden Klatschmohns. *»Papaveri«*, sagt sie. Ich bekomme eine Gänsehaut am ganzen Körper. Ist es wirklich Zufall, dass hier ein Bild von Poppys Mohnblumen hängt?

Im Treppenhaus hören wir Schritte. Ich drehe mich um. Ein gutaussehender junger Mann mit markantem Kiefer und blonden Haaren kommt herein.

Meine Tante umfasst meinen Arm fester. *»Mein Mann!«*, flüstert sie kaum vernehmlich auf Deutsch. Ganz langsam macht sie einen Schritt nach vorn und streckt die Arme aus. *»Mein Ehemann!«*

Der junge Typ – ein Mittzwanziger, der natürlich nicht Rico ist – betrachtet sie mit gerunzelter Stirn. Ich ertrage es kaum, zuzusehen. Er kommt näher und nimmt sie ungelenk in die Arme. »Hallo! Ich bin Jan.«

Man hört seinen deutschen Akzent deutlich heraus.

»Das ist meine Tante Poppy«, sage ich und reibe über die Gänsehaut auf meinen Armen. »Sie hat hier früher mal gewohnt … mit einem Mann namens Rico.«

Jan lächelt Poppy mitfühlend an. »Tut mir leid. Hier gibt es keinen Rico.«

Poppy schüttelt den Kopf. »Entschuldigung.«

»Hier wohnte bis vor kurzem mein Großvater Erich.«

Sie schaut auf. »Erich?« Sie legt die Hand auf die Brust. »Erich Krause?«

Lucy, Tante Poppy und ich sitzen auf dem modernen cremefarbenen Sofa gegenüber von Jan. Elene macht Kaffee. Jan erklärt, dass sein Großvater das Apartment in dem Jahr kaufte, als seine Frau starb.

»Damals hat er Deutschland den Rücken gekehrt und ist hierher nach Ravello gezogen, wo er die letzten drei Jahre seines Lebens verbrachte.«

»Oh, Tante Poppy«, flüstere ich. »Er wollte hier sein.«

Sie nickt mit bebenden Lippen. Wenn sie jemals Zweifel hatte, sind die nun ausgeräumt. Rico hat sie geliebt.

»Er hat die Wohnung genau so gelassen, wie sie war: die kleine Küchenzeile, der verschrammte Holzboden.«

»Wirklich?«, fragt Lucy. »Ich finde nämlich, hier sieht es super aus.«

»Du hättest sie mal vor zwei Monaten sehen müssen«, sagt Elene und stellt den Kaffee auf dem Couchtisch ab. »Wir wollen die Wohnung verkaufen, deshalb haben wir sie renoviert.«

»Kommt!«, sagt Jan. »Wir führen euch herum.«

Damit meint er eine Besichtigung des Wohnzimmers samt Küchenzeile, eines schicken Marmorbads, in das wir kurz den Kopf stecken, und des winzigen Schlafzimmers. Poppy legt die Hand auf die Brust und registriert jedes Detail. Sie dreht sich zur Tür um und reckt den Kopf auf der Suche nach Ricos Inschrift.

»Kannst du sie sehen?«, frage ich. Mit ihr zusammen suche ich die frisch gestrichene Wand ab.

»Nein.« Ihre Stimme ist belegt.

»Aber sie ist da«, sagt Lucy. »Sie wird immer da sein.«

Wir verzichten auf die Dachterrasse eine Etage höher und setzen uns stattdessen wieder auf das Sofa im Wohnzimmer. Jan beugt sich vor und stützt die Arme auf die Knie. »Erzählen Sie mal, Poppy, woher kennen Sie nun meinen Großvater?«

Ich versuche, Jans Gesichtsausdruck zu deuten, während meine Tante die Geschichte ihrer großen Liebe erzählt. Bringt es ihn durcheinander? Regt er sich auf? Ist es ihm peinlich? Ich kann es nicht beurteilen. Es kann nicht leicht sein zu hören, dass der eigene Großvater noch eine Frau hatte, eine Frau in einem anderen Leben, die er so sehr liebte, dass er die Wohnung kaufte, wo er einst mit ihr gelebt hatte, nur um ihre Nähe zu spüren.

»Und deshalb sind wir hier«, schließe ich. »Dein Großvater und meine Tante haben sich das Versprechen gegeben, sich an ihrem neunundfünfzigsten Hochzeitstag auf den Stufen der Kathedrale von Ravello zu treffen.«

Jan und Elene tauschen einen Blick. »Unglaublich«, sagt er. »Das erklärt so einiges.« Er reibt sich über die Bartstoppeln. »Mit der Gesundheit meines Großvaters ging es rapide bergab. Wir wussten, dass er zurück nach Deutschland musste. Aber er beharrte darauf, dass er an seinem Hochzeitstag hier sein müsse, um seine Frau zu treffen. Wir dachten, er würde den Verstand verlieren. Oma Karin ist ja schon länger tot.«

»Er hat Karin geheiratet«, sagt Tante Poppy zu sich selbst. Sie schaut in die Ferne, als müsse sie diese Nachricht verarbeiten. »Ja, natürlich.«

»Sie waren siebenundvierzig Jahre verheiratet. Mein Vater war das älteste von vier Kindern. Er heißt …« Jan schaut auf, als würde er sich wundern. »… Paul.«

Meine Kehle schnürt sich zu. Hat Rico seinen Sohn nach seiner großen Liebe Paolina benannt?

Sie greift in ihre Tasche und zieht einen Stapel Briefe hervor, ungefähr ein Dutzend, die von einem Band zusammengehalten werden. Sie sind an *Autoreparatur Krause, Radebeul, Deutschland* adressiert.

»Die sind zurückgekommen«, erklärt sie. »Irgendwann habe ich aufgegeben.«

Sie reicht sie Jan. Ich lese eine handschriftliche Bemerkung auf einem Kuvert: *Bitte nicht mehr schreiben.*

Jan dreht sie in der Hand. »Das ist die Schrift meiner Großmutter.« Er schüttelt den Kopf. »Ich schätze, die Post kam zu Großtante Johanna in die Werkstatt, und die hat sie an ihre Schwägerin weitergereicht. Wissen Sie, die beiden Frauen wollten unbedingt, dass mein Großvater in Radebeul bleibt.« Er schaut auf die Briefe in seiner Hand. »Bitte verstehen Sie, meine Großmutter war kein schlechter Mensch. Im Gegenteil, sie war eine gute Ehefrau und liebevolle Mutter. Mein Großvater und sie kamen gut miteinander aus. Bevor die Mauer fiel, waren die Zeiten nicht leicht. Man war zufrieden mit dem wenigen, was das Leben einem mitgab.«

»Wann ist er gestorben?«, flüstert Poppy.

Jan sieht sie fragend an.

»Sie würde gerne wissen, wann dein Großvater gestorben ist«, erkläre ich.

»Er lebt noch.« Er scheint Tante Poppys Gedanken zu lesen. »Mein Vater ist letzte Woche hergekommen, um ihn mit nach Deutschland zu nehmen, aber Opa Erich war zu schwach für die Reise. Er liegt im Krankenhaus in Salerno, im Ospedale Leonardo. Er hatte eine Blutvergiftung.«

»Fahren wir hin!« Ich stehe auf.

»Ich befürchte, das wird eine große Enttäuschung«, sagt Jan. »Mein Großvater ist … wie nennt man das noch mal … nicht ansprechbar. Mein Vater sagt, er würde nichts mehr essen. Seit er Ravello verlassen hat, hat er kein Wort mehr von sich gegeben.«

»Ich muss ihn sehen«, sagt Poppy.

»Ich rufe den Fahrer an«, schlägt Lucy vor. »Er kann auf dem Weg zum Flughafen beim Krankenhaus vorbeifahren.«

Jan schüttelt den Kopf. »Salerno ist eine Stunde östlich, der Flughafen von Neapel liegt drei Stunden in westliche Richtung. Das schafft ihr nicht rechtzeitig.«

Lucy stöhnt.

Tante Poppy verkündet mit fester Stimme: »Dann fliege ich nicht.«

Ich sehe sie an. Sie steht auf und drückt die Schultern durch. »Ich bleibe hier, bei Rico.« Nie hat sie stolzer und selbstsicherer gewirkt.

Hundert Einwände fallen mir ein. *Du bist zu krank. Du musst nach Hause. Er wird nicht mal mitbekommen, dass du da bist. Nonna wartet zu Hause auf mich.* Doch ich greife nach ihrer Hand. »Dann bleibe ich auch.«

Sie drückt meine Hand und wendet sich an Lucy, bevor die etwas sagen kann. »Du musst zurück nach Bensonhurst, Luciana.« Lucy will protestieren, aber Poppy schneidet ihr das Wort ab. »Ich bestehe darauf. Du warst eine wunderbare Reisebegleiterin. Ich werde dir ewig dankbar sein, dass du mitgekommen bist. Ich freue mich über die Zeit, die wir gemeinsam verbracht haben. Wir haben gesucht, gestaunt und gelacht. Du hast deine Lektion gelernt, mein liebes Mädchen.«

Welche Lektion? Hatte Poppy einen Plan? Wie dem auch sei, sie hat recht. Meine Cousine ist eine andere Frau geworden, sie wird mit Sicherheit nie wieder so sein wie früher. Das heißt nicht, dass sie ein leichtes Leben haben wird. Meine Tante, mein Onkel und wahrscheinlich auch viele andere Verwandte werden eine Weile brauchen, um sich an Lucys Entscheidungen zu gewöhnen. Aber wichtig ist, dass es *ihre* Entscheidungen sind. Das ist wahrscheinlich die Lektion, die sie gelernt hat.

»Du arbeitest nicht bei Nonna im Geschäft«, fährt Poppy fort. »Du hast nicht den Luxus, eine Verwandte als Chef zu haben, die Verständnis hat, wenn du länger unterwegs bist, weil die Zeit manchmal angehalten werden muss.«

Lucy grinst. »Hm, wenn du denkst, dass Nonna Rosa so ein Chef ist, dann musst du was genommen haben. Em wird einen ordentlichen Anschiss bekommen, wenn sie zu Hause ist, das kann ich dir garantieren.« Sie sieht mich an. »Danke, dass du das machst. Du bist echt cool, Em.«

Einen kurzen Augenblick lang fühle ich mich wirklich cool. Poppy hat mal gesagt, dass wir uns anstrengen müssen, um über uns hinauszuwachsen. Das verstehe ich jetzt. Von Natur aus bin ich schüchtern und lasse mich herumkommandieren. Ich tue, was andere von mir verlangen oder gut für mich finden. Heute mache ich, was ich will. Ich nehme meine Cousine zum Abschied fest in die Arme.

»Du auch. Und, Luce, wenn was ist: Ich bin für dich da.«

»Danke. Wir sehen uns zu Hause.«

»Ja, wir sehen uns …« Ich stolpere über den Ausdruck »zu Hause«, weil ich nicht mehr weiß, wo das für mich ist. »Wir sehen uns in Bensonhurst.«

Neunzig Minuten später hasten wir zu viert – Jan, Elene, Tante Poppy und ich – durch den Korridor des Ospedale Leonardo. Mit wild klopfendem Herzen schiebe ich den geliehenen Rollstuhl, in dem Poppy sitzt. Zur Vorbereitung auf das Wiedersehen legt sie Lippenstift auf. *Bitte lass Rico aufwachen! Bitte lass ihn lange genug leben, um sich zu verabschieden.*

Außer Atem erreichen wir Zimmer 301. Jan will Poppy aus dem Rollstuhl helfen, doch meine stolze Tante steht selbständig auf. Sie betastet ihren Kopf, als wolle sie ihre Haare glattstreichen. Ausgerechnet heute hat sie sich gegen die Perücke entschieden. Sie erstarrt, als sie das Tuch auf dem kahlen Kopf spürt, und hält die Luft an. Fast kann ich hören, was sie denkt. Ihr Geliebter wird sie ohne ihre Lockenpracht sehen.

»Du bist wunderschön«, sage ich und drehe sie zur Tür.

Ich folge ihr in ein dämmriges Zimmer, in dem es nach Desinfektionsmittel, Menthol und Verfall riecht. Apparate blinken und zischen. Die Fensterläden sind geschlossen. Poppy tritt ans Krankenbett und fasst sich an die Kehle. »Rico!«

Sein eingefallenes graues Gesicht ist voller Altersflecken und mit Bartstoppeln überzogen. Es gleicht einer verzerrten Maske stummen Schmerzes. Rico ist an einen Tropf angeschlossen, in der Nase steckt ein Sauerstoffschlauch. Elene stellt sich mit Jan und mir ans Fenster, damit die beiden alten Menschen für sich sein können. Poppy beugt sich über die Bettkante und nimmt Ricos Gesicht in die Hände. Tränen laufen ihr über die Wangen. »Rico, ich bin es, Poppy!«

Der alte Mann im Bett – Rico – bewegt sich nicht. Ein Schauer läuft über mich hinweg. Atmet er überhaupt noch? Poppy streicht ihm übers Haar. Es ist immer noch dicht, aber grau und etwas struppig. Aus seinen Ohren und Nasenlöchern sprießen Härchen. Aber ich erkenne den markanten Kiefer, von dem meine Tante sprach, und vor meinem inneren Auge erscheint das Bild des schönen Mannes, der auf der Piazza della Signoria Geige spielte.

»Rico!«, ruft Poppy mit gepresster Stimme. »Wach auf, mein Liebster! Ich bin es.«

Aus jeder ihrer Silben spricht Verzweiflung.

Reglos liegt Rico da. Jan tritt an die andere Seite des Bettes und sagt ganz langsam und deutlich: »Opa! Du hast Be-such!«

»Poppy ist da!«, sagt meine Tante mit bebender Stimme. Sie klappt die seitliche Einfassung herunter, um ihrem Rico näher zu sein, bückt sich und küsst seine eingefallene Wange. »Ich bin es, Poppy.«

Jan zupft Ricos Krankenhaushemd zurecht. Unter dem grünen Stoff kommt eine große Narbe an Ricos Schulter zum Vorschein. Sie entgeht meiner Tante nicht.

»Was ist denn das, mein Liebster?« Mit dem Finger fährt sie über die verdickte Haut.

»Eine Schussverletzung«, erklärt Jan. »Mein Großvater hat 1961 versucht, aus Ostdeutschland zu flüchten. 1963 noch mal.«

Poppy schlägt die Hand vor ihre bebenden Lippen. »Ich wusste es.« Sie legt ihren kahlen Kopf auf die Brust des alten Mannes, und fast kann ich sehen, wie ihr Stolz, ihre Rechtfertigungen, das Bedauern aus ihr herausfließen. »Ich wusste, dass du versuchen würdest, zu mir zurückzukehren. Ich hätte auf dich warten sollen. Es tut mir so leid.«

Minuten vergehen, bis sie sich endlich aufrichtet. Sie betupft ihre Augen. »Es tut mir so leid.«

Jan drückt seinem Großvater einen Waschlappen auf die Wange. »Poppy ist da. Wach auf, Opa!«

»Bitte, Rico! Ich bin jetzt bei dir. Ich muss dir so viel erzählen!«

Es wird still, während wir warten, hoffen, wünschen, beten, dass der alte Mann reagiert. Im Gang tönt gedämpftes Italienisch aus der Lautsprecheranlage. Poppy streichelt Ricos Hände, seine Wangen. Den Blick fest auf sein hohles, leeres Gesicht gerichtet, flüstert sie immer wieder, wie sehr sie ihn liebt. Obwohl dieser Anblick mir das Herz zerreißt, rede ich mir ein, dass es sich gelohnt hat herzukommen. Und wenn es nur für einen letzten Blick, eine letzte Berührung ihres geliebten Erich ist.

Plötzlich hebt sich ganz leicht Ricos Augenbraue.

»Rico!«, ruft meine Tante. »Ich bin's, Poppy. Wach auf, mein Liebster!«

Seine Stirn legt sich in Falten. Ein Schauer nach dem anderen läuft über mich hinweg. Mein Herz schlägt mir bis zum Hals. *Bitte, mach die Augen auf!* In meinem ganzen Leben habe ich mir nichts sehnlicher gewünscht. Ich will diesem Mann alle Kraft schicken, die ich in mir habe.

Ganz leise beginnt Poppy zu singen. *»Que sera, sera. Whatever will be, will be.«* Ihre Stimme ist heiser, sie trifft die Töne nicht, doch ich habe das Lied noch nie schöner gesungen gehört.

Ricos Lid zuckt. Fast kann ich spüren, wie er jeden Muskel anspannt, um die Augen zu öffnen. Poppy hält die Luft an und streichelt seine Wange.

»Das ist unser Lied, Rico.« Ihre Stimme bricht. »Ich bin nach Ravello gekommen, um dich an unserem Hochzeitstag zu treffen. Den ganzen Tag habe ich vor der Kathedrale gewartet.«

Sein rechtes Auge öffnet sich kurz einen Spaltbreit, dann fällt es wieder zu.

»Ja!« Poppys Lachen geht in ein Schluchzen über. »Ich bin es, mein Liebster, deine Poppy!«

Ganz langsam, fast unmerklich, heben sich Ricos Lider, als bewege er sie mit letzter Kraft.

»Opa!«, ruft Jan. Schnell setzt er seinem Großvater eine Brille auf. Rico starrt ausdruckslos durch die Gläser. Ich sehe wässrige Augen in Kornblumenblau.

Tante Poppy schluchzt. »Deine blauen Augen! Ich habe sie so vermisst, mein geliebter Ehemann! Ich liebe dich so sehr!« Sie beugt sich vor, drückt ihre nasse Wange an sein Gesicht und flüstert ihm die Schwüre ihrer unsterblichen Liebe zu, die sie ihm in den letzten neunundfünfzig Jahren sagen wollte.

Seine Lider schließen sich.

»Ich habe dich nie aufgegeben, Rico. Ich habe dich immer geliebt.«

Ich weiß nicht, ob er sie noch hört oder ob er wieder eingeschlafen ist. Noch einmal gehen seine Augen langsam auf. Er hebt seine faltige Hand, die einst so geschickt den Geigenbogen führte. Sein Finger berührt das Gesicht meiner Tante.

»Poppy«, stößt er lautlos aus. Man hört nichts, aber die Worte lassen sich von seinen Lippen ablesen. *»Mio unico amore.«*

42

Emilia

Vielleicht hörte er sie. Vielleicht nicht. Den Rest des Tages blieben Ricos Augen geschlossen, als hätte er für den Liebesschwur seine letzte Energie verbraucht. Er war völlig erschöpft. Doch die Qual, die ihm vorher ins schlafende Gesicht geschrieben stand, wich einem zufriedenen, fast heiteren Ausdruck. Ich bilde mir ein, dass der Anblick seiner großen Liebe nach so vielen Jahren das fehlende Stück war, das er die ganze Zeit gesucht hatte.

Die Besuchszeit ist fast vorbei, Jan und Elene sind schon vorgegangen, um den Wagen zu holen. Ich trete in den Gang, damit Poppy sich allein von Rico verabschieden kann. Schließlich könnte es ihr letztes Lebewohl sein.

Ich hole mein Handy heraus und öffne die Textnachrichten. In New York ist es jetzt Nachmittag, Matt arbeitet wahrscheinlich. Mein Herz fließt über vor Gefühlen. Wie soll ich sie nur in Worte fassen?

Es gibt so viel zu erzählen, MC. Meine Tante hat heute die große Liebe ihres Lebens wiedergesehen. Wir bleiben so lange in Ravello, bis er – ich schlucke und schicke ein Stoßgebet gen Himmel – *wieder gesund ist.*

Ich atme tief durch und drücke auf *Senden.* Anschließend gebe ich Carmelas Nummer ein. Wie erwartet freut sich meine liebe Cousine, weiter in Emville wohnen zu dürfen und auf Claws aufzupassen.

»Ich hatte schon Horror, zurück nach Hause zu müssen«, sagt sie. »In den letzten Tagen ist viel passiert, Emmie. Ich erzähle dir alles, wenn du zurück bist.«

Zum Schluss erledige ich das Telefonat, das ich die ganze Zeit vor mir hergeschoben habe. Mein Vater meldet sich beim ersten Klingeln.

»Gott sei Dank bist du wieder da«, sagt er. Ich stelle mir vor, wie er hinter der Theke steht, das Telefon zwischen Schulter und Ohr geklemmt, und nebenbei die Würstchen für den Feierabend-Ansturm auffüllt. »Jetzt hat deine Nonna endlich Ruhe. Kommst du heute noch rein, oder sehen wir uns zu Hause?«

Mein Herz klopft laut. »Ich bin noch in Italien, Dad. Ich bleibe hier bei Poppy.«

Durchs Telefon höre ich einen schweren Seufzer, als hätte er ihn zehn Tage zurückgehalten. »Emilia, sei vernünftig. Du musst jetzt zurückkommen.«

»Tante Poppy braucht mich.«

»Deine Nonna braucht dich auch. Sie rechnet im Laden mit dir. Du solltest ihren Wunsch respektieren.«

Ich schaue durch die offene Tür von Zimmer 301 hinüber zu meiner Tante am Bett von Rico, die sein blasses Gesicht in den Händen hält, und werde von Liebe überwältigt. Wenn ich wirklich nach Hause wollte, würde Poppy mich sicher nicht davon abhalten.

»Wer Respekt verlangt, wird ihn nicht bekommen.«

»Was sagst du da?«, fragt mein Vater.

»Ich weiß nicht, wann ich zurück bin«, erwidere ich. »Ich bleibe so lange, wie Poppy mich braucht.«

Unter einem sternenübersäten Himmel werden wir von Elene und Jan über gewundene Straßen zurück nach Ravello gefahren. Leise dudelt das Radio. Ich sitze mit meiner Tante hinten, das einzige Licht kommt von den Scheinwerfern anderer Autos. Poppy lehnt an meiner Schulter, die Augen geschlossen. Ich schicke ein stummes Dankgebet gen Himmel, dass sie noch ein paar Stunden mit Rico hatte, wie flüchtig auch immer. Was war das für eine Reise! Wir drei Fontana-Frauen haben die Liebe gefunden.

Aber eine zynische Stimme in mir fragt, welche davon Bestand haben wird.

Tante Poppy hebt den Kopf. »Emilia?«

»Ja?«

»Du kannst jetzt zurückfliegen. Ich komme zurecht.«

Ich drücke meine Wange an ihren Kopf. »Danke, aber ich bin genau da, wo ich sein will.«

»Mein Mädchen«, flüstert sie.

Eine Weile fahren wir schweigend, dann sehe ich sie im Dunkeln an. »Darf ich dich etwas fragen? Diese Briefe, die du dabeihast … die Karin zurückgeschickt hat. Sie waren in Amerika aufgegeben. Was ist denn mit denen passiert, die Rosa gesendet hat, als du noch in Italien warst? Glaubst du, die hat Rico je bekommen?«

»Nein, glaube ich nicht.« Sie stößt einen Seufzer aus. »Weißt du, es waren schwierige Zeiten damals.«

43

Poppy, 1961

Am zweiten August stieg Rosa aus dem Zug, einen Schal um ihr formloses graues Kleid geschlungen. Sie sah anders aus – älter, aber weicher – als beim letzten Mal, vor sechs Monaten. Ihr Gesicht war voller, ihr Blick irgendwie erwachsener. Und ihre Figur war üppiger geworden; sie hatte breite Hüften und große Brüste. Als sie meinen Blick bemerkte, errötete sie.

»Ich habe zu viel Pasta gegessen«, sagte sie.

»Mir kannst du nichts vormachen. Du bist schwanger.«

Ihre Augen füllten sich mit Tränen, sie bekreuzigte sich. Ich nahm sie in die Arme. Wir beide bekamen ein Kind, so wie wir es uns immer ausgemalt hatten. »Ich freue mich so für Alberto und dich.«

»Hör auf! Bitte«, sagte sie. Tränen blieben an ihren Wimpern hängen. »Lass uns bitte noch nicht darüber reden. Jetzt bist du erst mal dran.«

Ich verstand. Nachdem sie so lange versucht hatte, schwanger zu werden, hatte sie Angst, sich zu früh zu freuen. »Du bist wunderschön«, sagte ich. »Alberto wird verrückt nach dir sein.«

Diesmal wandte sie sich nicht ab, als ich von ihm sprach. »Er schreibt mir jede Woche! Er freut sich so, dass ich bald komme.«

Ich lächelte meine Schwester an. »Natürlich!« Ich klopfte auf meinen runden Bauch. »Ich bin dir sehr dankbar, dass du zur Geburt da bist.« Das war ich wirklich. Aber in meine Dankbarkeit schlich sich Enttäuschung. Ich war immer davon ausgegangen, dass Rico da sein würde, wenn unser Kind zur Welt kam. Mein Vertrauen wankte. Lebte er überhaupt noch?

»Ist ein Brief von Rico für mich eingetroffen?«, fragte ich Rosa und hielt den Atem an, gegen jede Wahrscheinlichkeit hoffend, dass sie bejahen würde, auch wenn Rico inzwischen eigentlich wissen musste, dass ich in Ravello war.

Rosa blieb stehen. »Letzten Monat kam einer.«

Mein Herz sprang mir bald aus der Brust. »Denkt er immer noch, ich wäre in Trespiano? Dann wurden wohl alle Briefe abgefangen, die du für mich abgeschickt hast. Wo ist er? Zeig her!«

Rosa schüttelte den Kopf. »Papà hat ihn entdeckt, bevor ich ihn verstecken konnte. Er hat getobt. Ich habe mein Leben riskiert und ihn vom Tisch stibitzt, als er mit Mamma sprach.«

Ich lächelte über den ungewöhnlichen Mut meiner Schwester. »*Grazie*, Rosa. Wo ist er? Ich muss ihn lesen.«

»Ich hab ihn nicht mehr. Ich hab ihn in den Kamin geworfen, damit Papà ihn nicht lesen konnte.«

Mir stockte der Atem. »Du hast ihn vernichtet?«

»Ich hatte keine andere Wahl. Papà hätte uns beide umgebracht. Es tut mir leid. Aber ich hab ihn noch lesen können.«

»Wirklich? Und was stand drin? Wann kommt er her?«

»Er kann nicht fort.« Sie schüttelte den Kopf. »Er schreibt, du sollst nach Amerika gehen. Du sollst Ignazio heiraten.«

Mir blieb die Luft weg. Ich schlug die Hände vors Gesicht. »Nein! Rico ist mein Mann! Wie kann er wollen, dass ich Ehebruch begehe? Mit einem Mann, den ich nicht liebe!«

Mitgefühl stand in Rosas Augen. »Hör auf das, was er sagt, Paolina! Rico liebt dich. Er will das, was am besten für dich ist. Er sagt, dass das Kind nicht bei ihm aufwachsen soll. Dort ist man eingesperrt. Die Menschen versuchen, von dort zu flüchten. Liest du denn keine Zeitung? Die DDR ist kein Ort für Kinder. Er will, dass du es gut hast, und er vertraut darauf, dass du eurem Kind ein gutes Leben bietest.«

Ich wurde blind vor Tränen.

»Denk an das Kind, Paolina! Nicht an dich. Du darfst jetzt nicht mehr egoistisch sein.«

Arm in Arm gingen wir zu meiner Wohnung, jede zog einen Koffer. Ich hörte Rosa zu, die mir von ihrer Reise berichtete. Sie hatte sich eine Geschichte zurechtgelegt, die sie unseren Eltern erzählt hatte: Ich hätte meine Meinung geändert, würde Rico nicht mehr lieben. Sie wolle mich abholen, um gemeinsam mit mir nach Amerika zu fahren. Sie hatte sich bereits von Mamma und Papà verabschiedet.

»Alles, was wir brauchen, ist in diesen Koffern. Unser Schiff sticht in gut einem Monat in Neapel in See.«

»Aber, Rosa, ich komme nicht mit nach Amerika. Ich warte hier auf …«

Mit einer Handbewegung brachte sie mich zum Schweigen. »Mamma und Papà waren so erleichtert, Paolina. Dass ihre Tochter zur Vernunft gekommen ist. Sie haben sich große Sorgen gemacht, dass ich allein nach Amerika fahren muss.«

Doch Rosa konnte mir nichts vormachen. Sie selbst war es, die sich Gedanken machte. Sie wusste, dass sie nach Brooklyn musste, besonders da sie nun Albertos Kind in sich trug. Sie hatte die Idee immer noch nicht aufgegeben, dass ich sie begleitete. Ich zwang mich, den Mund zu halten. Wenn Rosa sich etwas in den Kopf gesetzt hatte, war sie unbeirrbar. Doch schon bald würde sie merken, dass ich ebenso starrköpfig sein konnte.

»Ich habe Papà überredet, zwei Schiffsbilletts zu kaufen«, fuhr sie fort. »In sechs Wochen legt der Dampfer ab. Das bedeutet …« Sie betrachtete mich vom Scheitel bis zur Sohle. »Du musst das Kind bald bekommen, damit wir losfahren und mit Alberto und Ignazio unser neues Leben in Amerika beginnen können, im Land der Freiheit.«

Fünf Tage später wurde mit Hilfe von Signora Tuminelli, einer mürrischen Hebamme, die meine Schwester einen Ort weiter aufgetrieben hatte, Johanna Rosa Krause geboren. Sie hatte dichtes dunkles Haar, schwarzblaue Augen und Ricos Grübchen in der linken Wange.

Man sagt, die Mutterrolle verändere eine Frau. Dass sich etwas verschiebt, wenn sie ihr Kind zum ersten Mal im Arm hält.

Ich saß im Bett, auf den frisch gewechselten Laken, die kleine Jo schlafend an meiner Brust. Staunend betrachtete ich sie, das Wunder des Lebens, das aus Rico und mir entstanden war. Ich musterte ihre seidenweiche Haut, die langen Wimpern in der Farbe des Sonnenaufgangs und die zehn kleinen Fingerchen, jedes von einer winzigen Perle gekrönt.

»Willkommen, kleine Maus«, flüsterte ich. »Mögest du von Freundlichkeit erfüllt sein. Mögest du mit Güte gesegnet sein und das Beste von mir und von deinem Vater in dir vereinen.« Tränen rannen mir über die Wangen. »Auch wenn dein Papà nicht hier ist, hat er dich furchtbar lieb. Er … wir wollen nur das Beste für dich. Du wirst ein wunderbares Leben haben, voller Möglichkeiten, Reichtum und Freude. Das verspreche ich dir. Und ihm.«

Acht Tage später kam Rosa mit einer Zeitung ins Apartment gestürzt. »Die haben eine Mauer gebaut!«, rief sie. »Vor zwei Tagen wurde der Grenzübergang zwischen Ost- und Westberlin mit Stacheldraht verbarrikadiert. Heute bauen sie eine Mauer aus Beton, fünf Meter hoch!« Während sie vorlas, hielt sie sich den Bauch. »Obendrauf kommt Stacheldraht, dazwischen Wachtürme mit Maschinengewehren und Minen.« Sie warf die Zeitung auf den Tisch. »Der Zugang zum Westen ist versperrt, Paolina. Auf Dauer.« Meine Schwester nahm meine Hände in ihre. »Rico wird nicht zurückkehren.«

44

Emilia

Ich betupfe Tante Poppys feuchte Wangen mit einem Taschentuch, besorgt, dass die schmerzhaften Erinnerungen zu viel für ihren zerbrechlichen Geist sein könnten. Sie lehnt sich zurück und schließt die Augen.

»Wie sollte ich mich über die Geburt meines Kindes freuen und gleichzeitig um Rico trauern? Die Grausamkeit des Mauerbaus in Berlin war zu viel für mich. Rückblickend weiß ich, wie schwach ich damals war, wie viel Verantwortung ich tragen musste. Ich ließ zu, dass meine Jo mir entglitt. In meiner Traurigkeit und dunklen Verzweiflung begriff ich nicht, wie schnell das gehen konnte.«

So war es also. Die Berliner Mauer wurde gebaut, Rico saß in der Falle. Und Tante Poppy fiel in eine schwere Depression. Sie versank so tief darin, dass sie nicht merkte, wie ihr Kind langsam starb. Ich erschaudere und frage mich, was genau mit der kleinen Johanna passierte. Es war klug von Rosa, Poppy nach Amerika zu bringen. Doch ihre Hoffnung, Rico wiederzusehen, wurde enttäuscht. Zwei Herzen, die durch eine unmenschliche Mauer getrennt wurden.

Ich drücke ihre Hand. »Das tut mir so leid.«

Ein Schauder läuft über mich hinweg. Die eine Schwester gebiert ein Kind, die andere beerdigt ihres. Und dann die Namen – Johanna und Josephina –, diese Ähnlichkeit. Konnten die Götter grausamer sein? Kein Wunder, dass Poppy ihre ganze Liebe auf Josephina projizierte.

In Radio des Wagens läuft eine ruhige Ballade. Die melancholische Melodie treibt mir Tränen in die Augen. Tante Poppy seufzt, als ich die Arme um sie schlinge. Wie ein kleines Kind braucht sie heute Nacht Trost. Bald wird ihr Atem ruhiger. Schlaff sackt ihr Körper gegen meinen. Mein Arm wird taub und beginnt zu kribbeln. Ich rühre mich nicht, sondern atme ihren schwachen Duft ein, lausche dem leisen Rhythmus ihres Atems und hoffe, dass ich irgendwann die Augen schließen und mich an diesen Moment erinnern kann.

Als ich schon glaube, sie würde längst schlafen, spricht sie plötzlich. »Bitte verzeih mir.«

»Verzeihen? Was denn?« Ich streiche ihr über den Haarflaum. »Es gibt nichts zu verzeihen. Du hast so viel gelitten, so viel verloren.«

»Ich hätte mehr tun sollen.«

»Pssst«, mache ich und drücke ihr einen Kuss auf den Kopf. »Du hast mein Leben verändert. Du hast mir Hoffnung gegeben. Außerdem hast du immer wieder versucht, Kontakt zu mir aufzunehmen. Ich war nicht für dich da.«

»Jetzt sind wir zusammen.«

»Ja, das ist das Einzige, was zählt.«

»Ich habe dich sehr lieb, Emilia.«

»Ich dich auch, Nonna.«

Ich merke, dass ich mich versprochen habe, aber korrigiere mich aus irgendeinem Grund nicht. Meine Tante tut es auch nicht.

Jan besteht darauf, dass wir in Ricos Wohnung über der Bäckerei schlafen. »Ihr könnt da bleiben, solange ihr wollt«, sagt er und überreicht Poppy einen altmodischen Messingschlüssel. »Ich wohne so lange bei Elene.«

Die Nachttischlampe taucht das Zimmer in bernsteinfarbenes Licht. Ich wasche Tante Poppys zarte Wangen und helfe ihr ins Nachthemd. Das Bettlaken ist frisch. Ich decke sie zu, sie kuschelt sich hinein wie ein kleines Kätzchen. »Ich habe immer davon geträumt, hier noch mal zu schlafen.« Sie dreht sich um und schaut an die Decke.

»Er hat unsere Initialen in den Balken über der Tür geschnitzt.«

»Ich weiß. Er hat dich sehr geliebt.«

»Tut er immer noch«, erinnert sie mich. Ich schäme mich, von Rico in der Vergangenheit gesprochen zu haben. »Hast du Brody erreicht?«, fragt sie.

»Ja. Er ist super.« Ich schicke noch nachträglich einen stummen Dank an Mr Brody, Poppys Wirtschafter auf ihrer Farm. »Er kümmert sich so lange um alles, bis wir zurückkommen. Higgins geht es gut. Ich soll dir sagen, dass Brody ihn jeden Tag reitet, damit er in Übung bleibt.«

Poppy nickt. »Brody weigert sich, eine Gehaltserhöhung zu akzeptieren, obwohl er das Geld weiß Gott gebrauchen kann. Hab ich dir erzählt, dass er in Vietnam ein Bein verloren hat? Er klagt nie. Der Mann ist ein Engel, genau wie sein Vater.«

Die Vorstellung ist seltsam, dass Poppy ein Leben nach Rico hatte, dass sie eine Beziehung zu Brodys Vater hatte, ihrem »Partner«. Da sich das Leben meiner wunderbaren Tante dem Ende zuneigt, stellt sich mir die Frage, ob sie irgendetwas bedauert.

»Wolltest du eigentlich noch mal heiraten? Kinder bekommen?«

»Nein«, sagt sie. »Obwohl ich Thomas geliebt habe.« Sie sieht mich an. »Du wirst feststellen, dass man immer freigiebiger mit dem Wort umgeht, je älter man wird. Thomas hat mir wieder gezeigt, wie man lacht. Und ich glaube, ich war ein Trost für ihn nach dem Tod seiner Frau. Wir waren gute Freunde, Thomas und ich.« Sie lächelt, denkt offenbar an etwas Schönes.

Ich steige zu ihr ins Bett. »Stört es dich, dass Rico Karin geheiratet hat?«

»Nein, gar nicht. Ich wäre traurig, wenn er es nicht getan hätte. Weißt du, Emilia, nicht jede Liebe verlangt Leidenschaft, und nicht alle Leidenschaft erfordert Liebe.«

Die Luft scheint stillzustehen. Matts ansteckendes Lachen kommt mir in den Sinn. Ich stütze mich auf den Ellenbogen und sehe meiner Tante in die Augen. »Glaubst du das wirklich, Tante

Poppy? Meinst du wirklich, dass man mit jemandem zusammen sein kann – ihn vielleicht sogar heiraten –, ohne Leidenschaft zu empfinden?«

»Ich bin mir sicher, dass das ständig passiert.«

Mein Puls klopft mir in den Schläfen. Ich habe das Gefühl, mit einer Weisen zu sprechen, die die Antwort auf die Frage kennt, über die ich seit Jahren nachdenke. Alles hängt von ihr ab.

»Aber ist das fair? Reicht das? Oder sollte ich … ähm … sollte man nicht eher auf die große Liebe warten, die die Haut bei der kleinsten Berührung zum Kribbeln bringt?«

Sie lächelt mich an. »Das ist eine Frage, meine Liebe, die jeder für sich selbst beantworten muss. Ich kann dir nach achtzig Jahren nur sagen, dass ich viele unterschiedliche Formen der Liebe kennengelernt habe: Leidenschaft, Trost, Sicherheit, Intimität. Auch wenn Rico meine große, wahre Liebe war, ist nichts gegen eine Beziehung einzuwenden, die Freundschaft oder auch nur Kameradschaft schenkt in einer Welt, die so verschlossen sein kann wie eine geballte Faust.«

Mit schimmernden Augen streicht sie mir übers Haar. »Weißt du, Emilia, letzten Endes ist das Leben eine schlichte Gleichung. Jedes Mal, wenn man liebt – ob einen Mann, ein Kind, eine Katze oder ein Pferd –, wird das eigene Leben bunter. Kann man nicht lieben, ist alles trostlos.« Sie lächelt. »Damit meine ich, Liebe in all ihren Formen gibt den Ausschlag, ob das Leben eine trübsinnige Schwarzweißzeichnung ist oder ein farbenfrohes Ölgemälde.«

Sie streichelt mir über die Wange. »Sie ist die Süße, die dem Leben die richtige Würze verleiht und unsere Sinne weckt. Ich meine damit nicht, dass du ständig nach der Liebe suchen sollst. Aber wenn sie zu dir kommt, wenn sie in Reichweite ist, dann versprich mir bitte, dass du sie pflückst und dir ganz genau ansiehst, ja?«

Ich nicke. Meine Gedanken schweifen von Gabe zu Matt und zurück. »Ja, versprochen.«

Als ich die Nachttischlampe ausknipsen will, greift Tante Poppy nach meiner Hand. Sie ist stärker, als ich erwartet habe.

»Deine Mutter hat dich sehr geliebt, Emilia.«

Ich erstarre. Meine Kehle schnürt sich zu, ich bekomme kein Wort heraus. Seit ich denken kann, grübele ich über dieses Mysterium nach. Ich war erst zwei, als Mamma starb. In den zwei Jahren war sie fast durchgängig krank. Ein Teil von mir hat sich immer gefragt, ob ich Schuld an ihrer Krankheit hatte. Hat sie mich abgelehnt? War ich ihr eine Last?

»Woher …« Ich zwinge die Worte heraus. »Woher willst du das wissen?«

»Deine Mutter hat nicht nur ein bisschen geliebt«, sagt sie. »Sie hat aus ganzem Herzen und tiefster Seele geliebt, mit der Kraft eines Sonnenstrahls. Du warst ihr Engel. So hat sie dich immer genannt.«

Ich schlage die Hand vor den Mund. Tränen steigen mir in die Augen. Mein Leben lang habe ich mich nach diesen Worten gesehnt.

»Wie konnte sie mich lieben?«, flüstere ich. »Sie hat mich doch gar nicht richtig gekannt, als Mensch. Ich war doch noch ein Baby.«

Poppys Hand schließt sich fester um meine. »Die Liebe einer Mutter misst sich nicht in Zeit. Sie ist spontan und ewig, wie Magie. Und das weiß ich ganz genau, meine Liebe.«

Ihre Augen sehen in die Ferne. Ich habe eine dunkle Ahnung. Sie stirbt. Vorhin im Auto hat sie mich um Verzeihung gebeten. Ich habe abgewiegelt. Jetzt wird mir klar, dass sie die Worte hören muss. Selbst wenn ich nicht ihre Schwester bin.

»Ich mache dir keine Vorwürfe«, sage ich sanft. »Wegen dem, was du mit meiner Mutter getan hast. Also, dass du sie mitgenommen hast.«

»Entführung.« Ihre Stimme ist nicht mehr als ein Flüstern. »So haben sie es genannt.«

Ich nehme Poppys Hand in meine. »Du standest völlig neben dir. Nonna hätte das verstehen müssen.«

»Wenn ich doch die Zeit noch mal zurückdrehen könnte …«

»Pssst«, beruhige ich sie. »Ist gut. Es ist ja nichts passiert. Und sieh doch, du hast dir so ein schönes Leben geschaffen, du bist umringt von Menschen, die dich lieben. Darauf kannst du stolz sein.«

»Es ist kein Tag vergangen, an dem ich meine Entscheidung nicht in Frage gestellt und mir nicht vorgeworfen habe, so leichtsinnig gehandelt zu haben.«

»Du bist doch jedes Jahr an Weihnachten und Ostern da gewesen und hast Josephina besucht.«

Im Mondlicht sehe ich ihr angedeutetes Lächeln. »Das waren für mich die glücklichsten Tage im Jahr. Josie hat immer schon auf der Veranda gewartet. Sobald sie mich auf der Straße erblickte, kam sie auf mich zugelaufen.«

Mein Herz zieht sich zusammen. Ich stelle mir vor, wie sich meine Mutter und ihre Tante in den Armen liegen, im Kreis drehen und kichern wie zwei junge Mädchen.

»Rosa hat sich an unserer Beziehung gestört. Sie hatte Angst, ich könnte ihr die Tochter wieder wegnehmen. Das habe ich verstanden. Sie hat versucht, Josie zu beeinflussen, aber das Mädchen hatte einen starken Willen, so wie ich.« Sie sieht mich an. »Du hast diese Willensstärke geerbt, Emilia, du hast sie nur versteckt. Aber jetzt leuchtet deine innere Kraft wie eine Pollia condensata.«

Ich lache mit Tränen in den Augen. »Wie eine was?«

»Eine Pollia condensata. Das ist eine Tropenpflanze. Der am stärksten schimmernde Organismus der Welt.« Poppy lächelt, ihr Blick geht in die Ferne.

»Deine Mutter war willensstark, auf jeden Fall, aber sie hatte ein unglaublich weiches Herz. Und ein weiches Herz hat ein feines Gespür für die Wahrheit.«

Ich warte in der Hoffnung, dass sie weiterspricht. Schließlich tut sie es.

45

Poppy, 1961

Die achttägige Schiffspassage von Neapel nach New York verlief zum Glück sehr ruhig. Tagsüber wehte ein warmer Wind, nur gelegentlich gewitterte es. Die arme kleine Josephina war erst wenige Wochen alt. Sie geriet völlig aus ihrem Schlafrhythmus. Jeden Abend, wenn wir uns in unsere winzige Kabine zurückzogen, schauten Josies Augen groß und neugierig in die Welt. Ich versuchte, sie zu beruhigen, während Rosa schlief. Meistens musste ich sie einpacken und mit ihr nach oben an Deck gehen. Rosa störte das nicht. Sie überließ mir gerne die Mutterrolle.

Draußen schaute ich immer nach Osten, zurück zu dem Kontinent, auf dem mein Rico lebte. Zusammen beobachteten wir, wie sich das schwarze Meer hob und senkte. Ich zeigte der Kleinen die Sternbilder und erzählte ihr von ihrer Zukunft.

Sie war eine gute Zuhörerin, mein kleiner Quell der Freude, und eine konzentrierte Beobachterin. Sie betrachtete mein Gesicht und zog die kleine Stirn in Falten, wenn ich von Rico erzählte, dem besten Mann der Welt. Und wenn meine Augen feucht wurden, packte sie nach meinem Finger, als wollte sie mir versichern, dass sie seine Liebe zu mir spürte.

Ich nannte sie mein kleines Wunder und sagte ihr, dass sie der Grund war, warum ich noch lebte. Denn so war es.

46

Emilia

Eine lange Schiffsreise voller Einsamkeit, die sie immer weiter von ihrer Liebe und dem Kind entfernte, das sie verloren hatte, Nächte mit einem anderen Baby, dessen Name dem ihres eigenen so ähnlich war – kein Wunder, dass Poppys mütterliche Gefühle fehlgeleitet wurden und sie sich zu eng an Josie band.

»Jetzt leuchtet mir das alles ein.« Ich nehme ihre Hände. »Du hast Josephina wie deine eigene Tochter geliebt. Du hast getrauert. Du hattest keine böse Absicht.«

»Es ist das, was ich am meisten bereue.«

»Und du bereust, dich von Rico getrennt zu haben«, füge ich leise hinzu.

»Jeden Tag meines Lebens.« Tante Poppy lächelt traurig. »Ich werde niemals wissen, was gewesen wäre, wenn ich mit ihm nach Ostdeutschland gegangen wäre.«

»Stimmt, aber er hätte es nicht zugelassen. Du hattest keine Wahl.«

»Man hat immer eine Wahl, Emilia. Vergiss das nie! Manchmal ist es leichter, mal schwerer. Aber eine Wahl hat man immer.«

Man sagt, die Zeit heilt alle Wunden. Aber ich, die ich miterlebt habe, wie sowohl meine Tante als auch ihr geliebter Rico gleichzeitig den Weg der Besserung einschlugen, muss widersprechen. Nicht die Zeit, sondern die Liebe heilt. Nach den grausamen neunundfünfzig Jahren ihrer Trennung war es, als würde die reine Entschlossenheit, wieder zusammen sein zu wollen, sie zu neuem Leben erwecken.

Am Mittwochmorgen bestehe ich darauf, als Erstes mit Poppy zu einem Arzt zu gehen. Die ganze Zeit waren Lucy und ich der Ansicht, dass der fortschreitende Gehirntumor der Grund sei, weshalb unsere Tante immer schwächer wurde. Doch der junge Arzt stellt eine Atemwegsinfektion fest und verschreibt ihr mehrere Antibiotika, die fast umgehend anschlagen. Ich bin überrascht.

Ich miete ein Auto – Poppy will unbedingt ein sportliches weißes Cabrio. Die nächsten zehn Tage stehen wir am frühen Morgen auf und fahren dann ins Krankenhaus nach Salerno. Trotz der kühlen Temperaturen verlangt meine Tante, dass ich offen fahre. Zum Ausgleich für die kühle Luft stellt sie die Sitzheizung auf höchste Stufe.

»Bieg hier ab!«, befiehlt sie jedes Mal, wenn wir nach Salerno kommen. »Und gib ein bisschen Gas! Mein lieber Gott, Emilia, das ist ein Maserati, kein Trecker!«

Poppy sitzt so oft wie möglich an Ricos Bett, streichelt seine Hände, kämmt seine fusseligen Haare und rasiert ihn unter Liebesgeflüster, und langsam erwachen seine Lebensgeister. Jeden Tag macht er Fortschritte. Er öffnet die Augen. Lächelt. Gibt Wörter von sich, dann sogar kurze Sätze. Die Ärztin spricht von einem Wunder. Poppy sagt, es sei Schicksal. Ich finde es einfach nur schön.

In der zweiten Woche kann Rico wieder allein essen und sitzt meistens im Rollstuhl, wenn wir kommen. Er hat Farbe bekommen, und man kann wieder den gutaussehenden Geiger erkennen, der die Zuschauer verzauberte – und meine Tante. Auch wenn sein Kiefer nicht mehr so markant und sein Körper nicht mehr so muskulös ist, hat er immer noch stechend blaue Augen, seine Haare sind dicht und gewellt, und sein Lächeln ist so strahlend, wie Poppy es beschrieben hat.

Ich suche mir einen gemütlichen Platz im Besucherraum des Krankenhauses, wo ich meistens sitze und schreibe, damit Poppy und Rico allein sein können. Die Worte fließen mir nur so aus den Fingern, als sei die Luft um mich herum mit Liebe, Licht und neuerwachtem Leben aufgeladen. Wenn ich Stunden später zurück ins Krankenzimmer gehe, liegen die beiden oft zusammen im Bett und Rico streichelt Poppys kahlen Kopf. Manchmal lachen sie über alte Geschichten. Gelegentlich weinen sie auch, wahrscheinlich wenn sie über Johanna sprechen, das Kind, das sie verloren haben.

»Ich wollte dich in der Kathedrale heiraten«, erzählt Rico Poppy an einem regnerischen Montag. Seine Stimme ist tief und rau. »Ich hatte alle erforderlichen Unterlagen beisammen.«

Sie winkt ab. »Wir sind doch längst verheiratet!«

Meine freigeistige Tante, die Zweitgeborene, die es auch nach all den Jahren nicht nötig hat, ihre Liebe offiziell zu machen, gibt ihrem Mann einen Kuss auf die Wange. »Du bist mein Mann und wirst es immer sein.«

Der dritte November ist ein warmer, sonniger Samstag. Wir sitzen an einem Tisch im Garten des Krankenhauses und spielen ein Kartenspiel, das Poppy uns beigebracht hat.

»Du hast ein Kreuz auf der Hand und spielst Pik aus«, sage ich zu Rico. »Kein Wunder, dass du immer gewinnst.«

Er macht »Ts, ts« und schüttelt den Kopf. In seinen Augenwinkeln bilden sich Lachfältchen. »Du bist eine schlechte Verliererin, mein Mädchen.«

Ich lache. So nennt mich meine Tante auch immer.

Als ich die Karten mische, kommt seine behandelnde Ärztin zu uns. »Da sind Sie ja!« Sie träg einen weißen Kittel und hat ein iPad unterm Arm. »Ich habe eine gute Nachricht für Sie, Signor Krause. Ihre Laborwerte sind stabil. Ich mache Ihnen die Entlassungspapiere fertig. Morgen früh können Sie nach Hause.«

Rico verschlägt es die Sprache. Ich kann mir nicht vorstellen, was das für einen Mann bedeutet, der den Großteil seines Lebens hinter einer Mauer verbracht hat. Er wendet den Blick ab, schämt sich seiner Gefühle. Ich streiche ihm über den Arm.

»Das ist ja wunderbar«, sagt Poppy zur Ärztin. »Danke für alles, was sie für meinen Mann getan haben.«

Sie lächelt. »Ich danke Ihnen, Signora Krause.«

Poppy reckt das Kinn. Sie könnte nicht stolzer sein, wäre sie als Königin angesprochen worden. Doch dann überrascht sie mich, wie immer, mit der Antwort: »Ich heiße Fontana. Ich liebe meinen Mann, aber ich habe noch keinen überzeugenden Grund gehört, warum ich den Namen eines Mannes annehmen sollte.«

Die Ärztin lacht.

»Könnten Sie bitte ein Foto von uns dreien machen?«, fragt Rico.

»Aber gerne doch.« Sie nimmt mein Handy entgegen. »So eine glückliche Familie.«

Poppy stellt sich rechts von mir auf, Rico links, die beiden verschränken die Hände. Poppy drückt mir einen Kuss auf die Wange. Ich schaue Rico an, dessen Augen voller Liebe leuchten.

»Ameisenscheiße«, ruft die Ärztin, und ich muss genau in dem Moment lachen, als sie auf den Auslöser drückt.

Am Abend bereiten Poppy und ich das kleine Apartment über der Bäckerei für Ricos Heimkehr vor. Poppy packt Fleisch und Käse in den Kühlschrank. Ich lege frisches Obst in eine Schale und stelle knuspriges Brot und Weinflaschen in den Schrank. Staunend sehe ich zu, wie meine Tante, die vor kurzem noch mit einem Bein im Grab stand, jetzt mit dem Staubtuch herumwuselt und summend die kleine Wohnung putzt. Ich bringe eine Vase mit Blumen ins Schlafzimmer und suche wie immer die Inschrift über der Tür.

»Vielleicht kann Rico noch mal was in die Wand ritzen«, rufe ich meiner Tante zu.

»Nicht nötig«, erwidert sie. »Das Original ist ja da, gut behütet unter vielen Farbschichten. Da wird es immer sein.«

Als ich die Blumen auf den Nachtschrank stelle, wird mir etwas klar: Morgen wird Rico hier sein, in der Wohnung, die er früher mit Poppy teilte. Eine sehr kleine Wohnung, gerade groß genug für zwei Personen. Mit mir sind wir aber zu dritt.

Ich gehe ins Wohnzimmer. Als Poppy mich erblickt, hält sie mit dem Staubwischen inne. Sie wirft mir einen ernsten Blick zu und sagt: »Du willst fahren.«

Ich denke an Bensonhurst. Ich kann Lucy wiedersehen. Ich kann Matt treffen und endlich mit ihm reden. Dennoch überkommt mich ein Gefühl der Leere. Ich werde mich wieder einleben müssen, mich eingewöhnen. In Emville zu wohnen ist so, als trüge ich eine durchsichtige Bluse und zehn Zentimeter hohe Absätze: Es spricht nichts dagegen, aber ich fühle mich unwohl damit. Es entspricht nicht meinem wahren Ich.

»Ich muss zurück zur Arbeit.«

»Verstehe.« Sie kommt zu mir und nimmt mich in die Arme. »Damit will ich nicht sagen, dass ich dich nicht furchtbar vermissen werde.« Sie lehnt sich zurück und sieht mich an. »Richtest du Rosa bitte aus, dass ich sie liebhabe?«

»Mache ich. Aber du kannst dich doch selbst bei ihr melden. Sie würde sich bestimmt freuen.«

Poppy schüttelt den Kopf. »Ich habe Dolphie angerufen, als ich noch in Amerika war. Wir hatten ein wunderschönes Gespräch. Aber Rosa …« Ein Schatten fliegt über ihr Gesicht. »Sie will nicht mit mir reden.«

»Das tut mir so leid. Du hast es nicht verdient …«

Mit einer Geste bringt sie mich zum Schweigen. »Ich habe ein gutes Leben gehabt. Das letzte Kapitel meiner Lebensgeschichte ist genau so geworden, wie ich es mir ausgemalt habe. Auch wenn nicht alle Figuren in dieser Szene dabei sind, so ist es doch zumindest die Hauptfigur – der Held meiner Geschichte. Wie viele Menschen können das von sich behaupten?«

Am Sonntag verbringen wir einen letzten gemeinsamen Abend: Poppy, Rico und ich. Meine Tante macht eine leckere Panzanella aus Radicchio und Fenchel, ein toskanischer Salat mit eingeweichtem Brot und Tomatenwürfeln. Rico öffnet eine Flasche Taurasi Riserva, und wir drei setzen uns an den Eisentisch auf der Dachterrasse und sehen zu, wie die Sonne über der Amalfiküste untergeht.

»Das habe ich mir immer gewünscht«, sagt Poppy mit Blick auf den mangofarbenen Himmel. »Noch einen Sonnenuntergang in Ravello.« Im Sonnenlicht erkennt man, wie mitgenommen sie aussieht, sie hat wieder dunkle Ringe unter den Augen. »Ich hätte auch gerne einen letzten Sonnenuntergang in der Toskana. Bringt ihr bitte meine Asche nach Trespiano, wenn die Zeit gekommen ist?«

Rico und ich sehen uns an. Langsam nickt er. »Wir tun, was du möchtest, *mio unico amore.*«

Trotz ihrer glühenden Liebe und ihrer neuerwachten Energie rückt der Tod meiner Tante näher. Fast hatte ich mir das Gegenteil eingeredet. Die beiden haben mehr Zeit miteinander verdient. *Wir* haben mehr Zeit zusammen verdient. Morgen kehre ich nach Amerika zurück. Vielleicht sehe ich meine Tante und Rico, der mir so ans Herz gewachsen ist, niemals wieder.

Er hebt das Glas, um die gedrückte Stimmung zu vertreiben. »Auf den Sonnenuntergang … und noch zahlreiche Sonnenaufgänge!«

»Salute!«, sage ich, und wir stoßen an.

»Weißt du, Emilia, in Philadelphia wartet ein leeres Haus auf dich, falls du einen Ort zum Schreiben brauchst.«

»Danke«, sage ich, beschämt von dem großzügigen Angebot, das ich nicht annehmen werde.

»Versprich mir, dass du nächstes Jahr, wenn du deinen Roman fertig hast, zurückkommst und uns besuchst!«

Ob sie in einem Jahr noch leben wird? Oder Rico? Meine Tante sieht mir in die Augen. Diesmal fällt mir die Antwort nicht schwer.

»Mit Vergnügen.« Ich zögere. »Aber das mit dem Roman … Du meinst, in einem Jahr habe ich ihn fertig? Ich weiß nicht, ob das mög…«

»Alles ist möglich«, unterbricht sie mich augenzwinkernd.

Am nächsten Morgen bereitet Rico eine Frittata mit Schinken und Asiago zu. Ich bekomme kaum etwas hinunter. Schon jetzt habe ich Heimweh nach den beiden. Ich stelle meinen Koffer und die Handtasche an die Tür. »Es ist Zeit, sich zu verabschieden«, sage ich und versuche, mit fester Stimme zu sprechen.

Rico nimmt mich in die Arme. Auch wenn er stärker ist als noch vor ein paar Tagen, ist er immer noch sehr dünn. »Auf Wiedersehen, mein Mädchen.« Mit Tränen in den Augen löst er sich von mir und streicht mir über die Wange. Seine dunkle Stimme flüstert mir auf Deutsch zu: »Ich habe dich sehr lieb.«

Es klingt fremd, doch sein Blick sagt mir alles, was ich wissen muss. »Ich dich auch«, erwidere ich.

Poppy kommt dazu und reicht mir einen großen türkisfarbenen Umschlag. »Bring den mit, wenn du uns nächstes Jahr mit Luciana besuchst. Wir treffen uns in Trespiano, alle vier. Das wird großartig!«

»Soll ich ihn schon aufmachen?«

»Nein! Den öffnen wir an meinem nächsten Geburtstag.«

»Dann behalt ihn doch so lange.«

»Nein.« Tante Poppy steckt den Umschlag in die Außentasche meines Koffers. »Ich fühle mich jetzt schon besser, weil ich weiß, dass du ihn hast. Versprich mir, dass du ihn nicht vorher öffnest.«

Leichte Panik flackert in mir auf. Wie viel Zeit hat sie noch? Was auch immer in diesem Umschlag ist, ich muss ihr versichern, dass ich ihren Wunsch respektiere.

»Versprochen«, flüstere ich.

Sie breitet die Arme aus. Es gibt so viele Dinge, die wir uns noch sagen könnten, für die jedoch keine Zeit mehr bleibt, also halten wir uns einfach nur fest und weinen. Schließlich nehme ich den Koffer und steige die Treppe hinunter.

Am Ende der Straße angekommen, wo ich den Mietwagen geparkt habe, drehe ich mich noch einmal um. Poppy und Rico stehen am Fuß der Treppe in der offenen Tür. Ich winke ihnen ein letztes Mal zu. »Ich hab euch lieb!«, rufe ich in der Hoffnung, dass sie mich hören können.

Rico hat den Arm um Poppys Schulter gelegt, sie tupft ihre Augen trocken. Er beugt sich vor und gibt ihr einen sanften Kuss auf die Wange. Dann sagt er etwas, und selbst aus der Entfernung kann ich sie lachen hören.

Liebe in all ihren Formen gibt den Ausschlag, ob das Leben eine trübsinnige Schwarzweißzeichnung ist oder ein farbenfrohes Ölgemälde.

Das Flugzeug nach New York ist voll besetzt. Ich finde meinen Platz am Fenster und stopfe die Handtasche unter den Sitz vor mir. In Gedanken bin ich immer noch bei meiner Tante und Rico. Welch ein Privileg, die Liebe der beiden zu erleben! Ob ich auch jemals so eine Beziehung haben werde?

Ich reibe mir über den Hals, und ein Mann erscheint vor meinem inneren Auge. Ein Mann, der mich liebt. Der mich zum Lachen bringt, der mich befeuert, der mich zu einem besseren Menschen macht. Ein Mann, von dem ich ohne Zweifel wüsste, dass er meinen Rollstuhl schieben würde, wenn ich alt und krank wäre und nicht mehr laufen könnte.

Ich hole mein Handy heraus. *Ich bin auf dem Weg zurück, MC.* Mit Tränen in den Augen tippe ich die nächste Zeile.

Lass uns reden.

47

Emilia

Es ist fast vier Uhr, als ich an der U-Bahnhaltestelle Kings Highway aussteige. Die Geräusche und Gerüche von Brooklyn, die ich früher gar nicht wahrgenommen habe, stürzen auf mich ein. Hupende Autos. Ein rumpelnder Müllwagen. In der Ferne das Rattern eines Vorschlaghammers. Mir fehlt der salzige Geruch des Meeres, der Klang der Kirchenglocken, die warme Hand meiner Tante. Ich schleppe meinen Koffer über den Bahnsteig, da höre ich meinen Namen.

»Em!«

Ich sehe mich um. Lucy kommt auf mich zugestürmt wie eine Windböe.

»Luce! Was machst du denn hier?«

»Ciao, bella!«, sagt sie, küsst mich auf die Wangen und nimmt meine Tasche. Ihre Haare haben ihren natürlichen braunen Farbton zurück, mit hübschen rosa Strähnen. Auf Kinnhöhe sind sie abgeschnitten. Ein locker fallender Pony unterstreicht Lucys große Augen. Sie trägt eine Jeans und einen Kaschmirpulli mit V-Ausschnitt, in dem sie natürlich und hübsch aussieht. »Ich habe heute Morgen mit Poppy telefoniert. Sie hat mir gesagt, wann du zurück bist. Ich dachte, ich hole dich ab. Sag die Wahrheit: Wie geht es ihr?«

»Du würdest sie kaum wiedererkennen«, sage ich. »Sie ist wieder so wie am Anfang unserer Reise.« Ich erzähle nichts von dem türkisfarbenen Umschlag und der düsteren Vorahnung, die ich hatte, als ich mich von ihr verabschiedete. Stattdessen berichte ich von Poppys wiedergefundener großer Liebe. »Er ist ein toller

Mann. Man kann gut verstehen, warum sie ihn immer noch liebt, nach so langer Zeit.«

»Wie schön!«, sagt Lucy. »Dann hast du also beschlossen, die Turteltauben ein bisschen allein zu lassen. Die Wände sind ja ziemlich dünn. Meine nur …« Sie wackelt mit den Augenbrauen. Ich schüttele den Kopf.

»Wie kann ein so schönes Mädchen so verdorbene Gedanken haben?« Unterwegs erzähle ich Poppys Geschichte, vom Tod der kleinen Johanna, von der Fahrt über den Atlantik mit der kleinen Josie.

»Ist das traurig«, sagt Lucy. »Weiß Rico, dass sie ein gemeinsames Kind hatten?«

Ich nicke. »Ich habe gesehen, wie sie zusammensaßen und weinten.«

Ein Bus dröhnt vorbei, kurz kann ich nichts hören. »Und du?«, frage ich, als er sich entfernt hat. »Was gibt's Neues bei dir?«

Lucy grinst.

»Du wirst es nicht glauben, Em. Ich weiß jetzt endlich, was ich mit meinem Leben anfangen will. Willst du's wissen?« Sie imitiert einen Trommelwirbel. »Tatata-taa! Ich möchte Friseurin werden. Hab mich schon an der Friseurschule angemeldet. Mom meint zwar, ich sollte lieber Kosmetikerin lernen, aber ich schneide gerne Männern die Haare. Mit Gesichtsbehandlungen und Waxing hab ich's nicht so.«

Ich kann kaum glauben, dass dies dasselbe Mädchen ist, das noch vor kurzem ohne Eyeliner nie das Haus verlassen hätte.

»Ich hab mit Opa Dolphie gesprochen«, verkündet Lucy, während wir nebeneinander laufen. »Er meint, ich könnte eine Ausbildung bei ihm machen.«

Ich denke an Onkel Dolphies einsamen Salon mit der Opernmusik und den leeren Stühlen. Er hat ja keine Ahnung, auf was er sich da einlässt. Seine Enkeltochter wird seinen Laden auf den Kopf stellen, ihm den längst nötigen Adrenalinschub verpassen. Onkel Dolphie wird sich ständig beschweren. Aber im Stillen wird er froh sein. Endlich hat er wieder eine Aufgabe. Sein Laden – der Salon, den er mit so viel Einsatz aufgebaut hat – wird von seiner eigenen Enkeltochter weitergeführt werden. Er wird nicht vergessen. Wünschen wir uns das nicht alle?

Ich lächele. »Das ist doch super, Luce!«

Sie beißt sich auf die Lippe. »Jetzt muss ich nur noch den Mut aufbringen, meinen Eltern von Sofia zu erzählen.«

»Sie wissen es noch nicht?«

Lucy schüttelt den Kopf. »Sie glauben, Sofia wäre eine Freundin. Wenn meine Mom die Wahrheit rausbekommt, flippt sie aus.«

Wir bleiben an einer Kreuzung stehen. Ich drücke auf den Knopf an der Ampel. »Ich kann dabei sein, Luce, als moralische Unterstützung. Natürlich nur, wenn du willst.«

Sie legt den Kopf schief und betrachtet mich. »Wieso hab ich immer gedacht, du wärst uncool? Ach ja, wahrscheinlich wegen der Bügelfalten in den Jeans.«

»Sehr witzig.« Ich schlage ihr auf den Arm. »Deine Mutter kann sich wohl kaum aufregen. Ich meine, du hast doch nur getan, was sie gesagt hat!«

»Was meinst du damit?«

»Damals, als du acht Jahre alt warst und deine Mutter sagte, wie du den Fluch aufheben kannst.« Ich mache ein ernstes Gesicht, aber kann mich innerlich kaum halten vor Lachen. »Diesen Grundsatz hast du dir sehr zu Herzen genommen.«

Es dauert einen Moment, bis Lucy kapiert. Dann wiehert sie los. Ich ebenfalls. Wir rufen im Chor: »Keine Ballspiele mehr!«

Der Novemberhimmel ist bereits schiefergrau, als ich die 72nd Street überquere und mich von Lucy verabschiede. Beim Anblick des roten Backsteinhauses sackt mir das Herz in die Hose. Es ist, als hätte es den letzten Monat nicht gegeben, als sei ich nie aus meinem alten Leben herausgekommen. Der Unterschied ist nur, dass ich nun weiß, wie die Welt außerhalb von Bensonhurst aussieht.

Ich steige die vertraute Treppe hoch und öffne die Tür zu meinem Emville. An der Garderobe hängt eine Baseballcap mit der gestickten Aufschrift »Cusumano Electric«. Ich lächele. Matt ist wie ein Hund, der sein Revier markiert. Er war hier, um seine Kapuzenjacke abzuholen, und hat stattdessen seine Kappe vergessen.

»Claws?«, rufe ich und stelle einen Jutesack auf den Tisch, wo ein Zettel von Carmela liegt.

Herzlich willkommen, Em! Danke, dass Du mir Emville so lange überlassen hast. Es war HERRLICH, eine Wohnung für mich zu haben. Claws hat Dich vermisst, ich auch. Ich muss Dir so viel erzählen, aber das kann warten, bis Du Dich wieder eingewöhnt hast. Wir sehen uns morgen bei der Arbeit. GLG

Lächelnd gehe ich ins Wohnzimmer. Auf seinem Stammplatz am Fenster reckt sich Claws, springt hinunter und bummelt langsam auf mich zu, als wollte er mir beweisen, dass ich ihm nicht gefehlt habe.

»Hey, hallo, mein Hübscher!« Ich nehme ihn in die Arme. »Ich bin wieder zu Hause.« Aber es fühlt sich nicht so an, auch wenn es genauso aussieht wie vorher. Sauber. Klein. Übersichtlich. Mir fällt eine Frage ein, die Tante Poppy mir am Flughafen gestellt hat: *Was wäre denn, wenn du nach fast dreißig Jahren merkst, dass du am falschen Ort gepflanzt wurdest?*

Aber nein. Bensonhurst ist meine Welt. Hier ist Matt. Sein Geschäft kommt langsam ins Rollen. Man kann hier super eine Familie gründen.

Mit zitternden Händen greife ich zum Handy.

Ich bin wieder da, MC. Lust auf ein Bier?

Es dauert volle fünf Minuten, bis er antwortet. *Bin bei Rulli's, aber gehe gleich. Ist morgen Abend okay?*

Ich schäme mich, weil ich erleichtert seufze. *Noch besser.*

Ich muss hier raus. Zum ersten Mal seit dem Tag am Flughafen von Florenz rufe ich Daria an.

»Hey«, sagt sie in dem ausdruckslosen Tonfall, der mir vorbehalten ist.

»Hallo, Dari! Wie geht's?«

»Gut.«

»Hör mal«, ich reibe mir die Schläfen, »wegen der Sache in Italien.«

»Ja?«

Sie wartet darauf, dass ich mich entschuldige, doch ich sage: »Können wir das hinter uns lassen?«

»Ich finde es immer noch unfassbar, was du dir da geleistet hast, Emmie.«

Ich verkneife mir ein Grinsen. »Ich auch.«

»Wo bist du?«, fragt sie.

»In meiner Wohnung. Ich wollte kurz rüberkommen, falls du da bist.« Ich hole zwei Porzellanpüppchen und die edlen Lederhandschuhe aus der Tasche, die ich für Daria gekauft habe. »Ich habe den Kindern was mitgebracht.« Ich streiche über die teuren Handschuhe. »Und dir auch.«

»Ah, okay. Donnies Schwester müsste jede Minute mit den Mädchen kommen. Es gibt Pizza. Kannst du die Sachen nicht einfach morgen früh zur Arbeit mitbringen? Du kommst doch in den Laden, oder?«

Als ich das Rulli's betrete, begrüßt mich der Geruch von abgestandenem Bier und kaltem Rauch. Für einen Montagabend ist es gar nicht so leer. Zwei Blondinen stehen an der Musikbox und werfen lachend Geld in den Schlitz. Vier junge Männer umringen den Billardtisch, drei stützen sich auf ihre Queues, der vierte setzt zum Stoß an. Ich sehe mich um. Als ich Matt entdecke, schlägt mein Herz schneller. Gut. Er ist noch da. Mein Magen zieht sich zusammen, meine Beine werden schwer.

Ich bin nervös, mehr nicht. Vielleicht hätte ich doch bis morgen warten sollen. Aber nein, jetzt oder nie. Langsam gehe ich auf ihn zu.

Er hat mir den Rücken zugewandt und scrollt mit einer Hand durch sein Smartphone, in der anderen hat er ein Glas Bier. Aus irgendeinem Grund schnürt sich mir die Kehle zu. Jetzt ist es so weit. Dies ist der Mann, mit dem ich den Rest meines Lebens verbringen werde. Er ist solide. Zuverlässig. Lustig. Liebenswert. Und er liebt mich. Weswegen ist mir dann zum Heulen zumute?

Ich gehe langsam auf die Theke zu und bleibe neben seinem Hocker stehen. Er weiß nicht, dass ich da bin. Ich beuge mich vor, um ihm einen Kuss in den Nacken zu geben. In dem Moment steigt mir der Geruch des Aftershaves von Avon in die Nase, das auch Onkel Vinnie benutzt. Mir wird schlecht, ich wende mich ab und atme tief durch. Noch mal durchpusten. Alles gut. Das ist nur Aftershave, daran kann ich mich gewöhnen … Nein, ich besorge ihm ein neues.

Zweiter Versuch. Ich befeuchte meine Lippen, beuge mich vor und versuche dabei, nicht zu atmen. Meine Lippen berühren Matts Nacken.

Er zuckt zusammen und lacht auf. »Hey!«, sagt er und dreht sich auf dem Hocker um. Als er mich erblickt, stutzt er. »Ems?«

Ich lächele. »Hast mich ja doch erkannt!«

»Hm«, macht er und sieht sich um. »Mit dir habe ich gar nicht gerechnet.«

Ich rutsche auf den Hocker neben ihm und lege ein Geschenk auf die Theke. »Für dich«, sage ich. »Ist ein Schal.«

Sein Handy bimmelt. Er guckt schnell drauf, dann legt er es mit dem Display nach unten auf die Theke.

»Na los!«, sage ich. »Mach es auf!«

Mit zitternden Händen zieht er den Schal heraus. So habe ich meinen ruhigen Elektriker noch nie erlebt. »Total schön, Em, danke!«

»Alles in Ordnung?«, frage ich und zwinge mich, seine zittrige Hand zu nehmen. Die intime Geste fühlt sich genauso unangenehm an wie vor der Italienreise. Ich bin froh, als Matt mir die Hand entzieht und zum Bierglas greift.

»Ja, super.« Er trinkt einen großen Schluck und schüttelt den

Kopf, als müsse er sich etwas klarmachen. Er lächelt mich an. »Wie war's in Italien?«

»Toll.«

»Und Poppy?«

»Sie ist unglaublich.« Mein Mund ist so trocken, dass ich kaum ein Wort herausbekomme. »Durch sie ist mir so manches klargeworden.« Ich hole tief Luft. »Ich bin jetzt bereit, ein paar erwachsene Entscheidungen zu treffen.«

Wieder klingelt sein Handy. Wie in Zeitlupe hebt er es ein paar Zentimeter hoch und dreht das Handgelenk so, dass er aufs Display schielen kann. In dem Moment kann auch ich den Namen des Anrufers lesen.

Carmela.

Ich bestelle noch ein Bier. »Prost!«, rufe ich. Grinsend stößt Matt mit mir an.

»Schön, dass du wieder da bist, Ems.« Er wird rot und schüttelt den Kopf. »Ist das auch wirklich okay für dich?«

Ich gebe ihm einen Klaps auf den Arm. »Ob das okay ist? Ich bin total happy, MC, ehrlich! Wieso hab ich mir das nicht längst gedacht? Ihr geht beide gerne bowlen, mögt Craft Beer, außerdem ist sie eine ganz Liebe, und du bist auch kein schlechter Kerl. Ich hätte dich schon längst mit Carmela verkuppeln sollen.«

»Sie war für mich immer ein Kind. Aber jetzt, wo wir über zwanzig sind, sind fünf Jahre nichts.«

»Stimmt. Du wirkst total glücklich, echt.«

Er betrachtet mich kurz. »Tja, ich konnte nicht ewig auf dich warten.«

Ich wende den Blick ab.

»Im Ernst«, sagt er und legt mir die Hand auf den Arm. »Ich bin nicht der Richtige für dich, Ems. Wäre ich gerne gewesen, aber bin ich nicht.«

»Ich hab es mir auch gewünscht«, sage ich mit erstickter Stimme. »Carmela hat großes Glück.«

»Ich habe großes Glück.« Er grinst in sein Bier. »Sie versteht mich, Em. Ich fühle mich … keine Ahnung … so wohl mit ihr. Weißt du, was ich meine?«

Gefühle, mit denen ich nicht gerechnet habe, steigen in mir auf. Liebe. Freude. Erleichterung. Und auch ein bisschen Traurigkeit, wenn ich ehrlich bin. »Ja, ich weiß, was du meinst«, erwidere ich und hoffe, dass ich es eines Tages wirklich tue.

48

Emilia

Es ist noch dunkel, als ich am Dienstagmorgen die Verandatreppe hinunterspringe, ein neues Tuch um den Hals, in der Hand die Tüte mit den Souvenirs. In Onkel Dolphies Friseursalon brennt schon Licht. Seit wann hat er um sechs Uhr morgens auf?

Ich gehe zur Glastür und klopfe an. »Hallo!«, rufe ich beim Eintreten. Die Ladenglocke klingelt. »Onkel Dolphie?«

Im Salon herrscht wildes Chaos. Vier Pappkartons mit alten Föhnen und halbleeren Shampooflaschen stehen herum. Im ersten Moment befürchte ich, er wurde überfallen. Dann wird mir klar: Er räumt auf, bereitet alles für seine Enkeltochter Lucy vor.

Aus dem Hinterzimmer erklingt eine klare, dunkle Stimme. Sie singt einen Ton, dann noch einen. Verzaubert bleibe ich stehen. Im nächsten Moment erschallt eine wunderschöne Arie, kraftvoll und zart zugleich, die ich noch nie gehört habe. Ich lege eine Hand auf die Brust, schließe die Augen und lasse mich von der Melodie überwältigen.

Ich weiß nicht, wie lange ich dort so stehe. Als ich die Augen wieder öffne, sieht mich Onkel Dolphie von der anderen Seite des Raums an. Er hat die Hände gefaltet, auf seinem Gesicht liegt ein Ausdruck von Neugier, gepaart mit ängstlicher Erwartung.

»Gefällt sie dir?«, fragt er leise.

Ich lege die Hand auf mein bebendes Kinn und nicke. »Die hast du geschrieben«, sage ich, eine Feststellung, keine Frage.

»Ich hab damals ein Tonstudio gemietet, 1979«, sagt er verlegen. »Da haben wir die Arie aufgenommen.«

»Wessen Stimme ist das denn?«, frage ich, obwohl ich die Antwort schon kenne.

Er nickt. *»La mia.«*

Ich gehe zu ihm und nehme ihn in die Arme.

»Wunderschön!« Meine Stimme bricht. »Onkel Dolphie, du musst dir einen Musikproduzenten suchen. Verkauf die Arie. Es ist nie zu spät!«

Er hält mich auf Armeslänge Abstand. »Das hier«, sagt er und wischt mir mit dem Daumen eine Träne von der Wange, »das reicht mir. Ich habe jemanden damit berührt. Mehr wollte ich nie.«

Ich möchte widersprechen, will all die Gründe anführen, warum er dieses wunderschöne Stück vermarkten muss. Doch er hat sich abgewandt und wirft alte Bürsten in einen Karton.

»In den nächsten Monaten wird Lucy mit mir im Salon arbeiten«, sagt er. »Ich übergebe mein Geschäft an die nächste Generation.« Er droht mir mit einem Kamm. »Unterschätze niemals einen Traum, Emilia!«

Ich arbeite mit Nonna Rosa in der Küche, rolle Teig aus und bereite die Kirschfüllung vor, sie kocht Nudeln und röstet Paprika. Sie hat mich nicht begrüßt, meine Reise mit keinem Ton erwähnt. Sie fragt nicht nach Poppy. Ich versuche mir die liebevolle Schwester vorzustellen, die sie damals war, eine junge Frau, die Poppy gesund pflegte und durch halb Italien reiste, um bei der Geburt der kleinen Johanna dabei zu sein. Es gelingt mir nicht.

Um neun Uhr kommt meine Cousine Carmela, Matts neue Freundin, in einer zerrissenen Jeans und Converse-Turnschuhen in die Küche gestürzt.

»Emmie!«, ruft sie und drückt mir einen Kuss auf die Wange. »Wow, du siehst super aus! Geile neue Brille!«

Ich nehme sie in die Arme und drehe sie im Kreis. »Ich freue mich so für dich!«

Sie bleibt stehen und sieht mir in die Augen. Dann schaut sie an die Decke und atmet tief durch. »Ich kann es selbst kaum fassen, Emmie! Matt ist so wunderbar. Ich bin dir echt was schuldig! Wenn ich nicht bei dir gewohnt hätte, wenn Matt nicht vorbeigekommen wäre, um seine Kapuzenjacke zu holen, hätten wir nie …«

Mit einem Kopfschütteln unterbreche ich sie. »Doch, hättet ihr. Es war nur eine Frage der Zeit.«

Carmela setzt ein Haarnetz auf und zieht eine Schürze aus dem Schrank. »Genug von mir! Ich will alles über eure Reise wissen! Wie war es in Italien? Sind die Männer wirklich so schön? War das Essen lecker? Ist Tante Poppy so sonderbar, wie alle sagen?«

»Die Reise hat … mein Leben verändert«, erkläre ich. »Tante Poppy ist die wunderbarste …«

»Zitta!«, fährt Nonna mich von der anderen Seite der Arbeitsfläche an. Sie atmet pfeifend. »Ich will kein Wort über diese Frau hören.«

»Hör doch auf, Nonna!«, gebe ich zurück. »Sie ist deine Schwester, und sie hat dir mal sehr viel bedeutet. Eine kluge, lustige, herzensgute Frau. Du solltest sie noch mal besuchen, bevor es zu spät ist. Sie liebt dich, trotz allem, was zwischen euch vorgefallen ist.«

Nonna kneift die Augen zusammen. »Was soll das denn gewesen sein? Was hat sie dir erzählt?«

»Alles. Sie hat uns von Trespiano erzählt, von ihrer Flucht mit Rico. Dass du sie gesund gepflegt hast, als du sie auf der Treppe gefunden hast. Dass du sie mitgenommen hast nach Amerika. Und sie hat von ihrem größten Fehler erzählt«, füge ich leise hinzu. »Josephina zu entführen.«

Nonna mustert mich eingehend, als wisse sie nicht genau, ob ich die Wahrheit sage. »Jetzt wird gearbeitet«, sagt sie und gibt die Paprikastücke in eine Edelstahlpfanne. »Die Ferien sind vorbei.«

Sie marschiert aus der Küche, die Schwingtüren fallen hinter ihr zu.

Als die Glocke ertönt, schaue ich aus der Küche durch das Fenster in den Laden. Mrs Fortino kommt zu ihrem diensttäglichen Vormittagsbesuch. Wie immer beäugt sie sich kurz im Spiegel. Wie immer macht Nonna ein verächtliches Geräusch. Und mein Vater glättet sein Haar. Ich bekomme ein enges Gefühl in der Brust. Mein Leben ist eine Szene aus *Und täglich grüßt das Murmeltier.*

Kurz darauf läutet die Glocke erneut. Der Cannoli-Mann ist da. »Carmela«, sage ich. »Guck dir mal den Typ an! Der war das erste Mal im August da und hat so von den Cannoli geschwärmt.«

Meine Cousine späht durch das Fenster. »Ja. Letzte Woche war er auch hier. Nonna Rosa hat mich aus der Küche geschleppt und ihm vorgestellt.«

»Echt? Bei mir hieß es, das sei Zeitverschwendung.«

»Sie hat ihm erzählt, ich wäre *la bella pasticciera* von Bensonhurst.« Carmela lacht. »Als ob es den Typen interessiert, wie die Bäckerin aussieht!«

Ich sehe zu, wie er zum Kuchentresen geht. Nonna reicht ihm eine Schachtel. »Ist er hier, weil er dich sehen will?«, frage ich Carmela.

»Nee, mit Sicherheit nicht. Ich hab ihm nur kurz hallo gesagt.«

Bevor ich es mir anders überlege, reiße ich mir das Haarnetz herunter und nehme die Schürze ab. Mit durchgedrückten Schultern gehe ich durch die Schwingtüren in den Laden.

»Emmie?«, ruft Carmela mir verdattert nach.

Hinter dem Kuchentresen sieht mich Rosa mit finsterem Gesicht an. »Zurück in die Küche!«, zischt sie.

Ich begreife: Sie will nicht, dass ich einen Mann finde. Aber warum nicht? Damit sie mich weiter kontrollieren kann? Damit sie jemanden hat, der sich um sie kümmert, wenn sie Hilfe braucht?

Ich ignoriere ihren bösen Blick und gehe weiter. Der Cannoli-Mann ist bereits an der Kasse und reicht Daria seine Kreditkarte. Er trägt einen teuren Anzug, seine Haare sind perfekt geschnitten. Er sieht mir entgegen. Mein Herz schlägt doppelt so schnell wie sonst. Ich trete auf ihn zu und halte ihm die Hand hin.

»Ich bin Emilia Antonelli«, sage ich. »Habe gehört, Sie sind ein Fan von meinen Cannoli.«

Seine Hand ist warm. Aus der Nähe erkenne ich, dass er akkurat gepflegte und sogar lackierte Fingernägel hat. Seine blauen Augen funkeln. »Sind Sie die Bäckerin?« Er hat damit gerechnet, Carmela zu sehen. »Ich dachte …«

»Ja, ich bin das. Ich bin sozusagen ein Familiengeheimnis.«

»Das bestgehütete, nehme ich an. Freut mich sehr, Emilia Antonelli.« Er mustert mich quälend langsam vom Scheitel bis zur Sohle. »Ich bin Drake«, sagt er schließlich und holt eine Visitenkarte aus seiner Brieftasche von Hermès. »Rufen Sie mich an! Ich tausche ein Mittagessen bei Luke's Lobster gegen zwölf Cannoli.«

Er drückt meine Hand und geht. Die Tür schließt sich hinter ihm, ich werfe einen kurzen Blick auf die Karte: *Drake Van Buren III.* Grinsend stecke ich sie in meine Tasche.

»Was war das denn?«, stößt Daria aus.

Ich höre Nylonstrümpfe aneinanderreiben und drehe mich um. Nonna kommt auf mich zu marschiert. Ihr Gesicht ist rot und verkniffen, ihr Atem pfeift lauter als je zuvor. Sie droht mir mit dem Finger. »Du stellst mich als Lügnerin hin! Wie kannst du so was tun! Jetzt vertraut uns der Mann nicht mehr!«

»Du hast recht. Das hätte ich nicht tun sollen.« Ich mache einen Schritt auf sie zu. »Ich hätte schon im August aus der Küche kommen sollen, als er das erste Mal nach der Bäckerin gefragt hat. Aber da habe ich noch gekuscht.«

Nonna Rosa bläht die Nüstern. Hinter ihr bekommen Mrs Fortino und mein Vater alles genau mit. Doch das ist mir jetzt egal. Ich bin viel zu sauer.

»Mein ganzes Leben lang habe ich mir einreden lassen, ich sei es nicht wert, geliebt zu werden. Du und Generationen von Fontanas haben eine Legende erfunden, die ich euch abgekauft habe. In Wirklichkeit gibt es gar keinen Fluch. Hat es nie gegeben.«

Ich will die Hand auf die Lippen legen, aber reiße mich zusammen und lasse sie sinken. Stattdessen blicke ich Nonna ins Gesicht und zeige ihr meine Narbe, meinen Mut, meine Wut. »Seit Jahren habe ich mich wegen dieses kleinen Strichs hässlich gefühlt und geschämt. Das ist vorbei. Die Narbe ist eine Erinnerung daran, dass ich mich nie von dir habe brechen lassen, Nonna, wie sehr du es auch versucht hast.«

»Emilia!«, ruft mein Vater empört.

Ich bringe ihn mit einer Handbewegung zum Schweigen. »Ich lasse mich nicht mehr manipulieren. Ich bin hier fertig. Ich gehe nach Pennsylvania und schreibe dort einen Roman.« Daria schnaubt verächtlich hinter mir. Ich drehe mich zu ihr um. »Und ob, Dari! Ich habe schon lange einen Traum. Jetzt ist die Zeit gekommen, ihn auszuleben.«

Ich gehe zurück in Richtung Küche und sehe kurz zu meinem Vater hinüber. Sein Mund steht offen, wie bei einer Comicfigur, die gerade einen Schlag auf den Kopf bekommen hat.

»Und du?«, rufe ich ihm zu. »Willst du den Rest deines Lebens vor deiner Schwiegermutter katzbuckeln? Mensch, Dad, setz dich mal durch!« Mrs Fortino neben ihm unterdrückt ein Grinsen. Ich gehe zu ihr und lege ihr einen Arm um die Schulter. Mit ihr drehe ich mich zu meinem Vater um. »Du hast noch eine Chance, die Liebe zu finden«, sage ich. »Diese Frau hier ist liebevoll und großherzig. Und sie mag dich. Greif zu, verdammt nochmal! Sei der Mann, in den sich meine Mutter verliebt hat!«

Sein Blick wird feucht, ich nehme ihn in die Arme. »Ich liebe dich, Dad«, sage ich. Die lange nicht ausgesprochenen Worte fühlen sich ungewohnt an. Aber sie sind die Wahrheit.

»Ich … dich auch«, flüstert er, kaum hörbar.

Doch es kommt bei mir an. Ich lächele.

»Du bist genau wie ich, Dad. Du hast Angst. Du bist harmoniesüchtig. Du gehst jedem Konflikt aus dem Weg, so wie ich. Es ist fast schon jämmerlich. Aber weißt du, Dad, so musst du nicht sterben.«

Mit geschwollener Brust stoße ich die Schwingtüren zur Küche auf. Carmela wirft die Arme um mich und dreht mich im Kreis. »Wow!«, ruft sie, achtet aber darauf, dass sie von draußen nicht gehört werden kann. »Das war der Hammer! Wie im Fernsehen! Ich hab nicht gewusst, dass du so drauf bist!«

Ich stoße die Luft aus. »Kannst du übernehmen?«

»Ja, klar. Mach mal Pause! Du hast es verdient.«

»Nein, Carmela, ich gehe.« Ich hole meine Tasche unter der Arbeitsfläche hervor. »Ich komme nicht zurück.«

Langsam legt sich ein Lächeln auf ihr Gesicht. »Wird auch mal Zeit.«

Ich bin schon fast an der Tür, da greife ich in meine Tasche, wo die Visitenkarte von Drake Van Buren III steckt. Ich werfe sie in den Müll.

»Nicht!«, ruft Carmela. »Was machst du da?« Sie stürzt hinüber und holt die Karte wieder heraus. »Ruf ihn an, Em. Er hat dich zum Mittagessen eingeladen. Man weiß nie, was dabei …«

Ich nehme die Karte und reiße sie entzwei. »Nicht mein Typ.« Ich lächele. »War aber trotzdem ein gutes Gefühl.«

Ich gehe durch den hinteren Flur. Als ich den schlichten Pausenraum sehe, fallen mir die Souvenirs ins Auge, die ich für Daria und meine Nichten gekauft habe. Sie liegen auf dem Tisch, wo ich sie am Morgen hingestellt habe. Darias Schachtel ist geöffnet, die Handschuhe liegen achtlos auf dem Tisch.

Ich betrete den Raum, nehme die Handschuhe und atme ihren warmen Ledergeruch ein. Meine Schwester hat mir nicht gesagt, dass sie ihr Geschenk aufgemacht hat. Geschweige denn, dass es ihr gefallen hat. Sie hat sich nicht mal bedankt. In der Schublade ist eine Schere. Ich schneide das Etikett ab und schiebe die Hände in die Handschuhe. Sie fühlen sich himmlisch an. Dann verlasse ich das Zimmer.

49

Emilia

Ich mache gerade lange genug Pause in meiner Wohnung, um Claws, ein paar Sweatshirts und meine Jacke einzupacken. Als ich die Katzenbox aus dem Wandschrank im Flur hole, klopft es an der Tür.

»Dad, das bringt nichts!«, rufe ich und lege ein paar Leckerlis in die Box. »Du kannst sagen, was du willst. Ich gehe nicht in den Laden zurück. Ich ziehe auf Poppys Farm.«

»Ich bin's, Emmie! Mach auf!«

Daria? Ich erhebe mich. Was will sie hier? Ich öffne die Tür und verschränke die Arme vor der Brust. »Willst du deine Handschuhe abholen, oder was?«

Meine Schwester weint nie. Jetzt beben ihre Lippen. Schnell legt sie die Finger auf den Mund. Ich trete auf sie zu.

»Dari?«, sage ich ungläubig. »Ist alles in Ordnung?«

Sie schließt die Augen und schüttelt den Kopf.

All meine Wut verfliegt. Ich nehme ihre Hand. »Komm rein!« Ich führe sie zum Küchentisch. »Setz dich! Möchtest du was trinken? Tee? Kaffee?«

»Nein. Lass. Hör mir einfach zu.« Ihre Stimme ist erstickt. »Ich … ich war gemein zu dir, Emmie. Das … das wollte ich dir sagen.«

Mein altes Ich hätte widersprochen. Eine halbe Stunde lang hätte ich meiner Schwester versichert, dass sie ein Schatz sei, ein Engel, ein Sonnenschein.

»Ja«, sagt mein neues Ich. »Du warst wirklich gemein. Ungefähr seit zehn Jahren, wenn du es genau wissen willst.«

»Eher elf.«

Ich denke zurück. Sie hat recht. »Seit ich zum College gegangen bin. Du hast es mir nicht gegönnt.«

Sie lässt den Kopf hängen. »Wenn es so einfach wäre.«

Ich warte in der Hoffnung, dass sie die letzten Teile in das geheimnisvolle Puzzle setzt, das seit Jahren unfertig herumliegt.

»Ich habe nie verstanden, warum du dich von mir so behandeln lässt. Warum du dich von Nonna herumkommandieren lässt. Mensch, Em, früher hattest du Power! Du warst der klügste, witzigste, begabteste Mensch, den ich kenne.«

»Und Nonna, du und selbst Dad habt versucht, mir das zu nehmen. Du hast mich die ganze Zeit angelogen. Du hast doch an den Fluch geglaubt.«

»Nein, Emmie.«

»Meine gesamte Kindheit hast du behauptet, du würdest es nicht tun, aber in Wirklichkeit hast du's doch getan.«

»Das stimmt nicht!«

»Die ganze Zeit hast du mir diesen Scheiß eingeredet. Du hast mich angelogen, seit …«

»Ich habe nicht gelogen! Ich habe wirklich nicht an den Fluch geglaubt«, ruft sie. Die kleine Ader auf ihrer Stirn tritt hervor. Daria holt tief Luft. »Am Anfang jedenfalls nicht. Als wir klein waren.«

»Und warum hat sich das geändert?«

»Darum.« Ihr Blick wandert zur Wand. Sie sagt mir nicht alles.

Ich schlage mit der Faust auf den Tisch. Wir zucken beide zusammen. »Antworte mir!«

»Es hat sich geändert, als du Liam kennengelernt hast!« Daria stützt die Ellenbogen auf den Tisch und massiert sich die Schläfen. »Nonna war stinksauer, als sie hörte, dass du einen Freund hast. Sie meinte, der Fluch würde dir nicht erlauben, jemanden zu lieben.«

»Sie ist doch verrückt.«

»Das habe ich ihr auch gesagt. Aber sie war überzeugt, dass es nicht gutgehen würde. Und dann kamen die Semesterferien, und ich hab dir meinen Jeep geliehen. Nonna tobte herum, weil du Silvester zu Liam gefahren bist, und sie war total angepisst, weil ich deine Komplizin war, so hat sie mich genannt. Sie ist die ganze Zeit in der Küche hin und her gelaufen, mit dem Rosenkranz in der Hand. Ständig hat sie gesagt, dir würde was passieren. Eben weil der Fluch niemals gestatten würde, dass du jemanden liebst.«

Mir steht Liams leblose Gestalt vor Augen. Ich bekomme eine Gänsehaut auf den Armen.

»Wir haben uns tierisch gestritten. Ich hab gesagt, das mit dem Fluch wäre Schwachsinn.« Daria schaut unter die Decke und atmet tief durch. »Und dann hast du aus Delaware angerufen, total hysterisch, und erzählt, du hättest einen Unfall gehabt.« Sie schüttelt den Kopf und blickt beiseite.

Ich lege meine Hand auf ihre. »Und du hast gedacht, Nonna hatte doch recht.«

Daria sieht mich an, in ihren Wimpern hängen Tränen. »Das hat mir so einen Schrecken eingejagt, Emmie! Ich hatte riesengroße Angst um dich. Von da an habe ich getan, was ich konnte, um dir den Weg zur Liebe zu verbauen. Weil ich überzeugt war – weil ich *dachte* –, dass es schlimm ausgehen würde.«

Ich lehne mich auf dem Stuhl zurück und versuche zu verdauen, was meine Schwester gerade gesagt hat. Sie wollte mich nur schützen. »Und deshalb bist du nach Italien gekommen und wolltest mich nach Hause holen?«

»Ich war total sauer, als du nicht mit ins Flugzeug gestiegen bist. Ich war mir sicher, dass etwas ganz Furchtbares passiert.«

»Ist es aber nicht.«

»Nein. Es gibt keinen Fluch. Heute weiß ich das, so wie damals, als wir noch Kinder waren.« Sie stößt ein Geräusch aus, halb Lachen, halb Weinen. »Ich bin eine erwachsene Frau. Ich kann kaum glauben, dass ich das geschluckt habe.«

»Ich schon. Ich hab's ja auch geschluckt.« Ich schaue nach draußen. Aus einem weißen Himmel fallen Schneeflocken. »Warum hast du es mir nicht gesagt?«

Sie zuckt mit den Achseln. »Ich glaube, irgendwie wollte ich, dass du dich wehrst, dass du mir zeigst, wie scheiße ich bin, dass du losziehst und etwas aus dir machst und glücklich bist bis an dein Lebensende.«

»Ich hab die ganze Zeit gedacht, du würdest mich hassen.«

»Das tut mir leid.« Sie schaut mir in die Augen. »Ich dachte wohl, wenn ich dir das Gefühl gäbe, dich zu brauchen, hätte dein Leben einen Sinn. Dann würdest du bleiben. Und wärst in Sicherheit.«

Ich lehne mich auf dem Stuhl zurück und verarbeite das Geständnis meiner Schwester. »Gut, das verstehe ich. Halbwegs. Aber warum hast du mich so schlecht behandelt, Daria? Nonna zuliebe?«

»Ich will mich nicht herausreden, Em, wirklich nicht. Aber die gesegnete Erstgeborene zu sein, war auch nicht immer leicht.«

»Jetzt hör aber auf!«

»Das stimmt!« Sie blickt in die Ferne. »Du hattest das, was ich mir am meisten gewünscht habe: Freiheit.«

Überrascht sehe ich Daria an. Sie hebt die Hand. »Tu nicht so. Du wusstest genau, dass ich Zweifel wegen Donnie hatte. Als ich es dir erzählt habe, dich nach deiner Meinung gefragt habe, da wollte ich eigentlich dein Okay, ihn zu verlassen. Aber du hast mir gesagt, ich sollte bei ihm bleiben.«

Ich zucke zurück. »Das habe ich nie gesagt!«

»Und ob.« Daria hebt die Stimme. »Weißt du nicht mehr, direkt nach Liams Unfall? Da wohnten wir noch bei Dad zu Hause. Ich hatte die Verlobung mit Donnie gelöst.«

»Stimmt, ich erinnere mich. Aber ich habe doch nie gesagt, dass du bei ihm bleiben sollst.«

»Wir saßen auf meinem Bett, ich war total fertig. Hatte die ganze Nacht geheult. Ich hab dir erzählt, dass ich das Gefühl hätte, nicht zur Ehefrau gemacht zu sein. Du hast gesagt – das werde ich nie vergessen –, dass Dad nie Enkelkinder bekommen würde, wenn ich nicht heirate.«

Mir bleibt die Luft weg. »Das habe ich gesagt?«

Daria nickt.

»Oh, Dari, daran kann ich mich wirklich nicht erinnern! Das tut mir total leid. Wahrscheinlich habe ich damit gemeint, dass es nicht unbedingt Donnie sein müsste.«

»Wen denn sonst? Ich war seit dem College mit ihm zusammen.«

In der Welt meiner Schwester – meiner alten Welt – war die Auswahl an potentiellen Ehemännern im Großen und Ganzen auf die Mitschüler beschränkt. »O Gott. Es tut mir total leid, dass du dich dazu gezwungen gefühlt hast. Ich habe damals versucht, mich an den Gedanken zu gewöhnen, dass ich wegen des Fluchs niemals Kinder haben würde, verstehst du? Wahrscheinlich habe ich nur laut gedacht. Mensch, Dari, es war doch nicht deine Pflicht, Dad Enkelkinder zu schenken.« Zögernd lege ich die Hand auf ihre. »Verzeihst du mir, bitte?«

Sie schaut mir in die Augen und lächelt unsicher. »Schon gut. Donnie ist ein super Vater. Ich liebe die Mädchen. Das weißt du.«

»Natürlich. Du hast eine tolle Familie.«

Sie holt tief Luft und nickt. »Deshalb komme ich mir auch total egoistisch vor, wenn ich mir manchmal mein Leben angucke und denke: War das alles? Warum konnte ich nicht die Zweitgeborene sein?«

»Machst du Witze? Würdest du mit mir tauschen wollen?«

Daria zuckt mit den Achseln. »Manchmal schon. Du hast so viele Möglichkeiten, aber bis Poppy kam, hast du keine einzige genutzt. Anstatt deine Freiheit auszuleben, hast du dich in dein langweiliges kleines Emville gehockt, als wäre es ein Altenheim. Fehlten nur noch Schaukelstuhl und Häkeldeckchen.«

Mein Lachen verstummt. »Aber du hast mich auch nicht ermutigt.«

»Nein, stimmt. Ich wollte beides. Ich hatte Angst, dass du gehst, aber war gleichzeitig sauer, weil du nichts gemacht hast. Dann wurde ich schwanger und hab Donnie geheiratet. Ziemlich schnell stellte sich heraus, dass es praktisch war, dich in der Nähe zu haben.« Daria lacht leise und sieht auf ihre Hände. »Ehrlich gesagt, habe ich keine Ahnung, was ich die ganzen Jahre ohne dich gemacht hätte. Dabei hast du in Wirklichkeit viel mehr verdient, Emmie.«

»Ich weiß.« Ich muss schlucken. »Das hat mir Tante Poppy auch klargemacht.«

Daria schnieft. »Ich war heute so stolz auf dich, als du dich gegen Nonna durchgesetzt hast! Scheiß auf den Laden! Du wirst noch was erleben, Em, glaub es mir!«

Mein Kinn bebt. »Aber, Dari, du könntest doch auch viel mehr aus dir machen.«

Die unausgesprochenen Möglichkeiten liegen zwischen uns wie ein Stapel Karten, die man aufnehmen und ausspielen kann – oder man setzt aus. Daria lächelt wehmütig. »Ich mache das, was ich tun soll. Wie die Stones singen: *You don't always get what you want, you get what you need.*«

Sie lacht, ich nicht. »Du könntest noch zur Uni gehen, einen Abschluss machen …«, wende ich ein.

»Nein«, unterbricht sie mich. »Ich bin anders als du, Emmie. Lernen ist nicht mein Ding.«

»Dann such dir doch einen Job, der dir Spaß macht. Du wärst die perfekte Sekretärin in einem schicken Büro, vielleicht in einer Anwaltskanzlei.«

»Schon gut. Für mich ist der Laden okay. Ich kann selbst bestimmen, wann ich arbeite, ich kann kommen und gehen, wie es mir passt. Wo kann ich das sonst noch tun?«

Ich lächele. Daria hat recht. Nonna verwöhnt ihre erstgeborene Enkelin.

Daria schiebt ihren Stuhl nach hinten und steht auf. »Ich gehe mal besser zurück.« Sie weist auf den Koffer. »Und du musst zum Bahnhof.«

Es kribbelt in meiner Nase. Ich weiß, dass ich für alle Zeiten hierbleiben würde, wenn meine Schwester mich darum bäte. Doch zum Glück sagt sie nichts, sondern nimmt mich in die Arme. Es ist nicht die lauwarme Umarmung, an die ich mich im Laufe der Zeit gewöhnt habe. Sie drückt mich ganz fest und lässt lange nicht los. Tränen verschleiern meinen Blick. Fast hatte ich vergessen, wie gut sich die Liebe einer Schwester anfühlt.

»Ich hab dich lieb, Dari.«

Sie weint lautlos an meiner Wange. »Ich dich noch viel mehr.« Sie wendet sich zum Gehen. »Melde dich, wenn du in Philly bist.«

»Ach ja, ich hab ein Geschenk für dich. Warte, ich hole es eben.«

»Nein«, sagt sie schnell. »Ich habe die Handschuhe gesehen, sie sind wunderschön. Danke sehr! Aber behalt sie für dich.«

Sie macht die Tür hinter sich zu.

Zehn Minuten später hebe ich mit meinen edlen Luxushandschuhen die Katzenbox an und verlasse Emville und mein altes Leben.

50

Emilia

Ich habe meinen Verwandten gesagt, es gäbe keinen Fluch. Aber das stimmt nicht ganz. Die Zweitgeborenen-Legende der Fontanas ist durchaus vorhanden. Nur besteht sie nicht darin, unverheiratet zu bleiben. Der wahre Fluch für Lucy und mich und unseresgleichen liegt in der von ihm verbreiteten Hoffnungslosigkeit, in der Untergrabung unseres Selbstvertrauens, in dem Unvermögen, an unsere Träume zu glauben – und damit an uns selbst.

Es ist fast Mitternacht, das Mondlicht fällt auf Poppys wunderschöne Farm. Mittels des Codes, den meine Tante mir gegeben hat, gelange ich ins Haus und taste an der Wand nach dem Lichtschalter. Als die Lampe angeht, explodiert alles in bunten Farben. Ich sehe mich um und lächele über die ungewöhnliche Zusammenstellung von Deko, Pflanzen und Kunst. In einer Ecke des in Lavendelblau gehaltenen Wohnzimmers hängt ein eiförmiger Korbstuhl von der Decke. Ein Sessel mit Zebramuster steht auf einem violetten Zottelteppich. Welch ein Spiegelbild meiner unkonventionellen, extravaganten Tante!

Ich gehe schnurstracks durch den Flur in einen gelbgestrichenen Raum mit grellgrüner Bettwäsche. Das muss Poppys Zimmer sein, wo ich auch schlafen werde. Ich atme tief ein. Der schwache Duft ihres Chanel-Parfüms weckt die Einbildung, sie sei bei mir.

Ich hocke mich aufs Bett und greife zum Handy. Hoffentlich ist sie um sechs Uhr morgens schon wach, behauptet hat sie es ja. Sie meldet sich beim ersten Klingeln.

»Willkommen auf der Farm!« Ihre Stimme klingt angestrengt, es dauert kurz, bis ihr Gesicht auf dem Bildschirm erscheint.

»Habe ich dich geweckt?«

Sie lächelt. »Du weißt doch, dass ich nicht gerne einen Sonnenaufgang verpasse.«

Irgendetwas stimmt nicht. Sie ist nicht angezogen, ihre Lippen sind nicht geschminkt. Außerdem trägt sie nicht ihre Perücke, sondern eine rosa Strickmütze mit Ohrenklappen.

»Alles in Ordnung?«, frage ich und würde am liebsten durchs Telefon steigen, um ihr winziges Gesicht zu küssen.

»Ja, perfekt.«

Doch ich weiß, dass sie nicht die Wahrheit sagt.

»Danke, dass ich hierherkommen durfte. Dein Haus ist wirklich … außergewöhnlich … genau wie du.«

»Ich hatte so eine Ahnung, dass du eine Zuflucht brauchst.«

Rico kommt mit einer Tasse Tee ins Zimmer. Wo ist ihr Kaffee? Ich habe Poppy bisher nie Tee trinken gesehen. Ist sie krank? Er stellt die Porzellantasse auf den Nachttisch und beugt sich vor.

»Guten Morgen, Emilia.« Sein Gesicht kommt nah an den Bildschirm, ungewollt muss ich lachen.

»Hallo, Rico! Wie geht's dir?«

»Mir geht es gut«, sagt er mit seinem schweren deutschen Akzent. »Aber um die hier mache ich mir Sorgen. Seit gestern Nacht hat sie Migräne.«

Wieder bin ich beunruhigt. »Ich komme zurück«, sage ich sofort.

»Quatsch!« Poppy nimmt Rico das Telefon aus der Hand.

»Du hast ein Buch zu schreiben.«

»Das schreibe ich in Italien.«

»Meine Schwester«, sagt Poppy, nun mit ernster Stimme. »Hast du … hast du mit ihr gesprochen?«

Ich halte die Luft an. Hat sie mich deshalb zurück nach Amerika fliegen lassen? Damit ich mit Rosa spreche? Mir bricht das Herz. Meine Tante hofft immer noch auf die Vergebung des einen Menschen, der nicht dazu bereit ist.

Voller Schmerz flehen mich ihre Augen an, warten sehnsüchtig auf die Antwort.

»Ja«, sage ich und zwinge mich zu lächeln. »Ich soll dir von ihr sagen …« Ich versuche, meine bebende Stimme unter Kontrolle zu bekommen. »Sie hat dir verziehen. Alles ist vergeben, Tante Poppy.«

Sie kneift die Augen zu und stöhnt leise.

»Deine Schwester liebt dich«, füge ich hinzu.

Tränen rollen unter ihren Lidern hervor. Rico betupft ihr Gesicht. »Was habe ich dir gesagt?«, flüstert er und streichelt ihre Wange. »Dir wurde verziehen. Du wirst geliebt.« Er sieht mich an. »Danke, Emilia. Nun hat sie endlich Ruhe.«

Vielleicht hätte ich nicht lügen sollen, doch ich bilde mir ein, dass auch Nonna sich irgendwo in ihrem alten Herzen wünscht, dass ihre sterbende Schwester diese Worte hört, auch wenn sie selbst zu viel Angst hat, sie auszusprechen.

51

Emilia, elf Monate später

Wir sitzen auf der Terrasse von Tante Poppys Elternhaus in Trespiano. Warm scheint mir die Morgensonne auf die nackten Schultern. Lucy schaut zu Sofia hinüber, die auf einem Liegestuhl liegt und einen Roman liest – *mein erstes Buch!* Ich kann es noch immer nicht fassen. Vor mir liegen zwar noch monatelange Redaktionen und Korrekturen, aber meine Lektorin hat gesagt, nächsten Herbst sei es im Handel. Es spielt im Jahr 1960 und handelt von einer wunderschönen Italienerin, die sich in einen deutschen Geiger verliebt. Ich schließe die Augen und danke stumm meiner Tante. Ohne sie würde es kein Buch geben. Bis ich sie kennenlernte, hatte ich nicht den Mut oder das Herz, meine Worte anderen zu zeigen. Ich stelle mir Tante Poppy im Himmel vor, die mir mit dem Finger droht. »Natürlich hattest du das. Du musstest deine Stimme nur finden. Aber dein nächster Roman, Emilia, muss von *dir* handeln.«

Ob sie immer noch hofft, dass ich die Liebe finde? Manche Menschen halten einen Ring am Finger für das höchste Ziel. Poppy nicht. Ich auch nicht. In Italien hat sie den Fluch zerstört. Aber in Wahrheit ging es dabei nie ums Heiraten. Poppy hat mir geholfen, meine Freiheit zu finden. Nicht notwendigerweise die Freiheit zu heiraten, sondern ich selbst zu sein. Vielleicht bin ich irgendwann so weit, mich zu verlieben, vielleicht auch nicht. Aber eins weiß ich jetzt: Alles ist möglich.

»Sofia und du, ihr macht so einen glücklichen Eindruck«, sage ich zu Lucy.

Meine Cousine lächelt, ein Lächeln, das ganz tief aus dem Herzen kommt und ihr Gesicht strahlen lässt. »Ist alles super, nur dass wir leider auf zwei verschiedenen Kontinenten leben.« Sie zuckt mit den Schultern. »*Que sera, sera.* Wer weiß, was die Zukunft bringt? Wir sind glücklich mit dem, was wir haben. Mal eine Woche hier. Mal da. Die Jungs finden es toll in Bensonhurst. Hab ich dir erzählt, dass Franco Friseur werden will?« Lucy lacht. »Opa Dolphie hat ihm einen Stuhl reserviert. Ach ja, sie kommen natürlich alle zur Hochzeit deines Vaters im April.«

Ich lächele. Als mein Vater letzten Monat Mrs Fortino einen Heiratsantrag machte, sprachen sie von einer kleinen Feier. Aber wenn zwei italienische Familien zusammenkommen, gibt es keine »kleine Feier«. Insgeheim, glaube ich, freut ihn das.

Lucy schaut in die Weinberge. »Weißt du, die ganze Zeit habe ich jemanden gesucht, der mich liebt. Dabei wollte ich in Wirklichkeit selbst lieben.«

»Das hast du geschafft, Luce.«

Sie nickt. »Und schau dich an, Em! Ich kann kaum glauben, dass meine Cousine bald eine berühmte Autorin ist.«

Ich winke ab. »Eine *berühmte Autorin* gibt es nicht. Das ist ein Oxymoron.«

Sie zieht die Stirn kraus. »Keine Ahnung, was das heißen soll. Ich weiß nur, dass ich total stolz bin, und das solltest du auch sein. Du hast den Mut gefunden, deinen Traum wahrzumachen.«

»Haben wir beide.«

Gabriele kommt heran, bleibt hinter mir stehen und massiert mir kurz den Nacken. *»Buongiorno, bellezza!«*

Ich schaue hoch und tätschele lächelnd seine Hand. »Guten Morgen, Gabe.«

Dieser Charmeur! Vor einem Jahr wäre ich schlicht dahingeschmolzen, wenn er mich berührt hätte. Mit leichtem Kopfschütteln denke ich an das naive Mädchen, das sich mit knallrotem Kopf auf sein Zimmer zurückzog, beschämt, gedemütigt und todunglücklich. Und trotzdem war der Tag zuvor der romantischste meines bisherigen Lebens.

Damals glaubte ich, Küsse seien Versprechen und Sex garantiere eine Zukunft. Inzwischen bin ich klüger und realistischer. Ich bin seltsam stolz darauf, dass es von allen Männern Gabriele war, der mir den ersten richtigen Liebeskummer meines Lebens bescherte.

Lucy nimmt den dicken türkisfarbenen Umschlag in die Hand.

Bitte an meinem 81. Geburtstag öffnen.
In Liebe, Tante Poppy

Hinter uns ruft eine Kinderstimme aus dem Haus: »Lucy?«

»Komme gleich!«, gibt sie über die Schulter zurück und fragt an mich gerichtet: »Bist du so weit?« Mit den Fingern auf dem Tisch veranstaltet sie einen kleinen Trommelwirbel.

Sofia steht auf. »Ich guck mal nach, was der kleine Mann will.« Im Vorbeigehen drückt sie Lucy einen Kuss auf den Scheitel und zieht ihren Bruder mit. »Komm, lassen wir die beiden allein.«

Ich konzentriere mich auf das Kuvert. Seit Monaten kämpfe ich gegen den Impuls, den Finger hineinzuschieben und es aufzuschlitzen, um die letzten Worte meiner Großtante Paolina Maria Fontana an mich zu lesen. Vielleicht enthält der Brief nur einen witzigen Spruch, wahrscheinlich eher einen klugen Ratschlag. Oder ein albernes Nonsense-Gedicht, verziert mit einer oder zwei ihrer kleinen Zeichnungen. Es ist ganz egal. Ich sehne mich nach irgendetwas von Tante Poppy, was es auch ist.

Und dennoch zögere ich nun, wie ein Kind an Weihnachten. Plötzlich habe ich Bedenken, den Brief zu öffnen, habe Angst, der Inhalt könne mich enttäuschen. Es ist die letzte Nachricht, die Tante Poppy noch für uns hat. Wenn der Brief geöffnet ist, verschwindet sie dann?

Aber ich habe genaue Anweisung erhalten. Ich muss den Brief heute öffnen. Und unsere Tante wusste, dass ich ihre Wünsche achte.

Ich hebe das Päckchen an und atme geräuschvoll aus. »Besser wird's nicht.«

Lucy schiebt den Finger unter das Siegel, reißt es auf und zieht einen Stapel Papier heraus, versehen mit Poppys Zeichnungen. Ich muss grinsen, als ich die Skizzen von zwei Mädchen sehe, das eine schreibend, das andere Fußball spielend. Lucy schlägt die Hand vor den Mund, um ihre Fassung zurückzugewinnen. »Können wir?«, fragt sie und sieht mich an.

Gemeinsam lesen wir Tante Poppys Worte, selbstverständlich in violetter Tinte verfasst:

Meine lieben Mädchen Emilia und Luciana,
Ihr seid zu den Frauen erblüht, die Ihr werden solltet. Ich bin mir sicher, dass Ihr niemals mehr anderen erlauben werdet, über Euch oder Euer Leben zu bestimmen. Denn jetzt wisst Ihr, dass Ihr alles tun könnt, alles sein könnt und lieben könnt, wen Ihr wollt. Haltet immer an dieser Wahrheit fest!
Luciana, du wirst das Geld gut anlegen, das ich Dir hinterlassen habe. Vielleicht kannst Du Dir eines Tages das Geschäft kaufen, das Du immer haben wolltest.

Lucy wischt sich über die Augen. »Ich hab's meiner Familie noch nicht erzählt, aber ich habe Opa Dolphie ein Angebot für den Salon gemacht. Er will ihn mir verkaufen. Er darf natürlich als Herrenfriseur drinbleiben, solange er will.«

Ich lächele. »Wie schön! Glückwunsch! Poppy würde sich freuen.«

Wir lesen weiter.

Vor allem bin ich stolz auf Deinen Mut, Luciana. Du bist der Mensch geworden, der Du sein sollst. Und dabei hast Du die Liebe gefunden. Gibt es etwas Schöneres?

Lucy schnieft. »Nein«, flüstert sie.

Liebe Emilia, das Backen ist nichts für Dich. Du bist eine Leserin und Schriftstellerin, mit Leib und Seele. Ich möchte Dich

ermutigen, die Welt zu bereisen. Erobere sie. Sei kreativ. Werke und wirke! Schreibe Deine Geschichten, lass andere an Deiner Begabung teilhaben. Ich bin überzeugt, dass Du das tun wirst, ob als verheiratete oder alleinstehende Frau ist völlig egal.
Hin und wieder hatte ich Sorge, dass ich Euch zu stark unter Druck setze. Bitte glaubt mir, wenn ich Euch sage, dass es mir vollkommen egal ist, ob Ihr heiratet oder nicht. Ich hoffe nur, dass Ihr der Liebe eine Chance gebt. Schließt sie nie aus, probiert sie aus. Und wenn Ihr Euch für ein Leben als Single entscheidet, tut es von ganzem Herzen. Ihr habt nur drei Verpflichtungen: Seid freundlich. Seid Euch und Eurem Herzen treu. Und macht die Welt ein wenig besser, als Ihr sie vorgefunden habt.
Mit mir geht es gesundheitlich rapide bergab. Ich spüre, dass der Tod näher kommt. Es ist, als würde man von hinten beobachtet. Ich habe keine Angst. Ich hatte mein Happy End. Ich werde in Frieden sterben, weil ich meine Familie gefunden habe.

Lucy zeigt auf das Wort *Familie.* »Ich glaube, sie meint uns.«
Ich nicke. »Und Rico. Ich bin so froh, dass er die letzten sechs Monate mit ihr zusammen war.«

Bevor wir nach Italien aufgebrochen sind, habe ich meinen Bruder Dolphie angerufen. Er hat mir anvertraut, dass bei Rosa eine Herzinsuffizienz festgestellt wurde, dieselbe Krankheit, an der unser Vater starb. Sie wollte nicht, dass es jemand weiß.

Lucy und ich sehen uns an. Vor gerade mal zwei Wochen standen wir zusammen auf dem Friedhof und sahen zu, wie der Sarg mit Nonna in die Erde gelassen wurde, zwischen Alberto und Josephina.

Der Arzt hatte ihr damals noch sechs Monate gegeben. Ich nehme an, sie ist inzwischen verstorben. Deshalb denke ich, Ihr Lieben, dass ich nun den Rest erzählen kann. Vielleicht fragt

Ihr Euch, warum ich den Großteil meines Vermögens Emilia hinterlassen habe.

Ich spähe zu Lucy hinüber. Sie hat zwar nie den Eindruck vermittelt, aber dennoch habe ich mich oft gefragt, ob sie gekränkt war, als Tante Poppys Anwalt das Testament eröffnete. Ich hatte nicht damit gerechnet, dass sie mir die gesamte Farm hinterlassen würde, zusammen mit dem Großteil ihrer Ersparnisse. Bis heute habe ich keinen Schimmer, warum sie ausgerechnet mich gewählt hat.

Ich habe niemandem erzählt – nicht mal Lucy –, dass ich die Farm an Mr Brody verkaufen will, den Vietnamveteranen und Sohn ihres ehemaligen »Partners«. Ich habe ihm angeboten, ihm die Farm zu schenken, aber er ist ein stolzer Mann. Jetzt verkaufe ich sie ihm für den Preis des Wohnwagens, den er sich anschaffen wollte. Irgendwie weiß ich, dass meine Tante damit einverstanden gewesen wäre. Ihr geliebter Higgins wird in seiner Box bleiben können.

Im Lauf der Jahre habe ich immer wieder versucht, Kontakt zu Daria aufzunehmen. Sie wollte nicht. Bitte richtet ihr aus, dass ich ihr das Beste im Leben wünsche. Ebenso wie ihren beiden Töchtern, die nun eine erstklassige Ausbildung genießen werden, wenn sie sich dazu entschließen.

»Sie hat Natalie und Mimi Geld fürs College gegeben?«, fragt Lucy.

Ich nicke. »Und zwar so viel, dass sie an den besten Privatunis studieren können.«

Du siehst, Emilia, dass wir beide eine besondere Verbindung haben, die ich bewusst vor Dir geheim gehalten habe. Beiliegend findet ihr Blätter, die ich in unserer Suite in Venedig beschrieben habe, während Ihr die Stadt erkundet habt.

»Deshalb wollte sie unbedingt ein abgetrenntes Zimmer haben«, sage ich.

»Hm«, macht Lucy. »Und ich dachte, sie wollte noch mal jemanden vernaschen.«

Ich schlage ihr spielerisch auf den Arm, sie quietscht. Fast höre ich meine Tante kichern und sagen: »Luciana, du machst mich fertig!«

Wenn Du die nächsten Seiten liest, wirst Du endlich alles über Deine Mutter erfahren, so wie ich es Dir versprochen habe. Rico habe ich schon alles erzählt. Nun wird es Zeit, dass auch Du weißt, wie es sich wirklich zugetragen hat.

Mit Gänsehaut auf den Armen ziehe ich einen dicken Stapel Papier aus dem Umschlag, oben rechts zusammengeheftet und überschrieben mit »Poppys letztes Kapitel, 1961«.

52

Poppy, 1961

Als ich erfuhr, dass Rico hinter dem Eisernen Vorhang gefangen war, wurde Rosa mein letzter Halt. Ohne ihre Unterstützung wäre ich vielleicht zusammengebrochen. Jeden Tag scheuchte sie mich aus dem Bett. Sie lief mit mir durch die Straßen und half mir, Johanna zu versorgen.

Trotz meiner Trauer wuchs und gedieh die Kleine immer besser. Sie trank schmatzend und mit Genuss. Derweil bearbeitete mich Rosa ständig, sie nach Amerika zu begleiten.

Wie sollte ich es ihr nur beibringen? Trotz des Mauerbaus wollte ich Italien nicht verlassen. Eines Tages würde Rico zurückkommen, davon war ich überzeugt. Und dann musste ich in Ravello sein.

An einem Montagmorgen, vier Wochen nach der Geburt von Johanna, gab meine Schwester schließlich auf. »Ich bin enttäuscht von dir, *mia sorella ostinata.* Aber ich kann dich nicht zwingen. Morgen packe ich meine Sachen. Und du kehrst nach Trespiano zurück.«

»Nach Trespiano? Nein. Hier ist meine Heimat.«

Sie sah mich an, als sei ich ein Kind. »Nein, Paolina. Ich kann dir nicht länger mit Johanna helfen. In zehn Tagen breche ich nach Amerika auf. Du musst bei Mamma und Papà leben.«

Ich erschrak. Ich war eine alleinerziehende Mutter, ohne Geld, ohne Möglichkeiten. Wie sollte ich Johanna ohne Hilfe großziehen? Aber die Vorstellung, auf den Bauernhof zurückzukehren, zu einem nichtigen Leben, raubte mir jede Kraft.

»Glaubst du nicht, dass Mamma wütend ist?«, fragte ich in der unwahrscheinlichen Hoffnung, dass meine Ängste unbegründet seien.

»*Sì.* Aber nicht so sauer wie Papà.«

Rosa hatte recht. Meine Eltern wären fuchsteufelswild. Vielleicht würden sie mir nie verzeihen. Ich schaute auf das kleine Bündel an meiner Brust. »Aber Johanna werden sie lieben. Schließlich ist sie ihr erstes Enkelkind.«

Rosa schüttelte den Kopf. »Lieben? Schwesterchen, wie kannst du Liebe erwarten?« Sie sah mir in die Augen, als sei ich ein kleines Kind, dem eine Lektion erteilt werden müsse. »Mamma ist eine stolze Frau. Das weißt du. Jetzt ist ihre Ehre beschmutzt. Zuerst brennt ihre unverheiratete Tochter mit einem Deutschen durch. Ein Jahr später kommt sie mit einem unehelichen Kind zurück, und das ganze Dorf kann es sehen. Das wird ihr mit Sicherheit einen Schlag versetzen. Meiner Liebe kannst du dir immer sicher sein, Paolina. Aber Mammas? Das glaube ich nicht.«

Meine Schläfen begannen zu pochen. Welch herrliche Zukunft ich meiner Kleinen versprochen hatte! Und jetzt sollte es für sie nur ein Leben in Verachtung geben, sollte sie die arme uneheliche Tochter des Fontana-Flittchens sein, die versteckt auf dem Hof lebt, von den Großeltern geduldet, vom Dorf verlacht. Zum ersten Mal war ich wütend auf Rico. Wie hatte er uns nur verlassen können? Wie konnte er seine Eltern seiner Frau und seinem Kind vorziehen?

»Wo ist Rico?«, fragte ich Rosa. »Wann kommt er?«

»Er kehrt nicht zurück.« Rosa wollte mich an sich drücken, doch ich entzog mich ihr.

»Das kannst du nicht wissen.«

»Er ist hinter der Mauer, Paolina! Was brauchst du noch für einen Beweis? Du wirst deinen Rico niemals wiedersehen! Hör auf mit dem Blödsinn!«

Tränen stiegen mir in die Augen. »Nein! Er liebt mich. Er kommt zurück, glaub mir.«

»Klar«, spöttelte sie. »Dein Rico wird das Krankenbett seines

Vaters verlassen. Er wird seine gebrechliche Mutter und seine Schwester im Stich lassen, die von ihm abhängig sind. Er wird sein Leben aufs Spiel setzen und den bewaffneten Soldaten an der Grenze entfliehen – nur für dich.«

Ich wandte den Blick ab, denn ich merkte, wie selbstsüchtig das klang.

Rosa nahm mich in die Arme und rieb mir beruhigend über den Rücken. »Gerade du solltest dich nicht über dieses traurige Ende wundern. Schließlich bist du die Zweitgeborene. Du wusstest die ganze Zeit, dass du nicht heiraten würdest.«

»Aber ich bin verheiratet!«

Sie überhörte mich und trat zurück, um meinen Kragen geradezurücken. »Es wird Zeit, dass du nach Hause gehst. Mamma wird die kleine Johanna großziehen, wenn auch zähneknirschend. Du wirst Papà auf dem Acker helfen. Wenn die Kleine alt genug ist, kann sie auch auf dem Hof arbeiten. Also, wenn die Eltern es erlauben.«

Ich bekam es mit der Angst. So ein Leben würde ich niemals für meine Tochter akzeptieren. Doch was sollte ich tun? Ich hatte ihr nichts zu bieten. Ich wischte mir die Augen trocken, wollte meine Kleine unbedingt retten. Es musste doch eine Lösung geben! Die Zukunft meines Kindes drückte schwer auf meinen Schultern. Johanna hatte nur mich.

Ganz langsam erwachte das Feuer in meiner Seele wieder zum Leben. »Nein«, sagte ich mit Nachdruck. »Johanna wird kein Leben als Kind der Schande führen.«

Stumm schaute Rosa aus dem Fenster.

»Meine Tochter soll stolz sein … und frei!«

Rosa sah mich an.

»Falls …«, begann ich vorsichtig. »Falls ich doch mit dir nach Amerika käme, müsste ich dann wirklich Ignazio heiraten?«

Ein trauriges Lächeln umspielte ihre Lippen. Sie rieb mir über den Arm. »Hör auf! Du willst ja gar nicht nach Amerika. Das weiß ich.«

»Ich … ich muss das tun, was für Johanna am besten ist. Das würde Rico auch wollen.«

Rosa schüttelte den Kopf. »Ich kann mich nächste Woche mal erkundigen. Aber ich glaube, es ist schon zu spät. Die amerikanische Regierung wird die Einreise eines unehelichen Kindes nicht erlauben.«

Ich weiche zurück. »Das erzählst du mir jetzt? Du hast mich doch auf Knien darum gebeten, mit dir mitzukommen und Johanna in einem fremden Land aufwachsen zu lassen! Dabei hast du die ganze Zeit gewusst, dass es unmöglich ist?«

»Ich habe es erst letzte Woche herausgefunden, als ich mich noch mal informiert habe.«

Ich schloss die Augen. Alle Möglichkeiten lösten sich vor meinen Augen auf. Was eben noch wie Verrat ausgesehen hatte, schien jetzt die einfachste Lösung zu sein. Ich musste mit Jo nach Amerika, damit sie dort die strahlende Zukunft hatte, die weder Italien noch Deutschland ihr bieten konnten.

Rosa lief im Zimmer auf und ab und schüttelte den Kopf.

»Wenn du verheiratet wärst und wenn dein Mann in Amerika auf dich warten würde, wäre alles viel einfacher! Dann würden keine Fragen gestellt und du und das Kind wärt willkommen.«

Ich drehte mich im Kreis, schlug die Hände vors Gesicht. »Hilf mir, Rosa! Ich brauche einen Plan. Ich bin für meine Tochter verantwortlich, für ihr Leben, ihr Glück. Amerika ist ihre einzige Chance.«

»Ich würde dir ja gerne helfen. Das weißt du. Alberto und ich würden dich aufnehmen und dir helfen, die Kleine großzuziehen. Er hat Geld und eine schöne Wohnung. Aber dafür musst du zuerst nach Amerika gelangen.« Sie nagte an ihrem Daumennagel. »Vielleicht könntest du Jo verstecken und sie aufs Schiff schmuggeln.«

»Nein. Das ist viel zu gefährlich. Weiß Gott, was die mit ihr machen würden, wenn sie uns erwischten.« Ich kaute auf meiner Wange. »Es muss eine bessere Lösung geben.«

Da kam mir eine Idee. Ich überlegte eine Weile. Sie könnte funktionieren. Ich sah Rosa an.

»Was wäre, wenn …« Ich verstummte.

»Was?«

»Schon gut.«

»Nein, sag!«

Mein Kopf drehte sich. Ich holte Luft, und beim Sprechen nahm der Plan immer mehr Gestalt an. »Was wäre, wenn … wenn du vorgeben würdest, Johanna sei dein Kind? Nur bis wir in Amerika wären.«

»O nein!«, sagte Rosa. »Ich sehe nicht wie eine Mutter aus. Noch nicht.«

»Doch, doch! Deine Schwangerschaft könnten wir verstecken. Könnte doch auch sein, dass du gerade ein Kind bekommen hast.« Ich zog ihr weit sitzendes Kleid in der Taille etwas enger und wunderte mich, dass ihr Bauch noch nicht größer war. Sie weigerte sich immer noch, über ihre Schwangerschaft zu sprechen, dabei war es schon sieben Monate her, dass Alberto nach Amerika aufgebrochen war.

»Rosa, wann bist du ausgezählt?«

Sie schlug meine Hände weg und zog ihr Kleid in die Breite.

»Das merkt doch jeder, dass ich nicht Johannas Mutter bin«, ignorierte sie meine Frage. »Die Kleine hängt so an dir.«

»Ich bin ja auch dabei.« Ich packte Rosa an den Armen, dringlicher jetzt. »Keiner wird sich was dabei denken. Ich werde sie weiter stillen und versorgen. Ich bin ja da, um mich um sie zu kümmern. Und in der Öffentlichkeit spielst du ihre Mutter.«

Rosa runzelte die Stirn. »Und die Geburtsurkunde? Die müssen wir doch auf jeden Fall vorzeigen.«

»Wir besorgen uns eine neue. Diese schrullige Hebamme stellt uns mit Sicherheit eine aus, wenn sie was dafür bekommt. Da stehen dann du als Mutter und Alberto als Vater drin.«

»Oh, Paolina, wenn wir dabei erwischt werden …«

»Wirst du nicht! Verspreche ich dir. Bitte, tu es für uns!«

Sie stieß einen schweren Seufzer aus. »Darüber muss ich in Ruhe nachdenken, Paolina. Du verlangst sehr viel von mir.«

Ein Tag verging. Dann der nächste. Ich musste mich ungeheuer zusammenreißen, um Rosa nicht unter Druck zu setzen. Ich brauchte eine Antwort. Sie wirkte plötzlich alt, und mehr als einmal sah ich, wie sie auf Knien den Rosenkranz betete. Ich hatte sie in eine verzwickte Lage gebracht, indem ich sie zwang, zwischen der Wahrheit und Johanna und mir zu wählen. Am dritten Tag hielt ich es nicht mehr aus. Bis zum Ablegen des Schiffs war es nur noch eine Woche.

»Bitte, Rosa! Ich flehe dich an: Gib dich als Johannas Mutter aus! Wenn du es schon nicht für mich tun willst, tu es für deine kleine Nichte!«

Sie schloss die Augen und bekreuzigte sich. Dann fing sie langsam an zu grinsen. »Du meinst, für meine Tochter.«

Lachend zog ich sie an mich. Nie zuvor hatte ich meine Schwester so geliebt und war ihr derart dankbar gewesen. »Ja! Für deine Tochter!«

»Ich bin stolz auf dich, *mia sorella ostinata.* Du erfüllst Ricos Wünsche, auch wenn du ihn vielleicht niemals wiedersehen wirst.«

Ein Messer stach mir ins Herz. Ihn niemals wiedersehen? Nein. Das konnte ich mir nicht vorstellen.

»In seinem letzten Brief«, sagte ich mit unsicherer Stimme, »hat er da was von einem Treffen an der Kathedrale von Ravello gesagt?«

Rosa zögerte, als würde sie überlegen, was sie antworten solle. »*Sì.* Er hat versprochen, an deinem achtzigsten Geburtstag dort zu sein.«

Ich lächelte, voller Erleichterung. Das Versprechen, die Garantie, dass wir eines Tages wieder vereint sein würden, gab mir inneren Frieden. Ich hob die Hand und zählte die Finger ab. Meine Schwester sah mich fragend an.

»Was machst du da?«

»Ich zähle die Jahre, bis ich achtzig bin.«

Ich weinte den ganzen Tag, als ich versuchte, Johanna abzustillen. Wir fühlten uns beide unwohl mit der klobigen Flasche, die sich zwischen uns zu drängen schien. Mir fehlte ihre Haut auf meiner Brust, wenn sie trank. Das Gefühl, ich sei die Einzige, die sie ernähren könne. Doch Rosa hatte recht. Ich musste abstillen, wenn wir den Atlantik als Tante und Nichte überqueren wollten.

Wie wir uns gedacht hatten, war Signora Tuminelli für ein paar Scheine gewillt, eine falsche Geburtsurkunde auszustellen. Für ein paar Lire mehr fälschte sie auch die Unterschrift des Standesbeamten.

Die Tinte war noch feucht, als die verkniffene Hebamme Rosa das Blatt gab. »Ich weiß nichts davon«, sagte sie. »Nichts!«

Das Herz schlug laut in meiner Brust. Ich war eine Verbrecherin. Gemeinsam mir Rosa überflog ich die neue Urkunde. Über »Name der Mutter« stand jetzt »Rosa Fontana Lucchesi«. Als Vater war Alberto Lucchesi eingetragen. Ich musste schlucken.

»Das sieht sehr offiziell aus«, sagte ich. »Keiner wird auf die Idee kommen, dass sie gefälscht ist.«

Da fiel mir der Name des Kindes auf: »Josephina Rosa Lucchesi«.

»Moment mal!«, sagte ich. »Sie heißt Johanna.«

Rosa legte die Geburtsurkunde zwischen zwei Pappdeckel und klebte sie am Rand zu. »Sei nicht albern! Alberto und ich hätten unserem Kind doch keinen deutschen Namen gegeben.«

Sie hatte an alles gedacht. Warum sollten die Zollbeamten Grund zum Zweifeln haben? Dennoch stellten sich mir die Nackenhaare auf.

An jenem Nachmittag Mitte September sah Rosa wie eine waschechte Mutter aus, als sie mit der kleinen Johanna auf dem Arm an Bord der SS Raffaello ging. Die Zollbeamten warfen nur einen flüchtigen Blick auf die Kleine in der rosa Decke, die ich gehäkelt hatte, dann stempelten sie Rosas Papiere ab. Mit laut schlagendem Herzen trat ich an den nächsten Schalter, eine pflichtbewusste Tante mit den Koffern und einer kleinen Tasche für Jo. Innerhalb weniger Minuten wurde auch ich an Bord des Schiffes begrüßt. Ich stieß einen Seufzer der Erleichterung aus. Bis jetzt funktionierte unser Plan perfekt.

»Sieh mal!« Rosa zeigte auf die Menge, die sich am Hafen eingefunden hatte, Angehörige und Freunde, die sich verabschieden wollten.

Ich schirmte die Augen vor der Sonne ab und sah in die Richtung, die Rosas Finger mir wies. Und dort standen sie nebeneinander im Sonntagsstaat: Mamma und Papà. Sie waren bis nach Neapel gekommen, um sich von uns zu verabschieden. Ich hob die Hand, konnte vor Tränen nichts sehen.

»Mamma!«, rief ich, um das Brummen des Schiffsmotors zu übertönen. »Papà!«

Mein Vater hob die Hand. Mamma winkte und blies mir einen Kuss zu.

»Ich hab euch lieb!«, rief ich.

Neben mir hielt Rosa die kleine Jo in die Höhe. »Euer Enkelkind!« Stolz strahlend präsentierte sie meine Tochter.

Mamma fasste sich an die Kehle, Papà betupfte seine Augen. *»Bellissima!«*, rief er, griff zum Fotoapparat, den er um den Hals hängen hatte, und machte eine Aufnahme.

»Sie lieben die kleine Jo«, sagte ich zu Rosa. »Ich hab's gewusst!«

»Ja«, bestätigte sie. »Sie sind sehr stolz auf ihr Enkelkind.«

Meine Brust schwoll an vor Stolz. *»Grazie!«*, rief ich Papà mit erstickter Stimme zu. *»Grazie mille!«* Ich streichelte Johannas Flaum, ihre rosigen Wangen und lachte unter Tränen.

Es war das letzte Mal, dass ich so glücklich sein sollte. Damals wusste ich natürlich nicht, dass ich auf dieser Fahrt in eine bessere Zukunft irgendwo jenseits des blauschwarzen Ozeans mein kleines Mädchen verlieren würde.

Jede Nacht kümmerte ich mich um Jo. Und jeden Morgen zu Sonnenaufgang wurden die Augenlider meines Babys schwer, gerade rechtzeitig für Rosa, die dann übernahm. Wenn wir am Tag über die Decks bummelten, blieben Mitreisende bei Rosa stehen und betrachteten den schlafenden Engel in ihren Armen. »Ihr Erstes?«, fragten manche.

»Ja«, sagte Rosa dann. »Sie ist sieben Wochen alt, die kleine Maus. Ihr Vater wartet in Brooklyn auf uns.«

Wenn ich das hörte, brodelte in mir eine seltsame Mischung aus Stolz und Verärgerung. Natürlich hielt ich den Mund. Es war wichtig, dass niemand unseren Tausch durchschaute.

Bald lernte Rosa andere Mütter kennen, die mit ihren Kindern unterwegs waren. Sie saßen zusammen unter Sonnenschirmen und sprachen über das Muttersein und ihre Männer. Zusammen bestaunten sie Fotos. Wie gerne wäre ich dabei gewesen und hätte mich beteiligt. Aber Rosa mahnte mich, im Hintergrund zu bleiben. Sie bestand darauf, dass ich in die Kabine ging und mich ausruhte. Wenn die Frauen im Laufe des Tages Karten spielen wollten, wenn Johannas Windeln gewechselt werden mussten oder wenn Rosa einfach keine Lust mehr auf die Kleine hatte, holte sie mich.

Ich hatte den Eindruck, dass die Mütter etwas verband. Meine Schwester gehörte jetzt dazu. Ohne es zu wollen, fühlte ich mich ausgeschlossen. Als ich Rosa gegenüber von meinem Frust sprach, erinnerte sie mich zu Recht daran, dass es meine Idee gewesen sei. »Vergiss das nicht, Paolina.«

Dann erzählte sie von dem herrlichen Leben, das Johanna in Amerika haben würde und das nicht möglich wäre, wenn sie sich nicht bereit erklärt hätte, für mich zu lügen. Ja, das stimmte alles. Mich ausgeschlossen zu fühlen war ein geringer Preis dafür. Rosa war ein sehr großes Risiko für Johanna und mich eingegangen.

Wir waren schon seit sieben Nächten auf dem großen Dampfer. Jeder Tag brachte uns näher nach Amerika, in Johannas Zukunft.

Doch fast konnte ich hören, wie mich die Vergangenheit rief, wie sie mir vorwarf, Italien verlassen zu haben, und mich bat, zurückzukehren. Ich hatte Rico aufgegeben. Jetzt war es zu spät zum Umkehren.

In der achten Nacht stand ich an Deck und wiegte Jo hin und her. »Pssst«, flüsterte ich ihr ins Ohr. »Alles ist gut. Alles gut.« Während sich die kühle Nacht auf meine Haut legte, fragte ich mich, wem ich eigentlich gut zuredete – meinem Kind oder mir.

Allmählich ging im Osten die Sonne auf, ein Aquarell aus Pfirsich- und Lavendeltönen. Ich blinzelte. Zwei Mal. Doch: Zum ersten Mal seit acht Tagen erkannte ich etwas in der Ferne, hinter dem endlosen Wasser. Vom Kapitänsdeck erscholl Jubel. Mein Herz schlug schneller. Ich hob Johanna höher, damit sie sehen konnte, was vor ihr lag.

»Schau!«, sagte ich und drückte meine feuchte Wange an ihre. »Siehst du das Land dort in der Ferne, mein schönes Mädchen? Das ist unsere neue Heimat, das Land, wo du klug und frei sein wirst und alles werden kannst, was du dir erträumst.«

Meine Tränen wollten nicht versiegen. Ich konnte sie nicht aufhalten. Wenn mich jemand gefragt hätte, hätte ich behauptet, es seien Freudentränen. Aber heute weiß ich es besser. Ein kleiner Teil von mir hatte bereits begriffen, dass ich einen riesigen Fehler begangen hatte und es zu spät war.

Ich erschrak, als mich jemand heftig am Arm packte. Hinter mir stand Rosa, die Augen weit aufgerissen. »Was machst du da?«

Mir war klar, wie es aussah: Schluchzend hatte ich mich viel zu weit über die Reling des Schiffes gebeugt. Die kleine Johanna lag in eine Decke gewickelt neben mir auf dem Boden und weinte.

»Ich kann nicht ohne Rico leben. Ich will zurück nach Hause. Das hier ist falsch. Ich schaffe es nicht.«

Rosa schlug mir ins Gesicht. Ich keuchte entsetzt. Als ob auch Johanna das Brennen fühlen würde, begann sie laut zu schreien.

»Du widerst mich an«, zischte Rosa und nahm meine Tochter auf den Arm. »Glaubst du, du bist die Einzige, der es schlechtgeht? Von wegen! Aber stehe ich hier und will mich über Bord werfen?«

Beschämt prallte ich zurück. Ich hatte mir eingeredet, dass meine Schwester nicht über ihre Schwangerschaft sprechen wollte, um sie nicht zu gefährden. Doch irgendwie hatte ich es die ganze Zeit gewusst. Jetzt konnte ihr bedrücktes Gesicht die Wahrheit nicht länger verbergen. Meine Schwester hatte ihr Kind verloren.

»Oh, Rosa!« Ich schlug die Hand vor den Mund. »Das tut mir unglaublich leid. Wie ist es passiert, meine Liebe?«

Sie holte tief Luft, und ich merkte, dass es ihr schwerfiel, Haltung zu bewahren. »Es ging ganz schnell, es war noch in Trespiano, am fünften Juni. Seit Wochen schon war mein Bauch nicht größer geworden.« Sie schluckte. »Ich möchte nicht darüber sprechen. Es darf niemand wissen.«

»Aber Mamma weiß es doch, oder? Und Papà?«

Rosa schüttelte den Kopf. »Papà hat sich so gefreut, er war so stolz auf mich. Er wünscht sich ganz viele Enkelkinder von seiner großen Tochter.«

Zum ersten Mal wurde mir klar, wie viel Druck auf Rosa lastete. »Aber Alberto hast du es doch erzählt, nicht?«

»Alberto schon gar nicht!« Sie fixierte mich mit ihrem Blick. »Nicht schon wieder. Erst, wenn ich in Amerika bin. Wenn er glaubt, dass ich keine Kinder bekommen kann, wird er mich nicht wollen.«

Ich erschauderte. Wie viele Fehlgeburten hatte sie denn schon gehabt? Ich griff nach ihren Armen. Mein Selbstmitleid war vergessen. »Die Ärzte in Amerika können dir bestimmt helfen«, sagte ich. »Du bekommst noch viele Kinder. Wir Fontana-Frauen sind stark. Wir sind einfallsreich. Wenn sich eine Tür schließt, greifen wir zur Axt.«

Sie lächelte, ein trauriges Lächeln, das ihre Augen nicht erreichte. Woher sollte ich wissen, dass Rosa meinen Rat so ernst nehmen würde?

Als Alberto Johanna zum ersten Mal sah, weinte er. Er beugte sich vor und drückte die Lippen auf die Stirn meiner Tochter. Meine Kehle zog sich zusammen. Eigentlich hätte es Rico sein müssen, der seiner Tochter den ersten Kuss gab, nicht ihr Onkel Alberto. Rosa legte ihm das Baby in die Arme, als sei sie die Mutter und er der stolze Vater. Johanna nuckelte an seinem kleinen Finger. Er betrachtete sie, als sei sie ein Engel. Schließlich sah er Rosa an. Zum ersten Mal lag Leidenschaft in seinem Blick.

»Meine Liebste«, sagte er und gab ihr einen Kuss auf die Lippen. »Du hast mich zu einem glücklichen Mann gemacht.«

Rosa strahlte.

Ich redete mir ein, das gehöre alles zu unserem Verwirrspiel. Wir waren immer noch in Sichtweite der Zollbeamten. Wenn wir erst in Brooklyn wären, würde ich wieder Johannas Mutter sein.

Rosa trug ihr schönstes Kleid – ein dunkelblaues mit einem breiten Gürtel um die Taille, in dem ihre Kurven zur Geltung kamen. Der Stoff spannte über ihrem Hintern, die Knöpfe an ihrer Brust drohten zu platzen.

Ich kämpfte gegen meine Trauer an. Meine Schwester hatte den Körper einer frischgebackenen Mutter, aber kein Kind vorzuweisen.

Ich strich die Falten aus dem roten Kleid mit den weißen Punkten, das ich noch in Florenz genäht hatte, und verkniff mir die Tränen. Mein schönstes Kleid wollte ich nicht tragen. Das weiße Prachtstück war sicher verstaut, als Erinnerung an meinen Hochzeitstag.

Zitternd standen wir am Rand des Hafens. Der kalte Herbstwind fegte uns um die Nase. Ich rieb mir über die Gänsehaut auf den Armen, schaute auf und bemerkte einen älteren Mann hinter Alberto, der mich musterte, als sei ich ein Stück Vieh auf dem Markt.

Ich verschränkte die Arme vor der Brust und hörte, wie er in gebrochenem Englisch mit Alberto flüsterte, dummerweise annehmend, ich würde ihn nicht verstehen. »Du hast gesagt, ihre Haut wäre weiß wie Sahne. Die ist mir viel zu dürr. Hat ja gar keine Hüften.«

Ich schäumte. Während der Überfahrt hatte ich Gewicht verloren, das stimmte. Und die Sonne hatte mich gebräunt. Aber was bildete sich dieser schmerbäuchige Kerl mit der Glatze eigentlich ein?

»Aber es wird schon gehen«, sagte er dann und zog einen Schlüsselbund aus der Tasche. Mein Magen drehte sich. Glaubte Ignazio etwa immer noch, dass ich ihn heiraten würde? Hatte Rosa das nicht geklärt?

Er warf mir ein Lächeln zu, mit dem er mich sicherlich betören wollte. Tat er aber nicht. Selbst wenn er Clark Gable gewesen wäre, hätte ich ihn nicht geheiratet. Ich war bereits vergeben.

Wir stiegen in Ignazios Automobil, ein flotter türkisfarbener Schlitten, auf dem hinten *Oldsmobile* stand. Alberto setzte sich mit Rosa auf die Rückbank, die kleine Johanna auf dem Schoß. Ich hatte keine andere Wahl, als vorne Platz zu nehmen.

Ignazio stellte das Radio an. Ausgerechnet jetzt erklang »Que Sera, Sera«. Ich biss mir von innen auf die Wange, um nicht loszuweinen. Rosa stieß einen Jubelruf aus und beugte sich zu mir vor. »Das ist ja unglaublich, Paolina! Er hat ein eigenes Automobil!«

Ich streckte die Arme nach Johanna aus. »Ich kann sie jetzt nehmen, Alberto.«

Er lächelte das Baby an. »Sie ist zufrieden hier, nicht wahr, Josephina?«

Mit einem Quietschen schoss das Automobil los. Der Gürtel der Angst um meinen Bauch, den ich mit aller Macht versucht hatte zu ignorieren, zog sich noch enger zu.

Alberto wohnte in einer spärlich möblierten Einzimmerwohnung über einer Metzgerei. Rosa drückte Jo fest an ihre Brust, während sie den zugigen Raum inspizierte, in dem es nach Blut und rohem

Fleisch roch. Eine kleine Schrankwand mit einem dreckigen Herd und einem zerdellten Kühlschrank bildete die Küche. Fast konnte ich Rosas Gedanken lesen. Wo war das tolle Haus, das ihr Mann ihr versprochen hatte? Wo war die Maschine, die die Wäsche übernahm?

»Du kannst hier schlafen«, sagte Alberto zu mir und zeigte auf ein schäbiges Sofa im großen Zimmer. Verlegen schielte ich zu ihm hinüber. Er würde seine Frau doch bestimmt ganz für sich haben wollen. Ich muss ihm zugutehalten, dass er mich freundlich anlächelte und mir die Hand drückte. »Dies ist auch dein Heim, Paolina. Bis du Ignazio heiratest.«

Ich schüttelte den Kopf. »Aber Alberto, ich bin …«

»Pst!«, unterbrach er mich. »Über Hochzeitspläne reden wir später. Josephinas Windel muss gewechselt werden.«

Jo wurde unruhig. Als ich sie nehmen wollte, entzog Alberto sie mir. »Schon gut! Mamma macht das.« Er legte das Kind in Rosas Arme.

Mit offenem Mund stand ich da. Rosa kicherte nervös und wich meinem Blick aus. Neben uns grinste Alberto mit verträumtem Gesichtsausdruck. *»La mia famiglia è qui, finalmente.«*

Endlich ist meine Familie hier.

Jahrelang habe ich diese Szene immer wieder in Gedanken durchgespielt und mir vorgeworfen, in dem Moment nicht klargestellt zu haben, dass Johanna meine Tochter war. Zum einen lag es an Rosas Trauer, zum anderen an meiner Loyalität. Meine Schwester tat mir leid. Einen Augenblick lang, wie sie glaubte, ließ sie zu, dass ihr Mann Johanna für sein Kind hielt. Ihr war nicht klar, wie vernarrt er vom ersten Moment an sein würde. Anschließend hatte sie nicht mehr das Herz, ihm dieses Glück wieder zu nehmen. Wie sollte sie ihm erklären, dass sein eigenes Kind ein paar Monate zuvor gestorben war, während er ein süßes, gesundes Baby in den Armen hielt?

Doch ich muss ehrlich sein. Teilweise war es auch meine Schuld. Seit der Geburt stand ich komplett neben mir. Seit Wochen herrschte in mir eine Leere, als hätte jemand das Licht in meiner Seele gelöscht. Heute weiß ich, dass ich Depressionen hatte, ausgelöst durch das Wochenbett und den Kummer, Rico verloren zu haben. Ich wollte meine Tochter auf jeden Fall für mich haben, aber mir fehlte die Kraft, richtig für sie zu kämpfen.

War das Herz meiner Schwester gebrochen, weil sich ihr Körper weigerte, ein Kind zu empfangen? War ihre Angst, Alberto zu verlieren, so überwältigend, dass sie alles tun wollte, um ihn zu halten? Selbst wenn sie dafür das Kind ihrer Schwester als ihr eigenes ausgeben musste? Oder glaubte sie wirklich, dass es so das Beste sei?

Während Alberto in der nächsten Woche im Laden war, verbrachten Rosa und ich zehn Stunden täglich mit Johanna. Immer wieder flehte ich meine Schwester an, die Wahrheit zu sagen. Jeden Tag versprach sie es mir aufs Neue. Doch wenn Alberto nach Hause kam, zog er seine Schuhe aus, wuscht sich die Hände in der Spüle und ging direkt zu Johanna. Er sang ihr Lieder vor, wiegte sie, streichelte ihr seidiges Haar und flüsterte ihr Zärtlichkeiten ins Ohr. Und wieder verging ein Tag, an dem die Wahrheit im Dunkeln blieb.

Ab Donnerstag hörte Rosa auf, mir etwas zu versprechen.

Sie schaute mich nur traurig an. »*Mia sorella ostinata.* Wie kannst du so selbstsüchtig sein? Siehst du es denn nicht? Was ich tue, ist das Beste für Josephina. Sie wird ein gutes Leben haben. Sie hat eine Mamma, einen Papà und eine liebe Tante.«

»Nein! Sie gehört mir!«

»Was kannst du ihr denn geben, Paolina? Du bist so durcheinander, dass du dich über Bord werfen wolltest!«

»Das war doch nur ganz kurz. So was würde ich niemals tun.«

»Du bist die Zweitgeborene. Es ist nicht vorgesehen, dass du ein Kind bekommst, sondern ich.«

Am Wochenende hielt ich es schließlich nicht mehr aus. Als Alberto nach Hause kam, hatte ich Johanna auf dem Arm. Er wollte sie haben, doch ich weigerte mich, sie ihm zu geben. »Du musst die Wahrheit erfahren«, sagte ich. »Johanna ist mein Kind, Alberto. Es tut mir furchtbar leid.«

Er stutzte, in seinem Gesicht eine Mischung aus Verwirrung und Entsetzen. »Rosa?«, rief er in die Küche. »Was redet sie da?«

Es schien Stunden zu dauern, bis meine Schwester sich am Herd umdrehte. Überlegte sie, wie sie reagieren sollte? Wog sie ihre Möglichkeiten gegeneinander ab? Schließlich sah sie Alberto an, nicht mich, und sagte: »Die arme Paolina trauert. Das habe ich dir schon erklärt, Alberto. Bring sie bitte nicht durcheinander.«

»Ich trauere überhaupt nicht!« Mein Herz klopfte wie wild, doch ich zwang mich, ruhig zu bleiben. Klar und deutlich erklärte ich Alberto, dass es meine Idee gewesen sei, Rosa als Johannas Mutter auszugeben. Er sah mich nur verständnislos an.

»Nein, Paolina. Rosa hat mir die gute Nachricht schon vor Monaten mitgeteilt. In einem Brief, den ich nie vergessen werde. *Unsere Liebe trägt Früchte. Wir bekommen ein Kind.*«

»Das habe ich geschrieben!«, rief ich unter Tränen. Ich sackte auf dem Sofa zusammen, hatte keine Kraft mehr. Jetzt verstand ich: Der Brief an Rico, den ich Rosa diktiert hatte, war an Alberto gegangen. Rico wusste gar nicht, dass ich schwanger war. »Der Brief war für Rico bestimmt, nicht für dich!«

Alberto erhob die Stimme. »Es reicht jetzt, Paolina! Ich habe dein Namensschild aus den Uffizien gesehen. Da hast du dich schon als Rosa ausgegeben. Aber du bist nicht Rosa, hörst du? Und Josephina ist nicht dein Kind! Schluss jetzt damit, *capisci?*«

»Rosa hatte eine Fehlgeburt«, sagte ich leise. »Sie hat euer Baby verloren. Es tut mir leid, Alberto.«

»Nein! Kannst du das beweisen?« Jedes seiner Worte sprühte nur so vor Gift. »Wenn es dein Kind ist, dann beweis es mir!«

Ich dachte an die gefälschte Geburtsurkunde, an die Schiffsfahrkarte auf den Namen Josephina Lucchesi. Selbst das Stillen hatte ich aufgegeben. Ich hatte keinen Beweis. Nur die Wahrheit. Und Rosa war der einzige Mensch, der meine Version bestätigen konnte. »Sag es ihm, Rosa!«, flehte ich sie an. »Bitte! Jetzt ist es so weit.«

Das Gesicht meiner Schwester wurde weiß. Ihre Hände zitterten. Und trotz meiner Verzweiflung tat sie mir leid. Sie war starr vor Angst.

»Du hattest die Fehlgeburt, meine liebe Schwester. An dem Tag, als ich dich auf der Treppe fand.«

Ob Alberto die Wahrheit kannte? Manchmal glaubte ich es. Aber damals konnte man noch nicht so ohne weiteres einen DNA-Test durchführen lassen. Ich bat darum, dass wir alle eine Blutuntersuchung machen ließen, aber Alberto wollte nichts davon wissen. Und da er und Rosa offiziell als die Eltern galten, konnte ich sie nicht zwingen. Jo hatte keinerlei Ähnlichkeit mit Alberto oder Rosa. Sie hatte helle Haut, nicht annähernd so dunkel wie die der beiden. Ihr Haar war viel weicher, und wenn die Sonne schien, glänzte es golden. Ihre Augen wurden später braun, wie Rosa vorausgesagt hatte. Doch im richtigen Licht sah man darin immer noch einen blauen Stich, als ob mein Kind seine wahre Herkunft zeigen wollte.

Für alle anderen wurde Johanna zu Josephina, der Tochter von Rosa und Alberto. Das einzige Kind, das sie je bekommen würden.

Ich ging zu meinem großen Bruder Bruno, überzeugt, dass er mir helfen würde. Doch er sah mich nur mitleidsvoll an und ging zu seinem Schreibtisch, aus dem er Briefe holte, die Mamma ihm in den zurückliegenden Monaten geschickt hatte. Auf jeder Seite wurde Rosas Schwangerschaft beschrieben, wie ihr Bauch wuchs und die Familie sich freute.

Bruno nahm meine Hände in seine. »Ich weiß, dass du eine Fehlgeburt hattest. Es tut mir sehr leid.« Er zog mich an seine Brust. »Es war nicht deine Schuld.«

Ich stieß ihn mit solcher Kraft von mir, dass er rückwärtstaumelte. »Das stimmt nicht! Das ist eine Lüge!«

Er sah mich ernst an, wie mein Vater es getan hätte. Dann ging er zu einer Schublade und holte ein Foto heraus. »Du musst damit aufhören, Paolina! Du machst allen Angst mit deinem Verhalten.« Er hielt mir das Bild hin.

Es war die Aufnahme, die Papà am Hafen gemacht hatte. Eine strahlende junge Mutter stand am Deck des Schiffs und präsentierte stolz ihr Baby. Auf der Rückseite hatte Mamma geschrieben: *Rosa und Josephina, 17. September 1961.* Ich brach in Tränen aus.

Bruno legte mir die Hände auf die Wangen und wischte mir die Tränen aus dem Gesicht. Mit weicherer Stimme sagte er: »Du liebst dieses Kind. Das merke ich. Aber sie ist nur deine Nichte.«

»Nein! Sie ist meine Tochter! Wie kann ich es dir beweisen?« Ich zeigte auf meine Brüste. »Muss ich dir meinen Körper zeigen? Kann dich das überzeugen?«

Doch noch während ich das sagte, sank mein Mut. Abgesehen von den etwas breiteren Hüften und Brüsten mit wenigen verblassten Schwangerschaftsstreifen, hatte sich mein Körper so mühelos wieder zusammengezogen wie ein Gummiband. Rosa hingegen mit ihrem weichen Bauch und den vollen Brüsten sah aus, als hätte sie gerade ein Kind geboren.

Ich konnte nicht aufhören zu weinen. Bruno nahm mich in die Arme. »Schhht! Alles gut. Du wirst noch ein Kind bekommen, ein gesundes Kind, das dir allein gehört. Ignazio ist immer noch bereit, dich zu heiraten. Stell dir das vor! Du, die jüngere Tochter, findest tatsächlich einen Mann!«

Am liebsten hätte ich die ganze Zeit geschrien. Niemand wollte mir glauben. Ich hasste Amerika. Ich hasste meine Schwester. Ich hasste alle. Während ich putzte und kochte, ging ich meine Möglichkeiten durch. Ignazio zu heiraten kam nicht in Frage. Mein Traum, zur Universität zu gehen, war gestorben. Ich hatte kein Geld, und ich wollte mein Kind nicht verlassen.

Wenn ich bei Rosa und Alberto blieb, könnte ich in Johannas Nähe sein, aber wäre niemals ihre Mutter. So schwer es auch war, das zu schlucken, hier wäre meine Tochter wenigstens Teil meines

Lebens. Ich könnte sie mit großziehen, sie formen. Das würde Rico wollen.

Jo und ich hatten bereits eine besondere Bindung zueinander, die Alberto auf die Palme brachte. Er schäumte, wenn ich das Kind unbewusst Johanna nannte oder wenn er mitbekam, wie ich ihr etwas vorsang und sie mir in die Augen schaute. Er tat so, als würde er sie nicht lachen hören, wenn wir »Kuckuck« spielten. Er wurde puterrot, wenn Johanna ihre kleinen Ärmchen nach mir ausstreckte, besonders wenn er sie auf dem Schoß hatte. Mein Herz quoll über vor Liebe. Sie wusste genau, dass ich ihre Mutter war.

Innerhalb eines Monats besorgte Alberto seiner Frau Arbeit im Laden, zehn Stunden am Tag. Er bestand darauf, dass sie das Kind mitnahm, damit Johanna und ich voneinander getrennt waren. Als klar wurde, dass ich Ignazio nicht heiraten würde, fing Alberto an, mir Druck zu machen, dass ich ausziehen sollte. Er zeigte mir kleine Wohnungen in anderen Gegenden. Es war klar, dass Alberto mit seiner Familie allein sein wollte. Ich gehörte nicht zu ihnen.

Meine Verzweiflung wuchs.

Ich musste mein Kind vor Rosa und Alberto retten, sonst würde ich es für immer verlieren.

Ich fasste einen folgenschweren Entschluss, den ich mein Leben lang bereut habe. Ich nahm Johanna mit, ohne das Wissen und die Mittel zu haben, die eine alleinerziehende Mutter braucht. Wäre ich geblieben, hätte ich vielleicht weiter Teil ihres Lebens sein können, hätte mir eine kleine Wohnung in der Nähe genommen und Alberto überzeugt, dass ich keine Bedrohung darstellte. Aber es kam anders.

An einem Wintermorgen, als Rosa freihatte, floh ich mit Johanna. Klopfenden Herzens wartete ich, bis Alberto zur Arbeit gegangen war und Rosa im Badezimmer verschwand. Dann packte ich eine Tasche voller Habseligkeiten und die kleine Johanna in eine Decke und stieg in den Bus nach Harlem, so weit fort von Bensonhurst, wie man mit dem Stadtbus fahren konnte.

Es genügt wohl zu sagen, dass Harlem damals ein schlimmer Ort war. Außerdem hatte ich unterschätzt, was es kostet, allein zu leben. Eine Woche später kapitulierte ich und kehrte mittellos nach Bensonhurst zurück. Mit meinem kranken Kind ging ich zu Bruno und flehte ihn an, uns hereinzulassen.

Während mein Bruder einen Becher Milch warm machte, erzählte er mir, dass Alberto mich wegen Kindesentführung angezeigt hatte. Das war der endgültige Schlag, der mich einknicken ließ. Sie hatten gewonnen. Im Gefängnis wäre ich meiner Tochter keine Hilfe.

Vielleicht hätte ich meinem Bruder Bruno dankbar sein sollen. Er ging zu Rosa und Alberto und handelte einen Kompromiss mit ihnen aus. Drei Stunden später kam er mit einem Vorschlag zurück. Die Anzeige wegen Kindesentführung würde zurückgezogen. Ich käme nicht ins Gefängnis, müsste Brooklyn aber verlassen. Für immer. Zu Weihnachten und Ostern dürfte ich meine Tochter besuchen. Und ihr Karten zu den Feiertagen schicken. Aber ich müsste versprechen, sie nie wieder als meine Tochter zu bezeichnen.

Ich redete mir ein, es sei besser für sie. Ich hatte meinem Kind nichts Besseres zu bieten als Liebe, und auch wenn ich mal etwas anderes geglaubt hatte, war Liebe nicht genug.

Mit tränenüberströmten Wangen klebte ich einen glänzenden Penny an die Unterseite ihres Bettchens, wo ihn niemand sah. Dann ging ich die drei Querstraßen zu Fuß zur Bushaltestelle. Ich fühlte mich leer und ausgehöhlt. Am Busbahnhof sah ich ein Werbeplakat für einen Ort, der sich *die süßeste Stadt der Welt* nannte, und kaufte eine einfache Fahrkarte nach Hershey in Pennsylvania. Wenn ich mich damals nach irgendetwas sehnte, dann nach Süße.

In den folgenden zwei Jahren war das Leben allerdings nicht besonders süß. Ich lernte die Bedeutung des Wortes »Selbstzerstörung« kennen. Ich verhielt mich verantwortungslos. Ich wollte sterben, so einfach ist das. Aber dank Freunden wie Thomas und einer tiefsitzenden Widerstandskraft, von der ich gar nichts geahnt hatte, erlangte ich irgendwann meine Selbstbeherrschung zurück. Es gab jemanden, der mich brauchte, und diesen Menschen würde ich nicht enttäuschen.

Bis zu ihrem Tod lebte ich nur auf die Feiertage hin, an denen ich meine Tochter sehen durfte, Johanna Rosa Krause.

53

Emilia

Ich lege die zitternde Hand auf meinen Mund. »Meine arme Nonna«, sage ich. Endlich klingt das Wort so süß, so richtig, wie es klingen soll. »Poppy war meine richtige Großmutter … und sie hat mich geliebt.«

Lucy nickt. »Und Rico ist dein Großvater. Du bist zu einem Viertel deutsch, Em.«

»Dann müsste Jan ja mein … Stiefcousin sein? Ach, du meine Güte! Ich habe noch eine Familie in Deutschland!« Tränen laufen mir über die Wangen.

»Ob deine Mutter das gewusst hat?«

»Ich glaube schon«, sage ich in Erinnerung an Poppys Worte, die ich jetzt endlich verstehe. *»Ein weiches Herz hat ein feines Gespür für die Wahrheit.«*

Sie tut mir so unendlich leid, meine Nonna. Wie sehr hatte sie es verdient, die Wahrheit auszusprechen. Stattdessen bewahrte sie dieses unglaubliche Geheimnis ihr gesamtes Leben lang. Sie ließ zu, dass sie als verrückt bezeichnet wurde, als Diebin und Entführerin. »Sie hat so viel Rücksicht genommen und mit der Wahrheit gewartet, bis sie wusste, dass Rosa nicht mehr lange zu leben hatte.«

Lucy nickt. »Ich glaube, letztendlich hat Rosa für alles gebüßt. Ich habe die Frau mein Leben lang nicht lachen hören.«

Wir schweigen gemeinsam, dann hebe ich den Brief hoch, um die letzte Seite zu lesen.

Jetzt verstehst Du es. Meine Johanna ist in gewissem Sinn gestorben, als »Josephina« zur Welt kam. Rosa wurde sozusagen an dem Tag eine Mutter, als ich ihr vorschlug, diese Rolle zu übernehmen. Ich hatte meine labile Schwester in eine furchtbare Situation gebracht, und das tut mir aufrichtig leid. Ohne dass ich es wusste, war sie in Trauer, als ich sie damals bat, Johannas Mutter zu spielen. Ich bot ihr eine einfache Lösung an, die Versuchung war zu groß. Nachdem Rosa sich einmal zum Lügen entschlossen hatte, konnte sie nicht mehr aufhören. Sie war überzeugt, dass sie ihren Mann verlieren würde, vielleicht auch die Liebe unseres Vaters, wenn bekannt würde, dass sie keine Kinder bekommen konnte. Wie erdrückend sich das Geheimnis angefühlt haben muss! Um es zu schützen, musste sie hart und böse sein. Menschen, die andere Herzen nicht mit Liebe erobern können, führen oft eine Schreckensherrschaft.

Geht bitte nicht zu hart mit Rosa ins Gericht. Nur wenige Wesen werden voller Angst geboren. Verzweiflung gebiert Angst. Angst macht grausam. Rosa war ein verzweifelter Mensch.

Bitte glaubt mir, wenn ich Euch versichere, dass ich keine Schadenfreude empfand, als sie viele Jahre später mit den Folgen ihrer Lüge konfrontiert wurde. Alberto wurde gebeten, für die kranke Josephina Blut zu spenden. Da kam es dann heraus, denn Alberto begriff, dass er und Rosa, beide mit der Blutgruppe A positiv, kein Kind mit der Blutgruppe B haben konnten.

Er ist kurz nach Josephina von uns gegangen, aber vorher hat er sich noch bei mir entschuldigt. Ich glaube, er starb an gebrochenem Herzen.

»Du lieber Gott!«, stoße ich aus. »Er hat seine Tochter verloren und gleichzeitig das Vertrauen zu seiner Frau. Wie betrogen er sich gefühlt haben muss.«

»Allerdings«, sagt Lucy. »So ähnlich wie Poppy, als er ihr nicht glaubte und ihr Kind nahm. Mieses Karma.«

Ich nehme den Brief wieder in die Hand.

Zu guter Letzt lege ich ein Foto von Deiner Mutter und mir bei, Emilia. Es ist mein Lieblingsbild. Ich kann mir vorstellen, dass es Dir auch gefällt.

Ich schiebe die Hand in den Umschlag und ziehe einen alten, vergilbten Schnappschuss hervor. Sofort erkenne ich das alte Sofa meines Vaters. In einem superhässlichen Pulli mit riesigen Schulterpolstern sitzt meine Mutter darauf und strahlt das Baby, mich, in ihren Armen an. Ich lache unter Tränen und fahre mit dem Finger über ihr Gesicht. Sie wirkt so glücklich … und so zerbrechlich.

»Wahnsinn!«, ruft Lucy. »Sie sieht ja genau aus wie du, Em!«

Ich schlage die Hand vor den Mund und betrachte die große, schlanke Frau mit den dunklen Augen neben meiner Mutter. Lächelnd schaut die Mittvierzigerin in die Kamera, die zweijährige Daria auf dem Schoß und den Arm um meine Mutter gelegt.

»Jetzt verstehe ich das.« Ich kann den Blick nicht von meiner jungen Nonna Poppy abwenden. »Jetzt weiß ich endlich, warum Rosa mich nie leiden konnte. Ich habe sie ständig an Poppy erinnert. An die Wahrheit.«

Lucy nickt. »Und dann hast du auch noch ihr Temperament. Rosa hat dich nie wirklich bändigen können. Fast hätte sie es geschafft, aber richtig gelungen ist es ihr nie.«

Bis zu unserem Wiedersehen, Ihr Lieben, jubele ich Euch von oben zu. Bleibt Euch treu! Mögt Ihr nur Happy Ends erleben!
Voller Liebe,
Tante Poppy … Nonna

Auf der Zufahrt wird Staub aufgewirbelt, ein Auto kommt näher. Ich schaue hinaus auf die Felder und verstehe endlich, warum Rosa so fest an den Fluch glaubte. Sie brauchte ihn, um sich freizusprechen. Solange es den Fluch der Fontanas gab, konnte sie sich einreden, dass Poppys Schicksal nicht ihre Schuld oder die ihres Mannes war, sondern die des Fluchs. Schließlich wusste jeder, dass eine zweitgeborene Fontana nicht lieben darf.

Schritte knirschen auf den Steinplatten.

»Er ist gekommen!«, ruft Lucy.

Ich drehe mich um. In einer khakifarbenen Hose und mit einem Strohhut auf dem Kopf geht Rico langsam auf uns zu. In der Hand hält er einen alten Geigenkasten und ein kleines Päckchen. Von weitem sieht er mir in die Augen, und ich erkenne selbst aus der Entfernung die Tränen auf seinen Wangen. Mir ist sofort klar, dass er es weiß.

»Opa«, flüstere ich und stehe auf. Tränen vernebeln mir den Blick, als ich in seine ausgestreckten Arme sinke. Er riecht nach Rasierwasser und Sahnebonbons, genau wie ich mir einen Großvater vorstelle.

»Mein Mädchen«, sagt er auf Deutsch und drückt die feuchte Wange an meine.

»Ich habe mich so lange nach einem Großvater gesehnt«, bringe ich hervor.

»Und ich mir immer so eine Enkeltochter wie dich gewünscht«, erwidert er. »Du kannst dir gar nicht vorstellen, wie ich mich freue.«

Ich schließe die Augen. Mein Herz fließt über. Er greift in seine Tasche und holt einen altmodischen Messingschlüssel hervor.

»Für unser Apartment«, sagt er. »Poppy und ich wollen, dass du es bekommst.«

Ich mache einen Schritt zurück. »Nein! Das geht nicht.«

Er drückt mir den Schlüssel in die Hand. »Auch Jan meint, dass es dir gehört, denn du bist unsere Enkelin. Du musst zu Signor De Luca nach Ravello, Poppys altem Anwalt, um die Papiere zu unterschreiben, aber dann gehört die Wohnung dir. Wir hoffen, dass du dort viele glückliche Erinnerungen sammeln kannst.«

Ich betrachte den Schlüssel mit all den Möglichkeiten, die er verspricht. »Danke, Opa. Aber das ist dein Apartment. Du musst dort wohnen!«

Er lächelt. »Ich gehe zurück nach Deutschland. Aber ich werde dich regelmäßig besuchen.« Er dreht sich zu Lucy um und zieht sie mit in unsere Umarmung. »Luciana, du kannst dort auch Urlaub machen. Und natürlich Sofia und die Jungs. Vielleicht kommen sogar eines Tages Daria und die Mädchen zu Besuch.«

»Daria«, sage ich und male es mir schon aus. »Ich lade sie zu einem Mädelsurlaub ein, nur wir zwei. Kommst du nach Ravello, wenn sie hier ist?«

»Nichts lieber als das.« Rico lächelt. »Und vielleicht fahrt ihr zwei auch mal nach Deutschland. Ich habe das Gefühl, dass ihr euch mit eurer neuen Familie gut verstehen werdet.«

»Das denke ich auch.«

Lucy, Rico und ich warten bis zur Abenddämmerung, um auf das Feld zu gehen, das meine Urgroßeltern, meine Nonna und ihre Geschwister einst voller Mühe beackerten. Es ist ein warmer, stiller Abend, man hört nur unsere Schritte im Gras und das Zirpen der Insekten. Rico stellt den Geigenkasten ab und öffnet das kleine Päckchen. Jeder von uns greift hinein und nimmt eine Handvoll Asche heraus. Rico wendet sich gen Westen. »Poppy hat sich einen letzten Sonnenuntergang in der Toskana gewünscht.«

Er setzt den Bogen auf die Geige. Bittersüße Töne erklingen: *Que Sera, Sera.* Ich strecke die Arme in den orangeroten Himmel und löse die geballten Fäuste. Ein Windhauch fegt über den Abhang, erfasst Poppys Asche und trägt sie davon. Kurz funkelt sie im goldenen Licht der Sonne. Dann ist sie fort, verschwunden in der Unendlichkeit.

Mir steht ein Bild von meiner Nonna und ihrer Johanna vor Augen, die im Himmel lachen und tanzen.

»Alles ist möglich«, flüstere ich.

54

Emilia

Die Sonne wird langsam schwächer, und unter Ravellos zerklüfteten Klippen schäumt das Meer. Als ich das rosagestrichene Haus erreiche, bleibe ich stehen. Die verblichenen Buchstaben von *Panetteria Piacenti* sind unter der Markise kaum zu erkennen. Ich stelle mir vor, wie meine Nonna hier vor sechzig Jahren bei Sonnenaufgang Brot backte. Ein verblichenes Schild in dem blinden Schaufenster verkündet *»Affittasi«* – das Geschäft ist zu mieten.

Ich spähe durch das große Fenster und sehe eine Theke, eine Wand voller Öfen und Rauputzwände. Anstelle der Bäckerei könnte ich mir hier eine Buchhandlung vorstellen, einen gemütlichen Laden voller Regale und mit einer kleinen Leseecke hinten.

Gedankenverloren gehe ich um das Haus herum. Braucht Ravello eine Buchhandlung? Ich betrete den wunderbar wild begrünten Innenhof, wo Kletterpflanzen wuchern und sich Rosen winden. Es ist ruhig und friedlich hier, noch hübscher, als ich es in Erinnerung habe. Ein Cafétisch und zwei Stühle stehen unter einem weit ausladenden Zitronenbaum – der perfekte Ort zum Schreiben.

Ich erblicke die Tür, hinter der die Treppe hinauf in die Wohnung führt. Mein Lächeln schwindet. Werde ich je diese Stufen hochsteigen können, ohne an meine Nonna Poppy zu denken, die dort dem Tode nahe zusammenbrach? Was für eine Kraft sie hatte, wie viel Liebe und Lebenswillen. Genau wie meine Narbe erinnert mich diese Treppe daran, dass ich alles durchstehen kann, dass nichts unmöglich ist. Schließlich bin ich Poppy Fontanas Enkeltochter.

Ich schiebe den Schlüssel ins Loch. Mit einem Ächzen öffnet

sich die alte Holztür, und ich steige die Stufen hinauf. Ich betrete die ehemalige Wohnung von Rico und Poppy – es riecht nach Lavendel und frischer Wäsche. Dies ist mein neues Heim in Ravello, in dem ich Erinnerungen schaffen und schreiben werde. Ja, alles ist möglich.

Ich knipse das Licht an. Das bunte Bild der Mohnblume erstrahlt. Daneben hängt ein neues. Mit Tränen in den Augen gehe ich ins Wohnzimmer und nähere mich dem modernen Bilderrahmen mit dem Foto, das die Ärztin im Krankenhaus von uns dreien machte. Poppy und Rico haben es vergrößern lassen. Mit seinen kühlen Schwarzweißtönen wirkt es richtig künstlerisch. Ich stehe zwischen den beiden und lache, Poppy küsst mich auf die Wange, und Rico sieht mich mit einer Zärtlichkeit an, die ich jetzt verstehe.

Lächelnd gehe ich von Zimmer zu Zimmer und danke dabei im Stillen meiner Nonna und meinem Opa. Es ist wunderschön hier. Woher wussten die beiden, dass dies der Ort ist, an den ich verpflanzt werden muss?

Ich entdecke einen Stoß Blätter auf der Küchenarbeitsfläche, daneben einen handgeschriebenen Zettel.

Willkommen zu Hause, mein Mädchen! Dies sind die Unterlagen, die Du für die Unterschrift heute brauchst. Ich bin mir sicher, dass Du die Wohnung ebenso lieben wirst wie Deine Nonna und ich. Denk in der Abenddämmerung an uns, wenn Du mit einem Glas Wein auf der Dachterrasse sitzt und Dich von der Sonne verabschiedest, bevor sie im Meer versinkt. Elene und Jan lassen Dich lieb grüßen. Sie würden sich freuen, Dich zu sehen, wenn Du Dich eingelebt hast. Wenn ich nächsten Monat komme, gehen wir alle zusammen essen. Bis dahin,

Alles Liebe von
Opa

Ich gehe durch den Flur in Poppys und Ricos Schlafzimmer – nun meins. Draußen läuten die Glocken der Kathedrale von Ravello. Ich ziehe den dünnen weißen Vorhang zur Seite und schaue auf die belebte Piazza hinunter. Das alte walisische Wort *Hireath* kommt mir in den Sinn. Poppy hatte gesagt, dass ich es eines Tages verstehen würde, und sie hatte recht. Dieses kleine Städtchen am Meer, Tausende Meilen entfernt von der Stadt, in der ich aufgewachsen bin, ist die Heimat, nach der ich mich mein Leben lang gesehnt habe.

Ich lasse den Vorhang zurückfallen und drehe mich um. Ein Sonnenstrahl folgt mir und fällt auf eine Schramme über der Tür. Ich trete näher heran, betrachte sie blinzelnd. Sie wurde übermalt, doch ich kann einen Buchstaben erkennen, dann noch einen. Die Haare auf meinen Armen richten sich auf. Ich kann das erste Wort lesen, dann den ganzen Satz.

Wir wählten die Liebe
PF & EK

Kurz überkommt mich eine tiefe Traurigkeit. Wenn Nonna Poppy das doch noch hätte sehen können! Aber nein, das brauchte sie nicht. Es war ja da. Und es wird immer da sein.

Es ist bald fünf Uhr, Ravello ist in Bronze getaucht. In der Ferne rauscht das Meer, ich gehe die hübsche Via della Marra hoch und schaue in Poppys Brief noch einmal nach der Adresse des mit ihr befreundeten Anwalts. Als ich an einem weißgetünchten Haus vorbeigehe, übersehe ich beinahe das kleine Schild neben der Tür: *Studio legale di De Luca e De Luca.*

Ich atme tief durch. In wenigen Minuten werde ich mein eigenes Heim haben, so wie Nonna und Opa es sich wünschten. Freude steigt in mir auf.

Ich drücke gegen die schwere Holztür. Der schöne Empfangsraum ist leer. Sind schon alle gegangen? Ich höre Musik aus dem Flur und wage mich zögernd vor.

»Hallo?«, rufe ich zaghaft und mache noch einen Schritt.

Die Musik wird lauter. In einer offenen Tür bleibe ich stehen. Ein Mann von ungefähr Mitte dreißig sitzt in einem Stuhl, die Füße auf dem Schreibtisch. Auf seiner Brust ruht ein aufgeschlagenes Buch. Er hat den Kopf im Nacken und schnarcht. Ungewollt muss ich grinsen.

Ich räuspere mich. Der Mann schießt hoch, das Buch segelt auf den Boden. *»Merda!«*, flucht er. Schnell will er es wieder aufheben, es ist irgendein Krimi. Dabei schaut er zu mir hoch. *»Scusi.«*

»Schon gut«, sage ich. »Tut mir leid, dass ich …« Ich will schon sagen »Sie geweckt habe«, aber entscheide mich lieber für ein weniger beschämendes »… Sie erschreckt habe«.

Er fährt sich durch die vollen Haare und rückt seine Krawatte gerade. »Ich muss mich entschuldigen. Ich habe niemanden erwar…« Er beugt sich vor und mustert mich eingehender. »Kenne ich Sie nicht?«

»Nein«, sage ich. »Aber ich habe letzte Woche mit jemandem hier telefoniert, vielleicht mit Ihnen? Wir haben vereinbart, dass ich heute vorbeikomme, um Dokumente zu unterschreiben, die meine Tante … ähm, meine Großmutter und mein Großvater bei Ihnen aufgesetzt haben.«

Er wühlt in den Aktenmappen auf seinem Tisch. »Sie haben bestimmt mit meinem Vater gesprochen. Er ist heute schon gegangen.« Er findet ein kleines Konvolut von Blättern und wirft einen Blick auf die oberste Seite. »Sind Sie Emilia Antonelli?«

»Ja.«

»Aaah! Endlich! Poppys Enkeltochter.« Er reicht mir seine warme Hand. »Hallo, Emilia! Ich bin Domenico De Luca.« Er legt den Kopf schräg und sieht mir tief in die Augen. »Aber wir kennen uns, da bin ich mir sicher. Ein so schönes Gesicht würde ich nicht vergessen.«

Kurz bin ich versucht, die Augen zu verdrehen. »Da müssen Sie sich irren.«

Er reibt sich das Kinn und betrachtet mich. »Vielleicht darf ich

Sie zum Essen einladen, wenn wir hier fertig sind, damit wir das Rätsel lösen können?«

Schon verstanden. Sie sind wirklich äußerst charmant.

»Danke, aber ich habe schon gegessen«, lüge ich und hole einen Stift aus meiner Handtasche. »Kann ich jetzt unterzeichnen?«

Sein Lächeln schwindet. »Natürlich.« Er weist auf einen kleinen Tisch und zieht einen Stuhl für mich hervor, dann setzt er sich neben mich. Er ist groß, hat breite Schultern und lange Beine. Als er das erste Blatt vor mich legt, fallen mir seine langen schmalen Finger ins Auge, ohne Ring – nicht dass mich das interessieren würde. Während ich den Text lese, erklärt er mir mit tiefer Stimme die juristischen Ausdrücke.

Ich blättere die letzte Seite um. »Noch eine Unterschrift, dann sind wir fertig. Ich erkläre Ihnen noch mal den gesamten Vorgang.«

Er riecht nach Seife und Hitze – wie ein Mann riechen sollte –, was es mir nicht gerade erleichtert, mich auf das förmliche Italienisch vor mir zu konzentrieren. Ich merke, dass er aufgehört hat zu lesen, und blicke auf. Er studiert mich mit zusammengezogenen Augenbrauen.

»Ich kann mich an Ihr Gesicht erinnern, an diese kleine Narbe unter der Lippe«, er führt die Hand in die Nähe seines Munds. »Ich habe oft daran gedacht. Keiner erinnert sich so gut an Details wie ein *avvocato.*«

Da fällt es mir wieder ein. Ein breites Lächeln legt sich auf mein Gesicht. »Ich habe Sie *Avocado* genannt.«

Kurz stutzt er, dann lacht er laut. »Genau!« Er zeigt mit dem Finger auf mich. »Richtig! Vor Piacenti!«

»Unglaublich, dass Sie sich auch noch daran erinnern!«

»Es war eine ungewöhnliche Begegnung. Sie waren wie ein Engel, der aus dem Nichts erschien und mich an meinen Traum erinnerte«, gibt er zurück.

»Sie wollten die Bäckerei mieten«, rufe ich mir unser Gespräch in Erinnerung. »Sie hatten irgendwas damit vor.«

»*Sì.* Aber jetzt ist es Ihr Haus.«

Ich erschrecke. »Wirklich? Mir gehört das gesamte Gebäude? Inklusive der Bäckerei?«

»*Sì.* Das habe ich Ihnen gerade erklärt.«

Dankbarkeit und Aufregung ringen in mir, gleichzeitig bekomme ich Angst.

»Das heißt, ich muss einen Mieter suchen? Ich habe überhaupt keine Ahnung von gewerblichen Immobilien.«

»Keine Sorge. Mein Vater kann Ihnen helfen. Oder mein Onkel.« Er hält inne. Als er weiterspricht, ist seine Stimme voller Hoffen, Bangen und Verführung. »Oder vielleicht wählen Sie mich?«

Mir stockt der Atem. Tief in meinem Herzen weiß ich, dass diese schlichte Frage mit vielen Möglichkeiten beladen ist. Aber ich bin jetzt glücklich. Ich besitze dieses wunderschöne Haus in einem Ort, der sich wie meine Heimat anfühlt. Ich habe einen wunderbaren Opa, und meine Schwester liebt mich, genau wie meine Cousinen Lucy und Carmela. Matteo Cusumano wird mein Schwieger-Cousin – oder ist er dann mein angeheirateter Großcousin? Wie auch immer, er ist wieder mein bester Freund. Und ich habe sogar eine neue Familie in Deutschland, auf die ich mich schon freue. Zu allem Überfluss erscheint bald mein erstes Buch. Wage ich es, die Freude und das Glück, das ich jetzt empfinde, für eine mögliche Liebe und wahrscheinlich ein gebrochenes Herz aufs Spiel zu setzen?

»Entschuldige, Emilia – wenn ich dich so nennen darf«, sagt Domenico. »Ich wollte nicht so plump sein. Es ist nur so, dass ich schon sehr lange darauf gewartet habe, dich wiederzusehen. Poppy hat immer zu mir gesagt: ›Nico, wenn du ein Mädchen magst, richtig magst, dann lass sie erst gehen, wenn sie dreimal nein gesagt hat.‹«

»Nico?«

Er grinst. »Mein Spitzname.«

Die Haare an meinen Armen stellen sich auf. Eine Erinnerung kommt hoch: Meine Tante, strahlend, voller Vorfreude, in ihren

Patchwork-Blazer am Gate des Flughafens. *Wenn wir nach Ravello kommen, muss ich dir Nico vorstellen. Er wäre perfekt für dich.* Ich bekomme Gänsehaut am ganzen Körper und weiß in diesem Moment, dass sie mich hergeführt hat. Genau zu diesem Punkt.

Fast kann ich meine Nonna Poppy vor mir sehen, ihre weiche Hand in meiner fühlen. *Aber wenn die Liebe zu dir kommt, wenn sie in Reichweite ist, dann versprich mir bitte, dass du sie pflückst und dir gründlich ansiehst, ja?*

»Ich brauche deinen Vater nicht«, sage ich und nehme all meinen Mut zusammen, »oder deinen Onkel.« Ich schließe die Augen und denke an die Inschrift über der Schlafzimmertür.

»Ich wähle dich.«

Danksagung

Einer der wichtigsten Grundsätze beim Schreiben lautet *show, don't tell*, also die Dinge zu veranschaulichen, statt sie auszusprechen. Ich habe versucht, meine tief empfundene Dankbarkeit allen zu zeigen, die zur Entwicklung dieses Buches entscheidend beigetragen haben, dennoch möchte ich diese Seiten nutzen, um mich noch einmal ausdrücklich zu bedanken und ihnen meine Wertschätzung auszusprechen.

Zuallererst danke ich meinem lieben Freund Dieter »Dieto«, dem Vorbild für Erich. Vielen Dank, Dieto, dass du dich bei mir gemeldet hast, einer Autorin, die Tausende Kilometer entfernt von Deutschland lebt, und mir deine bittersüßen Erinnerungen anvertraut hast. Auch wenn deine Lebensgeschichte in diesem Roman nur gestreift wird, haben deine Stärke und Unverwüstlichkeit in schweren Zeiten, dein goldenes Herz und dein Humor doch den gesamten Entstehungsprozess beflügelt. Deine Geschichte und die von Johanna wollen von dir erzählt werden, aber ich bin dir dankbar, dass ich einen kleinen Ausschnitt davon zeigen durfte.

Auch ich muss einen Penny von Tante Poppy bekommen haben, denn ich hatte nicht nur das außergewöhnliche Glück, Dieto kennenzulernen, sondern auch meine Traumagentin in Gestalt der unglaublichen Jenny Bent zu finden. Jenny wiederum stellte mich dem hartnäckigen Bastian Schlück vor, der dafür sorgte, dass meine Bücher ihren Weg auf die Tische meiner phantastischen Lektorin Carla Grosch und meiner brillanten Programmleiterin Dr. Julia Schade fanden. Euch allen gehört meine Zuneigung,

Bewunderung und höchste Anerkennung. Ihr weckt in mir den Wunsch, euch stolz zu machen.

Ich freue mich so, wieder mit dem umwerfenden Team von den S. Fischer Verlagen zu arbeiten. Dort möchte ich nicht nur Carla und Julia, sondern auch der ehrgeizigen, engagierten Vertriebs- und Marketingabteilung von Herzen danken, insbesondere Indra Heinz für das wunderschöne Cover und die großartige Werbekampagne. Und wie immer tausend Dank an meine außergewöhnliche Übersetzerin Andrea Fischer. Ihr Blick fürs Detail, ihre Geduld und ihr Können haben meine Geschichten deutlich stärker und reicher gemacht.

Zu guter Letzt danke ich meinen deutschen Leserinnen und Lesern, allen voran meiner lieben Freundin Nicole Molly Utukpe. Es erfüllt mich mit Demut und ist mir eine große Ehre, so warmherzig aufgenommen zu werden. Danke, dass ihr meine Bücher mit offenen Armen begrüßt, sie mit anderen teilt und mir eure Gedanken und Meinungen zukommen lasst. Eure Unterstützung und Freundschaft bedeuten mir mehr, als ihr ahnen könnt.

An Bill und meine Familie: Meine Liebe und Verehrung für euch sind nicht in Worte zu fassen.

Lori Nelson Spielman

Nur einen Horizont entfernt

Aus dem Amerikanischen von Andrea Fischer

365 Seiten. Klappenbroschur

Mit zittrigen Fingern öffnet Hannah Farr einen Brief. Der Absender ist eine ehemalige Schulfreundin, die sie jahrelang gemobbt hat. Die Frau bittet sie nun um Vergebung. Dem Brief beigelegt sind zwei kleine, runde Steine und eine Anleitung. Einen Stein soll sie als Zeichen dafür zurücksenden, dass sie ihrer früheren Klassenkameradin vergibt. Den anderen soll sie an jemanden schicken, den sie selbst um Verzeihung bitten möchte. Hannah weiß sofort, wer das sein könnte: ihre Mutter. Aber soll sie wirklich zurück zu den schmerzhaften Ereignissen von damals?

Der neue Roman von der Autorin des
Bestsellers ›Morgen kommt ein neuer Himmel‹

fi 2-2395 / 1